韶华无根

毛志勇　著

中国文联出版社

图书在版编目（ＣＩＰ）数据

韶华无根 / 毛志勇著． -- 北京 ： 中国文联出版社，
2022.7

ISBN 978-7-5190-4826-6

Ⅰ．①韶… Ⅱ．①毛… Ⅲ．①长篇小说－中国－当代
Ⅳ．① I247.5

中国版本图书馆 CIP 数据核字（2022）第 047734 号

著　　者　毛志勇
责任编辑　蒋爱民　贺　希
责任校对　岳蓝峰
装帧设计　谭　锴

出版发行　中国文联出版社有限公司
社　　址　北京市朝阳区农展馆南里 10 号　　邮编　100125
电　　话　010-85923025（发行部）　　　　010-85923091（总编室）
经　　销　全国新华书店等
印　　刷　中煤（北京）印务有限公司

开　　本　710 毫米 ×1000 毫米　　　1/16
印　　张　18.75
字　　数　307 千字
版　　次　2022 年 7 月第 1 版第 1 次印刷
定　　价　69.00 元

目 录

一	001
二	019
三	031
四	046
五	059
六	072
七	088
八	106
九	136
十	156
十一	174
十二	193
十三	211
十四	226
十五	246
十六	261
十七	276

一

　　一间土木结构的教室静悄悄的，只有女老师柔婉动听的语音。

　　丁晴低头瞟了一眼手表，温柔地把眼前衣着陈旧的每位同学凝视了一遍，用缓慢轻柔的语气说："同学们，这是我给你们讲的最后一节课。现在剩下的时间只有几分钟了。在短暂的时间里，我把最应该讲的说一说，也算是对你们尽最后的一点责任吧。"

　　丁老师轻轻弹了弹手指上彩色粉末接着说，"你们即将学完小学全部课程，参加初中升学考试。我有理由相信，你们每一位同学必然会以良好的考试成绩取得升学资格。令我担忧的是，你们中的一些同学，也许不能走进中学校门。人生的路程十分遥远。我衷心希望这些同学在未来，无论遇到什么事情，不管发生什么情况，决不能放弃学习机会。只要你们渴望读书，又有足够的执着和耐心，就一定去试一试。希望你们不断地积累知识。有了知识就有了智慧；有了知识人生就多了一种选择，多了一条改变自己命运的途径。"

　　清脆的下课铃声打断了丁晴的话，她捧起教科书，用明亮柔和的目光环视了一下这里的一切，然后在同学们的"老师再见"声中，迈着轻捷的脚步走出教室。

遥辰放学回到家，坐在果实累累的树下，脑海中浮现出丁晴老师的身影。

他读四年级时，学校来了一位女孩，唇红齿白，面目清秀。当她捧着课本第一次出现在教室时，遥辰知道她将成为他们的班主任。她的口音与众不同，标准的北京语音。大家谁也不知道，她为什么从大都市来到这个自然环境非常差的乡村任教。

丁老师不但课文讲解得十分透彻，而且善于调动同学的注意力和兴趣，还教给孩子们一些学习方法。一个学期结束时，这个班里学生的平均分数提高了许多。

过去，遥辰小脑袋里装的是村里的人和事，还有那个黄土山坡，那条潺潺流水的小河和弯弯的小路。

丁老师担任他们班主任后，遥辰和同学们一样，在她那里知道了许许多多小山村以外的事情。

外面的世界很大。外面的世界十分精彩。从此，遥辰不但在学习上有了追求目标，还有了一个梦想。

遥辰生活的地方偏僻、落后。像他这样贫寒人家出身的孩子是难以实现自己梦想的。

在他要升入五年级的那个夏天，父亲有了深思熟虑的打算。他让遥辰终止学业，回家务农。

父亲的道理居然如此的简单明了。他说："能写信，会加减乘除就够用了。"当然还有一个重要因素，儿子已经成长为半个劳动力了，要为这个家庭分担一些负担。回家挣工分是眼前最实惠的事情。

一天，遥辰从别人那里知道父亲打算让他回家挣工分的事。

这使他十分着急。急，有什么用呢？他得想办法！动摇父亲的这种想法。

遥辰想到了与父亲要好的几个人。他选出其中的两个人。他俩都是他同学的父亲。没多久，两位同学回来告诉他，他父亲不买账，非常冷淡而坚定地拒绝了遥辰继续上学的事情。遥辰听完像泄了气的皮球似的，一副蔫不唧儿的样子。这个年龄的孩子遇到这种事儿，能有什么法子呢？

使遥辰意想不到的是，一个星期天的中午，丁老师走进他的家门。

在外面玩耍的他，回家走到大门口就听到丁老师柔和的语音。他不晓得丁老师为什么要来自己的家，也不知道此时她和父亲在说什么事情。

天朗气清，凉风游至。

遥辰站在窗外，屏息倾听。

父亲说话粗声大嗓。丁老师语气始终亲切、柔和。遥辰的小脸蛋儿起着变化。一会儿露出笑容，一会儿一副紧巴巴的样子，一会儿低头沉思，一会儿又有几分激动。

父亲说的话储存在他脑海里的并不多。丁老师说的那句话，却给他留下镂刻不灭的记忆。那句话是"孩子不应该肩负起与他这个年龄段不相符的担子。他正是人生学习知识的黄金时间，是奠定他未来良好生活基础的年龄"。父亲被她的这些话说得哑然无语。父亲到底同不同意他继续上学，遥辰在他俩的对话中并没有找出答案。

丁老师和父亲的促膝长谈终于结束了。遥辰蹑手蹑脚地走到大门外。

他知道偷听别人说话是一件不光彩的事情。他听到脚步声，佯装刚从外面回家，蹦蹦跳跳地与走出门的丁老师打了个照面。

他问了一声"丁老师好"，就迫不及待地把目光落到丁老师脸上。他想要在丁老师的神情中找出答案。

刹那间，他的心咚咚咚地跳动得很快。

丁老师的脸庞并没有写出答案。

丁老师用手摸了一下他的头发，看了一眼他的父亲说："这个孩子很聪明。"令遥辰有些失望，丁老师说了这么一句就停顿下来。

丁老师走了几步回过头来对他父亲说了声再见，然后沿着田间小径向学校的方向匆匆而去。

丁老师来家里以后的一段时间，遥辰的父亲再没有说加减乘除的话题。遥辰的脑海里也不再转动继续上学的事。

也许是一种感恩的体现，也许是一种求知欲的激励作用，遥辰的学习成绩不断上升，一直到班里的前三名。他在其他方面的表现也不落伍。被选为班长。

要离开这座学校了，与曾经谆谆教导他们的老师要分别了，遥辰心田泛起依依之感。他是这个班里的班长，他想着，应该给丁老师送一件纪念品。

杨柳青青，白云冉冉，微风拂拂。

这是一个星期六的下午，学习委员许婕一副严肃的样子来到遥辰面前。

她要说的事情与遥辰想要做的不谋而合。

遥辰当班长，有什么事情总想先听听别人的意见，然后再说出自己的想法。这次也不例外。他让许婕说出她的打算。许婕并没有说出来，她要让他俩同时写出来。

随着"一、二、三"的童音，他俩展开小手，几个蓝色的字体跃然纸上——鲜花。

许婕进一步解释说："我们应该用柳枝、鲜花编成花篮送给丁老师。你们男同学发挥特长，在草绿花香的山坡、沟畔采撷花卉。编制花篮的活儿由我们女同学来做。"

夏天昼长夜短，丁晴吃过晚饭天气尚早。

将要放暑假了，她得准备一下回北京随身携带的物品。忽然她听到外面叽叽嘎嘎的说笑声。

这些童音是多么的熟悉、亲切啊。她手忙脚乱地把房间杂乱的物品整理了一下。

丁晴怎么也没有想到，班里的 16 名同学一个不少地站在门外。她的这间小屋显然容纳不下这么多的人。

一缕清香扑鼻而来。

站在前面的遥辰和许婕，他俩每人双手捧着一只精巧的花篮。

丁晴真不敢相信自己的眼睛。她再一次注目而视，确实是清芬叶嫩的花篮。

同学们看到老师愣在这儿，齐声说道："老师您好！"丁晴才回过神来。是惊奇，还是激动，瞬间她泫然泪下。

少时，她抹去泪水说道："这炎天暑日，你们不应该忙这件事儿呀。"

遥辰向前跨出半步，用还未脱去童音的口吻说道："丁老师，您为我们付出了很多。本来大家想给您送一件能存放的礼品。挑来选去的拿不出什么好的，就给您送两个花篮，表示我们的心意，请您收下。"

丁老师双手接过精妙的花篮，动情地说："同学们，这件礼物非常珍贵，谢谢大家。"

丁老师怀着依依惜别的心情，送走这些天真可爱的孩子，心田泛起层层涟漪。她刚来到这里，看到的远远超出自己原先的想象。这是一个十分贫穷落后的乡村。这里的生存条件非常艰苦。一部分学生能坚持到小学毕业就很不容易了。今后有些同学恐怕很难进入中学校门。她曾经有过一种愿望，她有责任给她的学生创造条件，使他们在未来能改变自己的命运。

她把全部心血投入到对他们的培养教育中。她有能力使他们的学习成绩提高。她也要为他们今后升学的事情做出努力。她家访了这个班所有学生的家长。在和这些家长们的交谈中，使她感到愕然的是，越是贫穷落后的地方，人们越不重视对孩子的文化教育，竟然有一半的家长并不打算让子女升入初中。她对这些家长动之以情，晓之以理，可是有些家长依然抱着死理不放。他去读书，钱从哪里来，家里的人吃什么、穿什么？遥辰的父亲就是其中的一位。那一次去遥辰家，她费了许多口舌，遥辰父亲给了她面子，虽然同意遥辰读完高小，但是要让他再继续往下读，恐怕是一件十分难办的事情。她难以想象出，像遥辰这样渴望读书的孩子，美好的企望一旦破灭，将给他那颗无可回复的童心留下的是什么呢？

走出校门，同窗六载的同学风流云散，从不同的方向飘然而去，遥辰心中陡然升腾起一丝苍凉。

他驻足回首，遥望校园内每一间教室，他聆听过不同年龄不同性别不同口音的老师讲课。

他在校园内留下了许多足迹。这些足迹记录下他的成长，他的学习，他的友谊，他的快乐。

夕阳在彩霞簇拥中要落下去了，遥辰依依不舍地离开将要成为记忆中的校园。

回到家已经是黄昏薄暮时，他的心忐忑不宁。明天要去县城参加升学考试，现在他还没有足够的勇气向父亲说出口。

吃过晚饭，父亲想要走出家门的样子。遥辰用怯弱的目光瞅着父亲。不知为什么，他在父亲面前有几分拘谨还有一些难以言说的敬畏感。

父亲似乎知道他要说什么话。但是他并没有问他，继续做着要离开这里的样子。遥辰到了非说不可的时候了。他垂手侍立，一副怯生生的样子低声说道："学校通知我们，明天要去县城参加升学考试。"然后用祈求的目光注视父亲。

父亲盯着他看了足有一分钟，说道："我们家里的情况你不是不知道，现在就连1元钱也拿不出来。"

"不，我要去试一试！"遥辰执着地说了一句。

父亲脸上流露出愠色。他甩着手，大踏步向外面走去。当他走到大门口时猛然回过头来，气呼呼地说了这么一句："你身无分文，能有什么本事呢？！"

月亮姗姗移动着，把清幽的光从小窗口照进来，洒在遥辰焦灼的面孔上。

在此前，遥辰虽然猜测到这件事情的结果，但是真的到了这一刻，他难以面对如此的现实。他在硬邦邦的土炕上辗转反侧了很久，果断做出决定：明天一定去！

村庄到县城像他那样的小孩需要步行4个多小时。他得早一点儿起床。

家里的大公鸡扯开嗓门叫起来了。遥辰穿好衣服蹓出门。

他走到村口碰见村子里小青的爷爷。老人家用惊诧的目光注视着遥辰问道："你这个孩子，天还没有大亮跑出来干什么？"

遥辰有些懊悔，怎么能遇见人哪！该给他如何解释？

这位老人看见遥辰一脸茫然愣在那里不出声，知道这孩子肯定与家里人闹了别扭。他走到跟前抓住遥辰的小手说："走，跟我回去，谁惹了你，我说说他。"

这位老人在村上德高望重，谁家发生了什么矛盾或冲突，他都要管一管，化干戈为玉帛。

遥辰思忖，这一下子可坏事了，他继续纠缠下去，会误了大事。他急中生智，指着前面一棵古老的榆树说："谁在那棵大树下面干什么？"就在老人松开手回过头看的刹那，他拔腿就跑。老人回过神儿后，遥辰已经跑出了几十步远。老人嘀咕道："你看这孩子怎么撒起野来了。"遥辰跑出村子，止步判断向前行走的方向。

去县城有两条道路可以选择。一条是宽敞的公路，另一条是逶迤的杂草丛生的小径。他选定的是这条小道，这是因为，在快到县城的小路旁边有一户人家，他要到那户人家办一件非常重要的事情。

过去他曾经跟着大人走过这条路。

沿着这条小路到那户人家，路途遥远，要经过一个又一个村庄，路过几公里长的小河岸边，还要在荒无人烟的山麓行走一个多小时。

晨曦初露，晓风拂面，遥辰感到脸上凉丝丝的。他加快了脚步。

又要走进一个村庄了，这是他最不愿意路过的村子。他在路边捡起几块石头，用来对付那些恶犬。

前方是一个S形的小道，路旁的人家清晰可见，草庵茅舍，袅袅炊烟，依依杨柳。每户大门口蹲着一条虎视眈眈的家犬。他怎么也绕不过去。他主动对它们表示出友好，把石块藏在身后，微露笑意，用柔和的目光盯着它们，小心翼翼地向前行走。第一家的那只花狗，似乎酣然入梦，前面的几只已经发现了不速之客。那只大黑狗首先发出信号，猖猖狂吠。其他的也跟着起哄。遥辰时刻准备着，它们胆敢进犯，他会把石块有力地投到跑在前面的那条身上。别看它们张牙舞爪的，你要动起真的来，打到它的致命处，它会仓皇逃窜，其他的也就偃旗息鼓，打道回府。也可能因为他是一个小孩，它们不屑与他争高低。几条狗汪汪地叫了一会儿，就若无其事地趴在地上伸舌头。

毕竟是炎夏季节，冉冉上升的阳光越来越灼热。遥辰一边走一边用手抹去额头上的汗珠。当他体内水分即将挥发殆尽时，一道清澈流水呈现在眼前。他急匆匆来到小河边，蹲下来用双手掬起清冽的流水放到嘴边。他喝足了水，洗了洗脸，沿着岸边小路继续向前走。

小河流水陪伴他，他感到坦然自若，故此脚步也快了许多。大约在岸边行走了十几里路程，小河拐了个弯，朝着另外一个方向缓缓流淌。

遥辰来到荒无人烟的山麓。他驻足不前，要等待行人。前方有一段可怕的路段。过去他和大人们经过那里时，心里惴惴不安。现在只有他一个人。他是个小孩子，遇到了情况怎么应付。他在荒滩上等呀等，等了几十分钟，依然渺无人迹。今天是考试报名的时间，不能耽搁，他鼓足勇气，继续向前方走去。

炎暑酷烈，阳光肆无忌惮地把热辣辣的光喷射到他瘦小的躯体上。

遥辰提心吊胆地步入传说中的那个让人毛骨悚然的黑洞的不远处。

他不止一次听大人们说过，那个黑洞里曾经发生过一件十分可怕的事情。这件恐怖的故事并没有随着时间的推移被人们淡忘，相反这件事情在人们的口中不断地增加新内容，从最初的一个少女被人奸污后杀死在洞中，变成洞中一个成精作怪、来去自如的小魔女，再后来这个魔女成为一名复仇者，凡是男性独自经过这里时，她盘腿而坐，张开脖颈下的那道刀口，瞬间一道血光闪烁，随即路过的人气绝身亡。

过去，遥辰认为这件事是不可信的。世上哪里会有什么神仙鬼怪。几年前他就有了这样的认识。他读二年级时，他大姐疾病缠身。

父亲相信鬼怪会祸害人，神仙能救助人。

一天，父亲请来一位能降妖捉怪的巫师。

这一天下午，他放学回家，看到窑洞土台上有齐天大圣的神像。他的好奇心陡然而生。他要搞清楚神仙是用什么办法捉鬼怪的？

夜幕降临，他家窑洞里人头攒动。

巫师给放在土台上的神像挂上一条红绸带，而后静静地端坐在那里。

过了一会儿，遥辰父亲不知从哪里弄来了一个铡草用的铡刀背。

巫师起身，十分虔诚地跪在神像前面磕了3个响头后，爬起来毕恭毕敬地从神像上把红绸带解下来捆绑在铡刀背上。

巫师口中念念有词，这时村里的江老汉手中的铜锣响了起来。一瞬间铡刀背在两个青壮年手中上下飞舞。只一会儿工夫，坚硬的地上被刨了个深坑。垂手侍立的遥辰正在进行这样一种判断，如果铡刀背能带动这两个人的手臂，无疑是神力的作用。倘若他俩的双手用力来挥动铡刀背，肯定这是糊弄人。他看得十分仔细，瞧得非常真切，两个壮汉把吃奶的劲儿用在手腕上。过了一会儿，他俩喘粗气滴汗珠。又过了一些时辰，精疲力竭的他俩，在挥动铡刀背的同时，用乞求的目光注视巫师。他们分明在说，快点儿下令停止吧，力气已经用完了。巫师终于有了善心，让铡刀背小憩片刻。接下来的事是，巫师吩咐人拿取已准备好的空罐，把坑里的一些黄土装了进去，加上黄纸封条，而后把那个所谓的被制服的鬼怪押送到它的老家，埋入地下，让它永世不得翻身。遥辰并没有放弃观察这件事情的最后环节，他紧紧跟随在巫师和敲锣的江老汉身后。

按照传说，神仙哪能不知道鬼怪要去的路线。接下来的事情是，那个自称齐天大圣附体的巫师跑出村子后，却不知道鬼怪的老家在哪个方向。他轻声低语，询问江老汉："那座古坟在哪里？"江老汉上气不接下气地说："你跟着我跑。"他们的对话被风儿吹进遥辰的耳朵。他心里说，这鬼花样要得太笨拙。从此听到别人谈论神鬼之事，他淡然一笑。

可此时，他孤身行走在四野阒然的荒滩，特别是山崖上的那个黑洞，它确实给人有一种阴森森的恐怖感。他想迅速逃离这里。突然，有了一种异常声音。那尖厉声是那样的刺耳、可怕，使他感到毛骨悚然。他顾不了许多，一个箭步向前冲。他狂奔了几百米远，才止住脚步。他仰望空中有几只秃鹰自由翱翔。他琢磨，刚才那些尖叫声一定是从它们嘴里发出来的。

遥辰闯过"鬼门关"，进入到有野狼出没的地带。他心里清楚，那个黑洞里的恐怖故事，是前人杜撰出来的，后人以讹传讹，不应该去认真。但是这里的狼会伤人确有其事。他出发前就有了准备。此时他身上仅有的就是从家里带来的半盒火柴，以防不测。

这里是逶迤的山脚小道，他行走的左边是望不到边际的连峰叠嶂。在这些岩畔沟坎，有野树葛藤和狰狞的怪石。他的右侧是杂草丛生的荒野。他暗想，凶猛残忍的野狼说不定就藏在隐蔽处，瞬间会蹿出来。

他捡了一些易燃的草木，抱在怀中，一旦恶狼出现，即刻用火柴点燃柴草。别看这种野兽狡诈凶残，它一旦看见烟火就吓得胆战心惊，落荒而逃。

野狼并没有出现，但野兔在他的视线中蹦蹦跳跳的。他真想逮住其中的一只，作为给他们的见面礼。这些小家伙活泼可爱，它和你捉迷藏，你不追它时，它与你保持不远的距离伴你同行，当你向它发起进攻时，它却逃之夭夭。到后来遥辰不得不放弃和它们的游戏。他得快点儿走路，这才是正经事。

终于又有了村落。他走过这个村子大约 15 分钟，又一个村庄豁然在目。他加快步伐。

一弯流水，几缕炊烟，一簇村舍近在眼前。到了，不管什么样的结果，他必须走进哥哥的家门。

大门敞开着，院子里几棵果树上的果实散发出诱人的香味儿。几只鸡鸭悠闲地嬉闹。这个院落遥辰曾经来过许多次。过去他走进这里就会有一种喜悦轻松的感觉，可是此时心里却怦怦直跳。他径直向一间土坯房屋走去。

屋里的人听到外面有了脚步声走出来。他俩四目相视，各自流露出一副怯生生的神态。

"嫂子，我哥在吗？"遥辰用这句话打破了沉闷的气氛。她闪动着明眸，笑盈盈地说："怎么成了这个样子？快进屋洗洗吧。"然后补充了一句，"他还没有回来。"此时，遥辰才发现，自己经过长途跋涉，衣服上沾满了尘土，一双小手上有污痕。他心里想，脸上肯定一副脏兮兮的样子。

嫂子用刷子扫去他身上的尘土后端来清水，拿来了一条白毛巾。遥辰真的有点儿不好意思，她才比自己大四五岁，和哥哥结婚还不到半年。

哥哥的名字叫于杭，与遥辰不同姓。过去遥辰虽然不知道他俩到底是怎样的一种关系，但是他有一种感觉。这种感觉告诉他，他就是他的哥哥。后来他知道自己幼年时从一个家到了另外一个家的事情。

他感到太累了，匆匆洗完脸，躺到土炕上面，想缓解一下酸痛的双腿。

嫂子在灶房做饭。他脑子里转动着来这里要办的事情：哥哥不在家，这不等于白跑了一趟吗？不，到了这个时候，厚着脸皮也要给嫂子说。人家还是个新娘子呢，如何张口。不说出来吧，去考试的事情不就泡汤了吗。唉！这么难办的事情怎么就落到了自己的身上？

饭菜的香味儿飘了进来，扰乱了他的思绪。他确实饿了。他端起嫂子送来的热气腾腾的饭，忘记了斯文，将一碗长长的柔细的面条狼吞虎咽地吃了个干干净净。

站在一旁的嫂子看他的这个样子，有点儿忍不住，抿着小嘴微笑。遥辰有些不好意思，说："今天起来得早，走得仓促，来不及吃早饭。"

嫂子给他端来的是两碗面。假若平时一碗饭就足够了。走了那么长的路程，身体消耗了那么多，已经是饥肠辘辘，一碗面显然填不饱肚皮。他想端起那碗依然香气缭绕的面条，两只小手怎么也伸不出去。他嘴里说着吃好了，眼睛却瞄在那碗面条上。

嫂子看出来了，她热情地将那碗饭递到他手里。他推辞了一会儿，就留下了这碗饭的二分之一。另外的一半，他坚持让嫂子端回去。

吃饱喝足，他又琢磨起要办的事情。他苦思冥想了一会儿，心里终于有了一句能说出口的话。

就在此时，叽叽嘎嘎的说笑声传了进来。是几个年轻女人悦耳动听的声音。

她们跨入大门，就喊着古悦的名字。她们去了嫂子住的那个房间，顿时里面有了欢声笑语。

几个女人的说话声滔滔不绝。心中有事儿的遥辰坐卧不宁。他琢磨着，时不我待，再这样下去，自己的事儿可怎么办呢？

阳光偏西，嫂子房间里的声音终于静下来。遥辰瞅着那几个女人打打闹闹地走出大门。

遥辰你过来。这是嫂子在她卧室发出来的声音。要去一个少妇寝室。遥辰犹豫了片刻，还是向那个小屋走去。

房子还是过去的那间逼仄的屋子，但里面有了不小的变化，土炕周围墙上贴了纸。一个红漆木箱格外显眼。两床水红色的缎被叠得有棱有角。室内散发着清淡的香味。

遥辰拘谨地站在地上。嫂子娴熟地打开木箱，从里面取出一个大红纸包。此时，她少了一些他刚来时的那种娇羞，大方了许多，抬头瞥了一眼遥辰，轻言细语："这是你哥哥留给你的。他知道你有困难。这里面有3斤粮票3元钱。他让我告诉你，他有事不能送你去参加考试。你到了学校，找一个在学生食堂做饭的林师傅，他那儿有一套铺盖，你晚上用。他希望你考出好成绩。"

遥辰看到那个红包，顿时哥哥结婚给长辈们磕头时的情景浮现在眼前。

身披红绸带的新郎和身着红袄绿裤的新娘，在一个又一个长辈面前，重复着同一个动作，恭恭敬敬地跪在地上磕头。这些亲人们给以热情的回报，送一个红包（里面装有一角或两角人民币），以表示对他们的祝贺。嫂子拿出来的就是他两结婚时给人磕头的那些钱。

遥辰心里说，我怎么能拿人家的磕头钱。他木然不动，并没有伸出手来。

嫂子脸上露出不高兴的神情，用低沉而有力的语气说："这孩子还不快点儿接过去。"

"这是你和哥哥结婚时的钱，我哪能拿呢？"

"升学考试比什么都重要。"嫂子迅速将那个包塞进遥辰衣服兜里，摆出一副要送客的样子。

遥辰站在地上愣神儿。

嫂子用关切的口吻说："天气不早了，到县城还需要走1个多小时呢。"

假如不把这些钱带走，去学校做什么。遥辰给嫂子鞠了一躬，道了声谢谢，走出大门。

行走了一会儿，当他回头想再看一眼这座院落时，突然看到嫂子青春活泼的身躯在院子里移动。遥辰哪里想到，这是他最后一次看到她的身影。

那么多年过去了，嫂子拿出结婚时的磕头钱这件事情，在遥辰脑海里还是那样的清晰。

　　参加考试的学生业已来了不少。有的背着行李卷，手提书包站在报到室门口；有的捧着书本在树下默读；还有三三两两在院子里走动的。他找到自己住的屋子，但并没有躺在那个大炕上休息。他要熟悉一下这里的环境。他要在这个校园内度过有意义的三天。也许在这座中学校园能留下遥辰足迹的时间只有这么短暂的几天。

　　遥辰举目遥望蓝瓦青砖的校舍、宽敞平坦的操场、随风摇曳的树枝。突然，歌声盈耳。他驻足侧耳倾听，悠扬的音乐声来自西边的绿树丛中。他要到那里看一看，也许那个地方有自己的同学。

　　这是一片榆树林，浓密的枝叶将炎暑拒之林外。在一处乔木疏林处人头攒动，有许多学生在那里，还有一位男性老师双肩背着一架手风琴。他左手优雅地拉动风箱，右手娴熟地按键盘。一个女孩喉清嫩嗓地吟唱一首民歌。一曲终了响起掌声。遥辰的小手也拍得啪啪响。

　　手风琴再一次拉响时，一个面目清秀的女孩展喉高歌。此时，刚才唱歌的那个女孩回首环视，似乎在寻找人。她的目光瞬间与遥辰眼睛的光束碰在一起。她迅速走出人群，来到遥辰跟前，娇羞怯怯，注目而视，之后，用亲昵而愉快的口吻说："真没有想到，在这里唱歌时会有我的同班同学。刚才我唱得不好，可别告诉其他人。"显然，她说的其他人就是班里另外的那14个人。过去这个女孩在遥辰心目中矜持、冷傲。现在却像另外一个人似的。人家向他投来友好的微笑，遥辰也应该以热情来回应。他面露笑容，喃喃而语，"你唱得真好。"女孩听到赞扬的话儿显得十分开心。她用目光示意，他俩离开这里。

　　遥辰有个性，平时不乐意单独与女孩在一起。此刻他跟随女同学走出树林。

　　女孩快要走出校门了，遥辰并不想出去。他低头敛步，说："我的床铺还没有整理好呢。"

　　"那是十分简单的事嘛，晚饭后到宿舍安歇时，一会儿就铺好了。"

　　为了不扫人家面子，遥辰搜索枯肠，要找个恰如其分的词句谢绝。急能生巧，他突然想到了许婕。许婕和林妤的关系非常好。他说，我们去找许婕一块儿出去好吗。使遥辰意想不到的是，林妤毅然说道："不，就我们两个，我有重要的话儿给你说。"说后用明澈的目光盯着遥辰。不知是盛情难却，还是林妤眼睛里那种不可拒绝的光束，使遥辰竟然迈出了脚步。

这是个只有几万人口的小城。它很古老。数百年的时光给高厚的青砖城墙留下了层层痕迹。林妤对城市的大街小巷和各种建筑群十分熟悉，她走在前面，拐了几个胡同，走进公园门口。

公园虽然小，但是里面景致却十分优美。绿树成荫，嫩枝轻柔地摇曳。丛花争奇斗艳，芬芳流溢。园中有一小湖，微风吹过，泛起层层涟漪。小鸟儿在空中轻盈矫健地飞翔。林妤走到一座古香古色的凉亭，回过头来说："我们在这儿好吗？"遥辰很不习惯单独与她在一起，脸上流露出不自然的神情，心里说，你有什么事就快点儿说吧，让熟人看见多么的不好意思。林妤瞥了一眼遥辰，发现他的那副样儿很有趣，悄声嫩语："你读过《钢铁是怎样炼成的》这部小说吗？"

"上学期我借别人的书看的。"

"我也是在那个时期阅读的。我喜欢书中的保尔·柯察金。保尔性格坚毅，意志坚强，对认准的事情，执着地追求。你呢，喜欢这部小说中的谁？"

突如其来的提问，使遥辰来不及思考。他回答道："林务官的女儿冬妮亚，她活泼可爱，有同情心。"他话出口又觉得在女孩面前不应该这样的直率。他偷偷地瞟了一眼林妤，她的脸上流露出微笑。

提起读书话题，遥辰的心田平静下来了，可林妤却转了话题。她问道："你猜一猜，我要给你说什么事？"

过去，遥辰和林妤只是在学习方面的接触，除此以外再无往来。他对她的事儿并不感兴趣。出于礼貌，他一副认真的样子催问道："快点说吧。"林妤直言道："我要送你一件礼品。"听到这句话，遥辰感到错愕，口中连续说了几遍"我不能收"。

"这是为什么，同学之间就不能送纪念品？"

遥辰被问得张口结舌，一时语塞。

林妤从包里掏出一个小包，并没有递给遥辰。她神情黯然，低声说道："几天后我们全家会搬到省城。"

这件事情遥辰确实感到意外。

"我要走的事没有告诉任何人，就连许婕至今也不知道，请你暂时不要告诉别人。"

"你应该让许婕知道。"

"我打算今天晚上告诉她。"

林妤嗓门放高了音量说："快点接过去嘛，你以后想要我的东西，我们天遥地远，你见不到我呢。"

遥辰很纳闷，她为什么要给自己送纪念品。这里面肯定有原因。他突然想起一件事情。去年春天的一天，一节课结束，许婕慌慌张张来到他跟前说："林妤的身体很热，头发晕，怎么办哪？"他说："应该先告诉丁老师，然后送她回家。"

林妤住的地方离学校有一公里路。走了一半路林妤难以行走。遥辰只能把她背起来走。许婕在后面抬着林妤的小腿。遥辰把她背到她家时，气喘吁吁，汗透衣襟。不一会儿，他和许婕又跟随林妤的父亲去了医院。幸亏得到了及时治疗，未留下后遗症。林妤和她的家人为之非常感动。

遥辰心有所思，自己是班长，不管谁发生这样的事儿他都有责任那样去做。林妤为此事送礼品不就有一点儿俗气吗。他沉思片刻说："那次你有了病送你回家，是我这个班长应该做的事情。"

林妤听到这句话知道遥辰误解了自己的心意，说："你怎么能这样理解。"

遥辰看她不高兴的样子不再说什么，心想自己兜里还剩下 5 毛钱，给她买一件礼品送给她，不就还了此情。

太阳快要落山了。他俩离开公园。林妤向饭馆门口走去。她说，她的一个亲戚约她在那里吃饭。遥辰径直回学校。

无人处遥辰打开那个长形小包，使他深受感动，这里面是一个精致的金属文具盒。盒内笺纸上写着：微物不堪，略表同学之谊。他目不转睛地凝神端详。突然一个新问题在脑海中跳出来，人家那么贵重的礼品，自己囊中羞涩，剩下的那几张票子，是买不来一件像样的礼物。怎么办呢？他琢磨来琢磨去，依然想不出一个好法子来。突然他想到了礼轻人意重这句话。他暗自说，去商店买一个精美的笔记本，用笔把自己的心意表述在上面，她看后一定会高兴的。

考试结束后，遥辰心情更加沉重了。他不是担心考试的成绩。他预测自己这次考试分数不会太低。那么让遥辰忧心忡忡的是什么呢？

遥辰回到家，父亲心不在焉地询问考试情况。当他知道儿子的成绩能达到升初中的分数线时，神情凝重起来，令人不可捉摸。

清脆的哨子声提醒村民，拿起铁锹扛上锄，走出你的家门去干农活。

大人们匆匆而去，遥辰顿时觉得院子里空荡荡的。他睡眼惺忪地洗了把脸。

上午，遥辰要进行的是，扫院子、挑水、捡柴三部曲。他挥舞着扫帚清扫干净院子，担起水桶给缸里挑满了水，抓起绳索拿起镰刀走出家门。

沟畔路边是蓬蒿野草生长茂盛的地方。几年前，遥辰就在这里捡柴。

冉冉上升的阳光渐渐变得不那么温柔了，落到身上让人感到热辣辣的。遥辰脱掉衣衫，右手熟练地挥动镰刀，把绿生生的野草齐刷刷割下来撒在地上，让它晒一晒，这样一来能挥发掉一部分水分，背起来就轻一些。正当他挥镰割草时，身后传来了脚步声。他回过头惊喜地发现，一个女孩和一个男孩向他走来。

女孩看见遥辰时显得很激动。她说："你不是去到县城考试吗，怎么跑到这里和蓬蒿捉迷藏。"

"陶桃，你这张小嘴越来越会说话了。我不来这里割蒿草，家里做饭烧什么。你不是领着你弟弟也来干这种活儿吗。"

陶桃，乳名叫桃桃，姓陶，父亲就给她起了陶桃这个名字。她和遥辰同龄，曾经和遥辰同窗 4 年。她初小毕业那年，家里那个小妹妹离不开人，父亲就把这项艰巨任务交给她。当时，她哭着闹着背着书包要去上学。她父亲的巴掌在她的小屁股上扇了几下，她乖乖地放下书包，抱起妹妹。现在跟着陶桃的这个男孩比她小 2 岁，是一位 4 年级的学生。

"我和你可不一样，你将来会成为一个有文化的人，我每天只能和柴草庄稼打交道。"

"别拿我逗乐儿，还是干正事儿吧"，遥辰想用这句话堵住这个性格率直的女孩的嘴。

陶桃从父母亲嘴里已经知道了遥辰父亲对儿子继续上学念书的态度。她意识到此时不应该说那句话，随口说了一句"我们干活儿吧"。

咩咩叫的羊群向山坡移动，扛着犁耙的男人、手执锄锹的女人在回家的小径匆匆行走。

用汗水换来收获的遥辰和陶桃他们，也该离开散发出野草味儿的地方。

家里柴垛上的柴越来越高，父亲看到他时，脸上的阴云并没有散去。遥辰小心翼翼地等待着。他深知这件事情十分渺茫，但依然寄托着一丁点儿希望。

考试的分数公布出来了。班里的同学早早地来到学校。遥辰是最后的一位。他手捧录取通知书，凝神遐思时，许婕姗姗来到跟前。她伸出小手拉了一下他的衣袖，用目光示意让他跟着自己走。他们走到一棵大树下驻足。许婕用亮晶晶的目光扫视了一眼遥辰，而后说，林好有话让我转告你。她喜欢你送的那个蓝色笔记本，更喜欢笔记本扉页上留下的那些美好的词句。她由衷地感谢你，并真诚地希望你在中学校园继续取得好成绩。

同学们一个个怀揣通知书欣然而去。遥辰目送着他们身影远去，心中泛起一缕凄凉。

回家路上，遥辰思索着一个重大问题，兜里的通知书该不该递到父亲面前。假如现在不让父亲知道这件事，那以后的事儿怎么办？如果告诉父亲，他不同意，予以拒绝该怎么办？连一点儿回旋余地都没有了。他有一种不好的预兆，父亲的那个想法不会动摇。

他思忖，为了稳妥行事，暂时不要告诉父亲，找一个在父亲面前能说上话的人，父亲比较信任的人。这个人推心置腹地给父亲说说，或许自己还有上学的希望。

遥辰把村子里与父亲要好的人进行筛选，选来选去，感到都不合适。他们既没有文化，又不懂读书的重要性。最后他想到了两个人，一个是丁老师，她的话说服力强，父亲很尊重她，很遗憾，此时她在遥远的地方；另外一个是他的哥哥于杭。父亲对这个侄子一向看重，说他知书识字懂道理，又通情达理，待人诚实。事不宜迟，他得快一点儿与他去取得联系。

联系的方式简单而原始。他甩动着双腿，大步流星地去找他。哥哥的居住地离这里有两个多小时的路程。

遥辰心里琢磨，这件事不能告诉人，得悄悄地蹓出村子，办完事天黑前返回家。

他正在风风火火地赶路时，迎面传来高亢的问话声："走得这么急，要去哪儿？"

"我去找你。"遥辰大喜过望，在半路上与要找的人儿相遇。

遥辰在返回家的途中，哥哥说的那些话儿，给他增添了愁绪。

那是十几天以前的事情。那一天哥哥直接去到他父亲劳作的田边。他俩在僻静处促膝而坐。

起初，于杭虽然不敢贸然切入主题，但是遥辰的父亲对他的来意已猜出了几分。于杭在说话时刻意献殷勤讨好，曲意俯就，说些对方爱听的话儿。遥辰父亲脸上的阴云越聚越浓。看到他神情不悦的样子，于杭感到问题的严重性，他只能绕着弯儿说话。遥辰父亲也不主动提起那件事情。后来于杭试探性地讲了一些有了知识能给人带来好处的道理。遥辰的父亲立即做出回应，说了一大堆家业贫寒、诸事拮据、生活艰难的话。那一次于杭无法把自己要说的话儿讲出口。

于杭深知遥辰渴望着上学读书。

昨天晚上，他辗转反侧，一夜未眠。他不断地思考着哪句话有说服力，哪些词句能打动人。枕边衾内的娇妻，偶尔附耳低语，稍微尽当嫂嫂的一片心意。

于杭终于有了些许的自信，有了一丝的希望。他要为弟弟这件事尽最大的努力。

兄弟俩一副急急巴巴的样子来到村口。于杭并不让弟弟跟随他，让他找一个清静的地方等待回音。

于杭见到遥辰父亲。他哪里想到，人家根本不给他说话的机会。他的话还没有说出口，遥辰父亲揣知其意。他说："我知道你这次来要说什么事情。我希望你不要把这些话说出来。如果你非要坚持说，说了也白说。在这个家里，是我当家做主，我说了算数。一个家庭的事情，只能由这个家庭里的人按照他们的想法去做。"

遥辰父亲说了一席话，说有事情要出去。

于杭难以启齿，怅然而返。

当遥辰看到哥哥不愉快的神色，就猜出这件事情的结果。

此刻他抑制住要掉下来的泪水，低头说道："事情已经这样了，就不能过度悲伤。"

于杭的身影渐渐远去。

遥辰泪如泉涌。

这位梦想破灭的少年，没有回家吃晚饭。他神情沮丧，毫无目的在村子外面转悠。

人生的这种事情，降落在像他这样的少年身上，能有什么办法呢？

暮色渐浓，夜风瑟瑟，天空星星若明若暗。

遥辰信步走到渠畔。

一堤杨柳，浓荫繁密，微风过处沙沙地响。清凌凌的渠水汩汩流淌。

他坐在一棵垂柳树下。

柔嫩的枝条在眼前轻轻摇摆，好像给他些许的安慰；小草散发出淡淡的清香似乎让他心情舒畅一些。

夜空云朵儿飘逸，弯弯的月牙儿从东向西姗姗移动。万籁俱寂。

不知是何时，遥辰在绿树、小草，还有流水的陪伴下进入梦乡。

二

古悦和丈夫分别半年了，今天是丈夫归来的日子。一寸相思千万绪，古悦企盼着、等待着，一直等到天空有了闪烁的星星、有了朗朗月光。她侧耳倾听，月色下的小院依然静悄悄。公鸡声声啼鸣，孤衾独枕、痴情眷念的古悦这才意识到，丈夫今天不会回来了。

随即她对丈夫有了一些担忧，暗忖，他不会有什么事情吧。

一缕柔肠，几乎牵断。

再过三天，于杭就能离开这里了。他的心思已经飞到了家，飘落到娇妻跟前。

院子里有了小轿车的喇叭声。于杭向窗外看了一眼，从车内走下几个人。他们中有的于杭认识，有的从未见过面。这几个人中最为显眼的是一位年轻姑娘。于杭悄声嘀咕："她是谁呀，一个女孩来这里干什么？"

她叫海姗，某名牌大学毕业。她的到来使于杭归心似箭的心情发生了变化。

与她同来的还有上级组织部门的两个人。他们召开了一个会议，说明了他们此行的目的，就打道回府，留下了这个青春花季的女孩。

于杭目睹着尾部冒着白色气体的小轿车驶出院落大门后，心田犹如平静的水面投入一枚石块激起了水花似的。

他应该是怎样的一种选择？如期回到朝思暮想的妻子身边，还是留下来聆听这位女孩的说话声。他一时难以决断。单位领导懂得新婚燕尔的年轻人心情。他虽然没有动员于杭非得留下来不可，但是他说了一句至关重要的话。他说："这是一次十分难得的学习机会，错过了这一次，以后恐怕很难再遇到。他说到这里又追加一句，给你几个小时，权衡好了告诉我。"

于杭认真地琢磨了不大的工夫，就毅然做出决定。他说，自己不能错过这次业务知识学习。而后，于杭挥毫给妻子写下情真意切的数千字的家书。信中抒发了他对远方的她的眷眷之情，述说了不能如期回家相聚的原因，表白对她的歉意和愧疚。

海姗大学毕业后，进入行政机关技术部门工作。不久她了解到在这个系统技术岗位上的年轻人的专业知识匮乏。她忖度，自己应该把学来的新知识传授给他们，以提高他们的技能。她的建议很快得到领导重视。

来到于杭他们单位讲课，这还是第一次呢，因此她做了充分的准备。

当她踩着轻盈的脚步，走进经过精心布置的临时教室，看到几十双眼睛齐刷刷地落到她身上时，心田怦怦直跳。当她左脚快要踏到讲台时却踩了空，差点儿摔倒。

教室里并没有出现异常声音，静悄悄的。她深深呼吸了一口空气，调整了一下慌乱的心绪，随口说了声大家好。

瞬间响起热烈的欢迎她的掌声。

噼噼啪啪的响声经久不息，她受到莫大的鼓舞。她用粉红色粉笔在黑板上写下一行工整娟秀的字迹：我把在大学学来的无线电知识，奉献给大家。谢谢！

又是一次响亮的掌声。

海姗第一节课讲得如此成功，就连她自己也没有想到。她吐字清晰有力，语音悦耳动听。她讲的内容牢牢吸引着学员的注意力。当她授完这节课时说道："今天就讲到这里。"台下的年轻人依然端坐在那里不动，两眼注视着她。她望着一张张纯朴诚挚的面孔深受感动。为了回报他们，她说："我给大家唱一首歌好吗？"

于杭回到宿舍，海姗清脆甜润的讲课声依然在耳边萦绕。他想到这样一个问题，从那副鲜嫩欲滴的面容来判断，她的年龄比自己大不了许多。可人家怎么会有那么丰富的知识呢？于杭想到这里懊悔不已，自己为什么没有去大学深造呢？他暗自说，从现在起自己一定要刻苦学习，不断汲取知识，成为一名优秀的无线电工作者。

两个月的业务培训即将结束，海姗还未了却心中的一件事。这是她的一个秘密。她不愿启齿，难以启齿。她业已到了谈婚论嫁的年龄。

来此之前，她站在自家屋前的绿树下面，闭上双眼，想象着这样一幅画面：清风拂面，小鸟儿欢叫，远处来了一位男生，他面容清秀，举止洒脱。他看到了她，喜气盈腮。她偷偷瞧了他一眼，脸上泛起红晕。

她慢慢睁开双眼，一朵白云在空中轻盈地移动。

当她来到这座中波发射台，看到那么多青春四溢的男生，就多了一份心思。

海姗讲的那些课，于杭不但把它刻在脑子里，而且记在笔记本里面。

他懂得，在她那里学来的知识，将和自己的职业生涯紧密地联系在一起。

海姗很快注意到这个年轻人。他英气勃勃，才思敏捷，勤奋自信，职业敏感度高。她对他多了一些热情。

这符合于杭的心意，他要利用这种关系的变化，在她那里取得自己需要的业务知识。他充分利用他俩偶然见面时的有限时间，提出电子技术方面的一些问题。她不厌其烦，认真回答。

有一次，他低头行走，琢磨广播发射机电子管的功能时，不留神撞在海姗身上。当他回过神儿时，海姗并没有流露出不悦的神情。他连忙说了几声对不起，惹得海姗咯咯咯地笑起来。他仍然有一点儿不好意思，用眼角的余光瞧了她一眼。就在他的目光落在她身上时，她鲜嫩的脸颊浮出绯红的娇态。他突然意识到了什么，迅速离开了她。

于杭匆匆而去，海姗意识到，此刻流露感情是不合适的。

之后的日子里，海姗并没有费多大的劲儿，就知道于杭已经有了家室。

年轻人之间的事情，来得快去得也快。海姗依然在台上娓娓动听地讲授无线电知识，于杭仍然正襟危坐，凝神聆听。暇闲时他们偶然相遇，但她明显少了女性的那种柔情。

使于杭遗憾的是，海姗要走了。

海姗离开发射台的前一天，于杭确实想去海姗的寝室，但缺少的是机会。他琢磨着，怎样让机会应运而生。他搜索枯肠，一个又一个的想法被自己否定。

始料未及，机会来得那么快。这个机会是海姗送来的。她让路源带的话，让他去一下卧室。

路源的脑瓜精灵，又善于观察。他第一个发现海姗对于杭有了遐思遥爱之心后，要做的事是，把于杭的牛郎遥望织女时的心情，在海姗面前绘声绘色地叙述了一番。而后，他刻意接近海姗，对她曲意逢迎，献情讨好，紧追不舍。现在他们之间有了那么一丝情愫。

暮色掩映。于杭轻轻敲响海姗寝室的门。海姗一副喜悦的样子。显然她为即将回家的事儿兴奋。于杭走进散发着芬芳的屋子，有点儿拘谨的样子站在地上。

海姗笑吟吟地问道："猜猜看，叫你来会有什么事情？"于杭看了一眼床前的那条木凳。海姗即刻用抱歉的口吻说："我怎么忘了给客人让座，请坐下。"

海姗约他来，还不是想要在他跟前了解一下路源的情况嘛。于杭心里就是这么想的。

他们在两个多小时的聊天中，海姗只字未提路源。她说的内容很广泛。先是问了问学员对她讲课时的印象是什么，而后谈到了个人兴趣。让于杭感到惊讶的是，理科毕业的她，十分喜欢文学作品。她谈到了巴尔扎克的小说《高老头》，讲述了雨果作品的时代背景，还提到了中国四部古典名著的艺术风格。到后来还聊了一些社会上的逸闻趣事。她时时散发出知性的气息。她知识广博，思路清晰，见解独特，语言丰富，说话俏皮。他与她相比就显得相形见绌。在那么长的说话时间里，他拙于言辞，偶然说说，嘴里只能吐出只言片语。他对她更加增添了敬意。

夜深人稀，海姗站起来，拿出一摞书刊用温柔的目光盯着它，语气亲切地说："在我们的接触中，我知道你十分喜欢学习书本知识。这些资料送给你。我有理由相信，对你来说它弥足珍贵。"

于杭回到宿舍，心中久久难以平静。过去，他以高中毕业生自居，快然自足。刚才和海姗交谈中深感自己孤陋寡闻，知识浅薄。他暗自说道，一个人要达到高的文化层次，就要刻苦学习，不断积累知识。

吃过晚饭，古悦拿出信封，从里面抽出信笺。她望着那些情意绵绵的词句，更增添了对丈夫的思念。当她把目光落在，16 日下午是我们相逢的日子，你等着那一刻的到来的那一段时，激动得泪花流。

她认识于杭是在 2 年前的一个春天的日子里。那一天，家里发生了一件使她心情非常郁闷的事情。她一气之下，跑出家门，要去初中同学乔艳的家。

乔艳是她的好朋友，距离她们村庄有 5 里多路。古悦想在那里住几天，以缓解沉重的心情。

古悦在乔艳家的第一天，就认识了一位男生。他是乔艳的表哥。他们三个人在一起聊了一会儿，乔艳就把古悦揪心的事儿告诉于杭。

于杭挠着头皮在地上走来走去的。乔艳是个开朗、泼辣的女孩，她看到表哥的这副样子，气冲冲地大声说："人家那么大的事情，想让你出个点子帮一把，怎么只在地上转悠？"不管表妹如何着急，于杭仍然只是走动不说话。大约过了抽完一支烟的工夫，乔艳一把扯住于杭的衣袖厉声喊道："快一点嘛，还是个高中生呢，遇到事情就六神无主。"于杭又思考了一会儿喜滋滋地说："我想出了一个点子。"乔艳催问道："想出来了就快点说啊！"于杭把目光落在古悦身上，并没有说什么。乔艳可忍受不了啦，她走到于杭跟前，伸出小手拧住他的耳朵说，你不说我就不放手。于杭朗朗一笑说，君子动口不动手。乔艳松开手说，好吧，我不动手，你该说了吧。于杭吞吞吐吐地说，临时找个人与那个人竞争，或许效果不错。

乔艳凝神深思了一会儿，觉得这个办法还行。古悦脸上有了喜色，偷眼眄视于杭。

乔艳又提出了新问题。她说："这场戏的男主角在哪里？"

"动员你的亲戚、你的朋友去找一个还不容易嘛。"于杭冲着表妹说。

听到亲戚两个字，乔艳笑哈哈地说："我怎么就这样的笨啊。"于杭和古悦都感到莫名其妙，怔怔地看着她。

乔艳用手指着于杭说："你不是一个很好的角色吗？"

于杭愀然作色，急巴巴地说："这怎么能行呢？"

"这怎么不行呢？你请我的父亲到她家给你提亲，那个小伙子怎么能与你相比。你这个高中生在古悦家里人的眼里自然高人一等。"

于杭感到这件事有一些棘手，这么大的事情怎么能玩捉迷藏。他扫视了一眼古悦，她满脸愁云，明澈的目光中含有忧伤。他知道刚才乔艳的话给了她一丝希望。如果这点儿希望宛如水花那样消失，她一个弱小的女孩怎么能承受住。假如自己推辞这件事，会有更好的办法吗？他忖度了一番，依然想不出一个两全其美的办法。

古悦已经注意到于杭脸上流露出为难的神情。她轻声说："我的事儿由我自己解决。"乔艳瞅了一眼古悦，用火辣辣的语气说："你有能耐解决，跑到我这里干吗？"随后用柔婉的语调说："相逢既然是一种缘分。有了缘分就有可能深入下去。"她说后诡秘地一笑。古悦娇羞怯怯，低下了头。于杭用抱怨的目光瞪了一眼表妹。

于杭走后，乔艳面授机宜，说："如果你真的不喜欢那个小伙子，态度一定要明朗、坚决，决不屈服。婚姻自由，你父母能把你怎么样。"

古悦的家人吃过晚饭后，仍然看不到古悦的身影。全家人走出家门，到村前村后找了一遍，杳无音信。古悦的父亲这才意识到，自己对女儿婚事的粗暴态度，有可能带来严重的后果。

妻子责怪丈夫说，都是你鬼迷心窍，看准木匠的儿子，说什么他们家里钱多，非逼着女儿嫁给他。这一下子可好，逼走了女儿。假若女儿真的出了事怎么办？！丈夫知道自己犯了个不该犯的错误。但后悔有什么用，得尽快知道女儿的下落。他们走进村子里的每一户人家。人家的回答都是那么一句，没有见到她。

黑色的夜幕笼罩着清寂的村庄。古悦的家人怀着忐忑不安的心情，手握手电筒在大树下、水井旁、小河边、废弃的院落里仔细地寻找着。

那一天夜里，古悦躺在乔艳家的土炕上做了一个美妙的梦。梦中的人，就是白天见到的于杭。

她清晨醒来，猛然意识到，她的不辞而别，愤然出走会给家里人带来恐慌不安。她得快点儿回家去。

女儿归来恢复了往日的宁静。古悦的婚嫁之事自然暂时搁置起来。

古悦与于杭的邂逅是在小河岸边。那一天，于杭要去县城。

云淡风轻，阳光和煦。他徒步路过一个村庄的小河时，那里有一个身材窈窕的女孩在清凌凌的河水中洗衣服。他的脚步声惊动了她。她回首闪动了一下明亮的眸子，瞬间羞脸粉生红。偶然的相遇，使于杭不知所措。惊诧只有那么几秒钟。很快他脑海中闪现出一个词，缘分。

当他在表妹家见到这位语言安静，性情和顺，眉清目秀的女孩时暗忖，这不是期盼着的自己心仪的人吗。

后来，他从表妹那里知道，古悦的父亲看到女儿态度坚决，再不提木匠儿子有钱的事情，就萌发了一个想法。

此时于杭十分清楚，现在不表心曲，以后还会有这样的机会吗？

于杭微笑着说："真的想不到我们会有这种机遇。看到了你我真的很高兴。"

古悦闪动着眸子，嘴唇上隐约挂着一丝微笑，对站在身旁的刚毅英俊、神态端庄的于杭，轻轻瞥了一眼说："你说的话儿真好听。"

两个年轻人说了几句要离开了，于杭给她留下下次约会的时间和地点。

那次小河流水岸边愉快而亲切的接触，使古悦内心发生了变化。在后来的约会中，古悦对自己今后要依靠的那个人逐渐有了深刻了解。

再后来，他俩有了涌上心头的青春感情。两个人的父母亲对他们的人生大事都表示赞同。

结婚以后，古悦陶醉在那种美妙的，幸福甜美的生活过程中。

丈夫这一次走进家门，古悦发现他除了给她的那些见面礼物外，多出了一些东西，一摞子书籍。后来它占去了她和他应该在一起的许多时间。

从这一次回来开始，丈夫显得十分忙碌，急匆匆地干一些家务活儿，与她快言快语说上那么几句话，就拿起那些书本。她真的想和他卿卿我我地依偎在一起。每当她看到他手捧一本书，精研细读时，悄然转身离去。

有一次，她正准备悄然蹓走时，丈夫发现了她。当他看到她那娇俏动情的神态时，方才醒悟过来，顿时，歉疚感油然而生。他说了几声谢谢和对不起，拉了拉她柔嫩的小手。

古悦有一个心思，要付出一切让丈夫在外面安心工作。她有一种愿望，他俩的爱情有一个结晶。

于杭和古悦，还有其他的亲人们，谁也未曾想到，一件十分可怕的事情在古悦身上发生了。

一天夜里，古悦猛然听到外面有什么声音使她心有疑虑。在这个黑灯瞎火的寒烟小院，假如发生意外事情该怎么办？她屏息倾听，那是暴风骤雨敲打树叶的声音。她的心田恢复了平静。她想到了做饭用的干柴。雨淋湿了它用什么烧饭？古悦披好衣服推开屋门走了几步，一声惊雷在天空炸响，一道耀眼的电光刺过来。大雨哗啦啦往下倾泻。她倒退了几步返回屋里，随手拿起一件衣服顶在头部，向堆柴的方向奔去。

她干完这些活儿躺在炕上，感觉到身体有些不对劲儿，隐隐作痛。

起初，她还以为是刚才在雨中的剧烈动作引来的不适。到了后来疼痛陡然加剧。

疾风暴雨来得快去得也快。过了几十分钟，空中的月亮和星星从云罅露出来。

夜色清淡而柔和。古悦身上的疼痛有了一些缓解。

早晨，古悦虽然感到气喘神虚，仍然带上农具去田里干活。她是个要强的女人，不愿意为这件事向生产队队长张口请假。

当时她们正在锄地，与她一块儿干活的几个女人发现她气色不好，额头滴着汗珠。大家劝她回家休息。古悦坚持要干下去。到了上午收工时，她却倒在了地上。

古悦是人们用人力车拉回家的。她躺到炕上意识到了自己病情的严重性，因为她的母亲曾经与她现在的这种症状相似。

古悦读小学五年级的时候，一天中午放学回家，母亲躺在炕上，脸色煞白，右手顶着胸部。要是平时，灶房里热气腾腾，此时却锅冰灶冷。她肚子饿得咕咕叫。过去都是母亲做饭。她看到母亲非常痛苦的样子，挽起袖口动手做饭。

父亲把母亲送到医院，还没有等大夫诊断清楚到底是什么病，母亲已成病危。

谁也想不到，母亲从发病到身亡命殒，只有三天时间。母亲卧床的那段时间里，古悦始终陪在跟前。母亲病情的过程，刻在她童年时的脑海里。

古悦想到了遗传这个词。她不敢继续想下去。不管这次疾病带来的结果如何，有些事情她一定要去做。

弟弟遥辰也是个喜欢书的人。他哥哥希望弟弟在书本里学到知识，这是为弟弟今后前途着想。丈夫经常带回来一些书刊，让古悦托付村上的赵小妹带给弟弟。赵小妹娘家人和遥辰是一个村子里的。现在是农忙季节，赵小妹没有回娘家，丈夫留下的那本书因此还没有送走。现在，她一定要把书送到赵小妹家里，让她转交给弟弟。她曾经对弟弟有个期望，但一直没有说出口。到了这种时候，她只能把这些话儿留在纸上。她拿起钢笔写好后，精心折叠起来，放入这本书中。

病魔已使古悦的躯体难以行动。走了几步，她感到胸部疼痛难忍。她在一个纸盒中找出止疼药服了两粒，扶在炕沿上休息。等着疼痛有了一些缓解后，她才步履蹒跚向赵小妹家的方向一步一步地走去。

天色渐渐发白，又是新的一天开始了。她知道这是发病的第二天。假如自己确实是那种非常可怕的疾病，剩下的时间就不多了。她得快一点儿把丈夫的那件毛衣织完。那件毛衣是用丈夫参加工作后买的毛线开始织的，现在只剩下半只袖子没有织好。

几个月前的一天，于杭从单位回来走进家门，脸上流露着兴奋喜悦的神色。他从口袋里掏出一个蓝色塑料钱包，在古悦眼前晃动着说："我们有钱了，这是我的工资。除了给我留下的伙食费，剩下的钱都是你的。"古悦很认真地说："我哪能用那么多的钱。"于杭立即说："结婚时欠你的还没有补上。"古悦说："都过去了那么久的时间了，还提那些旧账干啥。"

于杭结婚时，给古悦的嫁妆少得难以启齿，可古悦口无怨言，高高兴兴与他办了喜事。新婚之夜于杭非常认真地说："等有了钱，首先给你买几件衣服，假若不这样做，我会深感歉疚。"

此时，古悦含情脉脉地看着丈夫，示意他把那些钱放到她的手中。

于杭上班去了，她去了商店，买了2斤毛线。她知道丈夫天冷时喜欢穿毛衣，特别是枣红色的。

至今，丈夫并不知道她织毛衣的事。她曾经想过，等天气寒冷时，给丈夫一个惊喜，亲手将它穿在丈夫身上，说不定他会高兴得跳起来的。

可她的病来得这么快，病得危急，直逼她的生命。无论如何她要把还未织完的那一点儿（右袖口）织好。她忍受着刺骨的疼痛，花费了几个小时，终于织上最后一针。

她纵目遥望丈夫工作的那个方向，心中暗自说，你的妻子终于了却了一点儿心意。

病发第三天，她感到力尽神危，头晕眼黑，意识模糊。这种症状与她母亲病亡那一天的病情相同。她忍受剧烈疼痛从炕上爬起来，想看一眼院子里她种的那几棵桃树。那些桃树是她一个人种的，是给丈夫栽的。

一年前的一个夏日，她和男朋友于杭路过公社所在地。当他们走到小路旁边一个摊位时于杭止住脚步。他的目光盯在那些桃子上。她看到了他见到桃子时的那种馋劲儿。她衣服兜里空空如也。于杭摸了一下自己的上衣兜，想了想离开了摊位。他把她领到了商店，掏出仅有的 1 元钱，用其中的 8 角，给她买了一条围巾，把剩下的 2 角钱给她买了一条手绢。

后来她才知道他特别喜欢吃桃子。于是，结婚后的第一个春天，她要给丈夫栽种几棵桃树，树苗要选品种最好的。距离他们村庄 20 多里地有个园林场，那里肯定有优良品种。

那一天清晨，山头上的太阳还没有露出来，她离开村子，徒步去园林场。园林场的工人热情地为她选了几株桃树苗子。路途远她担心果树苗被阳光晒蔫。她要来几张旧报纸，一层又一层把它的根部裹起来。

回家途中天气骤然发生变化，沙尘暴卷地而来。她得快点儿回家。

狂风有意与她作对，趁她不注意，刮走了包树苗的一些纸。她把它紧紧抱在怀里，暗自说，再不能有丝毫的马虎，一定要保护好这些树苗。

疾风流沙肆无忌惮地吹打着她。她的头巾被风刮走了。她的脸火辣辣的痛。她怀里的小树苗依然安然无恙。

她到了家里时精疲力竭。她来不及擦去脸上的尘土，在小院里栽种上一棵棵桃树。树苗发出新芽，一天天向上长。她给它施肥，浇水。

有时她站在那些桃树前想象着，几年后丈夫吃到鲜嫩香甜的桃子时的情景。那些桃树只生长了几个月，她却再不能呵护它了。她潸然泪下。她要用尽身上的劲儿，为它浇一次水。她想站立起来，但失败了。第二次，第三次……她终于站立起来了。她十分艰难地移动脚步，把水倒在它们的根部。这是她为丈夫做的最后一点儿事。

薄暮时分，她知道自己剩下的时间只有几个小时了。此时她最想要得到的是，能看到丈夫在自己身边，哪怕看一眼。

她昏迷了过去，又苏醒过来，丈夫没有出现在眼前。

时钟一秒一秒移动，突然她有了恐惧感，这种恐惧不断地加剧。

死亡是多么的令人可怕。她要完了，永远完了。她曾经看到过母亲快咽气时那种恐惧不安的眼神。不，她不能有那种可怕的目光。她要给丈夫留下安稳合目而睡的记忆。

古悦完全进入昏迷状态，人生那些点点滴滴的过程恍如梦境。

随后，她的幻觉中仿佛有一种缥缈的物质流动着，出现一束蓝光，轻盈地向空中飘逸。

她躯体运行的各种功能器官全部关闭。

芳魂与倩影同消，娇音和细言皆绝。一个年仅 20 岁的新婚妻子，恋恋不舍地离开了人间。

于杭手中的加急电报纸抖动着。他愕然良久，目光停留在那几个字上，妻病笃。他了解妻子，一般的疾病她不会让远离在外的他知道。结婚后，她有一个凤愿，让他在远方安心做好工作，静下心来学习专业知识。于杭有一种不好的预兆，她的身体肯定出现了非常严重的状况。

他心急火燎地回到家看到妻子时，她仰卧在那里，面容安详从容，双唇微闭，上下眼皮间留下细细的一道缝隙，里面的眸子似乎要闪动出光来。

这个夜晚，是他最后一次陪伴她。

夜静更深，亲戚朋友都在炕上或地上拥挤在一起，发出轻微的鼾声。

于杭凄恻哀痛，忍泪含悲，孤独冷清地坐在她身旁。他想要给她说的虽然有千万句言语，但是她已经无法知晓他说的话。虽然他想表达对她的真情实感和深深的歉意，但是她已无法感受到他此时的心情。他要为她做的一切为时已晚。他轻轻整理好她额前零乱的几根细发。这是他最后一次给她整理头发。第一次是在他们新婚的翌日早晨。那一天她起来得早。她就起来准备做早餐。本来他还想多睡一会儿，可她的身影带走了他的心。他起来后走出屋门，看到她亭亭玉立的身影。他慢慢地走到她跟前，十分动情地说，这是我们的家，我们要在这里生活。她环视了一眼小院和几间屋子，脸上绽放出幸福的笑容。这时的她还没有来得及梳洗，黑油油的秀发中有几根在额前飘动。他把它撩起来，抚摸着。她依偎着他。蓦然他心中有了一种对婚姻的责任。他要为她付出，要让她生活得舒畅安逸，要给她永远带来快乐和幸福。

土墙茅屋里的油灯火苗忽明忽暗，窗户透进了亮光。于杭的心颤动了一下。天亮不久，她将会消失。他永远再见不到她的身影。

于杭虽然知道，他说的话儿她全然不知，但是他仍然要向她倾诉。他双眸凝视她，哽咽着说，你孤零零地匆匆而去，使我悲痛万分；你悄然而别，我对你的那些承诺将永远无法兑现；你泪眼远盼的永诀，使我深感内疚。相逢恋恋，别离茫茫，我们相处的时光如此短暂。我们曾经有过的那些美好往事铭刻在心里。

安息吧！我的娇妻。

三

　　古悦离开这个世界已经几个月了，遥辰心情依然低落，寡言少语的。

　　遥辰和他的这位嫂子只见过两次面，就是她和哥哥结婚时的那次和给他 3 元钱的那次。

　　嫂子给他留下了深刻的印象。她对他的哥哥情深意浓，十分尊重。她知道丈夫对他的这个弟弟十分关心。她对遥辰也倍加关怀。于杭每次带给弟弟的书刊，古悦都及时让赵小妹亲自送到遥辰手里，还要说上几句关心的话儿。

　　使遥辰不能忘怀的是赵小妹最后送书的那一次。

　　那一天，赵小妹送来书的同时，也给他带来十分不幸的消息，嫂子古悦已经走完了人生短暂的路。

　　赵小妹走出屋门后，他禁不住的泪水浸湿了衣襟。他轻轻打开嫂子用报纸包裹着的一本书。他发现书本中有嫂子留下字迹的信笺。过去他从来没有看到嫂子写的字。遥辰急匆匆地展开纸页细瞧，几行含义清晰的话语在眼前跳动着：你哥哥曾经有一个美好的愿望，将来的一天他能成为一名无线电工程师。我相信他的期望能够实现。他对你也有一种企盼，将来能成为一个有文化知识的人。这也是我对你的希望。我相信你不会辜负我俩的心意。这是古悦生命垂危时留给遥辰的墨迹。

遥辰睁开双眼，陶桃坐在他身边，用心思做着手中的针线活儿。他定眼偷瞧，她还是那样专注地忙着手中的活儿。他把目光移到窑洞里。里面的人横七竖八地躺在地上打呼噜。遥辰让自己的鞋跟发出了声音，咯吱咯吱的响声惊动了陶桃。她柔和的目光落在遥辰身上。

此时，遥辰想说话，想要和陶桃说话。他知道黄土窑洞里的人睡得很酣畅，担心说话声打扰了人家的美梦。

遥辰坐起来移动到陶桃身边，附耳低言说："我们到那棵大树下乘凉好吗？"陶桃点点头。

这里是生产队一块山坡地，离村庄远。来这里干活的人们带着中午吃的饼子和喝的水，午间随便吃喝一点儿，就在窑洞里休息。遥辰不习惯那些汗臭味儿，因此在窑洞外面的阴凉处休息。

遥辰和陶桃来到大树下面。

5月山野风光旖旎，山坡上绿色植物郁郁葱葱。沟畔上山花争奇斗艳，清香四溢。他俩坐下后，遥辰有了一丝尴尬，忘了要说的开头话。陶桃看他不说话，哧哧地笑着说："让人来这里聊天，怎么就不说了？"

陶桃说话时，给了遥辰思考的时间，瞬间有了词儿，说："听说你有一个舅舅在中学教书，你的那位舅妈是小学老师。这是真的吗？"

"你怎么突然问这件事情？"

"当老师的肯定有藏书。"

"你想让我去借书？"陶桃很直率地反问。

"你真聪明。"遥辰的话儿含有讨好的意味。

"过去你嫂子给你带来那么多的书刊呢？"

"我哥哥给我的那些书大部分都是政治读本，阅读一遍就可以了。"

陶桃在思索着。舅舅家有许多各类书籍，但问题在于舅母那个人。她既爱护书籍又吝啬。舅母翻看过的书本，不会留下折痕、污点。有一次她妹妹借去一本书，阅读完归还时，她仔仔细细地检查，发现有一处折痕，当面就数落起妹妹。从此妹妹再也不敢向她借书了。陶桃有些为难，不答应遥辰，她觉得不合适。可她又有些不敢去向舅母借书，但又不知道该怎样向遥辰解释。

遥辰在陶桃阴晴变换的小脸蛋上看出了她有难言之隐，因此说道："难以张口就算了，我们还是说说其他方面的话。"

"不，我就要给你去借。"这句话从口中迸发出来，连她自己也感到惊讶。

"你去舅母家时准备带点什么礼品呢？"遥辰突然提出这样的问题。

"我们这个穷乡僻壤的地方能有什么带的，有蔬菜的季节给带点儿新鲜菜，她一定会高兴的。"

"你知道她最喜欢吃哪些菜？"

"她爱吃红萝卜。不过我们家今年种得不多。"

很快，两个少男少女对借书的事儿有了共识。陶桃说，下次她多给舅母家带点新鲜蔬菜，在她高兴时说出借书的事情。遥辰保证不给书页上面留下污痕。遥辰还承诺，等自己家里的红萝卜长大了，送给陶桃舅舅家一些。

两个月后的一天，陶桃送来一本书，面带微笑把书递到遥辰手中，目光闪烁，分明在说，看看这是我给你借的书。遥辰略显惊喜，急切地说："先告诉我书名好吗？"

"告诉你之前，你得答应我一个条件。"

"只要有了书，提出什么条件我都能做到。"

"我已经给它包好了书皮，看书前一定要把手洗干净。不阅读时，要用这块布包裹好。"

遥辰仔细看了看，包书的这块花格子布洗得干干净净。他没有想到，陶桃如此用心细密。他说："你想得很周到。"

陶桃借来的这部长篇小说，遥辰连续阅读了三遍。他特别喜欢书中的女主人公。对书中林道静这个人物，过去偶然听人讲过。他读完第一遍，林道静给他的印象就已经很深了。

那个时代实行的是三级所有，队为基础，只给每户农民分配少量的土地，由个人自由种植蔬菜或其他农作物。遥辰家也有几分田地。

一天，他到自家自留地的菜园里看了看，发现红萝卜长势喜人。他暗忖，应该拔一些给陶桃舅舅家。

陶桃又要去舅家。遥辰要利用这个机会，把自家的红萝卜送给人家一些略表心意，当然还有一个重要原因，能继续借到陶桃舅舅家里的书籍。倏然他忧心忡忡，担心被父亲发觉。假如把这件事儿告诉父亲，父亲肯定有一百个不同意。这可怎么办呢？

陶桃明天清晨就要动身，前往她舅舅家。遥辰思忖，自己再不能犹豫不决。他趁父亲还没有回来时，果断地动起了手。他把拔掉的萝卜坑用土填平，假如不仔细瞧，是难以发现少了萝卜的。

遥辰父亲回到家里后有一个习惯，要到院落前面的菜园子转悠一会儿，这一天收工回家也不例外。

已经是薄暮时，他仍然一步一步地来到要去的地方。

菜地里出现了异常情况。是谁翻动了菜地里的土，他立即蹲下来要看个仔细。

怎么啦！密匝匝的红萝卜叶子，变得稀稀拉拉的。他凝视细瞧，思考了一会儿，知道了这件事儿是谁干的，顿时心中一股火苗往上蹿。

父亲一走进院子，冲着遥辰立睖眼睛喝问："你把我们家的萝卜弄到哪里去了？"

听见这震耳欲聋的呵斥声，遥辰的腿就有点软了。他晃动着身子走到父亲跟前说："爸爸，我错了。"

"你错在哪里？给我讲清楚。"

怎么讲呢，说真话要连累陶桃，人家是为了自己，不能让人家受牵扯。

本来遥辰从来不说谎，现在不说谎话，这件事情怎么了结呢？他得编出一个不被父亲识破的谎言。他脑海迅速地转动着。他要寻找一个合适的借口。

父亲看儿子低头不语，气得举起的手抖动着说："你咋不说话呀？"

"我不该私自拔萝卜去卖。"遥辰小声说。

"卖的钱呢？给我拿出来。"

"钱我买了一副扑克。"

父亲一下子气得坐在地上，口里滔滔不绝地说，那些菜我们还要用它换油换盐换针线。我们这样的穷人家，你竟然用钱去买扑克。这样下去，一家人的日子怎么过？

安排完妻子后事，于杭回到单位悒悒不乐。他的上级领导也知道了这件事情，担心他长此下去会积郁成疾，故此让他换一下环境，安排他到外地学习。

生活环境的变化，紧张的学习，确实使于杭心情逐渐好起来。海姗也经常打电话安慰几句。为此他十分感谢海姗，打算在适当的时间到局机关，当面表示谢意。

一天，他接到弟弟遥辰的信。

遥辰从字里行间流露出悲观、低落的情绪。

前段时间，于杭没有给遥辰寄书刊。过去给他的那些，基本上没有知识类的书籍。于杭思量，遥辰岁数不小了，他不能光阴虚度，岁月空添。他得学习文化知识啊！过去自己怎么就忽视了这一点。他到新华书店购买了一部分中学课本和农业技术方面的书籍邮寄给遥辰。

遥辰收到书后，不知为什么，把农业知识的几本书本放置起来，闲暇时学习中学课本知识，阅读陶桃给他借来的文学作品。

一次大队书记找遥辰父亲有事，不经意间发现遥辰阅读中学课本。他冲遥辰笑了笑，还说了一句，这孩子有出息。

过了一段时间，大队发了一个通知，任命遥辰为这个生产队的会计。这个小变化给遥辰今后一次机会。

两年后的夏天，生产队种的瓜，行人看见它时，眼睛发亮，馋得口水都要流下来了。队长派遥辰到瓜田，其任务有两项：一是卖出的瓜由遥辰记账；二是晚间与种瓜的柳大爷把瓜看护好，防止被人偷窃。

柳大爷60岁有余，生性耿直，他的那个认真劲儿有时让人感到不近情理。遥辰初到瓜田，柳大爷对这个生产队会计就约法三章：不能随便摘瓜，不要见了关系好的就切瓜，不管任何人吃瓜都得付款或记账。除了这些约束外，他对遥辰蛮不错的，晚上把最难熬的后半夜留给自己，遥辰值凌晨1点以前的班。他有时还从家里带来一些食品、水果，眼盯着遥辰咽下肚子。

一天，生产队队长来到瓜田。遥辰心中暗忖，柳大爷，我看你现在该怎么对待这件事情。

队长坐在临时搭建的草棚。

微风拂拂，瓜香袭人。队长鼻孔里有了微弱的吸气声。柳大爷微微地笑，轻轻地说，你给我派来的小伙子不愧是个有文化的。你看他把那些册子还分了类别，有交现金的，有欠账的，还有外村人买的。我给我俩规定了几条。遥辰你把那几条给队长念念。说到这里，向遥辰瞟去闪烁的有着特别含意的目光。

队长心有所感，没有等到遥辰念出来那几条，交代了几句话就匆匆而去。

队长走了，遥辰心里的话要说出来。他说："人家是来检查工作的。一队之长品尝一下瓜的味道也是应该的嘛。"

柳大爷下巴上花白的胡须抖动了几下，很明显不赞成遥辰的这种说法。他说："我们给队长切瓜吃，其他人来了怎么办？谁都想吃不掏钱的瓜。"他说到这里，瞅了一眼遥辰继续说："等以后留籽种的瓜熟透了，到了那个时候不迟嘛。"柳大爷说的这种籽瓜，是经过精心选出来的优良瓜，给它上面刻上符号，成熟后免费让人吃，但它的籽要留下来，晾干后第二年栽种。

又一个夏天的夜晚来临。月亮像从水里沐浴过，那么晶明莹彻，纤尘不染。微风吹在瓜叶上发出沙沙的响声。碧绿的瓜田静谧而清凉。遥辰沿着瓜田边款步绕了一圈后，驻足举目遥望，宇宙星辰闪烁，月色清幽。他仿佛看到了缥缈而遥远的月宫，顿时想起了桂花树和嫦娥的故事。

遥辰已进入青春年龄，生理上有了明显的变化。过去与同龄女孩在一起，他从不正眼瞧她们，可是现在不知为什么，见到漂亮女孩总想瞥一眼，心中还升腾起一丝愉悦的感觉。有时他心里琢磨，自己要找怎样的女孩呢？娇弱不胜，使性弄气的那些女孩，会给人心理上带来郁闷和烦恼；那些像虎妞那样的女孩他绝对喜欢不起来；那些一点文化也没有的，会形成语言交流和兴趣方面的差异。假若有这样一个女孩将来能和自己在一起生活多好。这个女孩身材优美，容貌清秀，让人感到亲切可爱，当然要有一些文化。他努力搜索曾留下记忆的那些女孩，小学同学中的许婕、林好……人家将来是另外一个层次的人，他这个灰头土脸的农民哪能高攀人家呢。村子里和邻村的那些女孩在脑海中一个一个地飘然而过。突然陶桃的身影似乎出现在眼前。隐隐约约的她，苗条的身材，亮闪闪的眼睛，长长的黑睫毛，高高的鼻梁，线条优美的嘴唇，清秀的面容。瞬间遥辰心中有了些许的不安，思忖：难道自己对陶桃有了意思？一缕思绪袭来，唉，哪里来的这些闲情痴心。

过去，村里有几个好心人给他介绍过几个女孩，他没有片刻的思考就回绝了人家。村里村外的人口虽然不多，但是像这样的信息传播得非常快。有人说遥辰看了几本书，就想入非非，想找个书中那样的漂亮姑娘。有一次陶桃把别人的这些议论告诉遥辰。当时他感到惊诧，暗自说，这些鼓唇摇舌的人怎么能如此地说呢。

他十分感激陶桃，给自己借来了那么多的书。

在这么多的书中，他知道了外面的世界是那样的精彩、美好，令人心驰神往。在那些书中，他了解到人类社会的许多方面。在那些书中他学到了许多词汇，丰富了他的语言，提高了他的表达能力。阅读了那些书，他思路开阔了许多。他有了一个难对人言的小野心，要等待机会，走出小村庄，去到外面的大世界。

茫茫夜空，有几片薄云飘逸。突然瓜田旁边的苞谷地里发出轻微的哗啦啦的声音。

遥辰立即把目光投向那个方向。

响声过后恢复了宁静。遥辰忖度，这静悄悄的深夜会有什么事儿呢？他放下举起来的步枪。

今年春节过后，经过几个月军事训练和实弹射击考核，他已经成为一名武装基干民兵。这支老掉牙的步枪由他保管，现在守护瓜田带到身边却派上了用场，其一能给自己壮胆，其二拉动枪栓可以吓唬来偷瓜的人。

遥辰并没有完全放弃对瓜田四周的观察。过了一会儿，他不但又一次听到刚才的那种声音，还看到一条黑影。

这条黑影像一只四条腿的动物，从苞谷地里爬出来，缓慢地向瓜田深处移动。

他到底是人还是动物？

瓜田离村庄不远，黑夜里有的动物半夜三更来到瓜田偷吃西瓜。

遥辰仔细看，认真瞧。

这条黑影到了圆溜溜的西瓜跟前，就显得慌乱起来。遥辰看得真切，一个又一个大西瓜飞进一条袋子。

有人偷瓜！吓跑他呢？还是抓住他？遥辰立即做出选择，应该逮住他。

可是逮住他，他一个人单枪匹马难以完成。他必须告诉柳大爷。

现在遥辰所处的位置正好是黑影与柳大爷睡觉的茅屋的中间。他忖量，要走那么远的路，很容易惊动黑影。

这个黑影一旦发觉不远处有了人，就会立即逃之夭夭。

遥辰想要做的事情是，此刻不让偷瓜者发现看瓜的人。

遥辰学着那条黑影的动作，蹑足潜踪，向柳大爷睡觉的地方匍匐。

当遥辰返回刚才黑影摘瓜的那里时，那条黑影已不见踪影。他睁大眼睛扫视，目标终于出现。此时柳大爷一边提裤子一边小跑着来到遥辰跟前。

遥辰手持步枪向偷瓜者追去。

黑影已经发觉有人追来。

他扔掉两个西瓜，背起鼓鼓囊囊的袋子，慌忙地沿着田间小径奔跑。

遥辰毕竟年龄尚小，怎么能跑过一个壮汉呢。

此刻遥辰心里十分清楚，他必须采取措施，发挥手中步枪的威力。

他大声喊一声，站住！再跑一步我就开枪。

遥辰迅速拉动枪栓。

金属的撞击声划破清寂的田野。

那条黑影瞬间倒在地上。

遥辰和气喘吁吁的柳大爷跑到黑影身边。

趴在地上的这个人，心跳气喘，惊恐失色，浑身颤抖着。柳大爷一眼就认出了他。

柳大爷喊了一声，"尤青！"又说道，"这么大岁数的人了，深更半夜不在家里睡觉，来到这里干这些不光彩的事。"

尤青，年龄35岁左右，是邻村人。

尤青突然双膝跪下，碰地有声，嘴里重复着一句话，求求你们放了我吧。

刚才遥辰只是吓唬这个人，枪膛里面并没有装子弹，现在看他弯腰屈背的那副可怜巴巴的样子有了恻隐之心。

"放了你，以后又有人这样偷偷摸摸地拿走生产队的瓜让我们怎么交代？"柳大爷凌厉地说。

"这件事情让人知道了，我的孩子怎么出去上学。只要不连累我家里的人，你们让我做什么都行。"尤青说着说着就痛哭流涕的。

能看出来柳大爷的心也软了。他若有所思，口气变得温和了一些，喃喃自语，这该怎么办呢？

遥辰悄悄地在柳大爷耳边说，今天晚上发生的事儿只有你知我知。

柳大爷知道遥辰这句话的意思，瞥了一眼尤青，突然想起了什么，急匆匆地打开那条袋子，把那几个西瓜用手摸来摸去的。

遥辰感到很奇怪，心想他这是怎么啦。

尤青突然意识到什么，大声说："我鬼迷心窍，挑拣了两个刻有痕迹的大西瓜。"

柳大爷摸瓜的手停下来，胡子抖动起来，怒气冲冲地说："把装瓜的袋子留下来，在白纸上写清楚摘了几个西瓜。"

尤青什么话儿也没有说。他背着装瓜的袋子，耷拉着脑袋，跟在柳大爷屁股后面走进茅草屋。

尤青用颤抖的手抓起钢笔，在纸上留下几个歪歪扭扭的字后，嗒丧而去。

尤青沉重的脚步声渐渐远去，柳大爷脸上气呼呼的神色还没有变过来。他嘴里叨叨着，这个尤青也太贪心了，竟然把我费了好大劲儿挑选出来的留籽种的瓜摘了下来。这种瓜是有数目的，队长一个一个看过，少了两个，我给人家怎么交代。明天早晨，我要把这件事情给队长讲清楚。他留下的这个字据是飞不走的。

遥辰仰望隐约闪烁的银河，心里却难以平静下来。他了解尤青这个人。他是个心地老实、本分的农民。过去他从未听说过这个人有什么偷盗行为。今天晚上为了那么几个瓜，付出的代价该是多么的巨大。今后他如何面对亲戚朋友和一个又一个熟面孔。他的妻子，他的子女今后将如何见人。做这件事儿以前，他为什么想不到这些呢？

尤青那件事情的第三天，瓜田来了一位大队干部，他受大队党支部书记指派，了解尤青偷窃一事。

来人在了解情况的同时，说了一件事，尤青和他老母亲的事情。

令人难以想象出来，尤青偷瓜是为了70多岁的母亲。

这位老人卧床久日，病在重危。她感到自己在人世间的时间不会太久了。她回忆起艰难的往事。人要走了，得满足一下自己吧。戏里面犯人临刑前还吃肉喝酒的。她现在唯一想要得到的是，在这个酷暑热天，吃几口西瓜多好哇！她知道家里的境况，现在连一包盐都买不起。要不要把想吃瓜的事儿说给儿子。她思量了一番，还是把这个想法告诉了儿子。

尤青笑吟吟地说："您老人家怎么不早说呢，我一定去弄个瓜来。"

答应了母亲后，尤青犯愁，买瓜的钱从哪里来？只能去借。他走了几家，都是空手而归。有的人家确实没有，有的人家即使有，也不愿意借给他，因为尤青没有偿还能力。既然没有钱买，也要不来，那只能去偷。偷字从脑海里闪现出来，把他吓了一跳。他和他的家人从来没有干过那些见不得人的事情。那怎么办呢？母亲危若残烛，到了这个时候，她提出的只是那么一点儿要求，当儿子的难道就满足不了她吗！尤青眼里禁不住地滚下泪珠。

于是，趁着夜深人静，他走出家门，来到一块苞谷地，蹑手蹑脚走到瓜田边，弯腰屈背，两手落地，模仿四条腿动物走路的样子，爬入瓜田。

柳大爷听后默然不语。他在想些什么呢？遥辰不知道。遥辰想到的是，不管怎么说，也不能偷。如果尤青把这件事情说给柳大爷，说不定他会发善心的，送给他一个留籽种的瓜，吃后当然要收回瓜子的。

来人是大队会计。他是该大队唯一的高中毕业生。他品性敦厚，才华出众，遥辰十分敬重他。

过去，他曾多次帮助遥辰解决记账方面的难题。这个人情遥辰一直未还，现在是个好机会。但遥辰却担心，目前的这种气氛，他的确难以说出口。他就是说出来，人家哪能同意呢？遥辰思量了一会儿，觉得等他临走时送给他两个西瓜比较可行。当然账是记在他遥辰的名下。

遥辰把柳大爷叫到一边，附耳说了几句。柳大爷笑着说，你这个小家伙很有良心。柳大爷提出一个建议，把尤青摘的那个籽种瓜，让大队会计顺便带给尤青母亲。

尤青偷瓜的经过并不复杂。柳大爷口气平静地叙述得清清楚楚。随后大队会计说出对尤青的处理意见。他说，尤青必须做出书面检查，还要保证今后不犯；摘下的那些西瓜，过秤后按当时价格的一倍予以扣款。

大队会计临走时，柳大爷抱来三个大西瓜。起初，大队会计只收下给尤青母亲的那个西瓜。遥辰费尽口舌，柳大爷在一旁也替遥辰帮腔，他才勉强将瓜带走。

两个多月的瓜田活儿即将结束，遥辰心中有一件事情总未了却。陶桃为自己付出了那么多，一趟又一趟去借书、还书。礼尚往来，遥辰要给人家表示一下。他曾经想过，给陶桃送一个大西瓜。这么简单的事情，可办起来却非常难。在这段时间里，陶桃没有在瓜田边露面。他哪能把瓜抱到她家里。他想带话让她来瓜田里，就是找不上一个合适的人。一天一天过去了，有那么一天，遥辰突然想出另外一种表达方式。

自从尤青的事情发生以后，不知为什么遥辰的心情总是好不起来。

一天，晨露未晞，遥辰有了闲情逸致，一会儿仰望邈远的蓝天、白云，一会儿遥望田园风光。他感到阳光是那么的温暖宜人，风是那么的凉爽舒心。他信步来到瓜田不远的绿树成荫的渠畔，望着潺潺流水陡然想到，把那些瓜子拿到这儿用水冲洗净，晒干后送给陶桃多好。

瓜田里经常留下一些瓜子。平时柳大爷和遥辰都不看重它，有人要就送给他。遥辰抱怨自己，过去怎么就没有想到这些呢。

他急匆匆来到有瓜子的草棚前蹲下来，一粒一粒地拣，一粒一粒地挑选。他把那些个头大、颗粒饱满的瓜子挑拣到一起。柳大爷觉得奇怪，问道，你不是不喜欢嗑瓜子吗，把它收拾起来有什么用处？

把全部心思用在拣瓜子上的遥辰，听到这句话一时语塞。他终于有了一句合适的话，说："把它洗干净，送给我昔日的一位同学。"

在以后的一些日子里，遥辰有了闲时间，把瓜棚地上的黑瓜子捡起来、拿到渠水中洗干净，然后晾干包起来。

遥辰给陶桃送瓜子有了机会。

一天，陶桃父亲领着陶桃来瓜园买瓜。柳大爷和陶桃父亲去摘瓜。这可是个好机会。遥辰把目光投向她。她的目光同时瞟向了他。他俩会心对视着。须臾之间，她面红颜赤，他也怯怯羞羞的。

遥辰先开口说："今天太阳快落山时有时间吗？"

陶桃神情有了变化，显得有点矜持，不解地问道："有什么事情难道现在就不能说吗？"

遥辰感到自己刚才的那些话儿有些唐突，微笑着说："有一包瓜子，我送到你家门口那棵大树下面。"

陶桃嗯了一声，浅浅一笑。

夕阳未落，余晖洒在田野上。

遥辰来到那棵大树下面。陶桃已经在那里等候。遥辰向四周扫视了一眼，迅速把一包足有2斤重的瓜子递到陶桃手中。陶桃微笑着说："这么多！"就快步走进大门。她真的担心被一些轻嘴薄舌的人看见，这样会惹来麻烦的。

瓜田拉蔓后，队长给遥辰安排了一项新工作，让他担任组长。起初遥辰并不乐意和一些女孩在一起干活，嘴里哼唧着说："我一个男的怎么和她们天天在一起。"队长勃然不悦，大声说："和她们在一起，有什么不好，人家干的活儿比你还要好。"遥辰只能答应。

队长说的话是对的，遥辰和这些女孩在一起干活时，的确还要她们帮忙。

遥辰刚走马上任就被那些女孩们搞得有点儿狼狈不堪。幸亏有陶桃助他一臂之力。

那一天早晨，凉风瑟瑟，太阳刚刚露出山峰，遥辰和10个女孩荷锄来到浓绿满眼的糜子地里锄草。这是他们小组的全体成员。

遥辰很自信地排在第一位。他是组长，这是应该的嘛。他双手用足劲儿，以最佳姿势快速地挥动银光闪闪的锄头，向前冲去。

身后怎么静悄悄的。遥辰回首瞅了一眼，10个女孩说说笑笑，还没有挥动锄的意思。他有点儿沉不住气了，瞟了一眼她们说："你们快点儿跟上来。"这几个女孩并不理茬儿，还是嘻嘻哈哈地闹着玩。遥辰暗自说，别和她们一般见识，等追不上我的时候，看她们还会这样的轻松、潇洒吗。

大约向前锄了二十几米远，遥辰耳闻有哧哧的黄土破裂的声音，这种声音越来越近。直觉告诉他，女孩们追上来了。他顾不上向后瞧，一伸一拉的，使锄头闪动得更快了。

第一个女孩用优美娴熟的动作超越了遥辰，他来不及擦额头上的汗珠。第二个又冲了过去。紧接着第三，第四……

大汗淋漓、喘着粗气的遥辰眼睁睁地瞅着，一个又一个一脸傲然的年轻女孩（这是遥辰的感觉），把他甩在后面，距离还在拉远。突然他听见身后还有锄头摩擦黄土的声音。遥辰有了一丝轻松感，回头瞟了一眼，是陶桃。他心里嘀咕，陶桃干活一向手脚利索，现在怎么比我还慢。

遥辰想安慰她一句，不要着急嘛。他的话儿尚未出口，陶桃却把话说在他前面。她说："别急我帮你，能超过她们几个人的。"

生产队收割农作物、锄地等项活儿都是按行计算的，每人4行或6行不定。现在他们每人6行向前锄。陶桃知道遥辰干这种活不是这几个女孩子的对手，故此有意留在最后面。她让遥辰锄4行，留下的2行替遥辰锄。刚开始遥辰怎么也放不下架子，心想着一个大男人如何让女孩帮忙。到后来女孩们把他甩得越来越远，不得已才同意陶桃的要求。如此一来，他向前推进的速度明显快了许多。

前面的那些女孩们，刚才为了在这位风华正茂的少年跟前显示一下自己的能量，是用足了力气的，因此身体消耗大，后来她们手中的锄把就不那么挥动自如了。陶桃和遥辰加快前进的速度。他俩终于追上一个，紧接着又越过了一个。当她俩超越了几个人之后，陶桃悄声说："再不能超过前面的，那几个我们比不过。"就这样，一个上午的你追我赶中，陶桃和遥辰一直处于中间位置。

在后来的日子里，他们干这些有明显个人数量的农活时，陶桃总会帮着遥辰。

在一些姑娘们看来，陶桃对遥辰有了眷眷之情，她们有时还在陶桃面前说上几句玩笑话，可陶桃笑而不语。

陶桃和遥辰之间本来还没有发生什么事，可村上有的人说闲话儿，后来就传到陶桃父亲耳朵里。

陶桃，内聪外秀，身材容貌很好看。他父亲对她期望值高。这个期望就是让她今后有个家境好的丈夫。

陶桃到了情窦初开的年龄，出落得水灵灵的。她和遥辰的关系依然让别人捉摸不透。但遥辰有一种明显的感觉，她已经不是过去给他借书或帮他干活的那种关心。现在他俩单独在一起时，她身上散发出女孩迷人的气息。但遥辰并没有把自己真实的情感流露出来。陶桃毕竟是偏僻小村庄的女孩。如果说她萌发了爱情，这只是出于心灵上的陶醉。这种质朴无华的情感难免是，心有灵犀不易通。况且他俩的关系要深入下去的话，必然会受到各种因素的制约。他俩本身尚未具备冲破强大阻力的能力。

一天，遥辰晚饭后信步来到离陶桃家不远的一棵柳树下面。他注视她家的数楹茅屋，盼望她从大门口走出来。他瞧了一会儿，陶桃家院落里连个人影儿也没有。他不能在这里伫候太久，让人看见多么的不好意思。

遥辰神情黯然，边走边自言自语，别自作多情，还是到渠畔散散心吧。

微风习习，树枝摇曳，几只小鸟儿站在枝头吱吱喳喳叫个不停。

小渠跌水那里有个女孩。她挽起裤腿，赤脚在清澈的水中，弯腰双手戏水。她的姿势十分优美。遥辰喜之不尽，悄悄来到离她不远处。

他看得非常清晰，她用清莹的渠水洗脚、洗腿、洗脸。他打算反身离开这儿。也许这个女孩听到轻微的声音，蓦然回首。刹那她脸上绽放出灿烂的笑容，但一瞬间消失得荡然无存，流露出郁悒的神情。遥辰对她神情的变化，弄得无所适从，怔怔地瞅着她。

不一会儿她从渠水中出来穿上鞋说："本来我是要找你的。干了一天的活儿，身上沾了许多灰尘，来这里洗一洗，之后去找你。"

看着陶桃郁闷不乐的神清，遥辰猜出她有了什么事情，但又不便于问，随口说了一句，我在这里碰见你很高兴。

陶桃沉思片刻，给遥辰讲述了她家里发生的一件事情。这件事与陶桃未来的生活息息相关。

昨天中午，村上的焦二嫂领着一位身材颀长，腼腆斯文的小伙子。她一走进屋门笑呵呵地说："这是我的一个远门亲戚，叫迟野，初中毕业后跟着人学会了木工活。有了这个技术就不愁没有钱。他的容貌你们仔细瞧瞧。我只是牵红线，做一件好事。"

陶桃父亲看了一眼垂手侍立的英俊的小伙子，脸上浮出惊喜。陶桃母亲盯着这个小伙子眼睛也不眨一下。

迟野明眸闪亮，把柔和的光落在陶桃身上。从他的脸上能看出，他非常喜欢这个亭亭玉立的女孩。

陶桃低垂着头，心中暗忖，这件事儿怎么来得这么突然，自己该怎么办？

焦二嫂是个明白人，她从陶桃父母亲神色的变化中，读懂了他俩对女儿这件事情的态度。她说了一句："你们做父母的商量一下，给我回个话，而后给小木匠使了个眼色，迈动脚步，走出这间茅檐土壁的屋子。"

听到陶桃的这番话，遥辰的脑海里十分紊乱，一时难以理清。他用低沉的语气问陶桃："我有一个问题，你能如实回答我吗？"

陶桃说："我一定会的。"

"你对那个小伙子第一印象如何？"

"他的外表让人看得过去。"陶桃说后目光黯淡。

遥辰心情逐渐平静下来。他知道自己家里没有迟野那样的经济条件。他和陶桃都没有能力违背父母亲的意愿。他神情沮丧，语气中包含着无奈，说："我只能恭喜你。"

听到这些话儿，陶桃无言可对，困惑地注目而视。突然她泪水吧嗒吧嗒地打在衣襟上。

遥辰没有和陶桃回村子里，而是向村边的那条弯弯的小路走去。

陶桃要结婚了，这个消息传播得很快。村里村外的姑娘们，还有那些姑娘们的父母亲无不羡慕。

明天陶桃要离开在这里生活了十几年的村庄。遥辰想看看她姑娘时的最后一眼。当他走出家门后有一种感觉，陶桃会出现在眼前。

陶桃确实与遥辰不期而遇。

遥辰心境凄凉，步履缓慢，打算到离陶桃家菜园子不远的树林等她。站在这里，只要陶桃的身影出现，他会看得真切。

当遥辰走到陶桃家菜园子时，陶桃手里拿着几个萝卜往家里走。显然这是她刚从地里拔出来的。

听到脚步声，陶桃立即把目光投到遥辰身上。

这一次，陶桃说的话不多。

时光易逝，几十年过去了，陶桃的那些话儿依然清晰地留在遥辰脑海中。

当时，陶桃语气中略带伤感，说："我要离开了。你曾经说得很对，我们这里的年轻人，无法违背父母亲的意愿。你的条件不错，将来会有一个幸福的家。你知道我为什么一次一次给你借书，因为你喜欢读书。我喜欢你刻苦学习的那股劲儿。你将来一定会成为一个有文化的人。"

四

　　嶙峋的山峦与飘逸的白云连在一起。它的峰巅有一座院落。看到耸立的自立式铁塔，人们会联想到，这里是一座无线电发射台。

　　于杭来到这里已经有半年多。他的身体逐渐适应高山空气稀薄带来的反应。

　　这是个只有四五十人的单位，除行政人员外，大部分都是机房值班人员。令于杭感到不可思议的是，这里竟然没有一名无线电专业毕业的技术人员。

　　在过去的几年里，于杭从海姗给他的那些无线电书刊中学来的理论，拓宽了知识视野，现在有了用武之地，机器一旦发生比较大的故障，都要他去排除。

　　新的环境使他心情舒畅。让他放心不下的是弟弟遥辰。他年龄已经不小了，再过几年就失去了走出家门到外面工作的条件。他曾给弟弟联系过几个单位，人家都认为遥辰没有中学文凭，文化程度太低。虽然于杭用许多事实说明遥辰已经掌握了中学文化知识，但是人家要的是硬件，盖印章的毕业证。他正在为此事苦恼的时候，遥辰有了一次机遇，准确地说，是大队会计给他带来的机会。

那一天吃过午饭，遥辰来到他喜欢睡午觉的一棵大树下面，那是个纳凉僻静的好地方。树冠浓密的枝叶遮住了阳光，躺在树下清风轻拂你的面孔，使你感到凉爽、惬意。仰卧时可以遥望天空飘动的云朵儿。侧卧能欣赏到蝴蝶纷纷上下狂的情景。还能听见雀儿啾啾唧唧的叫声。干了一上午的农活儿有一种身心俱疲的感觉。

他滚动了一下躯体，信手拿起身边的书本翻阅。

这本书是他哥哥于杭寄来的。

风清日朗的夏日，到了中午饭后他都会来到这里，躺在绿树浓影下翻阅一会儿书本，然后小憩。可是此时他总觉得有什么事儿要发生。他躺了一会儿就坐起来环视四周。他希望有人在眼前出现，能和自己聊上一会儿。最近不知为什么他有一种孤寂的感觉。突然眼前的小径有一个人向这个方向走来。遥辰看清楚了他的模样，大声叫了一声裴会计。

来人背着一个包，来到遥辰跟前，笑容可掬地说："猜猜看，我这次来找你有什么事情？"

大队会计每次来找他，不是统计有关数字就是填什么表格，有时候还帮助他解决账务上的一些难题。遥辰仔细看看裴会计，他面有喜色。他想了想，猜不出他来这里的目的。他知道如果是上面的那些事儿他不会中午来的。他一定有什么重要事情。过去他曾向裴会计吐露出自己要走出去的想法。他心里琢磨，他带来的不会是这方面的好消息吧。假如真是这样的话，那该是多么好的事儿。

裴会计注视着遥辰，用亲切的口吻说："你没有想到吧，你有了一个走出去的机会。"

遥辰相信他说的话。裴会计为人雅正，说话严谨。因为这件事情来得太突然了，遥辰喜之不尽。

"但你别高兴得太早，还需要做很多方面的事情，假若其中的一个环节上出了问题，这件事儿就会化为泡影。"裴会计说着，从包里抽出一张表格递到遥辰手中。

这是某施工单位的招工表，遥辰捧在手中看了一遍又一遍，暗下决心，不管有什么困难和障碍，一定想方设法排除。

遥辰懂得机遇对一个人的重要性，一旦失去，何日才能遇到，那就很渺茫了。

他思索了一会儿，感到办成这件事的难度比较大。

裴会计看到遥辰的脑袋突然耷拉下来。

裴会计心里也十分清楚，如何把这个生产队的那几本账簿从遥辰手里交给另外一个人，这确实是一件难办的事情。

遥辰把村上那些识字的人一个一个地比较。比来比去还是觉得没有合适的人选。他茫然地瞅着裴会计。

裴会计看他焦急的这个样子，思考了一会儿微笑着说，这么办好不好，你把会计账本交给出纳员，找一个接替出纳员的人，你不就脱开了身吗？

瞬间遥辰的眼睛亮了起来，他说，这可是个好办法啊，我怎么就没有想到呢。

接下来的事是，取得两个关键人物的同意，一个是大队党支部书记，一个是生产队队长。裴会计和遥辰商量了一会儿，觉得找支部书记说这件事儿裴会计比较合适，找队长办这件事，遥辰较为妥帖。

下午上工的时间快到了，裴会计叮咛了几句应注意的事项后匆匆而别。

这天下午，遥辰一腔心事的样子。别人还以为他家里有了什么不愉快的事情，其实他正在绞尽脑汁，千思万想，如何让队长说出同意这两个字。

遥辰心里十分清楚，这件事一旦考虑不周到，队长坚持一个不字，他只能是空欢喜一场。

队长是个年届 5 旬的中年人，他吃过晚饭想躺到炕上舒展一会儿筋骨，就在此时遥辰一副蔫不唧的样子走进来。

队长心里揣想，这个时辰遥辰很少来他家里，他一定有什么急事。

遥辰寒暄了两句就说起了来的目的。

到这里之前遥辰已经为自己编造这样一个理由，他说："听说最近要办一个农业中学，我文化底子太差，想到那里学习两年。在那儿学习是需要时间的，这样一来账务方面的事情就忙不过来了。请队长考虑考虑，再安排一个人做会计工作，我可以集中精力学习文化知识。"

队长听到这些话的反应是，睁大眼睛在遥辰脸上凝视了一会儿，然后摇了摇头，嘴里含糊不清地嘀咕着什么。

遥辰看到他这副样子急切地说："我们生产队有能担任会计的人。"

队长猛然问道："除了你还有谁？"

"出纳员不就是一个很好的人选嘛。"说到这里他瞟了一眼队长，又进一步说："人家当了那么多年出纳员应该提升一下，这样的话我的事儿解决了，这种两全其美的事多好。"

队长凝重的神色舒展开来，他用犹豫的口气说："大队里能同意吗？"

"这个就不麻烦您了，我去找书记说。"

队长有了附加条件，说："大队书记没有同意以前，我说的话是不算数的。"

遥辰说了一声谢谢，就离开队长家。

事情竟然进展得如此顺利，几天后遥辰就把会计账簿交给了出纳员。遥辰心里清楚，他生活轨迹的改变，主要是裴会计帮忙的结果。

队长知道遥辰不当会计的真正目的时为时已晚。这时遥辰正在为远离家乡做准备。

一个阳光灿烂的早晨，遥辰双肩背着行李卷，兴致勃勃地来到村口。忽然，他抬头看见队长等候在弯弯的小路旁边。

他知道队长站在这里为他送行。队长笑着说："没有看出来你这个老实人蛮有心机的，当时你如果说实话，我哪能不同意这么好的事情呢？"

遥辰微笑着说："我担心有意外之变，现在看起来那时我想得太多了。"

斗转星移，遥辰在外面的世界中度过了两个春秋。两年时间在人生的旅途中不算太久，但对一个处在青春年华的人来说，这些时光十分珍贵。

一个人要有所作为，要改变生活轨迹，不但要靠自身不懈的努力和坚毅的付出，机遇也非常重要。

遥辰又有了一次机遇，他的这次机会是与偶然发生的一次工伤事故有着某些关联。

那是一个雷雨交加的天气。在旷野施工的遥辰和他的工友们，来不及撤出施工现场就被狂风暴雨袭击。他们只能躲在脚手架下面任风雨吹打。

狂风吹得建筑材料翻滚，倾盆大雨向下飘泼。突然空中掉下一根木板砸在瞿印盾右胳膊上。只听得一声惨厉的尖叫，瞿印盾横躺在泥水中。

遥辰首先冲到他跟前，拉开瞿印盾的衣袖。遥辰看到瞿印盾破裂的肌肉和粉碎的白骨惨不忍睹。

很快其他工友也来到瞿印盾身边。遥辰和他们一起抬着伤员，向队部卫生室慌慌忙忙跑去。

伤员经过医生止血处理后用大卡车送到省城医院，经专家会诊，确定的治疗方案是截肢。

现在出现的问题是，动完手术的他需要人在身旁护理。瞿印盾的老家在一个遥远偏僻的山村，即使让他的家人以最快的速度来到医院，也需要3天时间。在今后的这几天里，谁在病床旁边照料他。

护送瞿印盾来医院的几个年轻人，一个一个地蹓出病房，只有遥辰守候在刚从手术室出来的瞿印盾床边。

过了一会儿工夫，施工队的分队长走进来用目光在遥辰身上瞟了几眼，口气温和地说："有件事情和你商量一下。"

遥辰知道他要商量什么内容。他打断这位分队长的话，口气果断地说："瞿印盾家里人没有来到这里以前我护理吧。"

分队长露出满意的微笑，一脸的轻松走了。几个不愿意留在病房中的年轻人也走了。

他们走了，遥辰在这里遇到这样一些事情。

人静黄昏后，遥辰一身的疲乏挥之不去，但依然要守护在瞿印盾身旁，用手扶住插针的部位，以防止因躯体翻动时针头脱落。

插在瞿印盾血管里的液体换了一瓶又一瓶，他得一遍又一遍叫值班护士换药。

液体源源不断地流入他身体内部。他体内那些多余的缓慢流动的水，必然要排到外面。

这些流出来的尿液，挥发着刺鼻的气味。遥辰不厌其烦，一趟又一趟，把它倒入洗手间便池。

夜深人静时，遥辰有一些招架不住了，正想趴在床边打个盹儿，突然地上有哧哧的声音，他的脑袋顿时清醒了许多。他低头向那个方向瞟了瞟，一个女人从对面床下面往外爬。

遥辰不知道她的名和姓。

他对这个女人的了解是，她是对面床上刚动完手术不久的病人的妻子。

这位少妇爬出来，有点怯怯羞羞的样子，用柔和的目光瞄了一眼遥辰，口气诚恳地说："你一个人忙了这么长的时间，应该休息一会儿，我替你看着。"

遥辰非常感动，但他不能把自己的责任转移给人家。他用感激的目光望着这位少妇说："我不困乏我看护。"这位好心的女人被婉言谢绝后，缩身退步又爬到那张床下面。

遥辰弯身向她栖身之处瞧了瞧，这个女人一副悠然自得的样子躺在铺着一条褥子的地上。那个时候遥辰确实十分羡慕人家。

大约 3 个小时后，少妇又爬出来。这次她并没有提出要替换遥辰，只是劝说让遥辰改变一下方式。

她让遥辰把头趴在床头柜上面，然后把手放在伤员插针的部位，这样做就可以睡一会儿。

这个办法的确很不错，在以后的几个夜晚，遥辰都是这么做的。

第二天，遥辰就知道了病床上躺的那个男的和地下睡的那个女人的一些事情。

男的叫厉少钦，是郊区农民。几天前他从自家的屋顶上摔下来腿部骨折。结婚不久的妻子把他送到医院动手术。让这位憨厚的农民躺在病床上放心不下的是，家里的老母亲卧床不起。他们离开她就无人照料。厉少钦和妻子叙说这件事情时，流露出一副愁眉苦脸的样子。

厉少钦刚动完手术必须要有人在身旁护理。他们病入膏肓的老母亲也需要有人做饭送水。

一夜未眠的遥辰看到厉少钦和他妻子脸上挂着浓浓的忧愁，思忖，自己应该为他们尽一些微薄之力。他用商量的口吻说，你们有了事情我来帮忙好吗？

厉少钦把目光放在遥辰身上扫视了一遍，并没有说什么话。他知道人家是工人，自己是农民。他的事儿与人家毫无关系。此时他妻子想的与他不同。她虽然和遥辰相处的时间很短，但是她能看出来遥辰是个好人。她知道遥辰会帮助他们的。现在她和丈夫到了别无选择的境况中，遥辰提出来要帮忙，这是一件多么好的事情啊。

她一副羞羞答答的样子，偷偷地瞧了一眼遥辰，试探性地问道："你能帮助我们吗？"

遥辰说："生活中每个人都会遇到困难。有些困难除了要自身克服以外，还需要得到他人的帮助。大家在一起帮忙是应该的嘛。白天我在这里多操一些心，你可以回去照顾家里的老人。"

厉少钦用感激的眼神注视着遥辰说："我们素不相识，你这样做让我们怎么感谢才好。"

"这点儿小事费不了多大的劲儿，感谢什么。"遥辰微笑着说。

厉少钦的妻子离开医院时，丈夫一再叮咛，来时一定要多带一些水果。

护理卧床不起的重病者，并不是遥辰想象的那么简单、轻松。这两个刚动完手术后的病人，一会儿那个体温高，一会儿这个血压不稳定。遥辰一会儿叫护士换药，一会儿给他们端便盆，忙得团团转。

太阳下山了，厉少钦妻子并没有回到病房。天上有了星星，她还是没有走进来。

厉少钦在病榻躺不住了。他亲眼看到遥辰忙碌了一天，心里实在过意不去。他琢磨，妻子晚间不返回来的话，遥辰是难以支撑住的。母亲是不是出了什么事情，要么她这么晚还不来呢？

遥辰从厉少钦焦灼不安的神情知道他想的是什么。他安慰厉少钦说："别着急嘛，即使她不来，晚上我在这里，能坚持住。她如果不来，家里肯定有了事脱不开身。你现在最需要的是安静地休息，这样对手术后的愈合有好处。"

夜静谧，窗外的月光姗姗移动。等待着妻子归来的厉少钦意识到她不会来了，她去了那么久家里到底发生了什么事情呢？

凌晨1点多，他感到体内灼热，浑身上下汗水流。处于这种状态，他不忍心再让眼前这位年轻人为自己操心。

数十个小时没有睡眠了，加之过度的劳累，遥辰爬在床头柜上困眼蒙眬，突然感到厉少钦有了事儿。

他猛然站立起来，问了几声，厉少钦一点儿回音都没有。他用手摸了一下厉少钦额头，感到热辣辣的，他慌忙向医生值班室跑去。

厉少钦体温骤然升到40摄氏度。医生说，如果再迟几十分钟，他的生命就很难保住了。

厉少钦被抢救过来了。医生批评他说："你的身体感到不舒服，怎么就不说一声呢。"

"他这两天真够累的，我不忍心再麻烦这个小伙子。"厉少钦动情地说。

"我累一点儿有什么呢，你这样憋下去会发生大事的，再不能这样做。"遥辰亲切地说。

厉少钦看到遥辰真诚的目光，眼睛湿润了。

第二天黄昏，厉少钦妻子满头大汗地闯进来。她擦干脸上汗水，给丈夫述说家里发生的事情。

她回到家收拾屋子，烧水做饭，给风烛残年的老人喂药。她忙乎了大半天，看看太阳快沉下去了。

当她正准备离开时，突然老人上吐下泻。那个晚上她守在老人跟前离不开。天亮了，她去找乡村医生。

老人服了止泻药，病情有了好转。等老人恢复正常后，她心急火燎地返回医院。

又一个黑夜来临了，病区静悄悄的。病房里的人一个个进入深沉的梦乡。遥辰十分困倦，想趴在床头小憩一会儿。

突然他感到一束亮晶晶的光射过来。他瞥了一眼，病床下的少妇正在瞧他。

她发现他注视自己，不好意思地低下头轻声说："你去睡吧，都两天两夜没有休息了。"抬头看看丈夫和瞿印盾接着说："他俩有了什么事情有我呢。"遥辰确实感到很困乏。但他知道这两天她也没有睡觉，他哪能让一个弱女子守护两个病人，微笑着说："这段时间我在屋里坐，你在外面跑，该休息的是你。""不，我不累。"她说到这里望了一眼遥辰接着说，"你别硬撑了，你累得眼皮都抬不起来，快到床下面睡吧。"之后，把自己的褥子拿到瞿印盾床下面，拉开来铺得平展展的。

遥辰和这位少妇为这件事儿争执了好一会儿。最后的解决办法是，两个人轮流值班，一个前半夜，一个后半夜。值班的床头坐，不值班的床下面睡。

瞿印盾少了一条胳膊，多了一些悲观。他低落的心情使心理发生了变化，原来的那种平和的性情变得有了一些烦躁。遥辰为他付出辛苦的同时还要承受心理压力。当他受到一些委屈时，很快意识到，自己是一个健全人，没有理由给一个刚失去一条胳膊的人增添忧伤。他用温水浸过的毛巾给瞿印盾擦脸，还给他讲一些有趣的事情。瞿印盾的心情逐渐有了好转。

第四天，瞿印盾的家人来了。一个是皮肤黝黑的他的弟弟，一个是他的叔叔。当他们看到瞿印盾的半只胳膊，都心疼地掉下了眼泪。之后，他们就住进单位为他们安排的旅馆。

遥辰期盼他们来有两层意思，一是瞿印盾看到亲人精神上会好一些，二是他们来了以后，可以缓解一下自己过度的劳累。

但遥辰看到的是，两个人只是象征性地在病床上坐了一会儿就一走了之。

瞿印盾的这两位亲人没有尽亲人的责任。忠厚老实，为人善良的遥辰在他们面前能说什么呢？他做的事情依然是，精心护理工友。

瞿印盾终于出院了，遥辰也解脱了。以后的时间里，遥辰为瞿印盾做的那些事情虽然他自己渐渐淡漠了，但是瞿印盾并没有忘记在医院期间遥辰对他的悉心照料。他给上级部门写了一封感谢遥辰的信。

遥辰的上级部门收到两封信，另外一封是厉少钦从邮局寄来的。

让遥辰万万没有想到，这两封表扬信给自己带来了如此的结果。

瞿印盾出院两个月后的一天，单位领导把遥辰叫到办公室和颜悦色地说："我们单位虽然发生了伤残事故，但是也涌现出一名积极分子。"遥辰丈二和尚摸不着头脑，怔怔地望着这位领导。领导接着说："局团委的申琳看了瞿印盾和厉少钦述说你事迹的两封信后深受感动。他认为你的那种表现十分可贵，应该大力提倡，并推荐你参加学习毛主席著作积极分子学习班。他建议在这个班上，你是重点发言人。"这位领导说到这里，注视了一会儿遥辰接着说："这两天你什么工作也别干，静下心来，认真写一份发言稿。稿子写好后拿来我看看。请记住，三天后，也就是 25 号，你要到局里去报到。"这位领导突出了 25 号这个日子。

遥辰对这位领导说："我并没有做什么，写什么呢？"说到这里，脸上露出畏难情绪。

你将要说的内容，由你来决定，但上级的安排是不能违背的。这位领导给出了底线。

遥辰从"由你来决定"这句话得到启发。他回到卧室，坐在平时写字用的一张石桌前，思索了一会儿抓起钢笔，随意挥洒。

几个小时后，他给这篇几千字的草稿画上最后一个小圆圈。

学习班前一天晚饭后，他信步来到幽静的小河边，将发言稿默读了数遍。

公路工程局领导对这个学习班颇为重视，几位局领导莅临现场参加学习，听取学员发言。

两天的政治理论学习很快结束了。学习班的安排时间剩下最后一天。

这一天对参加这次学习班的学员来说十分重要，因为这给他们提供了一次机会，可以在这个平台上展示自己。他的出色讲演就有可能引起局领导和组织部门负责人对他的重视。

其他几位学员的发言没有引起各位领导的重视和其他人的赞扬。他们中有的发言稿是从报刊上摘录下来整理而成的，有的演说华而不实，夸夸其谈，有的讲演虽然有一些具体事实，但是文饰较少，语言平庸。

遥辰是最后一位发言者，当他听到自己的名字时，突然感到心慌意乱，这是第一次要在这么多的人面前说话，况且还有几位局领导坐在前排，难免会产生心理波动。他暗自深呼吸几下，让自己快速平静下来。

遥辰与前面那几个发言的不同，他没有双手捧着几页笺纸照本宣科。他娓娓而谈，说了大约 15 分钟的话竟然没有提到那个病房里的故事。他说的话却容易进入人们的耳朵。他发言的过程中，会场静悄悄的。当他说到我的汇报就到这里，不妥之处敬请各位领导和同志们指正时，响起热烈的掌声。

学习班结束了，遥辰坚定沉着的语气、亲切朴实的语言，仍然在团委书记申琳的脑际萦绕：人们相遇相逢，之间就会发生一些事情，这也是一种缘分。有了缘分就应该让自己为别人多想一点儿，使自己多付出一些。付出的并不只是辛苦劳累，它会给自己带来舒畅和愉悦的心情。

社会给了我许多，他人曾经为我付出过许许多多。

我懂得，为祖国建设事业奉献年华，为他人着想是社会成员应尽的责任。

我们这一代青年人的精神状态，要与整个社会生活联系在一起。

流年似水，似水流年，光阴荏苒须当惜。这个时代的我们，应该为人生留下一幅生机勃勃的画卷。

……

在这次发言中，遥辰并没有想要表现什么，或者要达到什么目的，他只是想向大家展现下自己。

学习班结束半个月后，局党委召开会议，其中有一个议题，给两个单位各拟任一名组织干事。遥辰所在的施工队是其中的一个。

实际上遥辰这个单位上的人选，几个月前就有人推荐。推荐这个人选的是一名副局长。

在会议讨论时发生了截然不同的两种意见：一种是同意那位副局长的提名，另一种是一部分人认为遥辰年轻有为，从培养年轻干部的角度考虑应该把他安排在这个岗位上。

主持会议的书记一时难以定夺。坐在他身旁的申琳低声说，应该考察一下这两个人。

书记感到这个建议不无道理，立即宣布人选暂时搁置起来，待进一步考察后再议。

这次考察中发现遥辰的文化程度竟然是小学毕业。这让考察者申琳他们认为，一个小学文化的人在发言中所包含的知识深度和语言措辞显然与之不相符。申琳有了疑惑，这到底是怎么回事呢？他要去遥辰的施工单位了解一下情况。

春寒已退，春色渐浓，路边的小草顶破黄土露出嫩芽。田野充满生机。

"遥施工员，我们施工的路段有一个桩号如果按照图纸上标的尺寸挖下去，路基就凹下去了。"民兵连张连长一副着急的样子冲着遥辰说。

"你先到那个桩号那里通知人不要挖，我立即就来。"遥辰目送张连长离开后，急匆匆地回到卧室，找出平面施工图，肩扛水平仪，又匆匆来到施工现场，仔细察看那里的地形，然后用水平仪测量那个桩号前后的几个木桩的海拔高度。

经过测算确定，其他几个桩号的数据与图纸一致。显然这个桩号数据有误。他用红蓝铅笔在图纸上标上记号，准备把这个情况向技术员汇报。

这件事儿提醒遥辰，施工图纸上也有错的地方。为了避免施工中出现差错，遥辰决定对他负责施工的这段路基的海拔高度，用水平仪测量一次。

数十个施工员中，只有遥辰有测量仪器。因为他工作认真，又喜欢钻研公路施工技术。他所在分队的技术员了解他的工作能力，就让他带走一部经纬仪和一部水平仪，同时把那一段地形复杂的路基施工交给他，由他进行技术指导。

在这次测量过程中，遥辰遇到一件奇怪的事情。

一天上午，当他把那些桩号的海拔高度测量到大约二分之一时，看到在一个偏僻的山洼处，有一个人趴在地上。遥辰好奇地走到他跟前，看清楚了是施工连队的一个民工趴在地上吃黄土。遥辰迅速走到他跟前拉住这个人的手，不让他把抓在手里的黄土继续往嘴里喂。

吃黄土的中年男人，对出现在自己眼前的人无动于衷，只是用呆滞的目光瞧着。

遥辰发现他口中已经填满黄土，脸色发青，说不出话来。

他向助手（扶塔尺的）招招手，让他快点儿来。

助手跑步来到这里。

遥辰吩咐他，我抓住手，你把口中的土一点一点地掏出来。

形如僵尸的这个男人，任凭别人在他口中掏土。

那个人嘴里的土被掏出来了，但仍然神志不清。

随后而来的民兵连长告诉遥辰，这个人平时有一种怪毛病，遇到不顺心的事情，喜欢到无人处静坐。他吃黄土这还是第一次。

遥辰立即意识到，他精神上有了毛病，建议连长送到县医院诊断。

连长微微地笑着说，这么一点儿小病去医院做什么，况且他哪里有钱去医院看病。

不，这种病带来的后果非常严重，假若不被人发现，会有生命危险。至于钱的事，我身上还有一些。遥辰说着从上衣口袋掏出仅有的50元人民币递到连长手中。

遥辰这个举动使在场的人十分感动。这个拿出几毛，那个掏出几元，不一会儿工夫凑了80多元钱。

这位民工在其他人的陪同下去乘车看病。

遥辰又忙碌了起来。他用大半天时间测量完桩号的海拔高度。

遥辰口干舌燥，一身疲乏走进卧室，径直向床铺走去，想躺在上面休息一会儿。

突然他看到地上站着两个人，一个是分队长，一个是申琳。遥辰忖度，申琳来这里做什么。

在那次学习班上，申琳对遥辰有了诸多的好感。作为一名团委书记，他有责任推荐优秀的青年作为培养对象。

这一天上午，申琳乘车来到遥辰工作的单位。他询问、了解了遥辰的有关情况后，用过午餐提出要去遥辰施工的地方看一看。

分队长和申琳来到遥辰宿舍。

这是一间土坯垒的茅屋，不宽敞的房间有3张木板床。遥辰的床摆放在窗户跟前。床头有一块混凝土制作的小桌（简陋的木头架子上放着一块混凝土板），上面摆放着各类书籍。申琳信手翻了翻，有中学课本，有政治书籍，更多的是文学书刊。申琳翻看他的笔记本时，发现里面有一张自学计划表。这张表格详细列出学习内容和具体时间。申琳释然了。

考察遥辰后，申琳找到副局长推荐的这个人，他是一个 30 岁左右的年轻人。

这个青年显得非常成熟。他首先拿出高中毕业证。他知道遥辰没有这样的硬件。随后他陈述自己的工作简历。他出语有心，谈到一件重要事情，曾在部队立过功。申琳暗自说，毫无疑问，这个人的外部条件在这次竞争中处于优势。

申琳考察完两个青年人后，感到十分棘手。让他不可否认的事实是，副局长推荐的那个人，确实有一定的竞争优势。那位副局长在会议上如果强调这样一条理由，拟提拔对象应该是文化程度高的人，不应该是学历很低的人，那么想要提升遥辰的事就化为泡影。

申琳在和遥辰接触中，感觉到这个青年身上的魅力。他积极上进，刻苦钻研，以锲而不舍的精神不断地取得新的知识。他心地纯朴，为人厚道，思维敏捷，有独创性。

申琳思量，遥辰没有什么背景，假如这一次失去机会，以后还会有机遇吗？

申琳把遥辰的详细情况单独向局党委书记做了汇报，并建议说，通过笔试，了解他们的文字功底。书记不假思索地同意申琳的意见。

那位副局长知道要写文章的事情以后，就有一种不祥之兆，但为时已晚。

几天后，遥辰被提拔为代干的通知在职工大会上宣布。

不久，于杭知道遥辰被提拔为代干的事情为之欣慰。他更加相信，弟弟会越来越好的。

五

过年，这是一个美妙的词句。

快到新年时，人们自然想到全家人团聚在一起时的那种其乐融融的气氛，还会想到大家走村串户时的那种轻松欢快的情景。

现代科技的发展给人们提供了精彩纷呈的电视节目。欣赏电视节目，业已成为人们文化生活中不可缺少的一个方面。

在这个传统节日里，特别是大年三十晚上，大家都非常喜欢收看电视节目。

又是一个春节来了，于杭与往年一样，和其他值班人员一样居住在远离亲人的那个峰巅。

这一天是大年三十的下午，峰巅北风寒峭，滴水成冰。

于杭下班后走进寝室，坐在木桌前，一缕对亲人的思念之情油然而生。

他取出家里人的照片凝视了一会儿，突然想起弟弟的事情。

遥辰未能走进中学校门读书，文化底子比较低。

生活实践告诉人们，一个人要有大的作为，必然要不断地提高自身素质，这主要包括两个方面：一是积累知识，二是积累经验。

于杭知道遥辰这几年，虽然自学完中学课本，但是自学与学校正规教育毕竟是有一定差距的。

前一段时间，遥辰打算考入成人教育学校。

于杭悄然思索起来。作为他的哥哥，如何帮助他实现这个美好愿望呢？

"于师傅，电视图像怎么变得模糊不清？"他的徒弟谭珂走进屋子，打断了他的思路。

现在于杭已经成为这个高山电视调频转播台的技术骨干。电视发射机出现故障，其他人就来找他。他从不拒绝。

于杭着急地走进机房。

他从监视器看到，屏幕上宛若纷纷扬扬的雪花儿飘舞着。他侧耳静听，声像效果非常差。他围绕庞大的电子管发射机检查了一遍又一遍，做出的判断是，发射天线发生了故障。

这是一个海拔近 3000 米的高寒区。这个地方即使盛暑之时，室内须要用电炉取暖。此时已是隆冬最寒冷的日子，要爬到近百米高的发射塔维修天线，这可是个既苦且危险的活儿。于杭没有半点犹豫，拿起工具跨出门槛，向耸立云端的铁塔方向匆匆而去。

山头上朔风凛凛，侵肌裂骨。空中飘着飞舞的雪花。与他同来的谭珂说："于师傅，天气太冷了，上去后会冻僵的，掉下来会出人命。"

于杭也意识到，就这样爬上去的确十分危险，一旦冻僵就摔下来了，后果不堪设想。

过去他曾经多次爬到上面维修天线，可气温没有这样的低呀！

于杭站在铁塔下面，思索采取什么措施才能安全地检修天线。

忽然他看到戴着皮帽穿着皮大衣站岗的一位战士，心里豁然开朗。

于杭沿着盘曲的小径，来到警卫班，向战士借来一套防寒用品。

于杭戴上皮帽、穿上皮大衣还有皮靴，心里有了自信。

一个臃肿（身着很厚的衣服）的身躯缓慢地向铁塔高处爬行着。

使于杭没有想到的是，即使穿了两件皮大衣，当爬行到铁塔中部时，他依然感到彻骨透心的寒冷，双手有了僵硬的感觉。

他仔细瞧一眼铁塔构建，上面粘着一层雾凇。

此时此刻，于杭心里十分清楚，在这种情况下，稍有疏忽就会发生意外。

他一只胳膊紧紧抱住塔体的钢管，把另外一只手伸进衣服暖一暖。在继续往上爬的缓慢过程中，悬在高空的他，只能用这种办法。

站在钢铁结构塔下面的谭珂他们，看到于杭身影变得越来越小。

风愈刮愈大，天上飘着大片大片的雪花儿。谭珂他们几个站在塔下冻得瑟瑟发抖就想回到房间暖一会儿。当他们看到雪人似的师傅还继续向上爬着，谁也没有离开这里。

洁白的身子终于离天线不远了，大约有几米吧。仰视的谭珂看得很真切，师傅的躯体颤抖着。

这可吓坏了谭珂，用足力气，喊了一声，于师傅你休息一会儿吧。

于杭似乎听到下面的声音，但已经无力用语言对他们做出回应，用手摆动了几下。

朔风呼啦啦地扑过来，吹得铁塔晃悠悠的，于杭躯体摆动着。他现在唯一要做的事情是，让自己精神处于最佳状态，万万不能有丝毫大意，要以最快的速度抢修好发射天线。

于杭终于爬到架设天线的部位。

他系好安全带，用手擦去眉毛上一层厚厚的霜，而后仔细检查组装成天线的每一个部件。

他确定，天线的阻抗变换器和功率分配器业已烧毁。他准备伸手拿出工具，卸下被烧坏的阻抗变换器。

他用一只胳膊抱住钢管，把手伸进工具包。

于杭的手指触到了工具，可一点儿感觉也没有。他意识到，自己的手已经冻僵，别无他法，只能依旧将手伸进衣服里面暖一暖。

手能动了，他迅速抓起工具。

谭珂欣喜地看到师傅的手动起来了。

他了解师傅这个人，平时在天气好的时候，工余之暇他拿着工具操作。

有人问他为什么要这样做。他的回答很有说服力，你的操作不熟练，天线一旦在零下三十多摄氏度发生故障，假如不在极短的时间里排除，你就无法修好天线，因为那么低的温度会把人冻僵的。

于杭在很短的时间里，将阻抗变换器卸下来。

塔上面的人心知肚明，塔下面的人也十分清楚，在这么低的气温下，要从百米高的塔上面爬到地面，是一件非常不容易的事情。

此刻，于杭一定要竭尽所能，安全地爬下去。

谭珂双眼紧紧盯住往向下缓慢移动的师傅。他的心提到了嗓子眼。

他，一个胖乎乎的雪人终于从空中到了地面。

他，谭珂猛然扑到他跟前。

在他将要倒下去的一瞬间，他们几个人抱住他，随后搀扶他走进房间。

本来于杭打算稍微暖暖身体，然后再一次爬上去，把新的备用阻抗变换器和功率分配器装上去。

他要这样做，无疑遭到其他人反对。

你身上的热能已经消耗了那么多，会出事的，再不能上去，谭珂说着抓起防寒衣帽。

于杭冷静地想了想，谭珂的话不无道理，自己身体尚未完全恢复，再爬上去身不由己怎么办？

电视信号恢复正常，覆盖区的电视观众在除夕夜看到清晰的电视节目。

大年初一清晨，于杭起床后，首先来到机房仔细检查了一遍发射机运行状况，心里有了踏实感。他放心不下的是电路。他到配电室仔细看了看，确定无事故隐患后才离开。他信步来到发射塔下，仰视昨天有故障的那个地方，心中泛起一缕欣慰之情，自己尽到了责任。

他伫立峰巅，纵目远眺，山峦起伏，白雪皑皑。

他仿佛看到小河流水岸边的农家小院，那里有他的亲人。他思村，或许他们正在举目遥望这个方向。

突然他想到一件事，人人都过年，我们这里也应该有个过年的气氛。

他想了想，向临山坡修建的那幢楼走去。

大家听说于杭要办一个别致有趣的活动。

除机房值班人员外，其他人纷纷走进职工学习、娱乐活动的一间20多平方米的房间。

经过布置，室内焕然一新。一个大红灯笼挂在屋顶。墙两侧贴着花花绿绿的谜语纸条。乒乓球台面上有大家从家里带来的葵花子、松子等干果。

这座山头第一次有了欢庆喜悦的过年气氛。

联欢会开始了。

能唱的，放开嗓子唱几句。会说笑话的说上几句，惹得大家捧腹大笑。喜欢吟诗的，朗诵一首诗词以博得雅趣儿。有器乐爱好的，拉上几下或者吹上几段乐曲让大家高兴……

当炊事员走进来扯开嗓门喊着，吃饭了，大家这才觉得该吃大年初一的饺子了。

他们心情欢畅，笑脸盈盈，向香气扑鼻的餐厅蜂拥而去。谭珂注意到，他师傅于杭不见了。

其实于杭在联欢会开始不久就离开了这里。

他有一个心事，要到机房看一看。

电视调频机房两个值班员一副沉闷的样子。一个说："就我们遇到这个值班时间，人家在那里多开心哇。"另一个说："我俩留一个在这里，一个去热闹一会儿吧。"那个说："那怎么行呢？"谁也不能离开这儿。两个人正在说话时于杭走进来。他俩的对话戛然而止。

于杭微笑着说："你俩嘀咕什么，我来了怎么就不说话。"他俩只是笑了笑。于杭是有备而来的。他看到这两个人不吭声，随口说道："刚才想到一件事情，我应该观察一下转播中央一套电视节目的那部发射机的运行状况。要观察得准确，是需要安静的环境，因此我和你俩商量一下，你们暂时离开一个多小时好不好。这里有我一个人就可以了。请你们放心，机器有了故障我会及时排除。"

其中一个说："我俩都走了，那不是违反规定吗。"

于杭瞥了他一眼说："不要紧的，这是过年时间，也是工作的需要嘛。"

他俩不再说什么。当他俩走出机房后，其中的一位恍然大悟，说："人家为我们着想，让我们去高兴。他哪里是要观察机器运行状况。"

另外一个问道："现在我们该怎么办？"

那一个说："你难道还不知道他的个性吗，既然要替我们值班，我们返回去他能同意吗？！"

他俩加快步伐向笑语喧阗的房间走去。

在这座高山台生活的艰苦程度让山外人难以置信。

夏日有时一连数十天，云雾弥漫，细雨霏霏，见不到阳光，空气湿度特别大，偶尔还飘着雪花儿，使人无法摆脱郁闷的心情。冬季举目四望，一座座山峰，银装素裹，零下三十多摄氏度的低温让人难以适应。

在这里居住的每一个人，到了隆冬季节，皮肤和肌肉被冻肿冻裂。

在这个空气稀薄的山头上，想要喝上一口真正的开水和吃上可口的饭菜，那是办不到的事情，因为这么高的海拔，气压低烧的水八十多摄氏度就达到沸点，蒸煮出来的大米是黏黏糊糊的夹生饭。

在这么差的生存环境中工作生活久了，不少职工患有风湿性关节炎和胃病等疾病。于杭也不例外。要根治这些因居住环境引起的疾病，最有效的方法是离开这个阴湿冰冷的地方，别无他法。

要离开这个地方，谈何容易。

于杭有了一次机会。

一天午休时，院子里响起小车的喇叭声。

那时这个转播台还没有小轿车，只有一辆拉生活用品和接送职工的大卡车。

于杭听到这种声音判断，有可能是上级单位的小车喇叭声。

他和过去一样，并不热衷于去亲近上级来的那些人。此时于杭依然侧卧在木板床上，翻阅一本技术资料。

楼道响起咯噔咯噔的有节奏的高跟鞋声音。这种声音渐渐向于杭卧室飘过来。

一会儿工夫，有人轻轻敲于杭的门。

于杭暗忖，午休时很少有女职工来敲门，她是谁呀？这个时候来有什么事情？他翻身下床打开门。

看到来人，于杭有一些惊讶还有一些喜悦。他满面笑容说："贵客临门。"

"怎么说得这么的俗气呀。我们之间有什么贵不贵的。"海姗一副风尘仆仆的样子站在他面前说。

于杭调到这座高山台，海姗是第一次来这里。

好久不见面，偶然相逢于杭显得有些拘谨，伸出的手向回缩。海姗显得十分大方，把手递到他面前。四目相视，两双手紧紧地握在一起。

于杭说，你来得太突然了，让人一下子回不过神儿。

海姗浅浅一笑说，我这次来不只是为了工作，还有个人的事情。

于杭猜测不出她后半句话的含意，怔怔地站在地上不知该说些什么。

海姗看到于杭发愣的样子笑着说："先说说工作上的事情。"说到这里，她瞧了一眼于杭。

于杭意识到什么，说："我怎么就忘记给你让座。这里的条件差，请坐在这个小方凳上。"

客气什么呀，海姗说着话坐在凳子上。

她看了一眼室内的陈设，接着说："领导让我来，不，是我要求来的，主要想了解一下几部发射机的运行状况，还想征求大家的意见，在业务培训方面有什么要求。"

海姗提到发射机，于杭如数家珍似的把每部机器的主要部件平时运行的状况说得没完没了，到后来海姗不得不岔开话题说："路源还好吗？"

于杭正说得起劲儿，突然被海姗的这句话打断。他意识到自己说话太多，笑着回答说："海工（海姗已评为无线电工程师）你还没有忘记他呀。"

"毕竟有那么一段过程嘛。"海姗仪态洒脱，言谈自若地说。

你可能还不知道吧，他最近调到县广播电视局工作，已经被任命为技术部主任。

海姗并不关心路源的事情，她再也没有问什么，把话题转到于杭身上。她说："我刚才说的个人的事与你有关。"

于杭愣了一下说："和我有什么关系？"

"怎么就不能与你有什么呢？"她说后诡秘地笑了笑。

于杭忖度了一会儿，脸上依然一副茫然的样子。

海姗忖量，于杭在工作上显得很机敏，怎么在个人的事上脑袋就不开窍了。看起来她非得把话说得透彻一些。她说，我们应该是心诚意洁的朋友。我结婚后，我丈夫也希望你到我们家里做客，因为我父亲不止一次地在他面前提到过你。这次来以前，我给你找了一个很好的理由，让你到局里学习一种测试仪器。一会儿我给你们领导说一说，明天你和我一块儿坐车到局机关。

实际上海姗并没有把于杭去省城的主要原因说出来。她了解于杭，他是个要靠自己的努力奋斗取得成功的人。他不懂利用人际关系为自己开拓发展空间。他更不愿意攀附有权有势的人作背景。

第二天吃过早餐，于杭和海姗乘车，经过十几个小时行驶，来到局机关。海姗拿出那台测试仪器，讲解了一会儿，又示范操作了两次。于杭职业素养高，很快就掌握了这部仪器的操作。做完工作上的事情，海姗告诉于杭，她父亲经常提起他，希望他到家里做客。海姗说到她父亲，瞬间曾经的回忆在于杭脑海中萦绕。

他没有想到，过去了那么久，海姗的父亲还惦记自己，这让他十分感动。他暗忖，这位老干部依然想着自己，这一点他就满足了。

人家是一位级别高的领导，工作繁忙，自己去了一定会打扰人家，是不能去的。如果当面拒绝海姗，海姗绝对不会答应。

于是，于杭对海姗找个借口说他还有一些事情要去做。

海姗盯着于杭，一脸恳切地说，办完了事情快点儿来，我在办公室等你。

快到中午下班时间，海姗焦急地等待着。

突然响起电话铃声，她匆匆拿起话筒，里面传出于杭的语音。他说："现在有一辆便车要去我们单位的县城，我坐这辆车回单位。很抱歉，我去不了了。"

海姗气得把话筒甩下来，喃喃自语，这个人怎么这样的不近人情。

海姗又一次来到这座高山转播台。

那是两个月后的一天。

这一天云淡风轻，阳光柔和。

当海姗出现在于杭面前时，于杭脸上有一种不自然的神情。他并没有忘记上次糊弄海姗的那件事儿。

海姗这次对他可就不那么客气了，冷言直说："你这个大男人，怎么就缺少说真话的勇气。"这句话显然指的是那次于杭找的那个借口。

"你知道我是土生土长的，像我这样的村鄙之夫，哪能登大雅之堂。"

这句有点儿文绉绉的话儿惹得海姗扑哧地笑了一声说，我还是第一次听到你这些酸不溜丢的话。于杭被海姗说得低下头。

海姗这次来带着父亲给于杭的一封亲笔信。信里写的什么陈新钰并没有告诉女儿，但海姗有一种感觉，信中内容与上次他父亲约于杭到家里的事情有关。

海姗从一个精美的皮包里抽出这封信，递到于杭手里说，这是我父亲给你的。于杭从海姗手中接过信封，匆忙启封。

让他没有想到的是，陈新钰竟然对过去的事情念念不忘。这封信的后面，他情真意切，热情洋溢地邀请于杭到家里做客。

于杭，这一次他没有任何理由回绝他。他低首沉思少时，把笺纸递给海姗。海姗只是粗略地浏览了一下笑着说："我父亲可从来没有这么恳切地邀请人到家里做客。即使他的老战友要来看他，有时还要推辞一下。"说到这里她瞄了一眼于杭说："我看你这个布衣草履还是不要去登什么大雅之堂了。"

"那怎么行呢？上次我虽然溜走了，但是对这件事儿心里一直很愧疚，总觉得那样做对人不尊重。我很久没有见到你父亲，想去看看又觉得他工作繁忙。"于杭说到这里瞄了一眼海姗接着说，"你了解我这个人，小家子气浓，没有勇气攀龙附凤。"

"你这个人说着说着脑子怎么就走神了。你应该懂得，我们之间永远是平等的，不需要攀也不需要附，现在你要做的事情是，快准备一下，两个小时后我们离开这里。"

于杭木然无动于衷，只是把目光在海姗身上瞟来瞟去的。海姗知道他心里想的什么，悄声细语说："给你们领导说话的事就包在我身上。"

陈新钰官复原职后，需要做的事情确实很多。官位的显赫必然有了一些忙碌，多了一些应酬，少了一些和亲朋旧友的往来。

他和于杭萍水相逢之前，只知道于杭是海姗的同事。到现在他难以明白，于杭曾经为什么要不顾生命危险去救他。当他知道于杭被那些人用钢鞭抽打得遍体鳞伤、气息奄奄时，潸然泪下，深感内疚。

他曾经提醒自己：一个与自己素不相识的人为自己付出那么大的代价，作为一个有良知的人，任何时候都不能忘记。

在他大半生中，有两个人为自己的付出，让他至今感激于衷，萦怀难忘。一个是于杭，另外一个是在战争年代用生命掩护自己的那个人。那件事情虽然弹指一挥间过去了 30 多年，但是至今记忆犹新，历历在目。

那是一个凄风苦雨的日子，敌人数倍的兵力疯狂地向他们坚守的那个山包压过来。战友一个个倒在血泊中。作为一名指挥员，他很清楚，再这样硬拼下去，必然全军覆没。他果断下命令把手榴弹集中在一起，捆绑成几束，投向敌人。他和他的战友在硝烟的掩护下迅速撤离。敌人的嚣张气焰被打下去了。突然意外的事情发生，在队伍后面执行掩护任务的他和另外一名战士，发现侧面有一伙敌人向他们的方向迂回。这些狡猾的敌人看到只有两个人，大声喊着要捉活的。情况十分危急，敌人已经形成包围圈。他俩迅速撤离到地势陡峭的沟畔。那位战士突然把他推倒，使他从山坡滚入草丛。那位战士假装受重伤躺在地上。那伙敌人猛然扑过来。轰隆一声巨响，那位战友与敌人同归于尽。他脱险了，那位战友离开了人间。新中国成立后他多方寻找，才找到那位战友的亲人，把他10岁的弟弟接到城市，一直让他读完大学。

和于杭的接触中，陈新钰对于杭有了较为深刻的了解。他谦恭厚道，为别人付出后不需要回报，即使你略表微意，他不会乐意接受。

陈新钰一直想着这样一件事儿，如何让于杭来家里一次。他心里非常明白，假如是在他没有权力的那段时间里，只要说上一句话，于杭会高高兴兴来的。可现在不一样了。上次他让女儿以她的名义约于杭到家里，于杭不辞而别。这次他只能用信函形式邀请于杭到家里做客。这当然是为了对过去的那件事的表示。昨天他婉转地给秘书说了几句，让秘书当面和于杭聊一聊。

秘书听说过于杭和部长曾经的事情。他懂得领导的心意，说："请您放心，我一定会办好这件事情。"

风和日暖，微风拂面，于杭跟在海姗身后来到一处建筑群。

海姗走在前面，径直走进一座绿茵如染、有几楹瓦舍的宅院。

陈新钰听到女儿脚步声，步履沉稳，来到英气勃勃的于杭跟前，紧紧抓住他的手说，你可是个贵客呀，不写信的话还见不到你呢。于杭有一些拘谨，流露出一丝难为情来。他有些受宠若惊的样子，连续说了两次谢谢。陈新钰微微地笑着说："谢谢这两个字应该由我来说。"

到了客厅海姗和丈夫及海姗的弟弟弟媳就忙起来。不一会儿工夫，餐桌上摆满了香茶细果，美酒佳肴。于杭看到这个家庭成员脸上流露着喜色，深受感动。

大家依次而坐。筋骨强健的陈新钰，不管于杭多么的不乐意还是把他拉到自己身旁坐下。

就餐前主人是要说几句话的，但陈新钰没有提过去的那件事情，就是连一个字也没有提。他知道此时说出那些伤心的事情会破坏轻松愉悦的气氛。

于是他说道："现在我们全家人能和小于在一起，心里由衷的高兴。今天聊备粗粝之饭，稍尽故人之意，我们欢欢喜喜，举杯把盏，一饮而尽。"

　　平时于杭不胜酒力，当他看到装满葡萄酒的高脚杯子时，心中就有点儿虚。他怯怯地端起荡漾着红色液体的酒杯，并没有喝干，留下半杯。海姗喝完酒把目光落在于杭的杯子上说："你这样的是不行的，你瞧瞧大家的杯子里，滴酒全无。"于杭说："我喝多了就头晕。"海姗不依不饶地说："这瓶酒我爸爸藏了好多年，即使他要好的战友来了也舍不得喝。你不应该留下半杯。"人家把话说到这个份上，于杭还有什么理由不喝的呢，他欣然而尽。

　　来到这里给于杭一次机会，有幸与这个家庭成员在一起。他们与普通人的家里人聚餐一样，大家和和气气热热闹闹说说笑笑地举箸端杯。但也有不同之处。人家举止不俗，谈吐有致，谈论的话题还多了一些上层人士的趣闻轶事。在这方面，于杭感到自己和他们之间有着难以拉近的距离。人家说的一些话儿，他是要应酬的。他的话用词不巧，显得有些俗气不雅。对人家有些话题无回复之词。

　　于杭生性敏感，感觉到自己的尴尬处境，时间久了颇觉自己不适合这种场合。他多么的希望这次丰盛的宴席快一点儿结束。

　　海姗观察出于杭有一些不自然，不时地给他夹菜添水，和他说上几句专业方面的话儿。

　　下午上班时间快到了，陈新钰一家人谈笑欢饮，兴犹未阑，但不得不放杯撂箸。于杭有了解脱时的那种轻松感觉。

　　陈新钰把于杭送到门口一再叮咛，以后要多来家里玩，随后嘱咐海姗，一定要陪同于杭在温秘书那里多聊一会儿。

　　在去温秘书办公室的途中于杭忖度，他与温秘书素不相识，陈部长要他和海姗一块儿去见他，这肯定会有事情。

　　是什么事儿呢？他陷入沉思中。

　　于杭和海姗来到温秘书办公室。温秘书举止文雅，谈吐风趣，平易近人。起初他只是和于杭说些生活琐事，到后来问到于杭的工作情况，再后来就切入主题。

　　他提出的事让于杭无所措手足，一时不知该如何回答。如果他把心里话说出来，就辜负了陈部长的一片心意，假若暂时把这件事应承下来，这不是他于杭的个性。

　　站在一旁的海姗用目光示意于杭，这么好的机会还犹豫什么呢？

温秘书凝目注视了一会儿于杭，还以为这个年轻人谦虚不愿意把话说在当面，微笑着说："这件事情预先没有征求你意见，现在给你一些时间，好好想一想，想好了打电话告诉我。"

于杭和海姗走出省党委机关大门，同路而行。

海姗在于杭脸上寻找答案。

她看到于杭脸上并没有流露出喜悦的神情。

她了解于杭这个人。他的性格和品德受人尊敬，他习惯朴素安静的生活，缺乏远大的精神境界。

她隐隐约约地感觉出，于杭可能千般万般的不同意，心心念念地记挂着那个云里雾里的高山转播台。

顿时海姗心里有了遗憾。

她思索少时，还是把心里的话说出来。她用明快、简要的语言说："你应该知道，这是多少人追求的，对他们来说是一件遥不可及的事情。

"你也要认识到，不是每个人都能遇到这样的一次非常重要的能改变生活轨迹的机遇。

"假若出现在别人面前时，他们会毫不犹豫地做出这样的选择，紧紧抓住不放，因为他们知道，失去了这次就不会有下一次了。

"人生的旅途中，要为自己设定出不断向上的目标。

"要实现这个目标，要有一个能使他成长、锻炼、提高的空间。

"应该懂得，这一次机会给你个人今后更好的发展提供了可能。

"这么好的机遇是不能放弃的。作为你的挚友，我向你倾诉一句肺腑之言，绝不能失去。"

……

对海姗情真意切的话儿，于杭礼节性地嗯嗯了几声。

于杭离开海姗家的当天就回到高山顶上。吃过晚餐，他款步来到机房。

两天没有看见这些闪烁着红绿光束的发射机了。当他看到它们时有一种亲切的感觉。他伸手摸摸这儿，动动那儿。

夜色笼罩下的峰巅，显得孤寂冷清。

于杭卧在床上，辗转反侧难以入眠。他在做一项十分重要的选择。

温秘书的话非常恳切。他说："你良好的品质和具备的文化素质以及在基层工作的经验，为你奠定了今后发展的基础。你应该有一个更加美好的愿望。我们能为你提供一次机会，让你实现这种愿望。

"现在有部分厅局拟调入几名工作人员。这些省直机关你是可以选择的。

"人往高处走，水往低处流，这是一条定律。选择去机关工作，无疑对开阔眼界，拓宽思路，积累经验，提高预知能力，更好地实现人生价值大有裨益。"温秘书说到这里，看了一眼于杭，别有深意地接着说，"时光易逝，机会难得，幸勿失之交臂。"

几部发射机已经运行了数年，有的部件因为老化经常发生故障。前不久有几名技术骨干先后调离出单位。于杭思摸自己走了，今后机器出现故障怎么办？

在曾经的那些日子里，为了掌握无线电技术知识，他付出许多心血，现在已经成为一名技术精湛的广电人，应该为这座转播台的技术工作担当更多的责任。

每个人都有自己的世界。于他而言，今天和未来，他和那些轰鸣的发射机，耸立云端的天线有扯不断的情缘。

峰巅上空的月亮悄然移动，于杭恬静地进入梦乡。

六

  遥辰坐在办公桌前捧着哥哥于杭的信默然深思，他该选择哪种方式来提高自己的文化知识。

  哥哥在信中列出两种学习方式：通过考试进入电视大学学习；参加成人自学考试。他思忖再三，觉得参加电大学习优于其他，这是因为，一是通过入学考试来检验一下自己几年来的自学成效，还有一个重要方面是电视大学通过先进的现代传输手段授课的。

  遥辰现在需要做的事情是，给自己制订一个有效的学习方案，抓紧时间自学完中学全部课本，准备参加电视大学入学考试。

  咚咚咚的敲门声打断遥辰的思路，随即一个女孩的声音传进来："屋里有人吗？"

  这个熟悉的声音是他在 3 天前第一次听到的。

  那一天上午，遥辰办完手头上的工作，想出去散散步。

  风清日朗，他来到古老的水渠边。这里是一片沙枣林。

  渠堤沙枣花香气扑鼻。树丛中雀儿啾啾唧唧叫着。他欣然款步进入林中。

疏林恬静而迷人。他喜欢这样的环境。他想了想，此时单位上不会有什么重要事情，应该在这个鸟语花香、清静宜人的地方多待一会儿。

遥辰依树仰望，惊奇地发现离他不远处的一棵树杈上，有一只小鸟儿注视自己。

遥辰小时候就喜欢各种鸟儿。他轻手轻脚向那个小鸟跟前移动。

很奇怪，那只小鸟并不惧怕向它跟前移动的青年人。

遥辰爬到树上，只要一伸手，那只鸟儿唾手可得。但他没有伸手，心里说，动物也应该有自由的天地。绿色的田野上任它飞翔。

遥辰与鸟儿几乎是零距离了。他并没有动手抓小鸟儿，只是欣赏着它那个毛茸茸的可爱的样子。让遥辰感到非常奇怪，这只鸟儿闪动着眼睛也看着他。就这样遥辰和小鸟儿你看看我，我看看你。

忽然遥辰有了一种想法，暗自说，这只鸟儿需要自己。

他把手指展开让小鸟儿看看，自己手里并没有威胁它生命的东西，而后把双手轻轻地伸向它。

他双手捧住可爱的鸟儿。

它眨巴了几下眼睛，表示对他的友好。

遥辰要仔细检查一下它的身体。

他先瞧瞧它的腿部，完好无损，再仔细看看它的翅膀发现有一只受了伤。

他要把它抱回单位去治疗。

遥辰刚走出树林，迎面一辆自行车飞驰而来。

这条小径不到一米宽。

他得躲开点儿。

遥辰退到树林中。

奇怪的是，自行车到遥辰跟前戛然而止，从车上跳下一位少女注视他。遥辰瞥了一眼，第一感觉是，一副陌生的面孔。他揣测，她要做什么？

女孩看到遥辰用惊异的目光瞅着自己，意识到了什么，粉脸生红，说了一声："对不起，我想看看你抱的那只小鸟儿。"

遥辰说："这是一只受伤的小鸟。"但他并没有把小鸟递到女孩手中。

女孩伸出手在小鸟的羽毛上轻轻地抚摸着说："多么可怜的小东西，是谁伤了你。"

"它可能是自己不小心撞到树干上碰坏翅膀。"遥辰口气中有了几分热情。

"那你打算把它怎么办？"女孩有一些担忧。

"我把它抱回去，让医务室的大夫给治疗一下，待它伤愈后放飞。"

"你的心肠真好。"女孩说到这里投来赞许的目光。

遥辰想和她多聊几句，说："你也一定喜欢这些小动物。"

"平时我喜欢观看鸟儿在空中翱翔时的优美姿势，还喜欢听鸟儿站在枝头鸣叫的美妙声音。"

遥辰心中思忖，自己闲暇时喜欢观赏鸟儿的自由飞翔，喜欢听鸟儿的鸣啭。今日偶然到这里，怎么就遇到一个有这种共同爱好的人。

他俩谈论了一会儿小鸟，女孩突然问道："你是哪个单位的，过两天我要去看看这只鸟儿。"

女孩知道遥辰的工作单位后，报他一个微笑，优雅地跳上自行车。

她婀娜的身姿飘然而去。

没有过两天，第二天中午，这个女孩就来到遥辰卧室兼办公室。

她双脚跨进门槛瞥了一眼遥辰，而后微笑着走到那只鸟儿跟前。她凝神端详了一会儿鸟儿受伤的部位，然后问了问鸟儿的治疗情况。当她知道小鸟儿的伤恢复得很快时非常高兴，说："再有几天它就可以在天空自由飞翔了。"

他俩说了这么几句，她就把目光落在书架上，显然她想借一本书。

"你喜欢哪类书籍？"遥辰语气真诚地问道。

她用细长白皙的手指指着一部外国文学微微一笑，用商量的口吻说："能不能把这一本借给我？"

当她捧着那本外国名著要离开时，脸上浮出微笑，自报姓名说："我的名字叫予婷，现在还没有工作单位。我的住址以后会告诉你的，这本书我阅读完立即给你送来。"

少女怀抱书本离开了房间，遥辰目送顾长的身影渐渐远去。

此后，她偶然来这里还书，借书。

上级单位派的电影放映队来了，遥辰在安排晚间放电影的同时，还有一件心事就是怎么能让予婷知道这个信息。

那还是个比较贫困的年代，人们的文化生活非常单调，要能看上一场电影是一件不容易的事情。遥辰千思万想，想不出来个好法子。他知道予婷的个人信息仅限于她的姓名。

暮色四合，凉风拂拂，人们陆陆续续来到施工队住地的荒滩上。这里已经竖立起的银幕随风抖动着。遥辰站立在路口，想从纷至沓来的人群里看到予婷的身影。令遥辰很失望，她没有出现。

放映员有条不紊地调试放映机。观众把目光投向银幕。突然发生了一件令人恐慌的事情，一辆大卡车横冲直撞，驶向席地而坐的人群。

瞬间人们四散而逃。这位驾驶员把车开到离放映机很近的地方停下来，然后把车慢慢地倒回去。

来观看电影的除了本单位职工和附近的居民，还有在施工队干活的农民工。被这辆汽车冲散的人群就是这些农民工。农民工被这位狂妄野蛮的司机激怒了。当汽车停下的时候，他们迅速包围了这辆大卡车。

这突发的事情使欢快轻松的气氛陡然变得紧张起来。那些小伙子握着拳头怒吼着，他把我们不当人，敢开车冲进来压我们。我们的命就这么的不值钱。还有人高喊，把这个把我们不当人的坏家伙拉下来，让他见识一下我们拳头的厉害。

这位司机名字叫鲁年，是这个施工单位的职工，面对这种阵势，吓得躲在驾驶室不敢露面。

有人开始用脚踢车门。

形势进一步发生变化，就连来看电影的其他一些人也加入农民工中间喊着叫着，举起来的拳头挥舞着。

遥辰意识到事态的严重性。他跑步去找书记。这位 50 岁出头的领导不知去了哪里？

他步履匆匆来到工程队队长房间，有人说他办事还没有回来。

单位两位负责人不在这个地方，该怎么办呢？遥辰焦灼不安。

他了解这个留着小胡子的中年人，平时喜欢喝点儿酒，酒杯放下后，喜欢惹是生非。大家只要看到他耍酒疯的那个样子就有意躲避他。

这个人还有一个坏毛病，谁得罪了他或他看谁不顺眼，就能编造出一个谎言到处传播，因此大家对他敬而远之。这些观众里面有他同事，故此没有人出来帮他解围。

遥辰思量，这是一个突发性群体事件，两位领导此时不在，自己有责任让被激怒了的群众情绪缓和下来。

此刻遥辰心里明白，人微言轻，他是一个不起眼的小干事，要制止这样的混乱场面，稍微有所不慎，就会引火烧身。他告诫自己，要冷静地思考出一个有效的办法，让这些人激动的情绪稳定下来。

人群将卡车围得水泄不通。遥辰想让大家听到他说的话，必须站在一处显眼的地方。

他想要分开挤得密密匝匝的人群走到这辆卡车跟前，是一件很难办到的事情。他的那个瘦弱的躯体哪能挤过那些身强力壮的民工。

他用高分贝的语音发出喊声，但众人的斥责声和叫骂声淹没了他的声音。他急得额头的汗珠向下滚动。

突然遥辰想起一种办法。

他迅速爬到紧紧挤在一起的那些人的肩膀上面，脚踩肩膀奔向车厢。

遥辰的这个举动使人群陡然鸦雀无声，把目光盯在他身上。

民工都认识这个年轻人。此时他们想要知道的是，这位组织干事站在这辆大卡车车厢想要做什么事？

车厢上的遥辰突然给人群深度地鞠了一躬，而后说了一声对不起，让大家受惊了。

这个举动的效果果然有效，人们的躁动情绪暂时安静下来了。

遥辰心里明白，假若不当着众人面说说鲁年，难以让这些人散去，如果说上两句鲁年逆耳的话，他会耿耿于怀，今后给自己惹来甩不掉的麻烦。

他心里清楚，鲁年胆大凶狠，平时对那些农民工喜欢发威动怒。

有一次，几个民工搭乘他驾驶的汽车路过一个盐场时，他把几个民工撵下车给他偷食盐。这些憨厚朴实的农民，哪能去偷人家的东西。他们站在白茫茫的地上，不挪动脚步。这一下把鲁年惹翻了。他一脸傲然，猛然踩了一下油门飞驰而去。这几个可怜的农民工站在寒风凛冽的荒滩眼巴巴地望着他们乘坐的那辆汽车消失了。

太阳落下山，这可怎么办，荒滩上既没有吃的喝的，也难以找到避风的地方，想要搭乘别人的车，一是经过这里的机动车辆非常少，二是好不容易盼到一辆汽车，司机哪里敢停下来，随便让他们上车呢。

那天晚上，这几个可怜的人在盐湖度过了他们一生中最难熬的一夜。

翌日，这个施工单位的另一辆卡车路过时，司机发现了这几个年轻人，停下来问了几句，让他们上车。

也许举起拳头的人里面有鲁年在盐场甩掉的农民工。此刻他们气势汹汹，想要把他拉下来。

鲁年隔窗悄视，看到他们眼神凌厉，悚然一惊，把驾驶室的门拉得紧紧的，恐怕被他们打开。

他知道一旦把自己从车上拉下去，不被人家揍个半死，也会打得皮开肉绽。他的心咚咚咚地跳个不停。

刚才，他想吓唬一下坐在人群中的那个胖墩墩的小伙子。前几天这个人在装砾石时把车厢猛砸了一下，他威风十足，训斥了几句，这个衣着不整齐的年轻人，流露出不悦的神情，还瞪了他一眼。

现在这么多的人联合起来围攻他。

正当鲁年胆战心惊、心慌意乱时，遥辰从人群中冒出来。

平时他对这个以工代干的年轻人并不怎么看重。此时他没有理由相信，他能说服包围卡车的民工离开。

忽然使他意想不到的事情发生了，遥辰的那个举动竟然让疯狂的人群静了下来。

顿时，鲁年心脏跳动的速度不再那么快了。

不一会儿，遥辰刺耳的话儿往他耳朵里钻。他心里升腾起一股对遥辰的怨恨之气，暗自说道，现在我这样的处境不能和你说什么，等我过了这一关，让你这个毛头小伙子知道我鲁年的厉害。

实际上遥辰刚才说的话，措辞谨慎，有分寸，有节制。他说："我懂得此时大家的心情，单位会给你们一个交代，这件事情是谁的责任，就应该由谁去承担。你们采取这种过激的做法，幸亏没有造成严重后果。既然大家来这里是观看电影的，请你们回到原来的地方坐下来，心情舒畅地观看电影。"

那位放映员很机灵，听到这句话立即启动放映机。

那些围攻鲁年的民工听到银幕上有了声音，纷纷离开这辆卡车。

电影结束了，熙熙攘攘的人群向不同的方向而去。遥辰走进自己房间思绪翻滚。刚才那么复杂的事情，连经验丰富的书记都躲开了，自己还是个不谙世事的青年人，怎么一下子就有了那么大的勇气，竟然孤身站在那里化解矛盾。他做的结果没有出现意外，这要感谢那些为人厚实的农民工。这些人有时候虽然表现出一些粗鲁，但是他们懂得道理后，是通情达理的。自己的一部分工作是与思想教育有关的。今后他没有理由不做好这方面的工作。当他还往下想的时候，有了咚咚咚的敲门声。

走进门的是书记。过去他可从来没有这么晚来自己寝室。

老书记脸上浮出满意的笑容，举起右手亲昵地拍了一下遥辰肩膀，口气十分温和地说："今天晚上多亏你，假如你不去站在那里，那些被激怒的民工，难以想象出会做出什么事儿来。发生了那么大的事情，本来我这个书记应该站出来去制止，但非常遗憾，当时我有事不在单位。"

予婷又一次来到遥辰宿舍敲门。屋内静无人声。她举手继续敲了敲，里面还是没有回音。她有了一种大胆的举动，推门而入。她环视这个房间的陈设，只有一张单人床和一张陈旧的办公桌及一个文件柜。她拉开柜门，然后打开自己的包。

突然她对这里的一切产生出亲切感，屋里的气息，遥辰用过的物品，以及他翻动过的书刊等等。

上午，予婷为工作的事情忙碌了大半天时间，现在确实累了。她轻轻关上门，要在遥辰的床上小憩片刻。

她姿势优雅地躺在柔软的单人床上，悄声细语说，睡觉的感觉真好，多躺一会儿吧。唉，这是人家的床，一个大姑娘怎么随便就这么上去了，要是让人看见多么的不好意思。没有听到院子里有走动的声音，还是再舒服一会儿吧。应该限定一个时间，5分钟好不好，就是5分钟。她盯住自己的手表。手表上那根秒针嗒嗒地转动了5圈。她虽然感到身心疲惫还有点睡意朦胧，但是她十分果断地跳下床，自言自语地说，人家不在屋子里自己待在这里做什么呢。走吧，他是会知道是谁来过这里的。她走出房门瞟了一眼这座长方形的院落，依然静悄悄的，姗姗而去。

遥辰回来后打开卧室门扉，一缕清香扑鼻而来。他揣测有人来过这里。当他看到桌面上那本厚厚的书本时，就知道来人是谁。

下午上班后遥辰接到一个电话。电话是上级单位小宋打的。他告诉遥辰这样一个信息，中央电视大学即将招收语文类学员。考试时间已定，如果遥辰乐意的话，他愿意帮助遥辰办理有关手续。

久久盼望的事情突然有了希望，使遥辰兴奋不已。他撂下电话后，高兴得像个小孩似的在地上蹦蹦跳跳的。

遥辰兴奋之余，想到人情两个字，心里思忖，人家如此的关心，自己应该有所表示。他向一家有土特产的商店走去。

遥辰喜滋滋地把刚买来的一包干果放到木柜中。当他打开柜门时，里面有许多鲜嫩的大枣绽放笑脸。他心里说道，肯定是她，那个借书的漂亮女孩。他目不转睛地盯着水灵灵的红枣，心中泛起一种难以言表的思绪。

夜静谧，秋风吹拂树叶沙沙响。窗外月光朦胧而迷人，它把遥辰带入梦中。

一条古老的水渠激流涌动。渠堤上有一对青年男女信步而行。男的显得矜持，女的笑语盈盈。突然女的一只脚踩入土坑。她摔倒在地上。

当那个男的俯身将她扶起来的时候，他俩的目光碰在一起。男的脸上流露出羞涩，女的白皙的脸颊泛起一团红晕。

"我把脚崴了。"她闪动着明眸对他说。

男的知道女的目光中的含意。他让她左手搭在他肩膀上。女的冲他微笑，男的把手伸向她腰身。

男的搀扶着女的沿着小径款步行走。

女的心中升腾起一种被人关爱的美好感觉。

男的身上涌动着翩然而至的愉悦。

一声尖厉的声音，打断了遥辰的梦。这短暂的声音不知来自何方。

他屏息凝气，侧耳倾听，一切如故，风吹枝叶飒飒响。

他翻动了一下身子，想继续入眠，不知怎么的，竟然毫无困意。

他眼前浮现出一粒粒红枣。触景生情，他想到了她。她十多天没有来了。

吃过晚餐，遥辰信手翻动书页，觉得毫无趣味。他萧然坐在木桌前。不知怎么的，那个姿态曼妙的女孩在他脑海中挥之不去。

他临窗眺望，感到心里空落落的。他锁好房门，离开单位院落来到一条大街。

街道车辆行人稀少，显得冷冷清清的。

突然他看到墙上的一张即将放映的电影宣传画。他紧走了几步来到跟前。

那个时候，电影院虽然播放的新电影不多，但是大家有闲暇时间仍然喜欢到电影院去看已经看过的电影。

遥辰驻足看完影片的内容简介，摸了摸上衣口袋，瞅了一眼腕上的手表，向电影院门口走去。

他来到这个县城以后，由于与县电影院联系多，人家给他一张观看影片的优惠卡。有了这张卡，能任意观看每个场次的电影。

过去他很少来这个地方，一是新的故事片比较少，二是他要把有限的时间用在学习上。

售票窗口挤满人群。遥辰手里晃动着那张卡片径直走进放映厅。

里面的木椅上坐了许多人。遥辰心有所动，想在那些面孔中寻找到一个人。

他扫视一眼，人群中并没有那个苗条精致的女孩，这使他感到失望。

清脆的铃声告诉观众，电影即将放映，请大家静下来。遥辰把目光投向银白色的幕布上。

"遥干事。"这是一个女孩的声音。

遥辰喜之不尽，蓦然回首，看见了这个女孩的灿烂笑容。

女孩轻轻拍了一下遥辰身旁一位中年妇女的肩膀，口气亲切地说："他是我的同学，请和我换一下座位好吗。"那位中年妇女侧过身看了一眼遥辰，点头表示同意。

女孩来到遥辰身边。就在此时银幕上出现画面，放映厅的光线变得昏暗。

女孩有一种小鸟依人的样子，依偎在遥辰身旁，顿时他感觉到了青春的气息。

他真的想伸出手拉拉她的手，但这只是一瞬间的思绪。他恪守生活原则，不管在任何状态下，都应该冷静理智。

他忖量，人家与自己只是一般的往来，就连朋友这两个字都说不出口。为了掩饰刚才的不安，他轻声说："在身后怎么不早点儿吭气啊。"

予婷微笑着说："刚才看见你，不好意思惊动你。"

银幕上动人的故事情节给观众带来了欢声笑语。他俩把目光投到屏幕上。

电影结束时予婷说，我喜欢这样的气氛。遥辰接着话茬说，我也喜欢感受这样的过程。他俩的对话，隐隐然出现一个潜台词，以后来这里看电影多好哇。

予婷晚餐吃得比平时早，这是因为她要去一个地方演出节目。她的心里除了激动还多了一些担忧，这毕竟是第一次在舞台上展示自己。她薄施脂粉，精心挑选出一套服装，穿好后站在衣镜前仔细地照了照，略显惊奇，自己怎么变了，身材无处不波动着青春的曲线美，明亮的眸子波光盈盈，湿润娇嫩的嘴唇闪着红色的光泽，这个样子过去从未在镜子中出现。她突然意识到，自己到了人生最美好的年龄。青春花季，是一个多么美妙的词句。突然一缕新鲜而羞于启齿的思绪在脑海中出现，她心里说，已经是成年人了。

夕阳西下，和煦的阳光移到山头。空中彩云微度。遥辰匆匆就餐后，来到自行车跟前，一遍又一遍地擦拭。

这辆加重飞鸽牌自行车是老书记和遥辰共同用的。书记平时很少骑它，车子由遥辰保管。今天听人说，晚上郊区有文艺节目演出，遥辰要骑着这辆自行车去观看演出。

通往演出节目那个村庄的公路上，已经有了三三两两的人群。遥辰站在路口茫然地四下张望了一会儿若有所失，喃喃自语，别等了还是走吧。他跳上那辆乌漆铮亮、油光鉴人的自行车向前方行驶。

突然他看到前面一个熟悉的身影，加快速度骑到她身旁停下来。

她被惊吓了一下，心中一阵狂跳，而后瞥了一眼遥辰，火辣辣地说："你这个识文断字的文人，怎么变得不温存了，把人吓一跳。"

遥辰觉察到自己的做法有些鲁莽，说了声对不起，然后笑着说："我第一次听到你这种尖刻的话。"

"那以后还想听这样的词儿吗。"予婷给遥辰出了一个选择题。

遥辰口不择言，只是怔怔地注视她。

"快点走吧，我还要去演节目呢。"予婷怡然一笑说。

"我是去看演出的，带你一块儿去好吗。"

"那你就不怕被人家看见说三道四的。"予婷刻意说了这么一句。

前天予婷来他宿舍，还书也是借书。

离开遥辰住的那间砖木结构的屋子时，天已经黑了，她想让遥辰把自己送到离家不远的巷子口。遥辰流露出一副十分为难的神情，吭哧了一会儿说，让熟人碰见会说闲话的。

你一个人在屋子里，难道就不会引起别人的议论？她说了这么一句，翻然而去。

遥辰知道她的心思，说："你知道吗，那一天晚上，我尾随在你身后，一直把你送到家。"

顿时予婷心里感到暖乎乎的，轻捷地跳到自行车车架上。

遥辰是个思想守旧的人，此时虽然身后的美女使他感到惬意，但是亦有一种担忧，心想如果遇到熟面孔该多么的不好意思呀。

人们的生活往往就是这样，你越担心有什么事情发生，它真的就会出现。

遥辰骑着自行车在平坦的马路上疾驰，眼前突然出现一个人影。

这可怎么办呢？自己骑了这辆车子，人家那么大的年龄还要走那么远的路。

如果是自己一个人，这件事情非常好办，现在身后还有一位女孩，让他发现了如何面对。

他使车轮的转动慢了许多。

予婷不知道有了事儿，只是觉得车子越来越慢。此刻她没有忘记，化妆演出的时间快要到了。

遥辰琢磨，是跟在他后面慢慢行驶，还是快速超过他，如果慢行的话，你看他走路的姿势慢悠悠的，会耽误予婷的时间。假若要飞车超过他，人家长着眼睛干什么，只要瞥一眼，自行车后面的人就看得清清楚楚。

"快点儿骑嘛，再迟了就来不及了。"予婷急切地说。

遥辰有了侥幸心理，思忖，说不定他低着头走路时注意不到车子后面的人。

别无选择，只有冲过去。

予婷优雅地坐在身后面，一只手还拉着他的衣服呢。遥辰把手伸到后面，轻轻推开她软绵绵的小手，用足力气向前方疾驰。

不好了！自行车前方有障碍，一块土坷垃横躺着，遥辰想绕过去，车速过快已经来不及了，只能猛然刹车。

这个紧急刹车，让遥辰和予婷摔倒在柏油路面上。

遥辰的第一反应是，快点儿爬起来看看把人家摔得怎么样了。他用双手支撑想站立起来。

哎哟，两条腿怎么不听指挥。他低下头细看，然后用手摸了摸。

糟糕，脚和小腿间的关节错位了，这可怎么办呢？第一次献殷勤却给人家带来麻烦。

予婷没有受伤。她知道遥辰受伤后，打算挡一辆车把遥辰送往医院。

遥辰有了想法，自己的事儿自己解决。他忍受剧烈的疼痛，拉动错位关节。他反复猛拉了几次，错位复原。

遥辰站起来后，已经感觉到，那只受伤的脚已经无法蹬自行车了。

予婷轻轻拍打了几下衣服上的尘土，冲着遥辰说："我骑车子带你，你坐在后面。"

遥辰点点头，坐在她身后。

这辆自行车从那个人的身边经过。予婷若无其事，姿势优雅。遥辰没有勇气挺胸抬头。

演出开始了，予婷表演的是舞蹈。她们的节目安排在第二个出场。当这个舞蹈的音乐响起来的时候，几位身着维吾尔族服装的姑娘随着欢快优美的音乐翩翩起舞。她们中一位高挑身材的女孩的舞姿十分优美。

遥辰的伤痛来得快去得也快。一个小时后，他站起来试探性地走动了几步，使他有些许的欣慰，能自如地行走了。

演出结束后，遥辰找到老书记（大家不在他当面都是这么称呼的），语气恳切地说："我把你带回去吧。"遥辰要这样做，不是有意巴结领导，主要是关注他的年龄。人家接近花甲，往返那么远的路程，看到他迟钝地甩动着双腿走路，他有点儿于心不忍。

书记神态自若，回答得干脆果断。他说，步行是一种运动，运动对人身体非常有益。我喜欢以步当车。你骑自行车前面走吧。

这件事情过了几天了，老书记并没有说什么。遥辰的担忧消失了。

又过了几天，书记把遥辰叫到办公室。

这一次，书记留下的那些话儿遥辰记得很清楚。

当他走进门时，老书记昏花的目光瞟了一眼。他的面孔严肃得让遥辰大气都不敢出。他的口气冷漠得像冰块似的。他说："那天晚上的事情，不是我看见的，是人家看见的。人家在看完节目的回家途中告诉我的。这虽然不是一件什么大事情，但对正在培养的年轻人来说，这样做的后果很不好。作为这个单位一把手，我有必要提醒你，今后不能再发生这种事情。"老书记说到这里语气缓和了许多，接着说："我有一种感觉，鲁年好像对你有意见。

如果他利用这件事散布一些什么话，你不是害了人家那位女孩吗。"

从书记那儿回来，遥辰陷入沉思中。他和她没有发生任何事情，就连手拉手也没有。

他和她在一起时，只是感到有一种清澈如水的快乐。

他知道人言可畏这句话的深刻含义。他真的担心喜欢鼓唇摇舌的鲁年把这件事情加油添醋地宣扬。如果鲁年把这些人之常情的事播弄成异乎常情的话儿，人家是个清纯少女，该怎么办呢？

那天晚上，鲁年驾驶着汽车在回单位途中，看到走在前面的老书记，还看到了遥辰以及他身后的一位靓丽的女孩，瞬间有了一份兴趣，刻意减慢车速，双眼盯着那个女孩细瞧。

他看到那个女孩伸出胳膊亲昵地揽在遥辰的腰部。

鲁年脑海中跳出一个问题，自行车是书记和遥辰两个人用的，从单位到看节目的地方足有2公里路程，书记是50多岁的人了，应该骑自行车，为什么他徒步走那么远的路。遥辰是20多岁的年轻人，不步行却骑着自行车，显然他是有用心的，提前约了这个女孩。这个漂亮的女孩并不在这个单位干活，他俩的关系如果不是谈对象的话，那就有些不正常了。据他所知，遥辰在这个地方不会建立恋爱关系。如果遥辰和这个女孩这种微妙的关系发展下去，必然会日久生情，他要静观其变。鲁年想到这里，自言自语说，到了那个时候，我看你这个小干事，还敢不敢漠视我鲁年。

鲁年现在想要做的事情是，先把看到的这些情景给那个老头说说，这算是吹一点儿风吧，让他心里有数。

予婷手里拿着一本书来到遥辰住所，看到遥辰脸上忧郁的神情心里琢磨，他有了什么事。

予婷是个性情开朗，举止洒脱的姑娘，此时并没有在乎遥辰的情绪，和过去一样，快言快语，说个不停。

遥辰并没有回应的热情，一副沉默寡言的样子。

"你今天怎么啦！蔫头耷脑的，连说话的劲儿也没有了。"予婷毫不客气地把这句话扔给遥辰。

遥辰心里叹息了一声，你的雅致和敏锐给我留下了深刻的印象。你现在怎么猜测不出我的心思呢。

予婷注意到遥辰神情怅惘，问道："我们之间的往来，是不是给你惹来了什么事？"

遥辰嗫嚅了一会儿说："其实没有什么事，不过是那天骑自行车去看节目的路上，被一个人注意到了，他只能是说说而已。"

予婷明白了，心想怪不得遥辰现在是这副样子。她不悦地说："两人在宽阔的公路上骑自行车会有什么事情。即使无人处，男的和女的就不能在一起？都20世纪80年代了还这样地看待青年男女的正常往来。"

"你说的有道理，但人家的嘴长在人家身上，人家想怎么说就会怎么说的。"遥辰看她怫然不悦的样子解释说。

予婷用充满着责备的眼光盯着遥辰足看了2分钟。遥辰神色黯然地低下头。予婷言辞犀利地给了遥辰一句："你这个人怎么就这样的懦弱呢！"而后拂袖而去。

遥辰脑海中闪动着人言可畏几个字，没有走出屋门送予婷，临窗伫立，怔怔地望着她洋溢着青春的身影渐渐远去，遐思联翩：

他和她相遇相知的那段日子里，她给他留下清澈美好的记忆。

曾经有过的那个时期他感到充实。说句心里话，他内心喜欢这样的女孩。

当他看到她那任是无情也动人的时候，曾有过翩然而至的幻想。他是一个冷静理智的人，也许是一个懦弱的人。

时光流逝，往事不可回流。

气候变化无常，晴朗朗的天空，骤然有了云团，一会儿电闪雷鸣，而后大片大片的雨点儿往下坠落，紧接着倾盆大雨哗啦啦地响。

他静听雨声，倏忽心中飘起一丝惆怅。

他站起来在逼仄的地上来回走动。

忽然他把目光投在陈旧的书架上，那里面摆放着予婷读过的那些书籍。他信手从书架抽出其中的一本捧在手中。

触物思人，顿时予婷低首读书的情景宛然在目，他心中泛起一丝思念之情，心里说，有一句词叫心照不宣，她能知道我此刻的心情吗？忽然他自责道，我怎么如此的自作多情，和人家接触了几个月，就产生出这些遐想痴念。他把那本书放回到原位。

有了急促的敲门声，他的一缕轻烟似的情绪被开门时的风儿吹散了。

闯进来的是一位浑身湿淋淋的女孩。

他看到了是她，顿时惊喜不已，禁不住拿起毛巾抬手替她拭去脸上的雨水。

她用嫣然迷人的目光瞥了一眼遥辰，顿时白皙娇嫩的脸颊泛起赧颜。

遥辰有了一个难题，她全身的衣服湿漉漉的，这个房间里没有女孩用的衣服。

她似乎猜出了他的心思，赧然一笑说："这么大的雨，不会有人来的，把你换洗的衬衣取出来暂时凑合一下吧。"

当他把一件没有穿过的衣服递到她面前时，她瞪了他一眼。遥辰立即意识到，自己的反应怎么如此迟钝。他反身走到门后面，双眼盯着墙壁看。

予婷换好上衣，拧干裙子上的雨水，神情变得坦然自若，用柔婉的语气说："本来要去商店的，谁能料到风雨来得这么快，让人来不及到其他地方避雨，别无选择，只能来你这里躲一躲。"她说到这里，瞄了一眼遥辰，然后微笑着说："这么大的雨，可不能把我再气走。"

"如果天气不给我这个机会，哪能看到你呢。"遥辰的话中含有讨好的意味。

"你早把人家忘了，要么这么久的时间，连个信儿也没有。"显然予婷这句话里面含有一些怨气。

遥辰有了一些遗憾，这么多天来自己怎么连个礼节性的问话都没有。他说了声对不起。

予婷神色严肃，美丽的小嘴唇动了动，并没有发出声音，双眼盯着遥辰。显然，她不完全满意遥辰的这句话。

"我是主人，你是客人。主人应该热情地招待客人。让我羞于启齿的是，寒舍只有清茶一杯招待你。"遥辰说着，把水杯递到予婷手中。

予婷接过水杯。

风恬雨停，云层散去，柔和的阳光从玻璃窗照进来。宁静的小屋散发着清新的气息。予婷的语调变得理智而迷人。遥辰怡然自悦，心情舒畅。

天空出现五彩缤纷的彩虹。

予婷站起来移步至窗前，用亲切的语气说："快来看看，天上的彩虹多么迷人。"

遥辰木然，无动于衷。

予婷愀然作色，不悦地说："怎么啦，一下子变成了木头人。"遥辰喜欢予婷的率直个性。他走到她身旁微笑着说，"彩虹确实艳丽动人，让人遗憾的是，它消失得很快。"

予婷有感于心，说："时光易逝，青春留不住。"

遥辰不想顺着这个话茬往下说了。他说："那是未来的事情，现在何必去探讨呢。"

人生是用一个一个的未来组成，想象一下未来难道不应该吗？

予婷的执拗让遥辰奈何不得。他缄默无言，眼神中的迷茫瞬间闪过。

予婷觉察到刚才自己语言不慎，粲然一笑说："衣服快晾干了，我还有事情呢。"

让予婷意外的是，当她要离开这个房间时，遥辰执着地要送她。

予婷脸上流露出惊喜，说："怎么变得这么快，两个人走在一起，就不怕那些贫嘴烂舌的人碰见。"

他没有回答她的话，只是用目光示意，我们走吧。

他把她一直送到离她家不远的那棵大树下面。

七

　　吃过午饭于杭躺到单人床上，遥辰的事儿隐隐约约地在脑海浮现。

　　前几天，他见到遥辰。在和他 1 个多小时的闲聊中，感到弟弟一副心事重重的样子。对遥辰他有足够的了解。工作方面兢兢业业，恪尽职守，不是一个恣意纵性的人。与人交往中他谦恭谨慎，与人为善，不求索取。在生活上他俭朴、严谨。那么，他到底有什么心事呢？他思考了一会儿，有了一个不确定的答案。

　　"于师傅，台长叫你去一下。"这是值班员小帆的声音。

　　这位台长 50 岁有余，是军人出身，过去没有接触过电子技术方面的工作。有那么一段时间他担心发射机出故障。出现人为的停播事故，上级要追究主要领导责任，他这个一台之长难脱其身。后来他发现于杭刻苦钻研技术，能排除发射机出现的一些故障，他就有了一种想法，建议上级部门任命于杭为技术科科长，这样既能调动起于杭的工作积极性，同时自己也就不用再操那么多的心了，即使发射机出现故障，前面还有个技术科科长。

刚才他接到上级部门通知，动员技术精湛的人员，参加某项工程的设备调试。

本来他不愿意推荐于杭去参加。他走那么长的时间，机器有了问题不就给自己增添了麻烦吗？谁知上级一位副局长点名要于杭前去参加设备调试。他极不情愿地服从上级命令。

于杭走进台长办公室，看到台长神情凝重，目光黯淡，还以为自己有什么事儿惹得他不高兴。

台长口气冷冰冰地说："我们这里技术人员本来就不多，领导上还要把你抽取去调机器，局里那么多的技术人员，还有那么多的无线电专业毕业的大学生，局长怎么就看上你。我们的那几台破机器，说不定什么时候会出现故障。机器运行时有了故障不找技术科科长找谁呢？"言下之意，你走了，假若有了技术上的事情，我不应该承担责任。

于杭知道，该项工程是省政府一项重点工程。安装的主要设备是我国首批生产的 10kw 差频调频发射机。能参加这次调试工作，对他来说是一次考验，也是一次展示技能的机会。

刚才于杭从台长的语气听出他的意思来，只要他说不能离开这句话，台长就有了理由，立即给上级领导打招呼，不让他去参加。

于杭主意已定，心里说，自己不能放弃这次机会。他瞅了一眼台长说："那几部机器最近检修过，各项技术指标正常，短期不会发生大的故障。去调试新机器是一次难得的学习机会。提高了技术水平，对我们转播台的技术工作是有好处的。我走了还有谭珂，即使出现小故障他也有能力排除。"台长看到于杭恳切的样子，还能说什么呢。

于杭在 10 年的职业生涯中，虽然取得一些成功，但是他心中有一种压抑。为了能掌握无线电这门技术，他付出太多的心血。但是他在那些科班出身的人面前，也就是说，他和无线电工程毕业的那些人相比，显得十分渺小。他觉察到，这些高才生中的一些人，在他们面前喜欢摆出一副居高临下的姿态，不正眼瞧他们这些没有进过大学校门的人。他有时心中不服气，但人家烫金的大学毕业证是有分量的硬件，他的那个非专业的高中毕业证岂能与人家的那个学历证争高低。还有一点让他不舒心，有的时候在处理机器故障时，人家那些人指手画脚让你干。排除了故障是动口者指挥得当。机器的运行依然不正常，责任自然是动手者技术不精。有时候他正想发泄一句，你有能耐自己动手，往往话到嘴边只能咽进去。身份毕竟不一样，人微言轻，说了还不是给自己惹点儿小麻烦。他承认理论知识的重要性，要不他花费那么多心血，孜孜不倦地学习无线电知识。在工作过程中，他懂得实践经验的重要性。机器运行中出现的有些故障，往往从书本上难以找出答案，要靠经验的积累去解决。这次之所以要在那种场合检验自己的业务能力，还有一个不便明言的原因是，让那些不正眼瞧他的人改变看法。

来参加调试设备的人员并不多，只有 3 名。其他的两位是，邮电学院毕业的焦令哲，广播学院毕业的冶玄。

人家大学毕业的那些人的派头就是不一样，特别是那个冶玄，昂首阔步来到调频发射机跟前，伸出手优雅地抽出说明书，轻盈地扫视了一眼，用英语与焦令哲对话。

于杭虽然对英语一知半解，但他听懂了他们对话中的一些意思。焦令哲不想第一个出手调试。冶玄推辞了一句，就坦然地承担起这个任务。

看起来于杭在这个地方成了一个多余的人。他孤零零地在旁边垂手侍立。人家根本就不屑与他说话，就连递工具的活儿也不让他插手。

既然到了这个地方，他就不能走。人家和他不说话，他就主动在人家跟前说上几句，或者找上一点儿小事做一做，要不然他的处境是多么的尴尬啊！

刚开始调试进度比较缓慢。能看出来冶玄踌躇满志，兴致勃勃，眼睛里闪动着亮晶晶的光。发射台的领导不时地来到这里看一看，说上几句鼓励他们的话。

冶玄、焦令哲的尊姓大名一天天落在调试记录簿上。于杭那两个字，似乎与这个本子无缘。

调试过程中如果出现问题，冶玄和焦令哲就来不及用英语对话，他们采用最为直白的方式，低言细语，交换看法。

实际上这次调试发射机都是冶玄动手操作的，焦令哲只是打开图纸和说明书看看而已，而后说上几句。

虽然于杭沾不上机器的边儿，但是他的那双炯炯有神的目光从没有离开过正在调试的机器上。下班后，他独自在房间阅读海姗给他找来的有关技术资料。

要求的时间过半，但调试的效果不是特别明显。一个突出的问题摆在这次调试发射机领导者面前，摆在冶玄和焦令哲面前。这就是，要如期完成任务，是有一定的困难。

这次调试一旦延期，将造成不良后果，但他们不愿意把这个情况汇报给他们的上司。冶玄曾信誓旦旦地说："这种机型的发射机，他有能力提前完成调试，决不会延期。"冶玄说这句话的时候，焦令哲瞥了他一眼。焦令哲想给自己留一条后路，因此说道："不发生意外之变能够按期完成。"言下之意，没有意外的事情发生才能完成。冶玄本来就是一个性气高傲的人，听到焦令哲这句话立即说："如果我按期完不成这次调试任务，就背着铺盖卷回老家。"

离要求的时间只有两天了，局长来电话询问情况，并派来一位副局长到现场督办。

这位副局长来后的第一句话是："一定要按期完成任务。"随副局长来的还有两位技术人员，其中一位是海姗。

海姗的到来，使于杭孤立的境况有了改变。

过去，冶玄和焦令哲并不知道于杭与海姗之间曾有过的故事。当海姗下车后喜滋滋地走到于杭身边，一副亲热的样子说个不停的时候，令冶玄他们感到惊讶，她怎么与他那么熟悉。

很快他们就知道了其中的奥妙。

于杭和海姗关系的不一般，这就给冶玄他们一个信号，于杭是有背景的。不过，他们陡然间对于杭的变化，只表现在表面上。在他们内心，于杭依然是个只能在机房值班的高中生。

调试的这部调频发射机，终于能发射出清晰悦耳的广播节目。在场的人，包括那名副局长，无不欢欣鼓舞。冶玄乐得如醉如狂，嗷嗷直叫。

此时站在机器旁边的于杭敏锐细致地观察到这部发射机运行不稳定，小声说："这部机器变频次数多，线路极其复杂，还是应该观察一下，然后加高压。"冶玄用冷淡傲慢的目光瞪了一眼于杭说，这部机器是我们调试的，对它能否正常运行，我们应该比别人清楚。显然，他的这句话是针对于杭的。海姗听到冶玄语气里的那种居高临下，想说什么，犹豫了一会儿，禁言闭口。

冶玄神采飞扬，用闪亮的目光环视了一圈周围的人，而后定格在副局长身上，语气温和地说："可以加高压吧。"显然他要求下达命令。

机房内气氛顿时失去了恬静，人们的心一下子悬了起来。大家知道，假若把高压加上去，一旦发生意外，将会带来不堪设想的后果。

冶玄是一个矜功自伐的人。他感到成功在即，当听到副局长说："开始吧"，就步伐轻快稳健地走到这部机器跟前，做了一个气概不凡的手势，而后姿势优雅地接好假负载，开机加高压。

当大家的兴奋还没有消退，一个显而易见的事实摆在大家面前，假负载冷却水的温差无变化。这就是说，无温差就无功率输出。

这种状况的出现，使在场的每一个技术人员绞尽脑汁，用足心血，想要找出这个技术上的难题。

冶玄突然变得神情黯然，他知道要在短期内找出解决这个问题的办法，从他本身的能力和经验来看，确实是一件很不容易的事情。他思谋，人多智慧广，自己应该与其他同事探讨这个问题。

该部机器是以冶玄为主调试的，况且他具备的专业水平比其他人高，在场的技术人员哪能在他面前班门弄斧。别人不说什么，他只能继续调试。

两天过去了，冶玄脸色茫然，再看不到他那坚定沉着的风度和泰然自若的神情。

焦令哲觉察到将要发生什么事情，问冶玄，这件事情如何了结。冶玄并没有正面回答焦令哲的问话，叹了一口气说："这是一个出人意料的例外。"

发射不出去广播信号已经成为事实。冶玄兑现了自己的诺言，背起铺盖卷嗒丧而去，不过不是在白天，而是在夜静无人时。

冶玄走后，调试这几部机器的事当然不能停下来，局领导必然要重新考虑调试机器的人。

焦令哲是最佳人选。当这位领导把自己的想法让焦令哲知道时，他神情凝重，低头沉默。

这位领导看他一副沉思的样子，问他有什么要求。他语气轻柔地说："组织上能如此信任自己，他非常感谢。本来他想尽自己的微薄之力，身体却有了毛病。来这里调机以前，医生建议他住院治疗，当时考虑主要工作是冶玄做的，他作为助手还能顶得住。自己已经坚持了这么长的时间了，现在感到难以支撑住。"

领导对焦令哲的说法虽然心存疑虑，但是像这样的一个理由，是含有挑战意味的，当领导的哪能不顾人家的身体状况，强行让他去做。两个专业人才不能或不去完成这项工作，谁能做这种难度大有风险的事情呢？

来发射台指导工作的副局长召开了一个现场会，他要集思广益，寻求解决问题的办法。

让这位副局长万分焦虑的是，这次会议议而未定，大家并没有提出一个可行方案。

会议结束后，正当这位副局长坐在办公桌前一筹莫展，郁闷不乐时，海姗步伐轻盈地走进来。

海姗告诉副局长，她查阅了有关资料以后有一种想法，要解决无功率输出这个问题，应该调动既有理论知识，又有丰富经验的那些人的积极性。

对海姗的专业水平副局长心中有数。她说得言之有理。他用求援的目光注视着海姗说："你推荐这样的人选好吗？"

海姗神情严肃，语气平静柔和，说："大家忽视了一个人，这个人就是跟着冶玄他们调机的于杭。"

副局长听到于杭两个字，瞬间目光黯淡，心里琢磨，大学专业水平的人调试不好，一个高中文化的人，能调出什么结果来。自己不同意，谁来承担这项艰巨的任务呢。这位副局长陷入困惑之中。

海姗看到副局长一脸生疑的样子微笑着说："我曾经发现于杭如饥似渴地学习理论知识。我给他许多无线电专业知识的书刊，现在他的专业技能不可同日而语。应该说，他的实践经验比我们这些在办公室工作的人要丰富一些。"

副局长听到海姗说的这番话，心神一振，眼睛一亮，脸上有了笑意。

当这位副局长把想法告诉于杭时，于杭怔怔地站在那里。

于杭心里十分清楚，要完成这么复杂艰难的调机任务，确实是有困难的。

调机以前他翻阅了许多资料。在调机过程中，人家虽然不让他插手，但他的目光别人挡不住。

这些天以来，白天他眼睛盯在机器上，晚上全神贯注地阅读相关的技术资料。

他看到人家对他那种漠视的目光，心里堵得慌，口里说不出来。

那个时候，他真的想为而不能为。

他们一走了之，这种型号的发射机领导却让他调试。

面对这个难题，怎么办呢？

不答应，是海姗推荐的。要做这件事难度可想而知。

于杭思考了一会儿，仍然觉得不能妄言轻动。

站在一旁的海姗有点儿沉不住气了，说："要相信自己的智慧，要有勇气。现在不展示自己的技能还等什么呢？"

副局长笑容可掬，伸出手在于杭肩膀上拍了几下，用轻松的语气说："这4部机器的事儿就交给了你。需要的助手，你说了算。需要理论上论证的，"他望了一眼海姗接着说，"就找你的这位老师。"

本来于杭没有足够的勇气来承担这么艰巨的任务，但他想到了海姗。她鼎力推荐，这就充分说明海姗对他的信任。还有，海姗对他的判断没有因为别人的观点而影响看法。他要用理性的方法来论证自己的选择。那部机器冶玄、焦令哲调试了10多天，他们有成功之处。他们的经验是可以借鉴的。在最后的技术环节上，他们未能找到一个正确的技术参数。

在实践中往往会有这种情形，机器出现的有些故障，你难以在书本上找到排除它的办法，这主要靠平时经验的积累。他从事机房值班工作已经有了不短的时间，积累了丰富的经验。这些经验无疑对调试这些发射机是有用处的。

他冷静地说："这种型号的发射机，如果领导上一定让我调试，我只能尽最大的努力。"

副局长还是有一些担心，问道："大约需要多长时间？"

让在场的人没有想到的是，于杭回答得十分果断："一个月以内。"

海姗目光中流露出些许的抱怨，将要调试的是4部发射机，不应该限定这么短的时间。

焦令哲确实有病，不过他的病不至于住院治疗。他大学毕业的那几年在机房值班时，吃饭没有规律，迟一顿早一顿，因此就有了胃病。到机关工作胃病逐渐好转，乃至痊愈。这段时间因为饭菜不符合自己的胃口，加之连续工作，胃病突然而发。事实上这样的病吃点药，不要吃刺激性的食品，很快会缓解的。他提出要住院的原因不言而喻。

让焦令哲欣慰的是，这次调试的那部调频发射机他是助手。起初他琢磨这件事情，以他为主，领导上也会同意的。调试成功，自己就多了一项资本，以后与人竞争就有了一些优势。

过去的经验提醒他，调试一部新机型的机器难度大，不确定因素很多，一旦失败会给自己留下难以洗去的污点，况且这次要调试 4 部发射机，工作量很大。

他思忖再三，决定以助手的身份出现比较妥帖，这样做尚有回旋余地。成功了也有他的份，失败了责任与他不大。这件事情的结果证明他的选择是正确的。

冶玄调回老家，他找了一个理由离开那里。将来如果于杭也调不出什么名堂来，那时如果让他出马的话，他会欣然答应。

他的一个大学同学是研制这种型号发射机的。他可以把他请来。让他感到心中不舒畅的是，于杭凭什么接受这项任务。如果真的让他调出结果来，他，还有他的那些同等水平的专业人员，虽然不会落到无地自容的地步，但是脸面上肯定会失去一些光泽。想到这里他怨恨海姗，不是她极力推荐，领导怎么能把这样重要的工作交给于杭。

猛然他幸灾乐祸，于杭必将以失败而告终，到了那时海姗也应该承担一些责任，你把他说得天花乱坠，乱了领导的方寸，造成迟开播的不良影响，难道就不该承担责任吗？

他和海姗都在局技术部门工作，他俩在未来会成为竞争对手。海姗推荐不当的责任，到了节骨眼上有人会说出来的。

让焦令哲难以置信的是，于杭带领着几个刚招来的高中毕业生，用了不到五天时间，完成了一部发射机的调试。这部机器运行稳定。随后的日子里，他们完成了一部又一部发射机的调试。

当焦令哲手捧半导体收音机，聚精会神地收听到那几部发射机播出的清晰的调频广播节目时，感到沮丧。

焦令哲的那股无名之火从此隐隐地埋在心中。他是个很自信的人，暗自说，"天生我材必有用。"总有一天，我在大学 4 年学来的那些专业知识会发出耀眼的亮点。你于杭的分量有多重，拿一点微不足道的值机时掌握的技能向我们来挑战，我总会等到你求我的那一天。

焦令哲终于等到了机会。一天上午，他在办公室喝完一杯绿茶，正襟危坐时，办公桌上的电话铃声响了。电话是分管技术工作的副局长打来的，叫他去一下。

走进副局长办公室，这位副局长颔首说了声，坐下吧。从副局长凝重的面孔上，焦令哲心中猜测到，有什么重要事情让他去做。

副局长说："最近有人来信，反映云峰转播台电视节目信号差，你准备一下带人去调试。

"于杭不是很有经验的吗，他这个技术科长应该发挥作用。"焦令哲不失时机地点击了一下。

"工作经验必然是有限的，你们这些专业人才要充分发挥自己的优势。"

听到副局长这番话，焦令哲感到房间的气氛让他很惬意。他言辞之间乐不自禁，我们明天就出发，请局长给转播台台长打声招呼，要不有的人认为我们没有事儿去找事儿。有的人显然影射于杭。

焦令哲这次是有备而来的，当小车行驶到该台电视信号覆盖区时，让司机停下车来。

下车后，他吩咐两位刚分配来不久的大学生，用场强仪测试电视信号强弱，并做了详细记录。

测试结果表明，图像不佳，杂波大。

焦令哲还要进一步了解收看电视的情况。

一行3人走村串户，到村民家打开电视机收看节目，看了几户，焦令哲就发出冷笑声，电视覆盖区怎么这么差的信号！

焦令哲乘坐的小轿车行驶到云峰转播台大门口，吩咐司机按一下喇叭。

喇叭声会告诉台里的领导，我们来了。因为这么高的峰巅，很少有其他单位的机动车辆行驶到这里。

台长昨天就接到一位副局长的电话，听到汽车喇叭声，知道是焦令哲他们来了，匆匆忙忙来到院子里迎接。

焦令哲下车后，并没有把目光投到垂手侍立在小车跟前的老台长。他仰视那座自立式电视调频发射塔，一副自命不凡的样子，举目凝视了一会儿天线，言语傲慢地说："你们负责技术工作的人怎么不在这里？"

台长扯开嗓子喊于杭。于杭款步而来，礼节性地问了一句："你们一路上辛苦了吧。"

焦令哲连看都没有看于杭一眼，口气冷冰冰地对台长说："先到办公室汇报情况，然后去机房看看。"

一同而来的两个年轻人面面相觑。显然他们对焦令哲这种居高临下的派头有些不满。

　　于杭知道焦令哲举止有心，是给他看的。这表面上的东西于杭并不在乎，担心的是他来了弄出了乱子可就麻烦了。这个转播台发射天线的有效覆盖半径为80多公里，周边三个省四个地区400多万居民收看从这里发射出去的节目信号，一旦造成停播，必然带来非常不好的影响。作为这座电视调频转播台的技术负责人，于杭虽然清楚节目信号不佳的原因，但是他心里也非常明白，他想要说的，人家是上级派来的工作人员，哪能会听进去呢。

　　焦令哲在听取汇报的过程中神情冷漠，心不在焉，偶然打断于杭的话问上一两句。于杭还没有把情况说透彻，他就不耐烦地说："我们来这里的目的是解决播出质量差的问题，不是听取与此无关的那些理由，还是到机房看一看。"

　　一行人来到发射机房。机房内十分整洁，各种设备置放有序。几部庞大的机器闪烁着不同色彩的光束。墙壁上张贴着值班人员操作规程。焦令哲在地上转了一圈，回头用目光寻找于杭。

　　是可忍孰不可忍，一个小科长竟然漠视上级派来的人员。焦令哲怫然不悦，大声质问："于杭哪里去了？他不在场我们怎么调试机器？派人立即把他找来。"

　　台长指派值班员小万去找于杭。

　　给人家汇报后于杭就有了想法。上级领导派人帮助调试机器无可非议，但问题在于存在的图像、伴音差的问题，不是通过调试能解决的。刚才他想把这个问题说清楚一些，但焦令哲那副盛气凌人的样子，没有给他说话的机会。于杭对焦令哲其人还是了解一些的，他除了在学校学来的那些书本知识，况且学的还不是电视发射方面的知识。

　　电子技术发展十分迅速，如果放松对新知识的学习和钻研，很难适应新技术的要求。这次他来的目的十分明确，调试电视发射机。现在任何人无法阻止他的行为。他只能做的事情是，焦令哲调机中一旦发生意外情况，他不能成为替罪羊。他要利用焦令哲走进发射机房的时间办一件事情。

　　于杭在楼道碰见小万。他发现小万神色慌张，疾步行走，微笑着问道："什么事儿把你急成这个样子？"

"来调机器的人看不见你，正在那里发火呢。台长让你快点儿到机房。"小万急巴巴地说。

于杭走进机房看到台长充满怨气的目光，看到焦令哲面有愠色，看到发射机运行正常的指示灯光。他清楚自己的身份，说了声对不起，而后说了他刚才办的事情。

对于杭这种做法，焦令哲心知肚明，如果把这件事放到桌面上，无懈可击，人家是找自己徒弟的，让徒弟来这里学习调试机器的技术有什么过错。

让焦令哲难以接受的事情又发生了，于杭吩咐这个徒弟做现场记录。也就是说，焦令哲的调机过程都被记录在案。焦令哲心里骂了一句，真是个狡猾的狐狸。焦令哲心里十分清楚，自己找不出一个合适的理由来反对于杭的这种做法。

当焦令哲准备伸手调试双工器时，他的手颤抖了。为了掩饰心中的惶恐不安，他把伸向调谐手轮的手投向有一本资料的方向。他拿起那本书，翻看了几下，然后把它放到原来的位置上。

现在焦令哲后悔自己不应该来这里。他大学学的没有电视发射这门课程。到工作岗位后他接触的是中波广播发射机。应该说从事某项专业技术的人员，应该不断地学习和掌握与此相关的新知识。但焦令哲忽视了这一点。他刚调到技术管理部门工作，还有兴趣用较多的时间翻翻有关的技术资料。到了后来，他看到机关上一些不学无术的人，他们迎合上司的心意，要要嘴皮子，玩一点虚的，搞一些游戏规则，就能轻松自如地应付各种事情，有时还可以取得某些好处。

机关上别人能潇洒他为什么不可以呢？他坐在办公桌前品茶、养神或聊天，偶尔翻翻资料摆摆样子。有了工作，他能推的就推，推不了的就敷衍一下。那次和冶玄调试发射机，他对自己角色的定位感到非常满意。可是这一次，他是主角，连一点儿回旋余地都没有。他后悔当时为什么不要求领导指派海姗与自己一起来。如果她来了，他站在她身后说上几句，出出点子，完成了任务也有他的一半。可现在他该怎么办。假如换成另外一个人他还有进退的空间，可站在面前的是于杭。这个人以业务能力自居，有一股倔强劲儿。

现在只要他把这部机器动一下，发生的事情就可以与他联系起来。此时要让于杭动手，他一定会拒绝。

于杭不动手只有自己动手。动的过程在场的人一目了然，况且于杭已经有了准备，那个小伙子和他手中的笔记本充分说明了这一点。他该怎么办呢？到了这种时候还会有其他的法子吗？他要鼓足勇气，拿出本科生的那种气概，一个字，干！

焦令哲的手伸向了机器。

于杭一脸惊愕，差点儿喊出了声，但他最终闭住嘴。他难以相信，焦令哲会如此的无知。

调整双工器的谐振腔必须使用扫频仪来观察谐振峰，视其工作正常与否。调整谐振峰时不得超过 1—2 毫米。焦令哲却不用扫频仪，而随心所欲地转动调谐手轮数圈。更让人惊诧不已的是，焦令哲调整发射机双工器时竟然开机加高压调试，这是绝对不容许的。这样做的后果是，很容易烧毁双工器。

在场的于杭的两位徒弟被焦令哲的这些超乎寻常的举动惊得目瞪口呆。做记录的那位，睁着圆溜溜的眼睛瞄了一眼于杭，意思是说，他的这些操作过程做不做记录。于杭点了一下头，给了暗示，记下来吧。

焦令哲调乱了双工器谐振腔后，又用同样的方法调试双工器 3db 定向耦合器。他这样做的结果是，将双工器完全调乱了。双工器无法正常工作，他只好将发射机输出由单通道输出改成双通道输出（接调机用的临时天线）降压播出，功率只有原输出的十分之一。

本来发出的信号就不好，焦令哲这么一折腾，电视信号的有效覆盖范围缩小了许多。

暮色茫茫，朔风刮得窗户沙沙作响。躺在床上的焦令哲，身上起了阵阵寒意。他冷静地思考着自己这一天用辛苦换来的结果。他不得不承认这样一个事实，一天的忙碌不但毫无收获，而且出现一些他本身难以解决的问题。焦令哲窥度，于杭事前完全有可能叮咛他的那些徒弟们，让他们既不动手又不动口，自己带来的两名刚走出校门的大学生，给他帮不了忙。他在这个地方孤立无援，有一种身处困境的感觉。调机时他曾经用余光扫视站在他身边的那些人。虽然他们表面上恭维，但是从他们的眼睛中射出了异样的光。他调试的双工器已被证明不成功，要恢复到他调试以前的工作状况难以做到。他对于杭隐隐有了怨恨。现在最担心的是下一步的调试。假如在调试过程中再出差错，就有可能造成停播。如果这样，这可是个重大事故。这样的不良影响是无法弥补的，也给自己留下一种不体面的记忆，自己有可能受到处分。他真的想在明天来一个金蝉脱壳，但他找不出脱身的理由。他心里十分清楚，于杭已经与他较上了劲。他后悔来以前怎么就没有翻翻资料。他办公室书架上有那么多的广播电视技术书刊。他平时把它当成了证明身份的证件，当成了筹码，当成了一种炫耀。他是无线电专业人才，有能力解决广播电视技术上的难题。但非常遗憾的是，后来他几乎不再翻看那些枯燥无味的书本。明天该怎么办？自己仍然去调试，调成功的概率非常小。让于杭去调，这是多么有失尊严的事情呀！

夜风乍歇，弯弯的月牙儿悄然在空中移动。焦令哲在沉思中进入梦乡。

这一天晚上，于杭的心情久久不能平静。他是个无不尽职的人。为了提高播出质量，他在这些机器上花费了很多精力和汗水。应该说，从发射机本身来看，他竭尽心力，已调到最佳工作状态。焦令哲调试实属多此一举。但更糟糕的是焦令哲越调试，播出质量越下降。覆盖区有那么多的居民晚饭后把收看电视节目作为一种需求。让人家收看信号那么差的节目，他这个转播台的技术负责人于心不忍。他又不能把这些话说给上级派来的焦令哲。他知道焦令哲是个狂妄自大，独断专行的人。即使他本人做错了什么，也是不会在别人面前承认的。白天，当焦令哲动手调双工器的时候，他发现焦令哲对电视发射原理并不熟悉，更不懂得如何正确进行调试。他不能当着众人说些什么，即使把应该说的话说出来，焦令哲一定会恼羞成怒，执意不从，找出一个什么理由给他难堪。人家毕竟是科班出身，又是上级部门的。此时最让他放心不下的是下一步，他要去调试伴音发射机。如果他再调试不当，完全有可能出现无图像无声音的严重后果。如果真的发生这样的事情，该怎么办？他一定要想出一个应急的办法。

新的一天开始了，焦令哲调整了思路。他不能再盲目地不用仪器进行调试。

吃过早餐，他手持一台双综示波器，精神抖擞地走进发射机房。

于杭看到焦令哲手中的仪器，不知他要做什么，神情困惑地望着他。

焦令哲发现瞟来的目光，即刻意识到，难道自己又有了不妥的地方。但他很快恢复常态，用冷峻的目光看了一眼于杭，一副神情威严的样子，来到那部轰鸣着的用大大小小电子元器件组合而成的庞大的发射机旁边，接通示波器，准备测试伴音发射的工作频率。

在场的于杭和他的徒弟无不惊讶，心想他能测试出什么呢？示波器的频率范围是 0—15 兆赫，伴音发射的工作频率是 64.25 兆赫。

一个让人啼笑皆非的情况出现了，焦令哲确实用 15 兆赫的示波器测试 64.25 兆赫的波形。

焦令哲镇定自若，气定神闲，转动旋钮。

示波器显示出整齐的正弦波。焦令哲狂喜不已，得意非凡。他瞅了一眼于杭。他的目光分明在说，你看我焦令哲调试得多么准确。

于杭心里清楚 15 兆赫示波器绝对不会测出 64.25 兆赫的波形。

于杭他们几个人，起初一脸的骇然，后来嘴角笑了笑，只是笑了笑。

焦令哲流露出盛气凌人的样子，口气威严，命令值机人员加高压。

这位个头不高的值班员，用担忧的目光望着于杭。于杭隐忍不言，稍微点了点头。

值班员小心翼翼按高压按钮加高压。异常情况出现了，发射机无伴音功率输出。

瞬间焦令哲脸上流露出慌张的神情。他匆忙中检查了一番，而后进行调试。几番的调试仍然无伴音。

一个严酷的事实摆在焦令哲面前，他调试的伴音发射机已无法正常播出。

他凝神深思，再三忖量，心里说，刚才示波器显示的波形是整齐的正弦波，现在怎么就没有了伴音信号呢？

突然，他带来的那个高个子大学生用手轻轻推了他一下，而后把目光投到示波器上，一会儿把目光移到伴音发射机上。焦令哲知道，这是暗示。他凝视示波器上标出的数字恍然大悟，暗叹道，自己犯了一个莫大的错误，怎么能用范围在 15 兆赫的示波器来测试 64.25 兆赫的伴音发射机。

离开播时间只有几分钟了，要在这么短的时间里调试出较好的伴音，对他来说这是一件办不到的事。

焦令哲知道自己能做什么，假若是表演性的他有可能做得惟妙惟肖，要动真的他还须要下点儿功夫学一学。

站在一旁的于杭知道离播出时间只有 5 分钟了。他十分清楚，耽误了播出会造成重大的责任事故。以他的个性，他会立即扑过去，以最快的速度，得心应手地把机器调试到最佳的工作状态。可是焦令哲的右手还在旋钮处来回调动。他不能把人家的手拉掉。他实在再无法沉默下去了，说了一句很关键的话："离播出时间还有 4 分钟。"

焦令哲用左手擦去额头上的汗珠，右手离开旋钮，深深地吸了一口空气，心里说道，如果自己连基本的情绪都不会掩饰，那就太缺少成熟。自己毕竟是权力阶层的人物，注定会拥有想拥有的威严，会获得尊重。他也知道，获得权威很简单，只要让人知道了你的"权"，自然就有了"威"。他喊了一声小文。跟他从机关一起来的那个青年，立即来到他身旁垂手侍立。焦令哲接着说："一会儿于科长调试，你要认真地学习。"说到这里，他瞅了一眼于杭，神情庄重地说："好久没有动机器了，手不听使唤，动得慢。时间来不及了，还是由你这个技术科科长来调试吧。"他果断下命令。

于杭对焦令哲的蛮横作风和以势压人的做法感到非常气愤。他暗忖，现在明摆着的事实是，你焦令哲无知无能调乱了本来是正常运行的发射机，在众人面前出了丑，却让我来给你解围。假若我坚持不接受你的安排，你一定会把停播责任往我身上推。当然我于杭也不能由着你捏弄，我有现场调试记录，还有那么多的见证人。

于杭竭力排除这种情绪，心里说，现在不该思考这些，应该尽快调试好机器。

于杭把目光落在发射机上，双手熟练地动了起来。

此刻，站在机器旁边的几个人屏气凝神，盯在于杭灵活的手指上。

就在离播出时间还有几秒钟时，大家眼睛里闪出亮光，发射机恢复到正常播出。

焦令哲的神情很微妙。当他看到电视监视器上的图像依然和他来时看到的一样，什么话儿也没有说，步履稳健地走出机房。

老台长看到焦令哲的神情，嘴皮动了一下没有发出音，跟在焦令哲身后移动脚步。

他们走了，于杭和他的两个徒弟在机房忙碌着。

焦令哲回到卧室就有了打道回府的想法。

他确确实实不愿意在这个气候条件非常差的山头上，继续和那些能出图像会说话的机器玩游戏。

让他非常恼火的是，在这里的两天以来，是他人生中灰暗的日子。

过去他从未调试过双工器和伴音发射机，这一次注定要失败的。

他不得不承认自己做了一件打肿脸充胖子的事情。

这件事情已经给人家留下了灰色的印象。

眼前的事实是，自己调乱了双工器，怎么能一走了之？他要找出一个让人可以理解的理由离开这里。

他相信自己的聪明，只要自己想要做的事，不愁没有想不出办法的。

他脑海中转动了一会儿，就有了词儿。

夜幕悄然垂落，天空中出现一颗又一颗闪烁发光的星星。台长坐在一把木制椅子上，神色凝重地瞅着电视屏幕上的画面心情很不好。

前一段时间，有人说他们转播台播出的节目信号差。他问于杭，这是什么原因。于杭回答得似乎有些道理。他说，发射机运行正常，测试的各项技术指标符合设计要求。存在播出信号差的原因是信号源本身就模糊、杂波大。

信号源远在云峰转播台的另一座高山转播台。远距离的无线电波严重受空中电离层波动及其他自然因素的影响，使信号源发生了变化。作为学无线电专业的焦令哲怎么就不考虑这些因素呢。他调试的结果不但没有提高信号质量，还带来了新问题。这件事情要是挫伤了于杭工作积极性，他这个不懂技术的台长该怎么办呢？他真的希望他们这几个人快点儿离开这里，再不要生出什么事来。

楼道里的脚步声越来越大，打断了台长的思路。焦令哲昂首挺胸走进来。

"我正准备到卧室看望你，你怎么就来了？十分抱歉。"台长说后还把歉意写在脸上。

焦令哲了解这位台长，只要你说上几句恭维的话，他会飘飘然的。

过去他在他跟前不乐意说什么奉承的话，因为没有那个必要，他的命运沉浮与他无关。可现在不一样，自己两天不露脸的事儿，他去局机关开会或办事时说上几句，让领导或者同事知道了，多么的有损自己的形象。

一个人有时候难免要做出一些自己不愿意做的事情。

本来焦令哲不正眼瞧这个土生土长的台长，但此时他溢美之词脱口而出，口气柔和地说："非常感谢台长这几天对我们的关照。这次我看到你领导的这个转播台就是不一般。这里工作效率高，机房整洁，职工爱学习，守纪律，听从分配。你这个台长对大家的生活十分关心。职工爱台如家。"

焦令哲的话儿还没有说完，老台长笑逐颜开，捧出珍藏的一瓶白酒要和焦令哲喝两盅。焦令哲说了声谢谢，就言归正传，切入主题。他说，本来我想在这里向大家多学习几天，但是家里有了事情。我们这几天给台里带来的不便之处请台长给予谅解。

这位台长虽然是个大老粗，但对眼前这个文化人的话并非不完全理解。他微笑着说："家里有了事情就得快点儿回去。你来不及完成的工作，由于杭领着人去干。对你们这几天的辛苦我代表全台职工表示感谢。"

焦令哲用这样的方式，为自己解决了一个难题。他心生从容，轻松愉快地走出屋门。

至于于杭，他就不去打招呼了。焦令哲心里很清楚，于杭今后用他的地方多着呢。自己是局技术委员会成员，于杭晋升职称，是需要他一票的。还有其他一些事情他是需要他帮忙的，因此于杭不会在别人跟前说出有损于他的话。

焦令哲弄出了乱子，拍拍屁股走了，继续调试机器的工作就留给技术科科长。于杭要用几天的辛苦，才能把机器恢复到原来的工作状态。

过去遇到再苦再累，多么复杂的工作，于杭在所不辞，可是现在心中憋着一股气。他心里说，我们的机器好好的，你不问青红皂白就逞能，调乱伴音发射机，我在短时间能完全调试好，你动错了双工器，那不是用几个小时就能调试正常的，得用我四五天的时间才能调试好。你如果稍微虚心一点儿，大家的怨气也就少了一些。可你一副傲岸的样子，离开时连句打招呼的词儿也不说。你可以发挥你的优势，但你不能作势扬威。人应该相互尊重。

假若我也有一个大学本科毕业证，你在我面前能摆出那副臭架子吗！我从事的专业，我有能力去解决出现的问题，可你只会摆摆文化人的样子。

唉，这世上的有些事情难以说清楚。

突然他想到了遥辰。

前一段时间，遥辰在生活上和工作中都遇到了不顺心的事。这几天他忙得不亦乐乎，现在该写封信开导他。信中还应该写几句，作为他的哥哥，有责任提醒韶华之年的他不能错过机会，一定要努力获得在未来竞争中必须具备的基本条件，包括大专文凭。

于杭从办公桌抽屉拿出信笺，伏案挥笔。

　　当他撂下笔，若有所思。一个没有背景没有依附的人，要取得事业上的成功，靠的是自己的奋斗，靠的是自己的付出和努力，还有碰到的机遇，而且一定要抓住这个机遇。

八

　　遥辰读完哥哥给他的那封情真意切的信，心情舒畅了许多。哥哥信中的一些话儿给他留下了深刻的印象。他说："在某种情况下，一个人不需要别人肯定自己，他的内心应该自有标准。只要没有去损害他人，只要没有违反社会公德，就不应该在乎别人说什么。对那些谣诼之言，何必留在心中，郁闷不乐，跟自己过不去。人要养成一种良好的心理素质，不管在任何境况中都能坦然面对现实。"

　　接到哥哥那封信的几天后，遥辰接到电视大学录取通知书。好事传千里。予婷在遥辰接到录取通知书的当天就知道了这件事。不过她的信息来源是从另外一个人口中传出来的。

　　那一天下午，风和日丽，白云飘逸，她想去看看遥辰。

　　几天没有见到他了，思念之情油然而生。当她走到遥辰单位院落的一棵大树跟前时，从树前面传来两个人的说话声。他们的话中出现了遥辰两个字。

　　瞬间，予婷隐蔽在大树后面。

　　其中的一个继续说："遥辰这小子被电视大学录

取。他想得真够美的，拿着工资去上学。只要我把他的那些事儿在别人面前宣扬一番，他上学的美梦就化为泡影。"另外一个说："人家上学读书与你有什么关系，何必多嘴多舌的。"那个人说："上次看电影时他让我丢尽了脸面，我的那股气在心里总是消不下去。"

予婷担心被这两个人发觉，悄然离开这里。

回到家予婷忖摸那个人说的那番话。遥辰有什么事情被人家抓住把柄。她对遥辰应该说是有一些了解的。他会有什么见不得人的事呢？

他为人憨厚，与人为善，处事谨小慎微。你看他见了年轻女性躲的那副样子，让人忍俊不禁。想到这里她猛然意识到自己。难道这个人要在她俩的事情上做文章。如果确实是这样的话，那不是自己给遥辰带来了麻烦吗？此时不管她判断得准确不准确，在遥辰这个关键时期，她去单位找遥辰，显然是不合适的。

金榜题名，遥辰圆了梦。他要利用尚未开学的时间，约予婷看看电影或散散步。因为他在这个小县城的时间不会太久了。以后与她何时能见面是个未知数。他想去她的单位找她，犹豫了一下觉得不适宜。他想到他们曾经相遇的沙枣林。也许她在那里。

晚饭后，遥辰信步来到渠畔的树林。林中静悄悄的，只有枝头鸟儿鸣叫的声音。他站在树林边，企盼着她的身影出现。让遥辰很失望，倩影并没有出现在他的视线。

太阳快要落山时，遥辰欣喜地看到一个女孩的优美身姿。她越来越近。他真的想跑过去说一句，等得我好苦哇！但这个意念只是一闪。当她来到他跟前时，他显得有点矜持，心想自己没有资格给她发出错误的信号。

予婷瞥了一眼顾长英俊，略带文弱的遥辰，语气亲切地说："我有事要找你。"然后又说道："我走出家门后，有一种感觉，你可能在这里。"

遥辰微笑着说："心有灵犀一点通，我想象着你这位活泼清纯的小女孩也许会来到这里的。"

"谁和你一点通，刚才我信口说的。"于婷说后咯咯地笑了起来。

遥辰脸上掠起一丝忧郁凄楚的神情，转瞬之间消失了。他说，刚才的那句玩笑你别介意。这里环境幽静，空气清新，闲暇时我喜欢到这儿散步。

予婷突然说："有人要给你找麻烦。"

遥辰微笑着说："谁会和我过不去？"

予婷把大树跟前听到的话儿说给遥辰。遥辰低头沉思了一会儿，心里有了沉重感。他很清楚，假若不在这个节骨眼上，或许他不在乎。可是这是一个非常关键的时间点。

现在鲁年真的去兑现他说的那些话，给自己在电视大学读书的事增加了困难。

鲁年说的见不得人的事儿，遥辰心里猜出几分，那是一件遥辰不愿意说给别人的事情。他心里说，谁没有个人隐私。这个隐私既不是损伤他人利益的事，又没有给社会生活带来负面影响，他有什么可担心的。但是在生活中，有些十分简单的事情，往往被一些人搅得非常复杂。人家要说你好，就能找出一些褒扬的词句，人家要说你不好，就能讲出一大堆贬损你的话。对人家的那些语言，谁能给你说清楚。即使弄清楚事实，往往会耽误了事情。

予婷注视遥辰怔怔地站在那里一副忧心忡忡的样子，感到遥辰真的有了什么事情。她用关切的口吻问道："真的有了什么事？"遥辰仰望湛蓝无云的天空，语气变得轻松了一些，说："我能有什么事情呢？"

夜色渐浓，清风拂动枝叶摇曳。月光下的渠水悠然地流向远方。

遥辰清醒而理智。他知道他俩该离开这里了。他深情地望着眼前这位率真可爱的女孩，突然意识到什么，鲁年会不会在我们的身上做事。如果真的是这样的话，那不就害了这位女孩吗，必须终止与予婷的往来。

遥辰要想出一个能让予婷接受的理由。

他思考了一会儿就有了词儿，说："鲁年这样的人，别人只要对他有点儿不恭维，他就会捕风捉影说事儿。他专门传播一些说不清楚的事情。那些说不清楚的内容主要是男人和女人的事儿。我真担心鲁年会在这方面把水搅浑。我不能给别人带来不必要的麻烦和痛苦。"

予婷听出来了，遥辰绕了一个圈子，把自己绕了进来。她幡然不悦，说："一种正常的往来，能说出什么事来？"

遥辰心里清楚，不能在这里时间太久，此时给她讲那些复杂的问题不是时候。他说："时间不早了，我有一件重要事情要告诉你。我要去省城了，以后见面机会不多。有事我会去单位看你的。"说到这里他有点儿动情，举目定睛看了一眼予婷，带着自信的微笑和坚定的语气说，我有一种感觉，我们的友谊地久天长。我相信我们曾有过的那些往事，必然会永远留在记忆中。

予婷流露出困惑的神情，只是在心里说，你说这些话儿要告诉我什么呢？

遥辰上学读书引出的事情要比他想象的复杂得多。他和予婷沙枣林依依惜别的第二天，上级组织部门派人到单位找遥辰谈话。话的内容就是一些说不清楚的与女人相关的事情。来人先入为主，不想听遥辰的陈述。他们要求遥辰必须按照组织上的要求去办。假如遥辰一意孤行的话，将取消他电大读书这件事情。来人与遥辰各抒己见，有时还带着唇枪舌剑的意味，但遥辰依然未屈服于来人。来人黯然失色，撂下了"你上学的事情未定，不想去读书就抗衡下去"这句话打道回府。

来人坐专车而归，遥辰乘班车随其后赶到省城，急匆匆来到上级办公大楼。

他要找的自然是这个单位的最高领导者。

局长办公室并没有随着遥辰的敲门声而有回应，他心里琢磨，局长难道出差了。

局长并没有外出，他是在自己家里。遥辰是从秘书冷淡的口气中知道的。

上班时间，他在家里做什么呢？遥辰一边往局长家的方向走一边想。

局长家的楼前停放着一辆大卡车，车上装满琳琅满目的生活用品。显然局长在搬家。

给局长搬家的只有 4 个人，包括局长，其他 3 个人遥辰不认识。遥辰看到他们几个人汗流满面，气喘吁吁。

局长发现遥辰只是瞥了一眼他，而后双手抱着一个木箱走进屋里面。

遥辰知道此时没有语言交流的机会。他懂得，遇到了无可奈何的事只能忍受。

他给人家当搬运工。

西边的太阳缓缓向下垂落，大约一个小时后，一辆大卡车上的物品终于搬进三室两厅的房间。

遥辰拉起衣襟，擦去汗水，想和局长搭上话。

局长旁若无人地摆放着刚搬进来的那些瓶瓶罐罐、锅碗盘碟之类的日用品，并没有给遥辰发出说话的信号。遥辰想帮着干又插不上手。

时不我待，遥辰不能再这样地等待下去了，他亲切地叫了一声褚局长，紧接着说出上学注册的事情。

局长脸上依然布满阴云，语气中有些不耐烦，说："这种事情不找你单位领导，来我这里干什么？"

遥辰一副恭谨的样子，口吻中含有求援的意味，说："局里去的那两个干部临离开时留下的话，暂停我的上学，我不得不来找你。"

局长停下手中的活儿，用犀利的目光盯着遥辰说："人家说这样的话，应该有他们的理由吧。"

即使个别人给我编造的那些事情是真的，也不应该剥夺我学习知识的权利，况且那些人反映的问题子虚乌有。

局长不耐烦了，威仪凛然，瞪了一眼遥辰说，这个事儿，你回去找你单位上的领导说说，不要在这里再纠缠了。说后又忙碌起来。

遥辰怀着希望的那种平静的心情被破坏了，一副黯然神伤的样子，迈动沉重的脚步离开局长的新家。

遥辰单位在省城有一处生活基地，这里既是家属住宅区，又是职工培训的处所。每年到天寒地冻不能施工的季节，施工现场除留几个职工留守外，其他人员就到生活基地集中学习。生活基地遥辰有一间宿舍。前几天他进城办事时，把房屋收拾得干干净净，准备在这里居住。

遥辰走到大门口听到了热情的问话声。他抬头望了一眼，是看大门的孔师傅。遥辰看到他脸上流露出笑意，就判断出孔师傅尚未知道自己的所谓男女之事。

自从上级单位那两个人来了以后，一些人碰见遥辰，把头抬得高高的，脸上露出一副冷漠的神情。让遥辰感到不可思议，心里说，我没有得罪谁又没有惹谁，你们都怎么啦。他感叹道，人与人之间无实质性冲突的时候，为什么就不能友善相处呢？

孔师傅尤显热情，让遥辰进屋喝口水。

遥辰进屋后刚坐下，孔师傅突然大声说："差一点误了你的事。昨天中午，有一个人来找你。我瞧了瞧，这个人长得有点像你。他嘱咐，如果你这两天来这里，一定把这封信交给你。"他从抽屉取出一个信封。

遥辰定睛看了看，是哥哥的字迹。他随手启开信封，抽出信笺阅读。

纸上的语言告诉遥辰，于杭这几天在省城学习，如果遥辰从工地回到这里，让遥辰一定去找他。信中的关键词句：住址，东风宾馆302房间。

遥辰抬头望了一眼墙上嗒嗒响的挂钟，准备跟孔师傅打声招呼离开时，孔师傅瞅着窗外，悄然无声，过了片刻，孔师傅小声说，我知道你是个好人，但也要多个心眼，别叫人算计。那一次你说了鲁年几句，前几天他到处给你造舆论，往你身上扯男女之间的事情。

孔师傅寥寥数语，使遥辰颇受感动。他拉着孔师傅的手说了声谢谢。

用过晚餐，遥辰来到那个房间，看见哥哥坐在小木桌跟前，吃馒头喝开水，用关切的语气说："怎么这样的节约呀！"

"吃饱了就行，何必去外面花那么多钱。"

兄弟俩寒暄了几句，遥辰说出自己的麻烦事儿。

于杭也没有想到，怎么会发生这种事情。

他了解弟弟，他人品端正，处事谨小慎微，不会做出不雅的事情。

面对那个人的恶言秽行，在短期内，怎么能说清楚呢。离开学时间很近了，将要实现的愿望一旦化为泡影，对遥辰来说是一件多么残酷的事情啊。于杭左思右想，想不出一个有效的办法，心里乱腾腾的，突然想到了海姗。

他心里琢磨，也许海姗有认识教育界说了话算数的人。事不宜迟，他即刻要和海姗取得联系。他急匆匆从包里掏出通讯录的小本子。

海姗接到电话后的半个小时就风风火火地推门而入。当她看到房间还有一个青年时，瞄了一眼遥辰，就猜测出这个青年与于杭的关系。她说，你让我快点儿来，还认为你发生了什么事情。

这是我的弟弟。我们很少在这个城市碰到一起。我想我们兄弟俩和你在一起吃饭。

海姗感到有些蹊跷。他知道于杭很少和人在街上吃饭。在她的记忆里，她和于杭在外面吃过一次饭，那次还是她请的客。她突然意识到了什么，是不是他的弟弟有什么事儿要她帮忙，要不于杭怎么安排他的弟弟和自己在一起吃饭。

海姗了解于杭，他自尊心强，自己有了事情从不给别人讲。那个时候他付出那么大的代价保护父亲。父亲官复原职后，总想给他有一些表示，他都婉言谢绝。这次如果真的像她揣测的那样，她能办到的她一定会给他一个满意的答复。如果她办不了的话，她会求爸爸来帮忙。父亲虽然告老解事，离休在家，但是有些事情他还是能办成的。

让遥辰不可思议的是，在吃饭时，哥哥和这位仪容清雅，俊眼修眉的同事聊着广播电视业务方面的事情。

遥辰按捺不住，用目光传话，我的事儿你怎么不说呀？于杭只是瞥了他一眼继续与海姗谈论他们单位的事情。

遥辰哪有心思听他们说的那些话。当遥辰听到他俩说起焦令哲那次调试电视发射机的事情，却把耳朵竖了起来，因为那件事哥哥愤愤不平地给他讲过。

海姗问于杭："那次焦令哲到云峰转播台调试发射机，你怎么不那么热情。人家回单位后可有点儿不高兴。以后人家到那个地方可不能怠慢。他毕竟是上级领导派去的。"

于杭有苦难言，他不愿意把真实情况告诉海姗。不过他有了兴趣，想知道焦令哲那次回到单位，用什么话把那件事搪塞过去。

于杭微笑着说："我哪能怠慢人家呢，不过担心不能正常播出，说话急了一些，使他有了误解。焦令哲辛苦了几天，领导对他的高山台之行一定很满意吧。"

海姗诡秘地笑了笑说："你知道焦令哲给分管副局长怎么汇报的吗。他说，'云峰转播台的信号源是差点儿，我们经过精心计算，多次调试，使机器运行达到最佳状态。'"海姗说到这里，瞅着于杭接着说："你真够聪明的，别人不知道云峰转播台存在的难以解决的信号源问题，我们这些业内人士难道不知道吗？"海姗看到于杭若有所思的样子继续说："不了解情况的副局长让焦令哲去解决这个问题，焦令哲绕一圈后回到单位，自然要说一些使领导满意的话。"

于杭真的佩服焦令哲对语言的使用达到了炉火纯青的程度。他用了个"们"字，就能堵住别人的嘴。"我们"两个字既包括他焦令哲，也有别人在内，当然他焦令哲是主角。

饭菜下去了一大半，海姗把柔和的目光落到遥辰的身上说："怎么像个大姑娘似的不说话。你的名字能告诉我吗？"

"我叫遥辰。"遥辰用余光轻快地瞟了一眼海姗说。

海姗瞅了一眼于杭，用亲切的语气说："你俩不是一个姓，过去怎么没有说过呢？"

"他从小由养父抚养。过去我们在一起很少谈论家务人情，因此没有告诉你这件事情。"于杭带着歉意的口气说。

海姗把目光移到遥辰身上诙谐地说："你哥哥利用这种场合让我们相识，可能是让我给你办一点儿什么事情吧。"

于杭不失时机地抓住这个话茬微笑着说："你真聪明，猜得一点儿都不错。我弟弟确实遇到一件棘手的事情，想请你帮帮忙。"

"那你说说看，我能办成的，一定会尽力而为。"海姗诚恳地说。

于杭省略了一些人加在他弟弟身上的那些男人和女人的话。他换了一种说法说，我弟弟考上电视大学，可单位的领导不乐意让他脱产学习。我弟弟拿不到单位出具的介绍信，就办不了注册手续。

"我还以为什么事儿呢，原来就这点儿区区小事。"海姗口气轻松地说。

遥辰用忧虑的目光望着海姗，很认真地说，这件事很不好办。我已经去过学校。

于杭已经在海姗的话中和脸上找出答案。对遥辰说："还不谢谢海工程师。"

遥辰怀着感激心情，说了几声谢谢后，但心里还是有点儿不踏实。

于杭脸上流露出愉悦而信任的神情。他知道海姗刚才的话绝不是开玩笑的。海姗是个心诚意洁，思维严谨，办事稳妥的女性。他心里琢磨着，她将如何来办这件事情。

海姗似乎觉察到于杭的心思，她细长的黑眼睛闪动着知性的光芒，十分认真地说："这是一个值得为之奋斗的目标。接受文化知识教育，是每个公民应有的权利，任何人是阻挡不了的。遥辰应该掌握自己的生活节奏，跨越别人设置的障碍。从乐观的角度讲，遥辰去电大听课的事不应该有什么问题。"海姗说到这里扫视了一眼于杭和遥辰，好像有意要考验兄弟俩的反应能力似的，突然问道："你们说呢？"

于杭并没有回答海姗的问话。他知道海姗把最关键的话留在后面。他只是会心会意地笑了笑。

遥辰就有点儿沉不住气，感到希望变成了失望。他的热情冷却了，心想，能跨越过去，我们哪能求你来帮忙？他脸上泛起沉思忧郁的神情，不解地说："为了这件事情我跑了不少的路，但是仍然拿不上单位的注册介绍信。开学在即，我束手无策急得团团转。"

海姗看到遥辰忧悒不乐的神情，似乎和他逗着玩，说："上学的事儿搁浅，你就找你的哥哥于杭。"

在这里就餐的人纷纷离去，海姗知道该离开了。临走时她告诉遥辰，明日上午你去学校办理注册手续。遥辰还想问什么，于杭拉了一下他的衣袖。

海姗娉婷的身影渐渐远去，于杭有点责怪弟弟，说："人家已经给了答案，你怎么就听不出来呢？"

夜静悄悄的，遥辰辗转难眠，心里想着注册的事情。那么复杂的事情，海姗竟然说得如此轻松。自己明天去要是办不成，该怎么办呢？

窗外有了亮光，遥辰匆匆起床，洗漱后打开木箱，翻出一件商店处理的西装。这件衣服他买回来还没有穿过。他穿好衣服用镜子照了照。身着西装的他显得很精神。

遥辰来到挂着广播电视大学木牌的门口向里面瞟了一眼，院子里阒无一人。他意识到自己来得太早了。他在附近的小巷漫无目的地走动着。

终于有人走进学校大门。接着一个又一个的男生或女生走进去。

遥辰走到报到处门口时，心嗵嗵直跳。他没有立即走进去。他要让紧张的心情平静下来。他深呼吸了一下。当他脚步跨入门槛时，一位30多岁的女人的柔和关切的目光落在他身上。

他感到惊讶，暗自忖度，她怎么对自己如此的关注。他很快反应过来。

遥辰看她一眼说道："我叫遥辰。"

她用亲切的语气说："海姗昨天晚上把你的情况告诉我。你走进来我就猜到了。"这位举止优雅的知性女人很快就给遥辰办理了注册手续。

当遥辰走出校门时，高兴得跳起来，兴奋之余脑袋里跳出一个新问题，我听课时谁给时间呀？

于杭参加的学习班结束了，离开之前要当面感谢海姗。要不是她帮忙，遥辰上学注册还不知会遇到什么挫折。

海姗和焦令哲在一个房间办公，于杭进去时正好焦令哲不在，他心里有了轻松感，含笑而说："我和我的弟弟非常感谢你，"说着从包里掏出一本精致的集邮册说，"这是别人送给我弟弟的。他平时没有这方面的爱好。当他知道你喜欢集邮时，托我把这本册子送给你。"

海姗看到于杭脸上诚恳的样子没有推辞，说了声谢谢你的弟弟，随手将集邮册放到写字台抽屉。

于杭担心焦令哲进来，想要离开的样子。海姗猜测出于杭的心思，说："他到基层去办事，上午不回来。我们平时很少有机会在一起聊天，现在你如果没有其他的事情，就多坐一会儿好吗？"

本来于杭还有一些事情没有办完，当看到海姗那副热情、恳切的样子微笑着说："来到这里真的想在你身上多得到一些知识。"

"怎么变得这么俗气啊。"海姗笑着说。

"我喜欢和你在一起聊天这是真的。"于杭认真地说。

10年前，于杭和海姗第一次在一起时，双方就没有生疏的感觉，话语滔滔不绝。过了那么多年，他们之间有了更多的了解。他们相互尊重，对对方都有足够的信任。

于杭对海姗尤为感激的是，她帮助他不断提高业务能力。海姗对于杭难以忘怀的是，他曾经保护过自己的父亲。他俩应该说是相知甚久的老朋友了。

此时他俩聊得最多的是专业方面的话题。在海姗娓娓而谈中，于杭知道了一些无线电技术的最新成果。离下班时间还有十几分钟，海姗话锋一转，谈到了遥辰。她说了一些对遥辰未来前途至关重要的话。她说："你的这个弟弟思维敏捷，勤奋好学，当哥哥的应该为他未来的发展提供一些方便。等他毕业后有一个施展才华的空间。'天生我材必有用'这句话只是说对了一半，这是因为一个人即使具备了一定的才能，还须要等到机会才能发挥出来。"

于杭有些不解地说："我能做些什么呢？"

海姗瞥了一眼于杭说："你就不能和我们机关的人多接触一些，多说一些话。大家在一起的时间多了，人家就了解你，就和你关系融洽，也就知道了你弟弟这个人。如果有要办的事情，你找人家，不就水到渠成了吗？"于杭恍然大悟，钦佩海姗的机敏睿智。

被电视大学录取的遥辰，却被学校拒之门外，这是遥辰单位人人皆知的事情。他们中有人窃喜，有人遗憾，还有的人抱不平。

对这件事情愤愤不平的人中有一位眉清目秀的女孩。她的名字叫沈妍。当她来到这个单位的第一天，就对遥辰这两个字留下深刻的记忆。

那一天，他们一行25名青年男女乘坐一辆解放牌大卡车，经过两个多小时的颠簸，来到风沙卷地少人烟的施工工地。

让他们这些城市长大的高中毕业生，怎么也没有想到，他们将要工作、生活在这种环境中。

他们沸腾的热情突兀冷至冰点，男孩脸上快要下雨似的，女孩眼睛里掉下了水点儿。

这辆卡车停稳后，一位高个子男青年出现在他们面前。他自我介绍说："我叫遥辰，"说后就帮助他们卸行李。他非常卖力气，等到他们带来的所有物品搬到土坯房子时，他汗流浃背。

沈妍看到遥辰的这副样子，真的心里有了一些感动。她掏出手绢说了一声"师傅擦擦汗吧"。

他有点憨态可掬，对她只是笑了笑，并没有把精致的手绢接过来。

她瞪了他一眼，心里说："怎么不领人的好意呢。"

晚饭后，单位召开全体人员欢迎新职工大会。书记致欢迎词。他热情洋溢的讲话结束后宣布散会。随后又补充了一句，新职工留下，组织干事兼团支部书记遥辰对你们还要说说有关的事情。

其他职工离开会场，这些年轻人就少了一些拘谨多了一些说话声。

遥辰说了3次请大家安静，喧哗声才变为窃窃私语。有的人眼睛里露出鄙夷的目光。这是因为，他们业已知道给他们要讲话的是个只有高小文化程度的曾经的农家之弟。

不过沈妍还是做好了记录准备。

让这些高中毕业生感到意外的是，遥辰一副才思敏捷的样子。他谈吐从容有致，言辞精辟动人。

遥辰信口而说的20多分钟时间里，这些高中生静悄悄地竖起耳朵聆听。

在沈妍的记录本上，留下遥辰的一些精彩词句：

> 当你们知道自己被批准为一名工人时，也许你们多了一些憧憬。可是现在我看到的是，你们脸上有着淡淡的忧伤，还有一些暮气沉沉。但我要告诉你们，这个地方毕竟为你们开启了人生新的一页。
>
> 在今后的一段时间，也许你们觉得在这个地方索然无趣，有

"数声啼鸟怨年华"的感叹。但我要提醒你们，这只是今昔之感。今后你们在这里看到的是，在这个空旷的原野上，有分外妖娆的草色山光；有遍地的野花争妍斗艳；有冉冉上升富有朦胧诗意的骄阳；有风清月朗时悦人眼目的美景。这些佳丽风光，会让你们感到别有一番幽情。

当你们今后为祖国公路建设做出贡献的时候，我相信你们不会忘记在这里曾经有过的美好时光。

……

最后祝各位青年朋友在这个春天的夜晚香梦沉酣。

沈妍回到简陋的寝室微觉清寒，躺下躯体拉开被子悄然思索，一个没有在中学读过书的人，竟然滔滔不绝地说出一串串那些让他们这些高中生都自叹不如的清新优美的词句。她对遥辰有了一种神秘感。

沈妍她们几个女孩的卧室与遥辰办公室兼宿舍不远，她每次经过他的窗前有意无意地瞥视一下，遥辰总是专注地捧书研读。有一次她去了他的房间。在他床上、书架上她看到各类书籍，包括初中、高中课本。

后来沈妍受到领导垂青，调到队部从事用脑力不用体力的工作，因此有了一定的时间和机会与遥辰在一起。

沈妍相信自己的判断，有人说遥辰的那些男人和女人的事情，那是无稽之谈。他们鄙陋无知。她为遥辰即将实现的夙愿就这样地化为泡影感到非常惋惜。人微言轻，遥辰上学的事情她心有余而力不足。

遥辰回到单位以后让他大惑不解的是，过去看到他时的那些热情的目光怎么变得冷冰冰的。有的人只是瞥一眼，昂首挺胸走到一边。

遥辰并不在乎这些冷面孔，脸上很平静，好像在他的身上并没有发生什么事情。

几天没有在这个房间住了，到处飘满了灰尘。他先把这些烦人的尘埃扫除掉。当他刚拿起抹布时，一个银铃般的声音骤然在耳边回响："先到我们房间喝口水，休息一会儿再收拾不迟嘛。"让遥辰感到惊诧，她怎么有这么大的勇气，主动接近自己。他停下手中的活儿，语气平静地说："沈妍，谢谢你的好意。你忙去吧。"

"现在我没有什么事儿，帮你打扫一下吧。"沈妍还没有得到遥辰的同意随手抓起笤帚扫地。

要是往日，沈妍的这些举动也不算什么事儿，可是此时就不同了。遥辰知道，沈妍这样做会受到一些人的责难。他的确不愿意让这位单纯、待人诚挚的女孩引来非议。他应该劝说她离开这里。

不管遥辰怎么说，她默然无语，双手利索地动来动去。室内焕然一新后，她给他打来一暖瓶开水，冲他笑了笑飘然而去。在众人不了解他，排斥他时竟然有人会这样热情地对待他，遥辰被感动得差点儿掉下泪珠。

几天过去了，在别人面前遥辰的脸上并没有流露着忧闷的神情。他对一些人对他的冷漠视而不见，过去怎么着现在依然怎么着，该问的问一问，该说的说一说。这就让一些人弄不明白了。他们揣摩，这个遥辰这么大的事情落在身上，怎么脸上一点儿愁容也没有，马瘦了架子还在。

几天来，沈妍细心地观察遥辰的神情变化。她从遥辰坦然自若的面孔和那双坚毅明亮的目光中看出，遥辰是不会放弃这次电视大学学习机会的。至于遥辰会采用一种什么方式去学习，沈妍琢磨，靠自学课本和辅助材料，还是想办法复制授课录音带，还是……

她衷心祝愿遥辰径情直遂，三年以后能看到他的专科毕业证书。

新的学习生活即将开始，遥辰为自己设计出了一个切实可行的学习方案。

一件让老书记难办的事情是，遥辰突然提出请假。不同意，人家有了重要的事情，焉能不同意？若容许了他的事假，他工作上的事儿谁来干。现在是最忙的施工期。上级要的书面汇报材料很多，要靠他来书写。还有那些日常工作上的冗杂事务也需要他做。他已经对遥辰请假的事推辞了两次，今天应该给人家一个说法。

遥辰又一次走进书记办公室，看了一眼戴着老花镜的顶头上司，问道："我请假的事情您考虑好了没有？"前几次，这位老书记都用"让我考虑考虑再说"这句话搪塞。

书记并没有直接回答，他提出这样一个问题，说："你能不能推荐一个人。假如你离开一个月，这段时间你的工作由他暂时代替。"

书记的这个问题遥辰来不及思考，果断地说："有一个人比较合适。我不在单位这段时间里，我有理由相信她不会耽误事情的。"

本来老书记想将他一军。使他始料未及的是遥辰不假思索做出回答。

这位负责人就有点儿被动了，不得不接着问下去，用疑问的口气说："有人能胜任这方面的工作？"

"是有可能的。"遥辰给自己留下余地。

书记心里想，我是这个单位的第一把手，这个单位每一个人的情况难道不比你清楚？我让你推荐人，只不过找个借口掩盖一下我的真实想法。你倒显得一副游刃有余的样子。罢了，我倒要听听这个人是谁？他态度庄严，说："那你说说这个人的具体情况。"

"沈妍在他们这批高中毕业生里面是个比较优秀的女孩。她通文知理，文字清新，行事细致谨慎、稳妥，工作积极主动。"遥辰还想说下去，书记打断他的话，说："不用再说了，既然你对她有了足够的信任和了解，我能说什么呢，只要不误事就行。但是还有最关键的一条，人家愿不愿意，因为这是兼职，她得多干一份工作。"说到这里他瞟了一眼遥辰接着说："你现在就去问问她。如果沈妍不同意接受这个工作，那请假的事情只能拖到以后再说。"

此前遥辰并没有把这种想法告诉沈妍。她是否同意？他有一种感觉。但感觉有时是虚幻的。假若她不愿意怎么办呢？不管结果如何，到了这个时候，他只能给人家说一说。

遥辰找到沈妍。起初，沈妍并不乐意接受这个工作。因为她不相信自己能够胜任此项工作。遥辰只能把自己的处境说给她。遥辰说，假若找不上暂时接替工作的人，就没有任何理由恳求领导给他准假。遥辰虽然没有把请假的真实原因告诉沈妍，但沈妍揣知其意，欣然应诺。

遥辰在书记跟前说了沈妍那么多动听的词句，甚至用了"文字清新"的溢美之词，为的是说服书记。但真正要把担子放到她娇嫩的肩膀时，就有了一些怜香惜玉之意。她毕竟参加工作时间比较短，未接触过这种工作。他走了可这个青春洋溢的女孩要承担起这个重担。遥辰感到内疚。

离学校开课只有几天时间了，遥辰要做的事情非常多。他要为沈妍减轻他走后的工作压力。他把往常在这一个月内的工作，主要是文字方面的，要书写出来，留给沈妍到时拿出来略加修改就能用得上。还有行文的格式等，要给沈妍讲清楚，务必让她悉数掌握。至于怎么书写介绍信，存根上面有，她照着格式写就行了。遥辰做完这些事情，心中有了一丝的轻松感。当他背着包与沈妍挥手分别时，沈妍突然提出一个问题。她说："你请假的真正原因能告诉我吗。"他看到她那纯真诚恳的面容，心里说应该告诉她。但是他却笑了笑，没有直接回答，说："其实你早就猜出来了。"

"我想听听你说的。"沈妍有点儿不悦地说。

遥辰什么话儿也没有说，从包里抽出一个红色塑料皮的小本子，神色凝重，双手递给沈妍。沈妍捧在手中细瞧，封皮上印着广播电视大学学生证的金灿灿的大字。

"玄机不可预泄，暂时可要保守秘密。"遥辰叮咛了一句。沈妍会心地一笑。

遥辰黎明起床，就开始准备去上学读书的物品。书本、课堂笔记本等用品装满了一背包。

遥辰又要上学了，心中荡漾着喜悦。

昨天晚上他兴奋之余，回忆起自己艰难的求学情景。

手捧高小毕业证的他，心灵充满求知欲，迫切地想走进中学校门。

"春梦随云散，飞花逐水流。"要实现一种理想，只是一个美妙的梦境。他怆然泪下。

情怀凄凉的他，荷锄去田园。

时间和艰辛的劳作起到了作用，他凄怆的心情逐渐被生活中琐碎而必须要做的事情冲淡。

在生产队担任会计的那段时间里，他曾在农业中学读过一年的书，后来"文革"开始，学校就关门了。

参加工作几年后的一段日子里，他又参加刊大学习，但收效甚微。

现在他成为一名广播电视大学的学员，将系统学习语文类各门课程。

他已下决心，不管今后遇到多么大的艰难困境，一定锲而不舍，刻苦、勤奋、努力学习，三年后一定要成为一名合格的专科毕业生。

晨风轻拂，阳光从东方冉冉上升。遥辰走出一条小巷，跨过两条大街，拐了一个弯来到学校。

教室里已经有几位同学，他们都很认真地低头看书。遥辰走到教室中部，坐在一张小方凳上，把书包放进课桌里面。这是一张锃亮的还挥发着油漆味儿的木桌。

同学们陆陆续续走进来。

上课铃声响了，教室里静悄悄的。

此时一位年轻靓丽，身材苗条的女孩步态轻盈地走进来。

她站在讲台前，用标准的普通话问了一声同学们好。

台下响起掌声。女孩自我介绍说："我叫东方云倩，不久才走出大学校门，现在担任直属一班的班主任。"说到这里，她举目扫视了一眼宽敞的教室接着说，我将要和大家在一起度过一段有意义的学习生活，而后讲了一些与教学有关的事情。

她娓娓动听的语音在大家耳边回荡。十几分钟后，她踩着嘎噔嘎噔的皮鞋离开了。

比遥辰年龄小的女教师走了，室内沉静少时，就有了一位中年教授授课的洪亮语音。不过这种声音是从录音机里面传出来的。

课间休息时，遥辰走出教室，站在砖木结构的屋檐下面，目光前后左右地瞟了一圈。

院子里有许多同学，他们中有的比他年龄大，有的比他要小好几岁。男的说说笑笑，女的笑脸盈盈，大家沉浸在欢快的气氛中。遥辰与他们相比就没有那么轻松了。他有一件犹然未了的心事。

铃声又一次响起，同学们匆匆走进教室。

遥辰前排坐着一个清秀的女孩，还瞟了遥辰一眼。

遥辰没有任何回应。遥辰的同桌是一位戴眼镜男生。他对遥辰有几分亲近。遥辰对他也表示出友好。遥辰先说出自己的尊姓大名和单位名称，而后又问到对方的相关情况。后来他俩就有了一种默契，每次听课时，坐在一排（两张小课桌并在一起）。本来遥辰想对这位同学寄予一种希望。但遥辰却遇到另外一个人。

那一天早晨，遥辰背着书包来到学校。他低头看看手表，离听课时间尚早。他信步在校园转悠。突然他看到一棵绿树下一张似曾相识的面孔。他想仔细看时，那位女生把明亮的目光投到他身上。就在遥辰收回自己的目光时，那个女生向他径直走来。

她翩然而至，微微一笑，声音轻柔地说："还认识我吗？"

遥辰仔细瞧了瞧，但他依然不能确定是她。他用犹像的口吻说，好像有了一些印象。

时光易逝，十几年没有见面了。曾经的我，少年的你，现在的模样都有了变化。

瞬间，遥辰的情绪沸腾起来，大声说："林好，你怎么也在这里？"

"你能在这里，难道我就不能在这里？"林好依然保留着少女时开朗直率的性格。

快要上课了，林好给遥辰留下一句话，中午我请客，匆匆而去。

林好和遥辰中午就餐时，她叙说了自己的一些情况。那一年离别后，林好的父亲领着她们姐妹定居在省城。林好读完中学，"文革"开始了，她上大学的梦化为泡影。不过她很快有了一份工作。后来她与一位斯文俊秀的男青年结婚。她已经是做母亲的人了。

"分别那么久了，况且我们那时还小，成长中身体变化大，你怎么能认出我呢？"遥辰笑着说。

"昨天在学校院子里，不经意看到了你。起初我怀疑自己的目光，因此去了学生处，查看学生花名册。遥辰的大名落在上面。"林好还说到许婕。她说，几年前的一天，她在街上行走，突然面前一位少妇冲着她笑。四目相视，瞬间她俩叫出对方的名字："林好"，"许婕"。"在我们小学毕业的同学中间，许婕很幸运，读完高中担任教师工作。后来与南方一位下乡青年成为伉俪。"林好说到这里看看遥辰接着说，"人家对你还有思念之情呢。"许婕的脑海里仍然留存着我们那时在一起的那种清澈如水的快乐的情景。

遥辰说，我们同窗6年，那是人生中一段美好的时光，令人至今难以忘怀。如果有机会我们一定在一起聚聚。

听说她和丈夫准备调到南方一座城市。如果真是这样的话，以后和她见面就不那么容易了。林好说到这里，流露出黯然神伤的表情。

他俩说了自己，讲述了别人，还抒发了别后感言。他们有了一个共同的心思，要像儿时那样，在学习上互相帮助，共同提高。

遥辰遇到林好时，对她就有了一点儿想法，不过不能立即向人家提出那样的请求。他要选择一个适当的时间点。

一个月的时间快要过去了，他得回单位工作。

在这段时间里，他听到在工厂工作的一些同学的艰涩的境况。有的单位领导不准假。他们采用灵活的学习方法，能听多少录音就听多少，听不到的想办法求关系要好的同学用袖珍录音机录下来晚上听。遥辰心里很清楚，今后自己的主要学习途径和上述这些同学的学习方式一样。

遥辰邀请林妤在一起吃饭。林妤知道这是遥辰还上次她请客的情。但林妤猜对了一半。

酒足饭饱后，遥辰总是用软绵绵的目光瞟林妤。过了而立之年的林妤让他看得有点儿不好意思。

林妤很快弄清楚了，遥辰是有什么难以启齿的话要讲。

遥辰嘴皮动了动依然没有声音。林妤沉不住气了，说："我们是过去的老同学，现在的新同学，有什么话儿，还有什么不好意思说的。"

遥辰终于说出了口。他说："本来这些话难以说出来，但只有你比较合适。我相信缘分是天意。如果我们不在这个校园里走到一起，我的这件事情你也帮不了忙。"

林妤听到他絮叨得不停，直言道："有什么事儿你就直说吧。"

当林妤听完遥辰求她办的事情后，爽朗地笑着说："区区小事，把你憋成一副可怜巴巴的样子。这件事儿对我而言，只是举手之劳。"

几天以后，遥辰回到单位。让遥辰又一次感到诧异的是，他周围的人见到他时的面孔又变了过来，有了暖意，看不到那种冷漠的目光和凝固的表情。

遥辰走进办公室，不大的工夫书记进来面带微笑地说："你要去学习，就直接说一声嘛，还请什么事假。像你这样求知欲望非常强烈的青年人，单位和领导都应该给予支持。你学习知识也是为了提高办事能力。"

让遥辰一时弄不清楚的是，这位书记一开始听信谗言，百般阻挠他去上学，现在突然把话说得如此动听。不管这件事情中间有了什么过程，人家领导能把话说到这一步，他也应该有所表示。他说："谢谢书记对我学习方面的支持。"

我这个当领导的，过去对你上学的事儿支持不够。现在你有什么困难就说出来，我能拍板的就可以定下来。

这是个说话的机会，遥辰不能错过。他说到了今后听课时间，还谈到了学杂费问题。老书记毫无遮掩地答应了遥辰提出的要求。他说，学校规定的听课时间，除了确实脱不开身的事情外，一般情况下你走前打声招呼就可以了。费用方面，按规定只要能报销的，你拿来我给你签字到财务上去报销。

我知道你经济方面并不宽余。

书记走了，有一个人走进来。她未语先脸红。遥辰笑着说："分别一个月了，见面时怎么一副怯生生的样子？"

"见到你就有一些激动。"沈妍说。

沈妍向门外瞟了一眼，然后轻轻关上门。

她给遥辰叙说了他走后发生的一件事。她说："你离开这里以后，很快就有人了解到你去上学的真实情况。有的人给书记提出要求，让单位派人到学校反映你的问题，同时要求学校注销你的学生资格。书记还算是个头脑清醒的人，随即就拒绝了那些人的要求。那些人并不甘心，竟然向上级部门的有关人员乱说一气。让那些人没有想到的是，他们做的结果事与愿违。有一位领导为你上学说话。他说读书学习是一件好事，应该给予支持。那些说不清楚的事儿何必要和上学的事情扯在一起。学习文化知识是公民的权利。这位领导寥寥数语就给你铺平了上学的道路。"

沈妍说完这件事就离开了。到了晚餐时，她笑吟吟地端着一碗香气扑鼻的水饺。这是她特意为遥辰做的。

吃过晚餐，遥辰带着《古代文学》要在外面找个清静的地方学习。

夕阳未落，余晖铺在绿色的田园。微风动处，小草摆动着，亦有婀娜的一种娇。

遥辰兴致勃勃来到自己平时看书的空旷原野，坐在地上翻阅书本。

天色逐渐变暗，平时他会回到办公室，此时却没有想要离开这个地方的意思。

他合上书本，站起来遥望冉冉飞云，思绪滚滚，感慨万千。他到了理智之年，已逝去的岁月里，经过许许多多的事情，现在依然有诸多方面需要面对。他想起这次去广播电视大学学习的情景，如此简单的事情却充满着变数。现在他虽然取得单位的同意，但是未来又会出现什么状况呢。他感激帮他说话的那位厅级领导，如果不是他说上那么几句，今后学习上的艰难程度可想而知。那位领导是怎么知道的。陡然他想到一个人。

一个多月前的下午，正当他为上学的事儿心绪缭乱、愁眉不展时，他哥哥于杭见到他。孤立无援的他只能诉说原委。于杭唉声叹气了一会儿，说了一句我试试吧，就再无下文。遥辰了解于杭在省城的人际关系，除了海姗再不会有人能办这么复杂的事情。假若真的是海姗托人给那位副厅长说明了情况，他得找个机会感谢人家。

繁星悄然地从空中闪现出一个个耀眼的光点。晚风拂起凉意。遥辰依然站在这里思前想后。突然有两个影子向这个方向移动。

朦胧的夜幕下，他们来这个阒然无人的地方做什么？

让遥辰感到惊讶，一男一女依稀可见。

她俩的行动引起遥辰的注意。

他们离他越来越近了，近得能分辨出他们是谁。

男的是鲁年，女的是在工地上干活儿的一个女孩。遥辰琢磨：他们要在这里做什么。

鲁年和那个女孩并没有走到遥辰跟前。

遥辰意想不到的事情发生了，他俩在不远处卧倒在地上，让这片洁净的黄土上留下痕迹。

遥辰暗叹，这个贫嘴恶舌的鲁年，竟然有这么大的贼胆。

此时只要遥辰大喊一声，俩人肯定吓得屁滚尿流。遥辰没有这样做。

那一对男女情满意足而归。

过了一会儿，遥辰估计他俩回到住地，起身离开这里。

正当遥辰低首款步向前行走时，差点儿和他们撞在一起。他叹息，今天这是怎么啦，自己躲都躲不开这两个人。

鲁年和那个女孩意犹未尽，余意绵绵，在幽暗的小径偎依在一起。

遥辰的突然出现，把俩人着实吓了一跳。女的掉头就跑，瞬间无踪无影。鲁年流露出一副兴尽悲来的神情，说了几次"请遥干事多多包涵"。

遥辰明知故问："你让我包涵什么？"

"你都看见了。"

"我什么都没有看见。"遥辰并不想把刚才的事儿说得那么透彻。

遥辰不想搭理鲁年，径直向灯光闪烁的院落走去。

遥辰回到卧室翻阅书刊。

窗外有人，一个探头缩脑的人。

那个脸上灰蒙蒙的人走进来躬身屈背，垂头敛足。

遥辰看到他那副可怜巴巴的样子说了一声："坐下吧。"

鲁年来的目的显而易见。

他很会表演，打了两下嘴巴之后说："过去都是我这张嘴不好，听到了风就是雨。别人说的那些话儿不加思考，到处乱讲，给你带来很大的负面影响，实在对不起遥干事。"他说到这里，偷偷瞥了一眼遥辰接着说："请你相信，我一定会弥补自己的过错，请给我一次机会吧。"

遥辰虽然从心底里厌恶这种人，但是他不会把这种事儿说给别人，这是因为，今后那个女孩还要有一个属于她自己的平静的生活。

他想把鲁年快点儿打发走，冷眼相觑，说："今晚的月光下，我并没有看见什么，就别担心了。我奉劝你一句，做人不但要为自己负责，还应该为别人着想。言尽于此，我还有事，你回宿舍休息吧。"

"你的这些话儿我一定牢牢记在心中。"鲁年低头哈腰地说后，缩身退步，离开屋子。

第二天中午，遥辰正准备午休时，有人轻轻敲门。进来的是她。

一个多月没有见面了，她显得有了一丝不自然的神情。遥辰很亲切地叫了声予婷。她把柔媚的目光落在遥辰身上，而后粲然一笑。

"中午怎么没有休息？"遥辰关切地问。

"我们想来看看你。"

遥辰意识到什么，心里动了一个醋字，但这只是一瞬间。他心里说，不应该产生一种失措的柔情蜜意，随即口气亲切地问道："怎么就你一个人？"

"他一会儿就来。我们是约好的。"予婷说着向窗外瞟了一眼。

果不其然，不一会儿走进来一个文雅清秀的男青年。他先冲予婷笑笑，而后注视着遥辰说："您好。"

予婷介绍说："他是我男朋友。"能看出来，予婷有了一些不好意思，脸上泛出红晕。

遥辰有一种猜想，予婷主要是来看他，因为从她走进门时脸上激动的神色上证明了这一点。另外予婷把男朋友领来介绍给他，让外人知道她是有男朋友的，她和遥辰之间只是一般的朋友往来。

遥辰的观点是，人谁没有个异性朋友。异性之间的正常往来是生活中的一部分。

他知道予婷喜欢阅读文学作品，去新华书店特意为她买了一本。当他准备拿出这本书的时候，手停了下来。他担心这样做的结果引起予婷男朋友的不悦。在他犹豫时，予婷有了一个大胆的举动。她打开包。

她男朋友很机灵，立即把目光投到那个包上。她从容地拿出一本十分精致的蓝色封皮的笔记本，递到遥辰面前说："你们在这里的工程快竣工了，听说要离开这里。微物不堪，略表心意。"她说到这里瞅了遥辰一眼，然后笑了笑。

遥辰有了机会，立即说："我这里有一本书送给你，做个留念吧。"

予婷的男朋友看她俩送来送去的，脸上流露出一丝苦涩的微笑。

予婷拉着男朋友胳膊姗姗而去，遥辰临窗凝视他们移动的背影。

遥辰又一次跨进教室时有一种踏实的感觉，今后他和他的同学在这里听课有了同样的心情。

录音机传出清晰洪亮的声音，遥辰聚精会神地聆听老师的授课。

他偶尔瞟一眼前面和左右两侧的同学，他们也专心致志，坐在书桌跟前的方凳上竖起耳朵仔细听，还不时地拿起桌面上的钢笔记录。

遥辰他们这个班有 30 多名学生，都是带薪半脱产学习（上午听课）。每一位同学都有一个共同愿望，在期末考试中取得良好成绩，因此他们听课非常用功。

遥辰利用课余休息找到林好。林好好像知道了遥辰单位准许他听课，说："我知道你会来听课的。"随即把遥辰留给她的录音机和磁带从包里掏出来。

遥辰心里琢磨，她怎么知道这件事情的？

其实，遥辰单位领导那么痛快地同意遥辰脱产学习，他得感谢林好。

林好的丈夫在交通厅工作。一天，林好将书写的一篇老师布置的作文交给丈夫，让他帮助修改一下。

机关工作有时清闲有时忙。

一天上午，林好丈夫把那篇作文带到办公室，利用闲暇时认真地看了一遍。他阅读完草稿深受感动。当他看第二遍的时候，分管他们处的副厅长走进来。

林好丈夫把遥辰的这个故事讲给这位副厅长。如果只是这样的话，遥辰让别人录音学习的事儿也不会有什么改变。但事情很凑巧。

天遂人意。这一天下午，交通厅有一个会议。主持会议的就是这位副厅长。参加会议的那些头头们，就有公路局的遥辰给他搬过家具的那位局长。

会议结束时，那位副厅长讲述了上午林好丈夫说给他的故事。他把故事的概况叙述了一遍，有感而发。

副厅长说得很动人。他说："我们这个系统干部的文化程度不高，需要用各种途径来解决这个问题。我们应该要求有条件的一些年轻干部，积极参加各种成人教育学习，提高他们的文化程度。像遥辰这样的年轻人，领导应该鼓励他，而不能给他制造学习障碍。有的人把人家个人生活方面的事情和学习搅在一起，不让人家去读书。这些领导同志，有这个权力吗？"说到这里，副厅长扫视了一眼褚局长接着说："遥辰懂得维护大局，可人家的同学写文章有感而发。褚局长，会议结束后，这件事情你过问一下并且要解决好。"

遥辰知道林好帮他解除了一件忧愁的事情。除了感谢以外，他还把那篇作文要来拜读。

让遥辰感到惊讶的是，林好的那篇佳作，内容生动，笔意清新，文笔流畅。写文章他自愧不如林好。

实际上遥辰并没有给林好完整地讲述自己的那个过程。林好怎么就写得这么具体？遥辰想要问个清楚，但林好只是笑了笑，并没有张开粉红的小嘴唇。遥辰再一次追问时，她说："你的只言片语，加上我的想象和发挥不就成了一篇作文吗。"

广播电视大学的教材是按照国家高等教育教学大纲编写的，讲课的老师都是国家知名的教授，考试题不是主讲老师出，而是学校聘请人按照教科书出的考题，这样一来，学生就很难掌握重点题。

第一学期开设了 4 门必修课，那么厚一沓子书，要把那么多的内容存在脑子里，是一件非常费劲儿的事情。

遥辰心里想，假如考不及格，如何给单位领导交代？单位领导虽然允许工作时间听课，但人家有一个条件，3 年后拿不到专科毕业证，不但要把报销的学杂费返回单位，还要扣工资。遥辰知道自己的弱处是底子差。

遥辰十分清醒，要完成学校规定的学分，别无选择，必须竭尽心力，孜孜不倦地学习。

过了而立之年的遥辰精力充沛，每天投入 10 多个小时复习功课。他把那么多的内容，不停地一点一滴地往脑子里灌。因为用脑过度，脑袋发胀，记忆力减退。他觉察出自己学习方法不妥，很快有了一种想法。

他局促不安地走进书记办公室。戴着老花镜看报纸的书记抬起头来问了一声："有什么事吗？"

遥辰垂手侍立，语气中含有恳切的意味说："要期末考试了，能不能给我请几天假？"

老书记直瞪瞪地盯着遥辰不说话。

室内的气氛骤然变得很沉闷。

遥辰没有勇气把头抬起来。他能猜测出老书记停顿片刻后要说的话。

忽然老书记冷言冷语地说："你们这些年轻人怎么就不理解领导的难处呢？按照规定，只能给你在学校听课的时间。现在施工正处于大忙阶段，许多工作需要人做。你走那么长的时间，岗位上的工作谁去完成？"

遥辰还没有来得及把准备好的词儿说出来，他身后突然有人说话。

"遥干事已经提前把文字方面的工作做了。那些需要上报的材料他早给了我。上报时我修改一下就能完成。他走后，日常性的工作我可以多做一些。"沈妍说后冲书记笑了笑，而后匆忙端起暖水瓶给老书记茶杯添水。

书记虽然对这个为遥辰帮腔说话的女孩略有不满，但是不便明言，瞪了一眼她不悦地说："耽误了工作，你俩是要承担责任的。"

遥辰说了声"谢谢"。沈妍抿嘴微微一笑。

遥辰到了省城，立即用电话和林好联系，问她期末复习有什么打算。

林好与遥辰的想法不谋而合。她说，几个人在一起复习效果一定不错。

他俩在电话中三言两语就把这件事儿定下来了。复习地点，遥辰宿舍，那个地方很清静。成员，还有两人，一位是遥辰的同桌同学黎然。另一位是林好的同班同学商媛。

他们这个两位男生两个女生的友谊组合后，立即进入到实质性运作。

他们在一起复习以个人阅读重点内容为主，谁有不懂的地方提出来大家讨论，各尽其能。如果有人突然想到需要关注的内容，就讲出来共享。每个人各找重点，共同讨论。他们这4个人中，林好和黎然思路宽，见解比较全面。整个复习过程中，他俩起着主导作用。复习即将结束时，却发生了一件意想不到的事情。

这一天，阳光初露，断云微度。他们4个人坐在遥辰宿舍，集思广益，探讨外国文学的复习重点。

遥辰在他们中间虽然是阅读文学作品最多的一位，但是要把教学大纲中规定的授课内容中的重点归纳起来是有困难的。

在这方面黎然有独到之处。他滔滔不绝地讲述 19 世纪法国小说的三个重要流派。他说："应该抓住巴尔扎克的批判现实主义小说、雨果的浪漫主义小说、左拉的自然主义小说……"当黎然谈论到左拉主张运用生理学和遗传学等自然科学方法来创作小说，像研究生物那样，用科学的方法剖析人的生理对性格和行为的影响时，有一个人隔窗悄视。当他听到娜娜、生理等几个词句时，胸中的愤懑像火苗似的往上蹿。

这个人推开紧闭的房门，站在地上双眼冒火星。

几个人被他的这种粗暴的动作惊得不知所措。

稍停片刻黎然问道："你是谁呀，怎么这个样子？"

来者从口音中听出他就是刚才娓娓而谈的那个人，大声呵斥道："一副文质彬彬的样子，却能做出肮脏的事情。"

黎然不知道他在说什么。

吓蒙了的商媛清醒过来。她气得脸白气噎，对着那个莽汉说，你来这里发什么神经，你看清楚了没有，这是我的几位同学，我们在一起复习功课。

这条汉子这才环视了一眼室内，哑然无声，转身走出门。

这个人叫冷之卿，是商媛丈夫，工厂工人，脾气暴戾，还喜欢喝酒。几两烧酒下肚，就发威动怒，不是口出恶言，就是伸手打人。商媛有时被他打得遍体鳞伤。

今年年初，商媛实在不愿与他继续生活下去，口气很果断地说："我们必须结束这种名存实亡的婚姻关系。"

当时冷之卿还摆着大男人的架子说："今天走个穿绿的，明天就来个穿红的。"商媛进一步提出采用哪种方式办手续，是协商还是通过法院。冷之卿这才感到商媛动了真的。他用自己的方式想把商媛镇住，狠狠地揍了一顿商媛说："再提离婚的话，打断你的腿。"

商媛并没有屈服冷之卿，用冷战的方式，想叫他冷静下来后再办理离婚手续。

孤衾有梦，独枕无人。冷之卿心生疑窦，她是不是有外遇，要不怎么一下子与自己分床而睡。爱耍小聪明的冷之卿开始注意观察商媛的动向。过去的那些日子里他一无所获，最近发现商媛每天别人还没有上班，就背起书包步履匆匆地向一个小巷走去。已经有好几天了，他要弄清楚，与她在一起的那个人是谁？

冷之卿向车间主任请了半天假，来到他已经知道的那间房屋跟前。这时，他听到一个男性的声音。让他火冒三丈的是那个人的嘴里吐了一些能撩动心弦的词句。当他闯进去之后看到里面还有一男一女时，这才知道自己做了一件傻事，就败兴而归。

冷之卿走了，商媛滴下的泪水打湿了衣襟，遥辰他们三人劝说了那么久，才擦去泪珠。

到了这种时候，商媛还有什么不可以讲的呢。商媛神情黯然地诉说了她不幸的婚后生活。

她俩是初中同学。他们的父亲都是一个工厂的工人。这就给他们的结合提供了一个条件。

婚后不久，冷之卿身上的缺点弱点毫无顾忌地表现出来。在两人的小世界里，冷之卿以自己为中心。

他的观念是，男人吃好一点有阳刚之气，穿体面点在人面前显得精神，从香烟盒抽出来的烟高级一些不会被人看低。在这个以男人为主导地位的家庭，商媛在花钱方面不得不迁就他。自己少花一些未为不可。家务活儿上几乎是商媛承担。在冷之卿看来，做饭、刷碗、洗衣、打扫卫生这些区区小事天经地义就是女人干的，男人在外面干的是大事业。

冷之卿的这个说法自然要受到商媛的驳斥。有一次，商媛在单位忙碌了几个小时，下班后急匆匆去买菜，回家后丈夫就连最简单的淘米的活儿也等着她。商媛说了一句："我回来得迟你难道就不能把米饭蒸上吗？"冷之卿就摆起了大男人架子说："我们男人有男人的事业。"商媛实在无法忍受，说："你的工作性质和工资与我一样，你凭什么说你在外面干的是大事业？"

冷之卿无理时表示沉默，但这只是短暂的时间，随后他拿出酒瓶，把酒狂饮。当他有了几分醉意时，就会找碴儿来展示他的勇猛。轻者他推搡她几下，重者大打出手。往往她被这个粗野的丈夫打得鼻青脸肿。

她曾经对他抱有这样一种幻想，当他到了理智之年，有了孩子的时候，也许会懂得如何做一个好丈夫，如何才能尽到家庭责任。

流年逝水，时间过去了数载，商媛的这个幻想化为泡影。

期望变为失望，她告诫自己，未来的路途遥远漫长，自己没有理由继续承受这种精神痛苦，没有理由再过这种乏味苦闷的日子。

她第一次说出离婚两个字，就遭到了冷之卿的毒打。

她懂得，有些事情无可奈何，需要等待更多的时间。

当商媛细说详谈时，黎然听得很认真。商媛说完后他按捺不住自己心里的话儿，说："当一个人承受痛苦的时候，他的心理有一个脆弱期，过了这个时期，能产生出爆发力。你需要的是勇气。选择幸福不会有错。"黎然的这番话，听似无意，实则有心。

几个人的学习让冷之卿这么一搅和，大家兴趣索然，只好作罢了。

考试终于来到了。遥辰提前10分钟来到一所中学。这座校园里的教室是他们的考场。遥辰找到他考试的房间。他对照了一下贴在门上的编号，挺胸走进去。当他坐在此时属于他的那张课桌时，心咚咚咚地跳了起来。他知道这次考试对他十分重要，一旦不及格，回单位如何给领导交代，今后的学习路如何走？

铃声响了。最后走进教室的是监考人员。他们的人数之多让有的学员没有想到。他们的表情一个个冷若冰霜。他们的眼睛像雷达似的扫描着，只要有人哪怕是非常隐秘的小动作，也逃不过他们犀利的目光。

遥辰打开卷子后紧张的心情趋于平缓。

他在认真地答题。大约过了1个小时，他侧面一张桌子上的考生被监考请了出去。个别想作弊的人就不敢轻举妄动了，只得老老实实，知道多少写多少。

林妤和黎然出来得早，她俩在院子里等他和商媛。

商媛是他们4人中最后一个走出考场的。从每个人的神情上，能看出来他们几个月的努力有了一个好结果。

黎然提出等其他几门课考结束后聚聚。商媛担心冷之卿又来胡搅蛮缠，因此只能把这种活动留在以后。

3年的学习生活结束了，它给遥辰留下诸多的感慨。那是一千多个日日夜夜。在那些艰辛而激情澎湃的岁月里，他在灯下捧读，他在简陋的教室专心致志地听录音，他在听完课后的中午，不管是赤日炎炎、暴雨狂泻的天气，还是朔风凛冽、冰天雪地的日子，必须回到自己的工作岗位上。

那个时候他要求自己，每天除了本职工作，自学时间不能低于10个小时。

在20世纪80年代的那个清苦的校园里，他留下了一页页的课堂记录，留下了与同学交谈时的欢声笑语，留下了许许多多的足迹。

他没有把光阴虚度，没有把岁月空添。当他捧着红色塑料封面的广播电视大学毕业证时，激动得泪水盈盈。多年的梦成为现实。

遥辰在兴奋之余想到了帮助过自己学习的同学，特别是林妤和黎然。他要和他们举杯庆贺，一醉方休。

遥辰把这个时间选在领取毕业证的第二天。

那一天下午，阳光格外迷人，风轻柔地吹拂。他们先后来到一家餐馆。遥辰是第一位来到这里的。不一会儿，商媛拉着黎然的胳膊欣然而来。他俩已经结为夫妻。随后林妤翩然而至。

此时他们的心情用 4 个字表达很确切——轻松愉悦。林妤喊着要喝红葡萄酒，黎然说还是白酒过瘾。商媛情绵绵地望了一眼丈夫说："这种酒太烈，喝多了会失控的。"黎然带着顽童的语气说："在这种美妙的气氛中我真的想放纵一次。"

遥辰说："是呀，应该放松一下。3 年多了，我们的精神负荷，一般人难以想象到。我们除了持之以恒地学习，还是学习。每一个期末考试前，我们心里是那么的紧张，恐怕考试时有个闪失，考不及格。"

"假若再考下去，我们的神经肯定会出毛病的。"商媛深有体会地插了一句。

"我们虽然付出很多的代价和努力，但是我们获得了许多知识。"遥辰动情地说。

"我们的求学之路虽然十分艰辛，但是很有意义。"黎然说。

"有那么一个妩媚动人、知书达理的人儿陪伴着你，当然有意义啊。"林妤笑吟吟地说。

"你俩结婚已经 5 个多月了。过去的日子里大家都忙，无暇谈论此事，因此我还不知道你俩的一缕缕柔肠是如何牵连在一起的，现在该是吐露真情的时候了吧。"遥辰给黎然和商媛出了这个节目。林妤拍手赞成。

他俩讲述了他们的"风流韵事"。

黎然对商媛的柔情私意产生在那次冷之卿的骤然而至，勃然大怒的那天。

黎然真的想不到，秀气夺人，娇花软玉一般的商媛，竟然有那么一个粗陋不雅的丈夫。当他知道了她的那种不幸的婚姻状况时，他怜香惜玉，其情不忍。从那时起他等待着。

一年后当他知道了商媛结束了那段痛苦不堪的婚姻生活时，对伤痕未平的她给了几多的关怀。

商媛在学习方面有什么难题，他总会耐心地给她讲解。有时他还要问一下她生活方面的事情，给她一些关照。

有那么一天，商媛感受到他的温情还有爱意。她虽然对这位年轻才俊，谈吐举止无不得体的同学甚是心敬，但是她遏制住隐隐的情愫。

黎然锲而不舍，不管她神情的冷漠，不管她口气的冰凉，依然主动有序地接近她。

一次，听完课走出教室，哗啦啦的雨声给黎然带来了喜悦，因为他有了机会再次靠近她。

他看到商媛后急匆匆走过去。他把打开的雨伞递到她手中，转身跑得无影无踪。

第二天上午，她给他还雨伞时笑了笑。也许商媛对他的情思就这样地发芽了。

她的浅笑盈盈落在黎然脑际挥之不去。他有了一个大胆的想法。

让他欣喜若狂的是，她答应了他。

那是一个星期天的清晨，他来到公园。

清风徐来，绿枝摇动，丛花吐芳，异香扑鼻。他倚树遥望，看到她的身影。

她款步向前。

他步履匆匆向她走去。

过去他们曾无数次相遇时显得自然而平静，此时却流露出局促的神情，毕竟是第一次约会。

"我们到那个地方好吗？"商媛用征询的目光盯着他说。

黎然并没有猜出商媛说的那个地方在哪里，只是说道："行啊！"

商媛要去的地方并不远，他俩一会儿就来到这里。她指着亭子说："那里面很不错，有石桌还有凳子。"

来到凉亭，商媛先从包里抽出柔软的白纸擦干净桌凳上面的灰尘，坐下来拿出一本古代文学，抿嘴一笑说："我们先说说书本上的好吗。"

黎然露出沉思的微笑说："恭敬不如从命。"

"那你说说宋词婉约派作品的思想性和艺术性。"

黎然对古典文学情有独钟。要是平常他会信口而说，现在他的思路还没有调整过来，因此才思滞钝，竟然半句全无，愣在那里。

"一心不能二用，既然约我是来玩的，我们还是游玩一会儿吧。"商媛说着把那本书往包里装。

"相寻梦里路，飞雨落花中。"晏几道的这两句词向人们揭示他一心追求的一种崇高境界。黎然脱口而说。

你说到晏几道的这两句词，我想起了曹雪芹的"芳情只自遣，雅趣向谁言"的诗来。这两句诗把深闺女子的心境描写得非常深刻。

突然黎然和商媛皆意识到了什么，相互会心地注视着对方。

这个上午黎然和商媛带着惬意的心情欣赏景物，怀着美妙憧憬倾诉衷肠。他们乘兴而来，尽兴而返。在以后的时光里，他们沉着冷静地爱上了对方。他们在一个一轮明月，飞彩凝辉的夜晚，洞房花烛，共枕同衾。

他俩讲述了这些浪漫的故事，寒温冷暖有人知的商媛，深情地瞟了一眼丈夫说："首先为我们的友谊组合取得的良好成果而庆贺。"

"还是先为你们的爱情学业双丰收举杯！"遥辰说。

林好柔唇微启，嫣然一笑说："让我们尽情尽兴，为黎然和商媛生命的涓涓流水汇合在一起干杯！也为我们获得了曾经想要得到的干杯！"

"为我们美好的未来一饮而尽。"黎然最后一个端起酒杯说。

他们意兴勃勃，言笑鼎沸不绝。他们换杯把盏，欣然而饮。遥辰半醉犹然索酒尝，黎然醉态醺然尚未放酒杯，偎依在丈夫身旁的商媛乜斜醉眼，娇喘细细，林好面热耳赤，醉意渐浓。

九

　　遥辰的电大学习结束了，回到按部就班的工作岗位上。本来他想在这里再工作几年，然后联系一个能充分施展才华的、有发展空间的单位去工作。但是有一件事情促使他必须尽快离开这个单位。

　　离开的原因与沈妍有关联。原先沈妍在另外一个部门工作。遥辰去学校学习的那几年中，他岗位上的一些工作由沈妍做。

　　这一年，上级单位一位领导，给这个单位安插了一个人。这个人取代了沈妍的工作。遥辰回来了，沈妍就需要有一个固定的工作岗位。

　　单位上各部门的编制没有空缺，沈妍的境况显得十分尴尬。她是为了遥辰能出去读书而陷于目前这种被动的处境。遥辰没有理由不为沈妍设身处地地着想。他想到自己应该快点儿把这个岗位给沈妍，不能让她过多地承受心理压力。

　　调动工作并不是一件轻而易举的事情，需要信息和机遇，需要关系和背景。遥辰在这座城市毫无背景。他只能去找他哥哥于杭。

　　遥辰给于杭写了一封信，在信中表述了自己迫切的愿望。于杭还没有接到这封来信，自己就有了事儿，而且不是一般的事情。

清晨起床，于杭向窗外瞟了一眼，依然下着霏霏细雨。那雨细得宛如尘雾，在天空交织成广大弥漫的一片。这些淅淅沥沥绵延不绝的雨都一个多月了。让人心烦意乱的阴雨怎么就不停呢，于杭轻声自言自语，抱怨天气。他在这里工作生活近 10 年了，像这样的阴雨绵绵的天气时常发生。遇到这种天气，大家的心情很难好起来，沉沉的，闷闷的，有一种压抑感。

他用取暖的电炉做好午餐，正准备端起碗的时候，值班员小万上气不接下气地跑进来，脸上一副惊慌失措的样子，前言不搭后语，说："可不得了了，有了大事了。"

于杭在这里曾遇到各种事情，一般的技术故障他都能熟练地排除。他对小万说："急什么，有话慢慢地说清楚。"小万来不及说什么，拉着于杭的胳膊向外就跑。于杭这才意识到发生了严重的事故。

他俩从三楼跑到四楼，从东边跑到西边。当于杭随着小万跑进配电室时，一副让人魂飞魄散的情景展现在眼前。

于杭吩咐小万，快点儿去告诉台长。他迅速拉下闸刀后，爬到仰卧在地上的电工杜纯欣的身上。此时他来不及判断杜纯欣是否尚存气息。他以最快的动作为这个年轻的电工做人工呼吸。

实际上杜纯欣已经停止呼吸，于杭这样做的结果不过是为同事尽最后的责任。

上级领导十分重视这次人身伤亡事故，即派出调查组来到云峰转播台了解事故原因。

调查组的 3 人中，焦令哲是其中的一名，还有一位是保卫处的腾科长，另一位是在厅办公室工作的邝学斌。

很快于杭从这几位来人对他的冷厉的目光中，就猜测出这次事故将给他带来说不清楚的麻烦事情。

来人勘查了事故现场，询问了有关人员。他们先入为主，武断地做出判断，于杭与这次事故有关。

于杭被人家请进一间房屋。

当于杭走到人家跟前时，那 3 个人脸上阴沉得就像外面下雨的天空似的。于杭瞥了一眼室内，想找一个坐的地方。屋内除了一张桌子 3 把椅子以外再无他物。他一副可怜巴巴的样子，只能站在人家面前。

第一个问话的是腾科长。他神色冷峻，口气生硬地问道："事故发生前你在哪里？"

"我知道这件事时在卧室正准备吃午餐。"于杭看一眼这个盛气凌人的科长回答。

"当你走进配电室时，你做了些什么？"腾科长像审问犯人似的问道。

"我关掉总闸做人工呼吸。"于杭回答后一种难以言表的思绪涌上心头。

"不对，小万出门后，你又合上闸刀。"腾科长双眼盯住于杭大声说。

于杭气得脸白气噎，嗫嚅着说："这可不是说着玩的话呀。你怎么能这样说话？"

"你让我怎么说？"腾科长愤然作色质问道。

过去于杭与这位科长没有工作上的接触，此时看到他蛮横不讲理，虽然心中的火苗向上升腾，但是口气比较和缓，说："不管怎么说你不能歪曲事实。"

下面发生的事情是那么的猛然，焦令哲、邝学斌、于杭他们谁也没有想到。

腾科长突然伸手撩衣，迅速从腰里拔出一把亮铮铮的手枪举起来。他声色俱厉，说："于杭你放明白点，看看我手中是什么。"

这个举动使焦令哲惊愕，他真的想象不出腾科长会来这么一手。他这样做不只是粗暴的举动，而是违法的。他知道于杭的个性，从来不是一个忍受屈辱的人。下面将会发生什么事情，焦令哲能揣测出。

啪的一声，于杭的巴掌拍在桌子上，瞋目而视，厉声说："你有种就对着我这儿。"他指着自己的胸口。

本来腾科长掏出手枪想要一下威风，同时吓唬一下于杭。

在腾科长看来，于杭不过是一个寒门小院走出来的年轻人。让他没有想到的是，于杭会勃然大怒。他顿时口中无词，鼻尖上沁出汗珠。举起的手枪在空中想要落下来，但又觉得这样做太没有面子。

邝学斌看到心粗气浮，浅薄狂妄、作势扬威的腾科长的那副被动的样子笑着说："于科长你别生气嘛，腾科长拿出枪来想让你看看，何必要动肝火呢？"

焦令哲看到于杭神情中包含那么多的挑战意味，并且是毫无畏惧之意。

如果再僵持下去，对谁都不利。他说："既然大家现在坐不下来，等各位心平气和以后再说这件事情。"他说后用目光示意于杭离开。

于杭昂然走出后，焦令哲瞥了一眼腾科长，口气中带有几分责怪，说："你今天怎么啦！怎么一下子让人猝不及防。你的这种冲动不会有什么好结果。这件事情如果办理得不善，我们回去怎么交差。"

腾科长已经冷静下来了。他对刚才的做法颇觉不宜，不时地觑视焦令哲。

焦令哲瞅了一眼邝学斌说，你去把台长叫来，我们研究一下，再进行下面的工作。

于杭回到办公室兼宿舍满腹心酸，一腔凄然，他思忖，自己对工作一丝不苟，一事不差。怎么就出现了这种事情。刚才腾科长对他的那种横蛮态度和耍的威风确实让他难以忍受。作为这个转播台的技术科长，自己应该宽容。有理不打上门客。此时他要认真思考这件事情到底是怎么发生的。

于杭知道，事故现场只有杜纯欣。他身亡命殒，拉闸刀的过程无人知晓。这件事情已经发生了，要找出事故的原因，配合上级部门的调查人员把情况搞清楚。

忽然有了女人的啜泣声，让人顿生揪心之痛。于杭知道这是杜纯欣妻子的哭声。

杜纯欣是去年结婚的。他俩结婚的那一天，于杭专程去县城。杜纯欣生性腼腆，不苟言笑，但是在举行婚礼的那个中午，他像变了一个人似的，显得大方洒脱。有人给他俩出的那些十分亲昵的动作，他没有羞人答答的，毫无拘谨地完成了那些动作。他和新娘给于杭敬酒时，一脸恳切，我永远不会忘记于师傅为我付出那么多的心血，现在我虽然离开机房到配电室工作，但是你给我留下了许许多多的美好记忆。

此时于杭心里像刀搅动似的。他不愿接受这个残酷的现实，暗叹，一个活生生的人说走就这样地走了。

那个房间的哭声越来越凄切。于杭向哭声走去。

杜纯欣的妻子已哭得气噎喉干，眼睛红肿。于杭看到她悲痛欲绝的样子，潸然泪下。

这位少妇和杜纯欣结婚才一年多，丈夫匆匆走了，留下孤零零的她。这样的一个弱女子如何承受这种打击。

于杭默然站立在地上，想从脑海里搜索出一句能安慰她的话儿。时间过去了几十秒钟，于杭难以找出一句让她心情好转的词句。他说了这么一句："你一定要保重身体，以后还要继续生活。"

杜纯欣的妻子虽然止住痛哭声，但唏嘘不已。于杭迈动沉重的脚步离开她。

于杭没有回寝室。他走进机房。他请正在值班的小帆去安慰杜纯欣的妻子。于杭心里说，也许女人和女人有说话的契机，希望小帆能给她一些安慰。

小帆和杜纯欣同时来到这座峰巅。刚来的时候他俩都跟着于杭值班。于杭手把手，不厌其烦地教会他们如何观察机器的运行状况，如何排除故障。在实践过程中他们学会值班员应该掌握的维修技术。几年后因工作需要杜纯欣离开机房当了一名电工，小帆依然在电视发射机房值班，但他俩关系和过去一样密切。他俩不管谁有什么困难都诉说给对方。

昨天接到供电部门通知，因检修线路需停电4小时。这几个小时的停电是在播出以前，只要不延长停电时间，是不会影响正常播出的。

下午这个班正好是小万、小帆的班。小帆看了一眼墙壁上的钟表时间，离供电时间还有10分钟。她做好启动发射机的准备工作。

到了开机时间，小帆按动开关。让她感到惊诧的是，庞大的机器没有发出声响和出现闪烁的灯光。没有电，她得快点儿去找电工送电。

小帆没有找到电工，迅速奔向配电室推开门。她看到倒在配电柜下面的杜纯欣。她被这种意外的事惊吓得不知所措，就飞快地去找和她一起值班的小万。

杜纯欣离开了人世。小帆哭肿了双眼。还有一点让小帆伤心的是，她的朋友尸骨未寒，有人要诬陷她的师傅于杭。

午休时，小帆躺在冰凉的单人床上觉得百无聊赖，想出去遛遛。当小帆走到孔冬屏寝室门口时，听到孔冬屏幸灾乐祸地说了这么一句："这一回可有于杭的好果子吃。"小帆止步不前，侧耳继续听他们还要说什么。另外一个人把声音压得很低，因为门关得不严实，他说的话从门缝里隐隐约约地飘了出来。他说："我们要配合好调查小组的人，不能让于杭这次有一个好结果。"小帆想继续听下去，他们还要说些什么？里面的声音变得非常小。小帆反身离开这里。

小帆轻轻敲了敲师傅的门，里面静悄悄，毫无声息。她思忖，他去了哪里？小帆突然想到了什么，她急匆匆来到自立式发射铁塔跟前。果不然于杭爬在铁塔上面检查天线。她高声喊了一声于师傅。于杭听到是小帆喊他，问道，你怎么知道我在这里？

"昨天你不是说天线需要加固一下吗。刚才去你宿舍你不在，我猜测你在这儿。"

小帆看到于杭忙碌的样子，暗叹道，有人开始给你找事儿了，你还有这么大的精神爬铁塔。

虽然是三月底，但这里依然寒气袭人。于杭让小帆快点儿回卧室休息，因为晚间值班时需要充沛的精力。小帆很不情愿，但还是离开了这里。

人们低声议论着什么。人们用冷漠的眼神看于杭，有的人还流露出不屑的神情。一股暗流将于杭卷入漩涡。

杜纯欣的死亡与于杭有关，因为是他把电闸推上去的。这些议论在单位不胫而走。有的人虽然不相信这是真的，但是有的人就这样说。

群众有了议论，领导和上级部门来的人就得把问题调查清楚。

焦令哲认真履行自己的职责。他忙碌着找人谈话了解情况。不过他要找的那些人不是于杭的徒弟或和于杭关系好的那些人，而是和于杭有过冲突的一些人。焦令哲为什么专门找这些人了解情况，他有一条能摆在桌面上的理由。他说："因为这些人会关注于杭，对于杭的事情知道得多。"

关注于杭的主要有两个人，一个是孔冬屏，另一个是常知寅。他俩有一个共同目的，入仕求官心切，要在上级来人面前凸显自己。

孔冬屏是行政科科长。在这个单位除了台长，只有他和于杭在同一个级别。台长年事已高，快到解事还老时。他的那个位置只有他和于杭有资格去坐。但问题在于，一个职位数却有两个人，不能各遂其心，他们其中的一位必然上不去。

孔冬屏曾无数次忖量这件事情，在这次激烈的竞争中能否击败对方。他的答案让他心神不宁，茶饭无心。

在孔冬屏看来，人走时运马走膘，各领风骚三几年。他要抓住这几年。他的贪求之心膨胀着。

于杭被死亡事故困扰着。孔冬屏的思维无限张扬起来，他要把握这次机会，让对方陷入困境不能自拔，只有这样他才能轻松自如地坐上台长这个位置。

要击败于杭，他一个人的能量十分有限。孔冬屏还需要一个帮手。

孔冬屏想到了常知寅。他思忖，与他合作，是最佳的组合，会取得好结果。

常知寅和于杭之间产生的隔阂，是在几年前的一次竞争中，于杭取胜，升任为技术科科长。

当时他俩都是值班员。于杭在技术上独一无二。常知寅喜欢与人交往，闲暇时喜欢找人打扑克或者划拳把酒喝几杯。时间久了，他们这些人就形成一个小圈子。圈子里的不管哪个人需要别人说话的时候，他们都会替这个人帮腔。于杭提升职务时，常知寅虽然和他的哥们费尽了口舌，说了许多对于杭不利的话，但是于杭依然被提拔为科长。这件事极大伤了常知寅的自尊心。他愤愤不平地说，我和于杭同时来到这座山头，为什么只能提拔他。他言下之意，为什么不提升我。于杭任命科长后主动接近常知寅，想化解他们之间的隔阂。常知寅表面上热情不减，内心却寻找机会，想把于杭从那个岗位上拉下来，取而代之。

孔冬屏做事甚为缜密。他想要说出去的一些关键词儿，往往会借用别人的口向外传播。

那天发生事故后，孔冬屏一个人去配电室查看过出事现场。很快他知道杜纯欣被电击倒在地上后，毫无经验的小帆发现不敢贸然进入，于杭是第一个进去的，况且只有他一个人。这种状况能引起人们许多遐思，也许于杭猛然闯进去发现杜纯欣躺在地上先切断了电源然后才去救人，也许他进去后看到人已经被电击倒，乱了方寸把闸刀拉下又推了上去，尚有气息的杜纯欣被第二次电击而亡。如果真的是这样的话，于杭就是这次死亡事故的直接责任人，他的下场不言而喻。但这只是推测。他要把自己的臆想演变成有可信度的传言，还得动一番脑子，用点儿功夫，做一些事情。

孔冬屏满面笑容地走进常知寅卧室。他寒暄了几句，就把话绕到于杭身上。他谈到于杭和腾科长对抗的事情，还说到于杭现在的处境。他说得很含蓄。他说："于杭的处境很不好，上级来的人找他谈话，这说明他与死人的事情相关联。"他说到这里唉了一声，接着说："人在慌乱时难免出错，如果把闸刀拉错了那就出了大错。"说到这里，似乎言尽于此，避开这个话题。

常知寅对这些话揣测出其意，说道："你的意思我明白。我的事儿我去办，你的事儿你去做。"

孔冬屏和常知寅两个人四目相视，心照不宣。

于杭怎么也想不到有人竟然会说出这样的话，说他推上去了闸刀，造成杜纯欣死亡。这句话可不是说着玩的，是要承担责任的。现在大家都这么说。于杭后悔不及的是，当时自己为什么不让小万去拉闸刀。小万走了以后的那个过程无人知道，此时他有嘴说不清楚。让于杭感到奇怪的是，焦令哲他们为什么不找他谈这件事情。他想去给他们说明情况，但又担心上级来的这几个人对他多了一些看法。

焦令哲他们还在察三访四的，就是远离于杭。于杭只能无可奈何地等待着。

一天于杭接到海姗电话。海姗说的话，让他震惊不已。焦令哲他们已经给这次伤亡事故下了结论，杜纯欣的死与于杭有关，建议党组研究处分于杭。于杭感到事态的严重性，他问了一句该怎么办呢？

海姗的话提醒了他。海姗说："有两件事你立即要做，一是想办法把县公安局现场勘查报告中主要内容抄录下来，二是把这件事情的详细经过书写出来，一同送到雍秘书那儿。这是非常紧迫的事，越快越好。"

于杭放下电话即到台长那儿请假。为了防止发生意外的情况，于杭并没有说真话，说他到县城看病。这种理由上司是不好拒绝的。

当于杭来到县公安局找曾经在现场勘查的汤炎邻和李龙时，事情不凑巧，两人下乡未归。于杭问他们何时回来，这位领导说不出个准确时间。于杭别无选择只能等待。

汤炎邻、李龙抵暮而归。两人知道于杭有了麻烦事，就从办公室档案柜拿出现场勘查记录。

笔录上记得十分清楚，并有证人证词，它无疑有利于于杭的辩解。这一夜，于杭是在县城一个旅馆度过的。为了自己的清白，他伏案挥笔，直至天色大亮，日影横窗。

于杭从邮局把这些材料寄出后，心情轻松了许多。

实际上这次死亡事故很清楚。

云峰转播台接到供电部门停电通知后，即用书面形式将停电时间和有关注意事项通知到每个值班人员。

杜纯欣为了利用停电的几个小时，私自走进配电室检修电器设备。

让杜纯欣没有想到的是，供电部门提前 10 分钟供电。本来还有那么一两分钟就检修好配电柜里面的线路，但是提前来的强大电流夺走了他的生命。

于杭跨进配电室关掉总闸，发现杜纯欣已经死亡。此时离开播时间只有几分钟了。随后小万领着台长气喘吁吁地跑进配电室。于杭看了一下表，离开播时间还有 3 分钟，吩咐小万将闸刀推上去。这些明明白白的事情，却被一些人制造成一副扑朔迷离的现象，让于杭难以说清楚。于杭琢磨，他们为什么要陷害自己呢？

于杭从县城乘班车到了岔路口下车徒步回单位。

一条陡峭的山路盘旋而上。他已经习惯了在山间小道爬行。经过 1 个多小时行走回到单位。

焦令哲他们已经打道回府，院内显得冷清凄凉。这里的人们似乎有意躲避于杭，看见他的身影都关上房门。

常知寅放出话，于杭将要受到处分。至于于杭会受到什么样的处分尚未定论，但有一条，科长肯定是当不成了。常知寅窃喜，心里暗忖，秃头上的虱子明摆着，未来技术科的科长就是他。

常知寅和他的那几个哥们翘首企盼着处分于杭的文件到来。

时间过去了一个星期，没有丝毫的信息。又过了一个星期，依然听不到处分于杭的事情。这时不但常知寅坐不住了，就连孔冬屏也急得上了火，嘴唇上凸起水泡。孔冬屏心里清楚，这次不推倒于杭，以后就很难找到机会了。有几次他想给焦令哲打电话问一下情况，但拿起听筒又犹豫起来。他和焦令哲的关系一般般，这样的事情如何问出口。焦令哲是个心性高傲的人，对他们这些布衣草履出身的人，从骨子里瞧不起。他突然有了一个险恶的想法，让常知寅他们以匿名信的方式，给厅党组施加压力，尽快处分于杭。

对常知寅这个人，孔冬屏看得很透彻。他与人交往中既有义气的一面，但也有刁钻狡猾的方面。和他交往不能太深。如果有些事不符合他的心意，他说翻脸就翻脸。

这个人整人的手段很恶毒，除了造谣生事，还鼓动他的那些狐朋狗友到处去告状。

这一次与他合作，他们心里各有所因，但他依然十分谨慎，不给常知寅留下把柄。

这次孔冬屏并没有把于杭推闸刀的事儿说得那么具体，是常知寅发挥出来的，然后说给他的那些哥们。下面的事要促使他去告状，这件事当然不能给他明说，必须采用旁敲侧击的手法。如果把话说得很清楚，一旦今后有什么事情，常知寅会咬住他不放。

搞一些语言游戏之类的是孔冬屏的强项。一个能激发起常知寅告状的词句在他脑海中跳出来。

吃过晚饭孔冬屏手捧一本书走进常知寅寝室。正好他一个人在屋子里。平时孔冬屏来这个房间很少，常知寅站起来温和谦恭地说："请坐。"然后沏茶。

常知寅心知肚明，自己想再上一个台阶还得孔冬屏帮他一把。这不仅仅因为他是行政科科长，还因为孔冬屏和台长的关系甚密。这一次于杭孤立无援，与台长的态度暧昧有关。台长不替于杭说上几句公道话，就让于杭陷入墙倒众人推的困境中。

常知寅侧身坐在孔冬屏身边，瞅了一眼孔冬屏，想从孔冬屏的脸上找到他来这里的目的。

孔冬屏喝了一口茶水，把带来的那本书递给常知寅微笑着说："听说你最近喜欢钻研业务知识。这本无线电知识的书送给你，对你提高业务能力会有帮助的。"

常知寅有一些受宠若惊的样子，连续说了几次谢谢。孔冬屏扫视了一眼屋子说："你和于杭一起参加工作，也应该有个追求目标。为了实现目标就得做出努力。"说到这里他停顿了一下，把目光落在常知寅的面孔上。

常知寅感觉到孔冬屏这句话蕴有深意，立即说："干了这么多年了，总是进步不了。以后请孔科长多多指教。"

孔冬屏并没有顺着这个话茬往下说，突然问到大家最近有什么情绪。

孔冬屏这句话，起到导火线作用。常知寅满腔怨愤地说："厅里来的那几个人回去了那么久，怎么一点儿音讯都没有。发生了那么大的事故，应该有个说法吧！"

"我们这里的人虽然迫切地想知道对这件事情的处理结果，但是厅领导怎么能知道大家的愿望呢？"孔冬屏说到这里就转了话题，谈了些其他方面的事情就离开这间小屋。

耿副厅长面前有两份截然不同的材料，一份是焦令哲他们写的《关于云峰转播台重大伤亡事故的情况》，另一份是县公安局的《云峰转播台伤亡事故的勘察笔录》。这位副厅长仔细阅读了两份材料后，发现里面的内容有很大差别。焦令哲书写的有许多模糊语言，什么群众的反应，什么有可能等等。县公安局的那份写得非常具体，有证人的姓名，有具体的时间，还有供电部门的停电通知。这份材料清楚地表明，事故原因与于杭无关。焦令哲这份材料把事故原因归咎为于杭推闸刀引起的。耿副厅长在考虑着这样一个问题，两份材料为什么有那么大的出入。到底以哪份材料为准。他给焦令哲打电话让他们准备一下口头汇报。他刚给焦令哲打完电话，秘书走进来，将于杭写的死亡事故的陈述材料放在办公桌上。耿副厅长很认真地翻阅于杭写的材料。

这份材料与县公安局的那份材料内容一致。此时耿副厅长突然有一种感觉，有人想利用这次事故整于杭。

对于杭这个人耿副厅长比较了解。他刻苦钻研技术，工作认真踏实。那么焦令哲他们为什么要那样做呢？是不是他们之间发生过什么事情。同志之间即使有矛盾也不能用这种手段啊。耿副厅长陷入沉思中。

焦令哲和调查组的另外两人来到耿副厅长办公室。他们向耿副厅长汇报了事故的情况。当他们汇报完以后，耿副厅长提出这样几个问题，谁看见是于杭重新把闸刀推上去的？焦令哲无回复之词。耿副厅长又问，既然没有人看见，怎么能确定是于杭把闸刀重新推上去造成电工的死亡？焦令哲立即做出回答，群众都是这么说的。

群众说的要有证据，没有证据是说服不了人的。耿副厅长说到这里随手把县公安局的材料和于杭的那份拿出来说，这两份材料写得很具体。

焦令哲耷拉下脑袋。他知道耿副厅长从他们的那份材料中看出破绽。

常知寅第一封匿名信寄出后如石沉大海，音信渺然。他不甘心，他还要写。第二封匿名信又寄出去了。

厅党组书记对云峰转播台群众来信表示重视，要将于杭的问题提交给党组会议研究讨论。

党组成员一共 5 个人。开会以前他们分别翻阅了那几份材料。本来那些材料足以说明云峰转播台的死亡事故与于杭毫无关联，但是有两位副厅长因工作忙，只是看了焦令哲写的那份材料。他们的发言又是在前面。这两位领导的理由是，于杭作为技术科科长，平时有责任教育大家，要树立安全意识，制定出安全操作规程，因此这起事故于杭有不可推卸的责任，应该给于杭警告处分。他们发表了这样的言论，其他的几位感到表述自己的观点有了难度。如果同意他俩的意见，这显然对于杭不公平。假如说出自己的看法，难免对这两位副厅长有不尊重之虞。会场一时鸦雀无声。

为了一班人的团结，党组书记准备宣布这件事情的结果时，另外一个负责技术工作的耿副厅长发言。他的发言使这件事情逆转。

耿副厅长也想到了前两位副厅长的意见，但他搞不清楚的是，只要用心看一看那几份材料，然后比较一下，一切都很清楚了。县公安局的那份证明材料中有签名或盖有印章，内容非常具体，罗列的事实无懈可击。焦令哲的那份用词遮遮掩掩，让人看不出这件事情的真实情况，材料上面用了许多群众说的词句，没有具体的人和姓。上面说的关键问题无据可查。他们为什么要提出给于杭处分，这就让他不可思议。

此时耿副厅长想的不是这两位副厅长的面子，他应该出来主持公平，不能让无辜的人受到伤害，受到无情的打击。他默然思考用什么话能说服其他人，特别要让那两位副厅长改变对于杭的态度。

主持会议的书记把目光投在耿副厅长身上说："你谈一下对这件事的意见吧。"

耿副厅长用温和的目光环视了一眼其他几个人说："今天我们坐在这里研究于杭的问题，让我想起了过去我在机房值班时发生的一件事情。那是一个雨横风狂的夏日。当时电光闪烁，疾风暴雨肆无忌惮地吹打着拉线塔上的天线。突然监听器的声音消失。我很快做出判断，是发射天线出现问题。要爬上去排除故障，那么大的风雨，显然是办不到的事情。

"那个无端风雨带来的停播使我受到警告处分。这件事让我永远难以忘怀。

"作为领导应该想到，在基层从事技术工作的那些同志，真的很不容易。当他们走进机房的时候，就有了一种责任，这种责任促使他们精神高度集中。他们最担心的是机器发生故障。有的人甚至为此得了轻微的恐慌症。"

这位副厅长说到这里把话题转到于杭身上。他说："于杭这位同志我了解。他把工作看得比什么都重要。他的工作一贯认真、严谨。有人说他把闸刀重新推上去造成那个电工死亡。这种说法显然不符合于杭的性格，也不符合一般常情。于杭是一位出色的无线电技术工作者。那一时，当他走进门的刹那间，看到自己的同事躺在地上。他必须做的事情是切断电源。他怎么去把闸刀拉下来又推上去呢？不要说像于杭这样实践经验十分丰富的工作人员，即使一个走上工作岗位不久的值班人员，也绝不会那样去做。我在这里说这番话并不是为于杭推卸责任。县公安局的那份材料已经把事情的经过和事故的原因讲得清清楚楚，我们没有理由怀疑人家下的结论。这次事故原因主要有两方面：一是供电部门提前供电；二是电工杜纯欣安装新的配电柜时没有向技术科打招呼。我的意见是，不能给于杭任何处分。"

这位副厅长的发言，促使其他人改变了看法。那两位前面说话的副厅长，再没有坚持刚才的观点。

还有一位党组成员很快表了态。他说，那3份材料我都阅过了，这件事不应该由于杭承担责任。

书记做了总结发言。他说："我们应该尊重事实，不能让任何人受到无辜的伤害。事故已经发生了，我们应该做的事情是，吸取血的教训，制定出更加规范的规章制度，让每个人都能够认真执行。至于对于杭的问题，我们暂时不下什么结论。有的同志可能事情多，没有完全翻阅那三份材料，特别是县公安局的那份，希望这些同志一定要认真看一看。阅完后再有什么不同意见可以提出来。最近我们收到要给于杭处分的匿名信。既然这些人连真实姓名都不敢写在上面，我们就没有理由再去派人调查了解。那份匿名信关键的一句话是，群众强烈要求给于杭处分。这样的言辞有些像'文革'期间的。我们不能盲目地听从某些人的那些似是而非的话，要用冷静的头脑进行分析，不为一些假象所迷惑。在对待处理人的问题上一定要慎重，一定要做到实事求是，决不能冤枉人。"

追究于杭责任的事情就这样不了了之，以后再没有人提这件事。

那次事故以后的一个晚上，于杭躺在床上，思考着这样的问题。

一个技术部门的负责人需要有更多的责任心，时刻把安全放在第一位，防止事故的发生。

杜纯欣的死亡确实是因为提前供电和未打招呼造成的，部门负责人不应该为此事承担责任。

　　如果在接到停电通知以后，自己多想一想，考虑到提前供电的因素，再多说一句话，停电期间禁止检修供电设备，也许就不会发生这次死亡事故。

　　过去他从来没有意识到有人为了争权夺利不择手段，这一次使他有了深刻的体会。

　　以前他没有觉察出自己和常知寅、孔冬屏之间尚有隔阂。现在他清楚了，由于自己职务上比常知寅高，使他嫉妒挟怨，还因为自己在未来竞争具有一定优势，使孔冬屏在竞争中处于劣势，因此他俩就把他当成眼中钉，用那些下贱卑污的手段陷害他。

　　人为什么不能友好地相处呢？即使有利益关系，为什么不能采用公平的竞争途径取得，非得采取卑鄙龌龊的手段来阻止他人的发展？

　　这一次自己安然无事，应该感谢海姗，要不是她提醒自己把县公安局的那份材料寄给厅党组，党组成员就看不到这份说服力很强、无懈可击的材料。焦令哲的那份不符合事实的材料，就成了给他处分的依据。到了那种情况下，即便自己有嘴又怎么能辩清楚呢？

　　焦令哲为什么要这样做，他与自己没有利害冲突。自己在基层单位，他是上级机关的工作人员。即使自己有了一定的竞争实力，但和焦令哲相比，决不会在一个平台上竞争。焦令哲难道是为了雪耻那次调机时的难堪吗？如果真的是这样的话，一个男子汉大丈夫的心胸未免太狭窄。

　　有些事情的发展往往很难按照自己设计的路线进行，是复杂多变的。当一个人处在有利的或不利的境况中，都应该保持一种冷静的头脑，不能用世俗的观念去看待问题，不能用静止的观点观察事物。

　　人需要善良，但必须认识到，善良是很难唤醒一些人的良知。人不能书生气十足。只要有人群的地方，就会有利益上的纷争、冲突，就会出现一些假恶丑的现象。

　　在社会生活中，要成为一个强者，就必须不断地完善自己，不断地取得更多的知识和经验。

　　天上的云层渐渐消失，一轮明月挂在空中，于杭仰望安谧的星空，酣然入梦。

于杭吃过午饭刚躺到床上，有了敲门声。走进来的不是别人，一位身材颀长的青年，他的弟弟遥辰。

于杭惊喜不已，说："你怎么突然来了？"

"这是第一次来这里看看，因此你就感到有些突然。"遥辰微笑着说。

"我们这里交通不便，远离村庄，你怎么来的？"

"我们单位上的小车路过发射台岔路口，我给司机说了声要到你们单位就下了车，然后顺着便道走了1个多小时就来了。"遥辰气喘吁吁地回答。

于杭先让遥辰吃了一些食品，然后领着他去发射塔等地方看了看。显然遥辰的心思不在这几个地方。

哥哥领着弟弟在外面转悠了一圈后回到房间。于杭翻出一本书说："你在屋里看书，我把工作上的事安排一下，一会儿就来。"他补充了一句："今天星期二，是检修机器的时间。本来这个时候是不能离开机房的，你从那么远的地方来了，我只能陪一会儿。"

于杭走了，遥辰哪有心思翻弄书本。这是个陌生的地方，是个神秘的地方，过去他从哥哥口中知道一些。

遥辰琢磨，现在自己有了机会，要看看，要感受一下，回去后说不定还能写出一篇游记呢。

遥辰感觉到口唇干燥，走到暖瓶跟前提起来觉得轻飘飘的，自言自语地说："里面怎么连一点儿开水都没有啊。"他插上电水壶的插头后，找出茶叶盒。

水开了，哧哧地翻滚着。他给茶杯倒满水。让他吃惊的是，这里的开水怎么泡不出茶的味儿？他想起来了，哥哥曾经说过，这里因为海拔高，水的沸点只有80多摄氏度。

遥辰喝了几杯淡而无味的清茶，感到屋子里阴湿寒冷。他看到地上的那个电炉子，突然想到哥哥说的那句话，在这个山头上，7月也要穿棉衣御寒。现在已经8月了，屋子里不插上电炉子怎么行呢？

刚才哥哥拿出来的是商店买来的糕点，遥辰不喜欢吃甜食，他想品尝一下高山上煮的面条是什么风味。

公路施工经常在野外，每个人都学会了拉面条技术。遥辰和好面团后，为了使面团软硬均匀，把面盆放在小案板上，大约过了十几分钟才动手擀面、拉面。

当他煮好面条后，看到一种奇怪的现象，煮出来的面条黏糊糊的。他放到嘴里嚼了嚼，难以咽下去，自言自语地说，哪里有面条的味道啊！对不起我只好留给你了，由你处理吧。

冰冷的屋子里让遥辰待不下去，他要到外面去。

朵朵云团飘移，阵阵凉风吹拂。瞬间云朵儿聚在一起。8月的空中竟然飘起了雪花。

遥辰站在峰巅遥望，袅袅婷婷的雪片儿轻盈地飘洒在绵延起伏的山峦。他身着夏天服装，一会儿感到瑟瑟发抖，只得跑步回屋，迅速插上电炉子。

他坐下翻看了一会儿书本，想起一件事情，已经来到这里，就应该去机房看看，那些机器是怎么把无线电信号传送到空中的。他随手拿起于杭的一件棉衣穿好后向机房走去。

"同志，请出示证件！"一位腰间挎着手枪的哨兵横在遥辰面前说。

为了保护机房的安全，这里驻守着武警支队的一个加强班。

"我没有带证件。"遥辰不知道人家要的是什么证件，反正他什么证件也没有，只能这样回答。

哨兵立正举手敬礼后说道："对不起，请你离开这里。"遥辰想要说什么，这位哨兵口气缓和了一些解释说："没有出入证不管任何人都不准进去。"

进不了机房，外面雪花漫天飘舞，遥辰只能回到那个小房间。遥辰看看手表，哥哥已经出去2个多小时了。他轻声说了一句，离开时不是说一会儿就来吗，说的一会儿怎么就这么长的时间？

等不见于杭归来，遥辰感到寥落无趣。他要给自己找个事情，瞧瞧这个房间主人的日常生活用品。

他目测一下房屋面积，大约有12平方米。屋子里面有一张三抽屉的桌子，一把枣红色木椅，一个简易的木制书架，一张朱漆钢管单人床。床上被褥干净整洁。他向床下面看了看，里面就像一个杂货部，锅碗勺瓢，米面蔬菜，油桶醋瓶，瓷盆瓦罐等等的。屋里面占用空间最多的是书刊。书架上、窗台上、桌面上、床铺上堆放着各类书刊、报纸。

一声刺耳的汽车喇叭声在这个沉寂的院落回响。遥辰知道这是叫他的声音。他给于杭留下几个字，急匆匆来到小轿车跟前。

司机急巴巴地说："快点儿上来，一会儿大雪封山就麻烦了。这个鬼地方，还不到中秋节就下起大雪，在这里的人是怎么生活的啊！"司机絮絮叨叨地说话的同时，就发动车。

小轿车在蜿蜒颠簸的山路上行驶。司机额头上渗出了汗珠。能看出来他精神高度集中。遥辰往车外看了一眼，感到小车好像要冲入万丈深渊似的，吓得闭上双眼。

小车终于驶入宽敞平坦的沥青路面，司机抹了一把额头上的汗水说："把我打死再也不敢来这个地方。"

当于杭走进卧室时，里面静悄悄的。他很快发现了遥辰留下的纸条，心想弟弟第一次来这里，他想要说的话还没有说就遽然离去。

于杭知道遥辰搭便车来的。这样的天气，技术多么娴熟的司机都不敢逗留。本来他打算到机房说上几句，就来陪弟弟说说话。谁知机房里有了事儿。与这些能说话会表演的机器打交道，说有事儿就有事儿。这次出的故障不是谁都能解决的。

事情的经过是这样的，每次检修设备开始前，于杭首先要问一下值班员，在过去的一周里各部发射机的运行状况。这一次也不例外，他询问值班员小万。小万说，有一部 10 千瓦电视发射机运行中有一些不正常。

如果没有什么大的故障的话，一般性的技术故障于杭的这些徒弟们是能维修好的。小万说的这种情况，于杭意识到这部发射机有重大隐患，他不能离开。

于杭根据以往的经验判断，很可能是发射机的心脏——中频调制盘的内部集成电路块静态工作点发生故障。这个集成块一共有 48 个脚，其中一个出现问题，机器就不能正常工作。这种故障业内人士称作软故障，发生故障时难以确定，只有通过测试仪器和工作经验的判断才能确定。于杭立即用仪器测试，果不然一个管脚静电工作点不正常。

多年来于杭形成一种习惯，当他发现机器有故障时，就守在机器旁。即使徒弟动手，他也要站在跟前，仔细地看认真地观察。徒弟难以完成的就由他来手持工具进行修理。

更换集成模块，技术难度非常大，一般人难以胜任这项工作。于杭神情专注地把损坏的拆卸下来，然后把新的安装上。当这部机器恢复正常运行时，3 个多小时过去了，此时他才想起遥辰。

遥辰走了给于杭心中留下愧疚。弟弟从那么远的地方来到这里，肯定有什么重要事情给自己说。他怎么就没有想到呢？此时人去屋空，遥辰在纸条上并没有说明他来这里的目的。遥辰临走时为什么不说一声呢？突然他意识到，自己怎么犯糊涂，机房里是不让非值班人员进去的。

他应该问问站岗的那位战士。于杭找到那位战士，他说："是一个身材高高的，面容文弱的男青年要进去找人。门卫制度你是知道的，没有出入证谁也不能进去。"

离开那位战士后于杭回到宿舍思摸，不管遥辰来这里的目的是什么，自己都应该静下心，想一想弟弟调动工作的事情。

本来给遥辰调动工作的事儿，几个月前他就有了打算，谁知那次重大事故给他带来了那么多的烦人的事，还差一点儿受到处分。在那样的境况中，心力交瘁的他，一是无精力和时间办那么复杂的事情，二是他当时的那种处境，谁会为他帮忙呢？

楼道有了脚步声，不是一个人的声音，谭珂领着妻子走进来。谭珂的妻子双手捧着饭盒笑吟吟地说："你弟弟来了也不说一声。"你能做出什么好吃的。她说到这儿把饭盒放在桌子上接着说："这是我做的菜，让你弟弟凑合着吃吧。这个山头就这个条件。"她扫视了一眼室内，惊诧地问："人呢，大雪天到哪儿去了？"

于杭神色黯然地说："他已经走了。"

"人家来了你还没有陪着说说话，怎么就走了呢？"谭珂妻子不解地问道。

他坐的是便车，车来了他就走了。今天又遇到机器有了大的故障，检修完那部发射机，我回到卧室，看到了他留下来的纸条。

于杭弟弟来了的事儿谭珂知道。检修那部机器时他虽然想到师傅应该去陪弟弟说说话，但是要更换那个集成电路块，他们几个人都没有干过，一旦延误播出时间，会造成重大播出事故。此时他心中感到有一些内疚，说："今后我们要更加努力学习业务知识，提高技能，承担一定的责任，不能出现故障就依靠你。"

于杭深情地瞅了一眼谭珂。他的这位徒弟为人忠厚，积极上进，喜欢钻研技术。在这个与外界隔绝的山头，有些人寂寞无聊时，几个人凑到一起喝酒划拳说闲话。闲话多了，就有了事情。可谭珂、小万他们从来不和那些人掺和在一起。他们闲暇时捧书研读。前段时间，常知寅曾暗示过他，不要和于杭靠得太近，不然的话于杭一旦栽跟头就跟着倒霉。谭珂冷笑一声说："我的师傅我了解，谁对谁错我清楚。"为此事常知寅对谭珂怀恨在心。有一次常知寅喝多了，对他的那几个酒肉朋友结结巴巴地说："对谭珂这小子，要盯着点儿，他有了事情不能放过他。"

谭珂的妻子看到于杭屋里冰锅冷灶的，说："你和弟弟没有说上几句话，现在心情不好，还是我来做饭，大家在一起吃顿饭，热闹热闹。"

这里吃的蔬菜是从县城拉运来的。天气好的情况下，一个星期多才拉运一次，如果大雪封山，一两个月见不到新鲜蔬菜。谭珂的妻子找了一会儿，从一个纸箱子里面拿出几棵蔫白菜和一个南瓜。

这顿晚餐比较丰盛，有谭珂他们端来的青椒炒鸡肉，还有谭珂妻子在这里做的醋熘白菜和清炖南瓜。要是平时于杭只做一个菜就敷衍过去了。

3个人在一起的气氛就是不一样，你说我笑，快乐开心。进入口中的饭菜也有味道。

谭珂的妻子在县城工作，她知道丈夫这里的生活艰苦而单调，因此有了公休假，就来到这里陪陪丈夫，调剂一下他寂寞的生活。

吃完饭，谭珂和妻子来到院子里。

绿色的山峦被白皑皑的雪覆盖。宛如柳絮飘洒的雪花儿依然还在狂飞乱舞。他俩的心情沉重起来，再有一天是谭珂妻子回单位上班的日子。这场雪累积了这么厚，显然机动车辆无法通行。

天亮了，雪停了，但谭珂妻子要走出这个望断南飞雁的峰巅谈何容易。

根据以往的经验，这么厚的雪天气放晴后，车辆能在这个便道上行驶，最快的时间也需2天以上。

这可怎么办？急坏了谭珂的妻子。

于杭也为他们着急。他仰望天空轻声说："估计不会有大风出现。"他蹲下来量了一下积雪的厚度接着说："徒步可以行走。"

本来谭珂怎么也不让于杭送他们下山。于杭就有那么一股执拗劲儿，说："雪厚路难走，你俩要是有了事怎么办？"谭珂无奈之下只有同意于杭与他俩同行。

朔风迎面扑来带着深重的寒意。白茫茫的积雪使于杭他们不能轻举妄动，只能小心翼翼地迈动脚步。

于杭走在前面探路，留下一个个深深的脚印。谭珂拉着妻子软绵绵的手跟在于杭身后，踩着他的足迹行走。

在雪中行走举步维艰，一不小心就会摔倒。谭珂的妻子尽管被丈夫搀扶着还是倒下去几次。每次她站起来像个雪人似的，惹得于杭和她的丈夫哈哈大笑。路上的雪越来越薄，快到岔路口时就看不到雪的痕迹。谭珂的妻子高兴得跳起来。她说："我终于离开了8月里的雪的世界。"

暖融融的阳光照射到他们身上。

3个人站在岔路口等待着。

一辆大轿车驶入他们的视线。

要离别了，谭珂流露出一丝转瞬即逝的宽慰的神情。他似乎在说，亲爱的妻子，你放心地去吧，我适应了这个十分艰苦的环境。

十

那一天遥辰去哥哥的单位，一是想看看他工作生活的那个地方，二是想给于杭说说自己对未来的打算，当然这是此行的主要目的。

过去他从于杭口中听到一些那个山头上的事情。当他来到那个地方时，让他怎么也想不到，这里的气温竟然如此的低，8月里的天气飘雪花儿。遥辰有了一次在艰苦生活环境中的体验。他回到单位就有了病。

遥辰走进办公室兼宿舍感到头重脚轻，想喝口水暖水瓶空空的。身体困乏的他无力去打水就躺到床上。不一会儿沈妍走进来。沈妍感到有一些意外，遥辰是个勤快爱干净的人，每次从外面回来可不是这个样子，首先要把屋子里收拾得干干净净，然后干一些其他的活儿。他现在怎么啦？室内乱糟糟的，桌面上落满了灰尘，屋里弥漫着一股土腥味儿。沈妍轻轻问了一声，遥辰嘴里并没有发出声音，她把音量加大了一些，遥辰才张开嘴唇，但声音十分微弱，而后用手指了一下写字台上的茶杯。

当沈妍从外面把开水打来后，遥辰紧闭双目。沈妍忐忑不安，急匆匆去医务室找大夫。

医务室的门扉敞开着，屋里却空空的。大夫去了哪里？沈妍心急火燎地到处寻找。她终于在乒乓球室找到了辛大夫。

辛大夫看到沈妍慌慌张张的样子，放下手中的球拍问道："有了什么事情？"沈妍将遥辰的病情说给他。

公路施工单位的驻地大多数都远离县城，因此公路工程局各施工单位都设有医务室。

因为野外施工生活艰苦，科班出身的大夫不愿意在这里长期工作。有的工作几年就远走高飞。能在这个岗位上坚持下来的只有从本单位工人中培养出来的医务工作者。辛大夫就是这种"自学成才"中的一名。

辛大夫问了情况量了体温。遥辰体温升到了 39.5 摄氏度。这一下子可吓坏了沈妍。

辛大夫十分果断地说："遥辰的病是重感冒。"而后他坦然地说，注射几针柴胡就可以了。

大夫打完针走了，这间陋室只有一男一女。男的还在昏迷状态，女的忧心忡忡，不想贸然离去。

夕阳落下，暮色苍茫。

睡在床上的遥辰嘴里依然呻吟不断。沈妍知道，遥辰是一个性格坚强的人，如果没有非常严重的疾病，他是不会这样的。她伸出手，轻轻落在他的额头。他轻微地动了一下，并没有睁开双眼。

沈妍感觉到他身上发出的那种滚烫的热依然没有消散。她做出判断，他的病情肯定还在加重。

不，不能再耽误他的病了。她要立即去叫人把他送到医院。

已是更深夜静时，其他人都进入梦乡，该去叫谁呢？突然她想到了这样一个问题，一个女孩深夜守在异性床边，不管怎么说都会引起别人的无限遐想。唉，为了救人，不该想这么多。她敲响书记的铁皮门。

当当的声音惊醒了酣睡正浓的书记。他睡眼惺忪，不悦地问道："谁深更半夜敲门？"

"是我。"一个女孩的声音传了进来。

"沈妍，你有什么事情，就不能等到天亮了再说？"

"遥干事病得十分厉害。"

"你怎么知道的？"书记的口气明显多了一些疑惑。

到了这种时候沈妍只能实话实说，我一直守在他身旁。

"他病重，到了晚上应该由男的陪伴，你一个女孩待在里面，会引起口舌的。"书记一边说着一边穿衣服。

打开门后书记第一句话是："你晚上在他屋子里的事儿别告诉任何人。"他的声音很小。

遥辰住的屋子就在书记隔壁。书记看到遥辰恹恹弱息的样子，伸出手摸了摸，用抱怨的口吻说："你怎么不早点儿说呢？人都成了这个样子。"

"辛大夫说，感冒打一针就会好的，当时我看他病情不一般，因此不敢离开他。但没有想到他不退烧反而烧得更厉害了。"沈妍解释说。

"快一点儿把管车的老关叫来，让他立即派车把人送到医院。"书记加快语气说。

老关磨磨蹭蹭走进来说："其他的车都去了分队，只有鲁年的卡车停在院子里。"

书记疾言厉色，说："你快去叫他。"

"这个人喜欢喝酒，喝高了不到天亮不起床。"老关有了畏难情绪。

"别啰唆，救人要紧。"书记不高兴地说。

老关来到鲁年寝室门口。

叮叮当当的敲门声惊醒了鲁年，他高喉咙大嗓门地问道："半夜三更，敲门做什么？"

"有了病人，书记让你送到医院。"

"是谁呀？得病都不是个时候。"鲁年有了牢骚。

"遥辰病得厉害。"

鲁年听到遥辰两个字，心头涌起幸灾乐祸的意味，暗忖，遥辰你也有用我鲁年的时候，现在不给你点颜色瞧瞧，你就不知道你是谁。顿时鲁年有了坏主意，说："我现在就穿衣服，你们到我的车跟前等我。"

老关在那辆解放牌卡车跟前等呀等就是听不见鲁年的脚步声。他又一次走进鲁年卧室。

鲁年看到老关心急火燎的样子，揉揉眼睛，嘴角周围浮现出一丝狡黠，瞥了一眼老关说："昨天晚上喝多了，现在还迷瞪，泡一杯浓茶喝下去醒醒酒，要不然脑子不清楚，出了车祸可不是小事。"

鲁年喝干杯子里的茶水，慢悠悠地来到卡车跟前，打开电路，踩动油门，发动不起来。他说："车有了故障，你快点儿到你的房子，把手电筒拿来，我检查一下电路、油路。"他说到这里，看到老关匆匆而去，又说了一句："遥辰这个人真不够意思，就连汽车也不给他方便。"听到这句话老关突然清醒过来。他并没有去拿手电，来到书记屋子里说："鲁年说他的车有了故障。我琢磨他可能一时半会儿修不好，应该想想其他办法。"

站在一旁的沈妍也知道鲁年的人品，担心误事，因此说道："还不如直接给医院打电话叫救护车。"

"老关你快点儿去打电话。小沈你把他的日用品准备一下。钱我来找。"书记说后匆匆走出门。

救护车很快地把遥辰送到县医院。诊断很快就出来了，遥辰得的是急性肺炎，需要住院治疗。医生抱怨说："人都烧成了这个样子，你们怎么才送来？如果再迟几小时，问题就大了。"

遥辰的生命不会出现问题，书记的心也就放下来了。他知道遥辰在这里没有亲人。心想这么重的病人，身边不能没有人。他心有所虑，现在只有他们3个人，他和老关岁数都不小了，他俩在他身旁护理显然不适合。沈妍人家还是个姑娘，守在男病房不方便。

沈妍看到书记满心忧愁的样子说："你们明天还有事情，我留在这里吧，有了什么事我找护士。"

出于无可奈何，书记只得点头同意。他和老关离开时，对这位行事出言稳妥的女孩说："明天我派人替换你。"

此时，沈妍不知出于何种想法，对老书记说："如果其他人脱不开身，再来一个我们两人在这里轮流看护。"

书记默然不语，走出病房，走出了医院。

他俩走了，下面的事儿接踵而至。有些事情沈妍羞于启齿，有的使她感到无可奈何。

这个病室有5张床位。遥辰左面是一位老大爷，他咽喉里堵着一口痰，老是咳不出来，但不停地咳。右边住的是一个小伙子。他眼睛像雷达扫描似的在沈妍身上转动着，让她感到很不舒服。对面两张床上都是中年人，一位呻吟不止，一位鼾声如雷。

遥辰一瓶接一瓶地输液体。那么多的水分进入体内循环后需要排泄。这种事儿让沈妍很不好做。当他看到遥辰憋得面孔上滚动着水珠时，她真的其情不忍。但一个女孩该如何应对这种事。遥辰处于昏迷状态，即使找来便盆，他也无能力方便。不管怎么说她不能协助他完成方便之事。此时她确实有了悔意，当初怎么就没有想到这些事呢。后来遥辰憋得不但脸上滴水珠，而且身体不停地颤动着。沈妍也急得身上冒汗。突然她听到老大爷床下有窸窣声。她俯首细瞧，一个10多岁的男孩爬出来。顿时沈妍有了想法，遥辰现在要解决的问题只能请他帮忙。

小男孩从卫生间回来发现了沈妍。他偷偷地瞄了一眼沈妍，羞涩地低下头。

沈妍不失时机地走到他跟前，悄声细语说："小弟弟请你帮个忙好不好？"

小孩感到意外，用惊异的目光注视沈妍。

床上的老大爷听到说话声，咳嗽了一声说："二虎你去厕所拿个便盆，帮助这个大哥哥解手。"

小孩很机灵，只一会儿工夫就找来便盆。沈妍走出门外回避。

这一老一小，让沈妍十分感动。昨晚她来时急匆匆的，拿不出什么表示的物品。她打开包翻找了一会儿，还好里面有一小包糖果。

小男孩挺有个性的，他怎么也不接受沈妍递来的水果糖。他爷爷知道沈妍真心实意，说："这位大姐姐给你的东西，你就接过来吧。"

糖到了小孩手中，他就有了一些情不自禁，先给他爷爷口中塞进去一块，之后取出一块放到自己嘴里。

让沈妍尴尬的事情虽然解决了，但是病房里浑浊的空气和噪音没有消失。她只能无奈地忍受着这些让人窒息的气味和心烦意乱的声音。

天快亮时沈妍有了睡意。她看了看吊针瓶里的药液还有一些，就趴到床头柜上想打个盹。

天还没有大亮有人走进来，沈妍立即清醒过来。进来的是两个穿白大褂的人。从他们对话的语气中，沈妍听出来他俩一个是大夫一个是护士。沈妍心里琢磨，他们来做什么？

来人径直走到遥辰对面床上的那个病人跟前。年轻的护士低声说道："今天上午给你动手术，现在要给你插导尿管，把你的下身衣服脱掉。"

"天哪！怎么会有这样的事儿。你们为什么不把他带到别的地方。这是病房，还有其他的人哪！"忽然沈妍意识到这是男性病房，这里的人除了她再没有女性。此时她想躲出去，但已经来不及了，这个病人的那个部位在灯光下暴露无遗。沈妍无处藏身，只有弯腰屈背，把头藏到遥辰的被子里面。

眼睛看不见，他们的那些声音不断地进入沈妍耳中，有病人的疼痛声，有护士和大夫的说话声。护士说，出了血。大夫叮咛，重新插。插的显然是导尿管。一个女孩在这种场合，该是多么的尴尬，该是多么的无地自容。沈妍只有一个念头，让他们快点儿插进去。但他们不停地说着动着。护士大夫互换着把导尿管往尿道里面插。病人痛得呻吟着。他们折腾了足有20多分钟，才完成了动手术前的必然程序。他们走了，沈妍的头却不敢抬起来，因为房里的那些男人们，她一旦抬起头来，就会把怪异的目光投到她身上。

右边床上的那个男青年好像揣测出沈妍的心思，他关掉灯。顿时屋里变得模糊不清。此时沈妍有了勇气，她抬起头来扫视了一眼黯淡的空间，然后整理好发型和衣服，脚步轻盈地走出病室。

沈妍出门后，屋里的几个男人们就有了难听的话儿，有些不堪入耳。那个男青年实在听不下去了，反唇相讥。他说，你们这些人十分无聊，人家是单位领导派来的，她难道愿意碰上这种事儿？再说这里是医院。医院里还有男医生接生的呢。你们这是少见多怪。他说出的话儿顿时使这个病室安静下来。

早餐开始了，遥辰的双眼依然紧闭着。沈妍轻柔的问话声并没有惊醒他。沈妍很无奈，把端给遥辰的饭菜送到那个小男孩面前。他眼珠子转动着，并没有接饭盒。

"小弟弟，昨天晚上你辛苦了，应该吃一点儿。"沈妍轻声说道。

热气缭绕，清香的味儿对小孩有了诱惑力，他终于把饭盒接到手中。

沈妍没有食欲，什么也没有吃。她利用屋里人吃饭时，看一看屋里这些人。那个老大爷皮肤黝黑、粗糙，一看就知道是一位憨厚朴实的农民。他的孙子二虎，虎头虎脑，有一双明亮的大眼睛，虽然津津有味地吃着饭菜，但不时地偷瞧沈妍。床右边的男青年，文质彬彬。她改变了昨天晚上对他的那种印象。那个要动手术的人走后犹未归来，可能在手术室。他床对面的那个中年人，给她现在的感觉是，粗俗不雅，令人生厌。

早餐后大夫查房。科室主任、每个病人的主治大夫，还有护士长以及护士们走进来。他们对每个病人的病情询问得十分详细，对有的病人还要做一番检查。询问完其他病人，走在前面的那个大夫，肯定是这个科的主任，来到遥辰床前。

遥辰的主治大夫是一位戴眼镜的中年男医生，他介绍了遥辰的病情。那个主任翻看了一会儿遥辰的诊断记录，表情认真而严肃地说："这个病人的病症还要进一步检查，如果是肺部感染，用了那么多的药，体温应该有所下降。"

例行查房的这些人走了。过了一会儿，护士手持一沓子检查单、化验单对沈妍说，他的这个样子，如何去做检查。沈妍望了一眼遥辰，显然他是站立不起来的。沈妍又有了难处，谁能帮助她把遥辰搀扶到平板车上呢？屋里的人除了她和小男孩以外，都是病人。小男孩是帮不了忙的。沈妍把目光落在那个护士身上说，请你找人来帮帮忙好吗。这位护士并没有立即做出回应，把闪亮的目光落在遥辰床旁边的那位青年身上。

我来帮他。这个青年说了话。

沈妍用感激的目光瞥了一眼，对他的话不以为意，说："你也是一个病人啊？"

"我的病情已经稳定，现在身上的力气一定会超过你们两个人。"他说的两个人就是沈妍和那个护士。

护士脸上露出笑意，说："那就试试吧。"

在一个又一个的检查过程中，小伙子总是用力搀扶着遥辰。

检查、化验结果出来了，遥辰必须动手术，还是大手术。

当于杭接到弟弟住院的电话以后，就有一种不祥的预兆。过去遥辰曾经住过院，出院以后遥辰才告诉他。这一次如果是一般性的住院治疗，遥辰的单位不会通知他的。遥辰的病情一定很重。

于杭请了事假心急火燎地一路小跑来到岔路口，乘班车到了遥辰住院的那个县城，然后急巴巴地走进医院。

他看到了谵语绵绵的弟弟。医生告诉于杭，遥辰的手术难度大，手术过程中有许多不确定因素，让他心理上要有准备。

医院很快给遥辰安排手术。手术时于杭、沈妍在手术室门口惴惴不安地等待着。

这是个让人感到漫长的时间。在这个过程中于杭对沈妍有了一些认识。起初，于杭只知道沈妍是遥辰的同事。让于杭不可思议的是，单位上的领导怎么不派男性护理遥辰，专门派她来这里守在弟弟身边。

闲聊中于杭知道沈妍是遥辰的助手，来这里是她主动提出来的。

他们焦急的等待终于有了结果，滚动着的平板车出现在于杭、沈妍跟前。遥辰不省人事，脸色煞白。

遥辰手术后当天，沈妍回到单位。

沈妍不到病房来了，遥辰床边的那个青年心里有了空落落的感觉。

这个年轻人叫岳悦，有一张让人羡慕的大学文凭，还有一个在县政府部门工作的身份。

遥辰住院的那个晚上，他看到沈妍的第一眼，就有一种继续想看的念头。他的那个举动搅扰得沈妍怪别扭的。

遥辰的手术虽然做得很成功，但他身体非常虚弱，随时都会发生意外。手术后的第一个晚上，当哥哥的责无旁贷地要守护在病榻前。他屏息侧耳静听遥辰呼吸的声音。他知道呼吸声一旦有异常，就必须找值班大夫。这天夜里不断地给遥辰输液，于杭就要不时地叫护士换药液。

半夜窗外有了飒飒的风雨声。于杭关好窗户，给遥辰盖好被子。

遥辰的床有了响动的声音。突然从旁边的病床下爬出一个男孩，两只小手揉着眼睛跑出去，一会儿小手捧便盆跑进来。

他的举动使于杭感到奇怪，这么大的小孩子如此的懂事，为了他的爷爷方便，把他急成这个样子。

让于杭意想不到的是，小男孩径直跑到遥辰床跟前，揭起被子把便盆往里面放。

顿时于杭恍然大悟，心里升起感激之情，微笑着说："小弟弟我来吧。"

于杭从他手中接过便盆。小男孩眼睛睁得圆圆的，有点羞涩，说："昨天晚上是个女的在这位大哥哥跟前，我看她难为情的样子，因此这件事儿我就包下来了。"

遥辰的昏迷状态至天明。

小雨初收，灿烂的阳光从窗户照进来，屋里面暖融融的。

一夜未眠的于杭，此时有了困乏的感觉，想趴在床头柜上小憩片刻，突然看到遥辰双眼微启。他轻声呼唤："遥辰。"

遥辰认出于杭，张开干裂的双唇，用微弱的语气说："我这是怎么啦？"

于杭知道遥辰的体质非常虚弱，不能多说话，劝说："你动手术了，要好好休息。"遥辰神思恍惚，闭上了双眼。

遥辰完全苏醒已是上午10点多。他看到气色不善的哥哥，还有一个黑眸圆眼睛的小男孩。于杭看到遥辰注视着小男孩，随即说道："这位小弟弟是那位老大爷的孙子，这两天他帮了不少忙。"

这个小家伙说话还真够直率的。他说："我不过是跑来跑去地端便盆，哪能算是帮忙呢？"他说后小脸上露出稚嫩和欢快的微笑。遥辰想起来了，那天晚上沈妍陪他来医院，守护在自己身旁。有些事儿沈妍做不了。想到这里，他也不好意思，暗自说："还真应该感激这个小男孩，如果没有他，那些说不出口的事情该如何解决呢？"

病来如山倒，病去如抽丝。遥辰手术后身体恢复十分缓慢。于杭请的3天事假到了。他知道单位事情多，岗位上的许多工作等着他去做。此时遥辰的伤口尚未愈合，他真的不忍心离开。

昨天，单位派了一名男青年护理遥辰。站在一旁的这位年轻人说："你单位上的事儿脱不开身，我在这里，请你放心，我会照顾好遥干事的。"

遥辰知道于杭的工作性质，他不能让哥哥耽误工作，说："我现在能下床了，有些事儿可以自理，你就放心地回单位。"说到这里，他瞅了一眼这位青年说，这里有他呢。

于杭决定回单位，走以前他要把一件事情说给遥辰。

这位青年站在跟前他不便于启齿，又不能把他支使走。他看了看遥辰，又瞄了一眼他。这位年轻人感觉到他们兄弟俩有什么话儿要说，心想自己应该回避一下，说："我出去买一些用的东西，一会儿就回来。"

病房内肃静无声。于杭扫视了一眼病榻上的其他病人，他们睡犹未醒。于杭正想问遥辰，他的生活中有没有发生什么事。遥辰已猜测出于杭想要知道的事情，低声说："有一件事本来我想早一点儿告诉你，但一直没有说出来，现在说给你。这一段时间，沈妍对我无微不至地关心。对她，特别是在这次住院过程中，我感激不尽。住院前我曾有一个想法，应该为她办一件事儿，现在我确定了这种想法。"

于杭从遥辰的这些话中并没有听出他要表达的意思。他用自己的见解说道："你们俩经过很长时间的了解，已经有了深厚的基础，应该有更进一步的发展。"

听到这些话，遥辰知道于杭曲解他和沈妍之间的关系。他说："沈妍是我的同事，也是我亲近的朋友，我们之间有着真诚的情感。在我上学的那个时候，如果不是她为我承担了一些工作，我就很难顺利地走进校门。为此她失去了原来的工作岗位。这个办公室的岗位只有一个人的编制，现在却有两个人，我和沈妍。"

"过去我曾经有过要离开公路施工单位的想法，这些你是知道的。目前我和沈妍必须做出选择，要么她寻找一种途径，离开这个办公室，要么我离开这个单位，把位置留给沈妍。这件事情我左思右想了很久，觉得应该为她着想。"

"现在，我面对这样的一个现实问题，像我这样无背景无关系的去哪里联系接收单位呢？过去我求你帮忙。没想到前一段时间你有了事。"

遥辰说话时于杭凝神深思。他在思考着一个问题，遥辰调动工作的事儿最初是海姗想到的。海姗曾经为遥辰联系过一个单位，是国营纺织厂。当时他犹豫不决，想再联系一个更好的单位。时间过去了数月，那个厂给海姗答应办事的领导已经调到另外一个单位任职。现在又要去找海姗，无论如何张不开口。此时自己还能想出什么法子吗？他想来想去的，心中升起一种无能为力的惆怅。他知道遥辰自尊心强，现在该给他如何解释？

突然那个老大爷的梦语打断于杭的思路。老大爷大声说着"黄桃，黄桃。"于杭很快明白了老大爷这句话的意思。他嘴干舌燥，做梦想吃黄桃罐头。他这次来正好带了2瓶，心里说，给他一瓶吧。

遥辰也读懂了老大爷梦话中的意思。他的想法与于杭想地一致。

老大爷看到于杭双手捧到他眼前的打开了瓶盖的水果罐头时，有一丝兴奋，还有一些畏缩，暗自说："怎么能吃人家的东西呢？"

他的孙子二虎在床下闻到黄桃的清香味儿，爬出来把闪亮的目光落在那个罐头瓶上。他爷爷瞪了一眼他。他并没有回避爷爷犀利的目光，还是盯在那里。

于杭用小勺子从玻璃瓶里捞出一块送到二虎口中。二虎吃着却看着爷爷。于杭说："你也让爷爷尝尝吧。"二虎立即从于杭手中接过勺子，学着于杭的动作，把一块黄桃从瓶子里捞出来送进爷爷口中。

老大爷和他孙子你一口我一口，津津有味地品尝着一块一块的黄桃。

于杭琢磨，应该给遥辰有个说法。他说："对沈妍现在的处境不能无动于衷。你的想法是对的，把方便留给沈妍，自己寻找出路。"于杭说到这里停顿了一会儿接着说："过去你我都是靠锲而不舍的学习和勤奋努力地工作才有了现在的一席之地。现在要放弃这个位置，重新去寻找新的岗位，这对我们来说，是一次非常大的考验。办这件事不管难度多大，我们都要知难而进。我度过人生旅途中的又一个困境，有了足够的精力，为你去联系工作单位。希望你不要操之过急，这么复杂的事情是需要时间才能完成的，当然你也要主动出击，去寻找机会。"

离乘坐班车时间只有半个小时了，于杭起身告辞。临走时，他再一次向这位老大爷和他的孙子表示感谢。

于杭走后第三天，沈妍又一次来到这个病房，从神色上能看出她心中有了事儿。

沈妍的事与岳悦有关。

刚才，沈妍走出医院大门，来到一处幽静的树林，从包里抽出一张纸铺在地上，坐下来看看四周，静悄悄的。她又从包里掏出一个小镜子照了照，看到自己憔悴的面容，忧郁的眼神，心里思忖，不能让人看到她现在这个样子。她打开随身带来的化妆盒，略加修饰。

沈妍的这些举动，悉数映入不远处的岳悦的眼帘。他移动一下脚步，又止步不前，自言自语，怎么能这样的鲁莽。他要用一个合适的动作引起她的注意。

岳悦反身向刚来的方向走去，几分钟后从另外一个方向，朝沈妍走来。

他不能贸然而行，他要制造出一个不期而遇的效果来。她依然那样的忙着，这就让岳悦无可奈何。他只能等待机会。

树林中散发出清新的空气。岳悦倚树伫立，突然看到沈妍做完这些动作后，站起来看看周围，然后迈动轻盈的步伐。岳悦利用这个机会，嘴里哼着歌曲，径直向沈妍走来。

沈妍听到歌声，抬起头来。就在此时岳悦把亲切的目光投向她。

岳悦喜形于色来到沈妍跟前，不假思索地说："你穿的这件短袖衣服很动人。"

沈妍感到突然，口气冷冰冰地说："你怎么也来到这里？"

岳悦意识到，刚才不该说那句话。一时口不择言，脸上露出尴尬的神情。

沈妍看到他病体恹恹的样子，想起他帮助抬遥辰检查身体时的情景，顿时对他有了钦敬之意，轻声说："在这里坐一会儿好吗？"

岳悦受宠若惊，拘谨地坐在地上。

沈妍看到他的这副样子，咯咯地笑着说，这么大的人了，见了人还是这个姿势。我给你看一样东西。她说着从包里取出一个小包，小心翼翼地一层层打开，里面露出一枚熠熠生辉的胸章。

岳悦不知道沈妍为什么突然让他欣赏这件工艺品，心想，可能是为了缓和气氛吧。岳悦把它放在手中认真仔细地瞧了瞧，而后称赞了一番。当他把它要还给她的时候，她并没有接过来，认真地说："我们在病室相遇相知，应该说是一种缘分，这枚金属制作的小帆船留作纪念吧。祝你在人生的旅途中一帆风顺。"

清风吹拂，嫩枝绿叶摆动。两个青年男女在树下说说笑笑。大约过了半小时，沈妍想起遥辰，说了声："我该回病房了。"

就在沈妍离开这里时，岳悦说出自己的愿望。他说："你对这位师傅很关心。以后来了，除了帮你师傅做点什么以外，我们在这里散步好吗？"

沈妍莞尔而笑，没有回答。

遥辰病情一天比一天好转，很快就能下床活动。

沈妍偶然从工地来医院看望他。

她在病房说说话，干点活儿。做完了这些，遥辰总是催她出去散步。

刚开始沈妍找理由拒绝，后来她想明白了，遥辰不需要她干什么活儿的时候，何必要坐在这个气氛郁闷的房子里。因此有了闲时间，她就出去转悠一会儿。当她独自在外面漫步总会碰见岳悦。这个时候岳悦有几多的兴奋，沈妍的纯清笑容恰到好处。

实际上，沈妍不知不觉地被岳悦搅乱心曲，产生出一种欲迎故拒的心理。

遥辰虽然病未痊愈，但他不愿意在医院继续住下去。主治大夫答应了他的要求。

遥辰出院前一天，沈妍又一次来到医院。

当她知道遥辰将要离开这里的时候，陡然间脑海中跳出这样一件事，自己的这个年龄，应该考虑人生大事。

过去，她走出中学校门进入施工工地。

在野外施工的狭窄的生活空间，没有遇到一个心仪之人。

遥辰住院以后，岳悦的出现，曾让她怦然心动。她懂得，有些机遇不能擦肩而过。

这一次，假若她悄然离去，不表示什么，一旦错过，今后恐怕再难相见。

岳悦知道遥辰要离开这里了，多么地希望再能见到沈妍。她来了，他抑制不住内心的激动。

岳悦心里琢磨，要说的话儿应该说给她。

沈妍与过去来到这个病房一样，做了需要做的事情坐在床边。

这个时候，遥辰会主动让她出去活动一会儿。

这一次，沈妍知道活动的重要性。

她倏忽瞅了一下岳悦。他深知其意。他们先后离开这个房间。

他们来到曾经来过的这个地方。

在这里，他俩说了许多话。对岳悦提出的要求，沈妍觉得左右为难。

答应他，他们的关系还没有到那个程度。不答应，以后见面机会很少。

岳悦看到她面有难色，微笑着说："就是一般的朋友，到家里坐坐，有什么不好意思呢？"

沈妍不能推辞了。

岳悦的家离医院不远。沈妍走进岳悦家，知道了一个情况，岳悦的父亲在这座县城是一位说话有分量的人物。

前一段时间，在沈妍和岳悦接触过程中，她对这个男孩有一些了解。他言谈举止不俗，品行端正，通文知理。她感觉到，他对她有了意思。

岳悦曾暗示沈妍留在这座县城，至于工作单位，沈妍是可以选择的。

沈妍虽然将失去工作岗位，但她没有这种打算。她思量，回去应该主动找领导提出这个问题，要求给她安排一项新的工作。但她心里很清楚，各部门的编制没有空缺。

遥辰要出院了，他要感谢那个小男孩。临走时当遥辰把亲朋好友看望他时带来的食品全部留给那个男孩和他的爷爷时，老人十分感动，拉着遥辰的手说："孩子做了一点儿小事，你却给了这么多的东西，我真的过意不去。"

遥辰走出病室，回过头来想再看看那个小男孩。他看到了二虎小脸上的泪水。

遥辰走出医院门回到单位就遇到一件非常难办的事情。

事情的经过是这样的。那一天，他刚打扫完离开多日的卧室，50多岁的邵师傅不速而至，一屁股坐在凳子上唉声叹气，拍膝摇头。

遥辰知道这位老师傅有什么事情求他帮忙。他语气温和地说："邵师傅有什么事儿你就说吧，我能做到的一定会办的。"邵师傅一开始并不说什么事，只是重复着一句话，让我怎么办呢！遥辰问了几次，他依然说着那句话。

沈妍来了。她说，书记叫你哪。

遥辰来到书记办公室。老书记首先把遥辰住院前放下的公章从抽屉里取出来交给遥辰，然后讲述了发生在邵师傅身上的故事。

几个月前，邵师傅住院期间，同病室有一位煤矿工人。这位矿工的妻子是一位30多岁的农村妇女。让人不可思议的是，年龄50有余的邵师傅，在住院的20多天里，竟然对这个比自己小20多岁的农村女人一见倾心，并且有了剪不断的情丝。那位矿工显得很无奈，挥手与自己生活了10多年的结发妻子永别。邵师傅老伴也很无奈，眼睁睁地看着他俩偎依在一起。后来他老伴终于下决心，狠狠地甩了老头子一巴掌，满怀怅然和怨恨与他分离。

两个家庭解体后，邵师傅就按捺不住。为了实现心中的梦，一日三次找单位领导开具介绍信，要和心仪的女人取得合法关系，携手共度良辰。

起初，书记苦口婆心给邵师傅做思想工作，劝他放弃这种不现实的想法，与老伴、子女们在一起享受天伦之乐。不管书记怎么说，邵师傅咬住一条理不放。他说他和老伴没有感情，与那个女的情投意合。婚姻自由这是国家法律规定的。书记怅然作色，大声呵斥说："没有感情，怎么生了那么多的孩子？"邵师傅说："生孩子和感情是两码事，不能相提并论。"再后来书记就不搭理邵师傅了。

书记讲完邵师傅的故事再三叮咛，老邵和那个女人要结婚，是异乎常情，出人意想的事，你千万不能给他开具介绍信。如果给了他登记证明，他过去的那个家就彻底完了。遥辰心里说，他们不是已经离婚了吗。

遥辰从书记办公室回到宿舍，担心的事儿没有出现，邵师傅没有来找他。第二天仍然没有来。他心里安静了许多。到了第三天晚饭后，邵师傅一副闷闷不乐的样子走进来。此时遥辰虽然想好了对策，但是他心里还是有一些不踏实。

邵师傅坐在椅子上，没有提结婚证明的事。他讲述说了他和结发妻子过去的一些事情，还讲了他在医院时和那个女人的故事。

邵师傅和前妻的相识是在 25 年前的一天。那一天他跟着他的车间主任走进一家小院。小院里的人家很热情地招待了他。当他走出大门口回头时，看到刚才给他端来茶水的那个女孩。她冲他笑了笑，两颊泛出红晕。

3 个月后她和这个女孩成为连理枝。随着时间推移，他们浪漫的新婚生活平静下来，两个人把各自的个性和缺点暴露无遗。

在漫长的夫妻生活中，对妻子的火暴脾气他只能隐忍不发，如果不这样做，她会闹得家翻宅乱的。邵师傅的妻子随着年龄的增长并没有收敛那种纵性逞强的个性。

50 多岁了，那种让他筋疲力尽的夫妻生活再难以支撑下去了。

那一次住院，他遇到了她。她的名字叫柯杏。

有一天，柯杏送丈夫来医院治病。柯杏丈夫病情很重，因此她不能离开病床上的丈夫，全天陪伴他。

同病房有一个年纪稍大一点的病人。让柯杏感觉奇怪的是，这个病人的妻子很少来陪丈夫，有一次来了以后抱怨丈夫说："你这个人太不争气了，怎么就得了一个住院的病呢。家里的活儿干不了，还要人来看你。"邵师傅在妻子面前只是沉默。他的妻子在病室坐的时间非常短，数落了一会儿丈夫接着说："这里面的气味太难闻，再待下去我就要呕吐，随后扭动着屁股走出了病房。"

柯杏看到这些对邵师傅有了恻隐之心，对他的妻子有了厌恶感。

邵师傅的病属于慢性疾病。柯杏丈夫的病只有动手术才能治愈。

邵师傅的病逐渐有了起色。柯杏的丈夫不久动了手术。两个男的，一个能行走，一个卧床不起，还有一个风韵犹存的女人，他们后来有了戏。

一个秋意渐浓的下午，柔和的阳光穿过树的枝叶空隙，支离破碎地照射到在树下休息的邵师傅身上。他有一种暖融融的惬意的感觉，自言自语说，还是外面的空气好哇。

"邵师傅你一个人坐在这里。"忽然有了一个女人的声音。他很快把目光落在她身上，随即热情邀请这个女人说："这里挺好的，你也坐下来休息一会儿吧。"

这个女人就是和邵师傅同一个病房的柯杏。他俩在这里有了第一次，也就有了以后的许多次。在许多次中，两个人围绕着一个话题，叙说个人婚姻之感。

柯杏是一名初中毕业生。在农村像她这样文化程度的女孩并不多。

有一天，外村的一个亲戚领着一个男青年走进她的家门。当时她对他的感觉一般般，可是父母亲对他有了"很不错"的印象。

让柯杏想不明白的是，父母亲为什么很快就把她的终身托付给这个人。

结婚前柯杏知道这个人是一名工人。在这个偏僻贫穷的村庄人眼里，工人能挣钱，能养家糊口。

婚后柯杏知道他是煤矿工人。不管是什么样的工人，她并不在乎。她要的是一个能体贴她的丈夫。

后来的家庭生活中，发生了许多事情，这些事儿让她揪心，让她难以忍受。

在农村长大成人的柯杏，虽然对成家立业的男人的夫权思想有所了解，但是她没有想到，丈夫的那些做法是可忍孰不可忍。

晚上是他的世界，他爱怎么着就怎么着，娇妻的感受他置之度外。在他的眼里，女人就是男人的一件物品，高兴了看一看，玩一玩，不需要了就扔到一边。

白天的家务活儿是妻子的，烧火做饭，刷锅洗碗，担水洗衣，拖地擦灰等等的。妻子如果一旦有了抵触情绪，他的做法只有一种，拳打脚踢，不到遍体鳞伤不罢休。在这个野蛮丈夫面前，她只能忍气吞声。

好在他的工作性质不容许他经常在家。他每月只能回来一两次。在回来的这些日子里，即使不打她，她也有一种芒刺在背的感觉。

有时她暗自垂泪，挑灯自叹，这种无情无义的生活何日才能结束。她真的想要一个安心乐意的家。

柯杏述说了满腹辛酸，一腔凄怨，邵师傅就有了同感。他的那一位是一个十足的女权者。在他的家庭里，他的角色是被动者。挣钱是他的事儿，花钱是人家的事。家务活儿他包揽，好吃好穿尽着她。她恣意纵性，爱怎么着就怎么着。他只能充当一个受气包。

他们两个人的婚姻命运很相似。这就使他俩产生出感情上的催化。这种催化就像一杯烈酒碰上火花霎时化成一团上升的火焰。

一天，夜色降临，他俩来到郊外。月光清淡缥缈，格外迷人。风儿拂动着她凌乱的黑发。在这个明月清风，天空地净的夜晚，他俩烦心顿解，万虑齐除。他们倾心吐胆，温情绵绵，感受着自由的迷人滋味。

不久，柯杏的丈夫知道了妻子红杏出墙的事儿。对这件事，他倒很大度，心想，既然你越轨，那就顺其自然。今天走出一个短辫子的，明天就会走进一个长辫子的。这个家庭的十几年中，自己并不吃亏，活儿是你干的，我挣来的钱由我花，剩下的都在我口袋里，你拿不走分文。

他们没有留恋，没有挽留，没有一丝温情。柯杏丈夫出院后，两人就分道扬镳。一个家庭就这样地散伙了。另一个家庭也面临着解体。

出院后的一个晚上，邵师傅躺在床上思量，自己再不能住在这个家里，他要选择另外一种生活方式。

当他把自己要分居的想法告诉妻子时，妻子却显得异常的平静。但这种平静非常短暂，只有几秒钟，而后噼噼啪啪的巴掌声出现在邵师傅的两颊上。她撒泼痛骂了一会儿，歇斯底里地喊叫，你快点儿滚出这个家门，永远不要回来。

惊魂未定，神色惨淡的邵师傅翻身起床，急匆匆随手拿了两件衣服，耷拉着脑袋走出家门。

第二天，邵师傅老伴来到他单位。这一次他不是用手，而是用一根棍子狠狠地揍了一顿丈夫。他老伴的恣意妄为，让这个单位上的人知道了邵师傅的桃色新闻。

老伴来单位撒泼放刁，促使邵师傅产生出勇气，也多了一些对未来生活的憧憬。

几天后，邵师傅和他妻子去民政局，一张纸给了他俩一个交代。他俩似乎一丝旧情也不念，一声挽留也没有，完全不在乎曾经的那段生活。

听完邵师傅讲述的过去的还有现在的那些事情，遥辰的看法是，他为了摆脱痛苦或减轻心理压力所进行的选择是明智的，不应该遭到责难。邵师傅提出来的要求是合理的。既然是合理的就不应该拒绝。问题在于，他只是一位办事人员，按照有关规定，对外出具的介绍信，必须由单位主要领导签名，方能盖章。书记业已给他交代过，他只能听从领导吩咐。下级服从上级，这是组织原则。

邵师傅看到遥辰十分为难的脸色，说："我知道你的难处。我不能强求你，但我相信你。"他撂下这句话离开这里。

过了几天，邵师傅原来的妻子又一次来到施工工地。当邵师傅看到那个胖墩墩恶狠狠的女人时，打开后窗，仓皇而逃，蹿入高粱地。

有人说，那天夜里邵师傅躺在高粱地里看星星。也有人说，邵师傅受到惊吓，躲在医院治疗。

不管邵师傅夜晚如何煎熬，那个凶神似的女人躺在他的床上鼾声如雷。

这个女人和邵师傅的关系结束了，她就没有理由在这个单位继续享受家属待遇，因此书记吩咐遥辰动员她回家去，并且要给她讲清楚，不能再有下一次了。

逞性撒野的胖女人走了，这座院落恢复宁静。

邵师傅的小屋变了样，一片狼藉，用的物品已经变成废品。这样的损失该由谁来赔偿，他思前想后，用了一个"忍"字，把这件事压在心里。

邵师傅畏惧的那个女人不来了，邵师傅挂在心上的那件事儿还没有落下来，为此遥辰心里感到沉甸甸的。

一天沈妍给他讲述了一件事情。她说她的一个表妹准备结婚登记时遇到一个问题，她没有工作单位，谁给她出具结婚证明？她表妹去婚姻登记部门询问工作人员。他们告诉她，去街道办事处写一份证明就可以了。遥辰听后为之一乐，很快把这个信息传递给邵师傅。

邵师傅要结婚了。人家是手捧着结婚证请人参加他们的婚礼。

去参加他们婚礼的只5个人。婚礼是在一家饭馆举行的。遥辰是他俩的证婚人。

书记很快知道了遥辰的这件事情。他虽然心中不悦，但什么话儿也没有说。

邵师傅婚礼的几天后，书记把遥辰叫去说了两件事：其一，邵师傅领取的结婚证单位是否出具了证明？遥辰的回答是否定的；其二，他反馈了一部分群众的一条意见是，只有一个编制的办公室为什么安排两个人工作？对此事遥辰不以为意，抬起头来望着这位老书记说："我离开这个办公室。"

书记只是瞪了遥辰一眼，什么话儿再没有说，随手拿起一张报纸翻阅。

遥辰茫然地走出书记办公室。此时他有了打算。

十一

　　老台长还不到退休年龄，上级组织决定让他离开这个岗位，调到厅机关。安排了一个有职无权的岗位，他虽然心中隐隐不乐，但是有什么办法呢，这是组织上的决定。厅党组在免去他台长职务的同时，任命于杭为云峰转播台负责人。

　　老台长打起背包，恋恋不舍地离开了在他人生中有过辉煌的山头。

　　他走了，但他并没有把手中的权力交给他想要交给的那个人。那个人就是孔冬屏。

　　孔冬屏并没有怨恨老台长的意思。他十分清楚，老台长为他的事确实尽力了。至于他为什么这次不被组织上重用，他把于杭看成自己仕途中的绊脚石。

　　宣布于杭为云峰转播台负责人的那天晚上，孔冬屏辗转不眠。他为自己的美梦破灭而惋惜。他暗叹，我工作过，等待过，为什么不能获得我想要的。岁月催人。"一朝春尽红颜老。"这一次失去了机会还有下一次吗。窗外飒飒风声搅得他心烦意乱的。

　　晨光熹微，孔冬屏起床穿衣，临窗驰目远眺白茫茫的山峦，顿时变得冷静而理智。他暗自说，于杭不过是个负责人。负责人职务的定位是模糊的。他虽然有一台之长的责任和权力，但他没有享受到处级待遇。他的这个位置是飘摇不定的。别看他现在飘飘然，今后一旦有了事情，就像深秋的树叶一样会落下来。此刻他应该不妄言轻动，坦然自若地面对现实，等过了一段时间再趁机而行。

对于杭被任命为负责人耿耿于怀的还有一个人，他就是常知寅。过去他拉拢了几个小兄弟，做了一些手脚，想把于杭从科长位置上推下去。让他搞不明白的是，于杭坐在科长的座椅上怎么就岿然不动，现在还成了这个山头的第一把手。目前他应该审时度势。识时务者为俊杰。他相信过了这一阵子，会有人盯住于杭不放的，到了那个时候，自己再给这些人摇旗助威不迟。

于杭上任以后并没有像有些人想象的那样飘飘然。此时他心里十分清楚，虽然表面上风平浪静，但是深层次的问题依然尚存。他面临着严峻的挑战。作为这里的负责人，他要尽心尽力，决不能辜负组织上和云峰转播台大多数职工对他的殷切希望。

责任是一种负担。要完全承担起责任来，就必须树立起足够的勇气。过去于杭把精力投入到业务中，具体地说，学习好应用好无线电知识。

现在他肩上挑的不只是安全播出的重担，还要挑行政管理，职工思想教育，群众生活等担子。那么多的工作头绪，于杭要静下心来理一理。

过去，在技术这一块上，这个群体已经形成了一股凝聚力。于杭想到，自己不应该把很多的精力放在这方面，不能继续处在核心位置，需要推荐一名技术骨干，把这个责任承担起来。

在技术工作岗位上工作时间比较长的有两个人。一位是谭珂。他勤奋好学，在于杭的那些徒弟当中技术上是拔尖的。

另一位就是常知寅。此人与于杭同一天参加工作，在这个荒无人烟的山头上工作了许多年。他虽然资历老，但是他不求进取，工作中喜欢偷安躲静，可工作之余却十分活跃。他喝酒打牌时刻意与人联络感情。他在与人闲聊中窥测别人隐私。以他为核心形成了一个小圈子。对他们里面的那几个人，大家只能敬而远之。

于杭考虑，谭珂应该是唯一的人选。但问题在于，谭珂资历浅，一旦把他推到那个岗位上，常知寅和他的小兄弟们岂能罢休，会惹出事儿来的，从而也给他增添了要应付这些事情的精力。于杭思忖再三，认为此事应暂缓一步，等自己打开工作局面之时，把谭珂推到这个职位上。他现在要做的事情是，让谭珂努力工作，做出更多的贡献，为他的今后铺平道路。他鼓励谭珂努力发挥技术特长，充分施展才能，脱颖而出。

人们常说新官上任三把火。云峰转播台职工拭目以待，要看于杭给这个单位带来什么变化。

过去老台长求的是一个稳字。他说："只要没有人闹事和不出现重大安全播出事故就可以了。"老台长并没有搞清楚，安全播出的隐患在哪里。

于杭曾经给老台长建议，应该把提高职工技术能力放在重要位置，根据每个人文化程度不同，采用多种培训方式。台长只是一笑了之。当时于杭弄不明白，台长对他的这个建议为什么置之不理。后来有人告诉他，台长认为，值班员把机器看好就行了，不需要搞什么培训那样的花架子。有人说，老台长的文化程度连小学都达不到，他不是照样当台长嘛。

电子技术发展十分迅速，假若不对技术岗位上的人员培训，他们就很难掌握新设备的工作原理，机器在运行中一旦发生故障，值机人员就不懂如何排除，这是安全播出的最大隐患。只有全面提高值机人员业务能力，才能确保安全播出。很快于杭就制订出职工培训方案，拟通过各种渠道对值班人员进行业务培训。

于杭要做的第二件事是，关心群众生活。这里的生活条件十分艰苦，作为这里的负责人，应该尽最大努力减少恶劣环境给职工身体的伤害。

发射台海拔高，气候寒冷。过去发放的那些劳保用品，不能有效御寒，在严寒的冬季，有的职工手脚等部位往往被冻肿。为了大家的身体不再受到伤害，于杭派人购进皮大衣和皮棉靴发放给大家。

让于杭意想不到的是，后来有人竟然把这件事情反映到了上级。

改进行政管理是于杭要做的第三件事。上级部门拨的事业经费是由三方面组成的，即人员费（包括工资、福利、各种补贴）、公务费、设备维护费。这些包干经费只能勉强维持正常支出，如使用不当，或管理不严就会出现资金短缺问题。于杭经过调查研究，制定出财务报销制度、资金使用规定等一系列规章制度，从而使资金得到合理使用。他还实行了岗位责任制，使每个人责任分明，各司其职，有效杜绝了过去责任不明、苦乐不均的现象。执行这些规章制度，使个别人受到限制，因此，他们想办法把于杭从这个位置上推下去。

孔冬屏手持一沓发票来到财务室。平时，他见到会计和出纳员一脸的严肃，可此时却微露笑容，语气柔和，说："这财务室怪冷的，应该换一个大一点儿的电炉子取暖。"出纳员为之高兴地说："谢谢孔科长。"

孔冬屏说了几句关心的话儿，把发票放到会计面前说："你核对一下吧。"

过去都是孔冬屏签字，会计审核，出纳员报销。

会计只是瞟了一眼，把那一沓发票递到孔冬屏手里说："台里有新规定，凡是报销的票据，一律要有台负责人的签字。"孔冬屏的脸唰地凉下来。他隐忍不言，甩手走出财务室。

孔冬屏回到自己办公室，狠狠地把门甩了一下。哐当一声，门关得紧紧的。他坐到木制椅子上把那沓发票从手里摔出去。顿时大大小小的纸片儿像仙女散花似的从空中飘飘扬扬地落在地上。

过去，老台长把行政方面的事情，包括财务报销的签字都交给他。只要他那支签字笔信手一挥，拿着报销的票据，到了财务人员那里就畅通无阻。

孔冬屏心里愤愤不平，轻声恶狠狠地说："于杭你刚上任几天，竟然收走我的这个权力。你吃肉连汤也不让我喝。你太小瞧我孔冬屏了。我可不是一个任人作践的人。我要让你瞧瞧我孔冬屏的厉害，看谁笑到最后，等着结果吧。"

当当当，清脆的敲门声使孔冬屏为之一振，随即说了声请进，然后慌忙地捡起一张张刚才想要报销的那些发票。

来人不是别人，是常知寅。

今天常知寅遇到了麻烦事。事情的经过是这样的。这天上午是他的班。平时散漫惯了的他迟上班几分钟。

按照于杭上任后制定的值班制度，值班人员开机前必须提前10分钟进入机房。但是常知寅到了机房，离开机时间只有2分钟。这么短的时间很难保证按时播出。

为了了解新制度的执行情况，于杭带领机房主任，早已来到机房。

常知寅自知理亏，冲于杭笑了笑说："昨晚多喝了点，因此把人搞得紧紧张张的。"

于杭看了一眼常知寅心想，按照规定应该处罚他，但常知寅与一般的值机人员有不同之处。他年龄最大，值班时间最长。如果对他动了真的，他的脸面上挂不住。要不处罚他，这个制度就等于虚设。于杭思索了一会儿说："常师傅你说该怎么办呢？"

常知寅猜测到于杭的心思，口气冷淡地说："我们这些平头百姓有什么可说的呢？"

"好吧，那就按规定执行。"于杭说后走出机房。

于杭他们走了，常知寅心里升腾起怨恨来。他自言自语说："我不过迟了几分钟，你却摆出当官的架子，给我难堪，拿我开刀。我就不相信找不出你的错来。"他努力搜索记忆，想找出于杭的错误。他思索了好一会儿却找不出一件能拿到桌面上的事情。但是他并不甘心，快下班时突然想到一个人，这个人被于杭剥夺了权力，他肯定对于杭思仇记恨。他暗忖，何不和这个人合起来对付于杭。

常知寅下班后狼吞虎咽地填饱了肚皮，脑袋里被一种意念催促着、推动着，匆匆来到孔冬屏寝室。

孔冬屏看到常知寅灰心丧气的样子，知道他有了不痛快的事情。他了解眼前这个人，粗俗不堪，爱搬弄是非，是个苟且偷安的人。

孔冬屏从心底里虽然瞧不起这种人，但是目前的形势对他不利。他不甘心把手中的一点儿权力交给于杭。要对抗于杭，他身边要有人。他懂得孤立无援是成不了事的。常知寅来得正是时候。他笑着对垂手侍立的常知寅说："看你那副神情，就能猜测出有了什么事情。"

"于杭当了几天的官就不知道天高地厚，拿我来开刀。"常知寅气呼呼地说。

人家现在受到上级领导垂青，独揽大权，我们这些人肯定会受气的。孔冬屏流露出对于杭的不满情绪。

"听说把你的权也收了？"常知寅突然提出一个问题。

"我本来就没有什么权，只不过管一些吃喝拉撒的事情。像你这样的老资历，现在连什么也没有，还要看人家的脸色。可惜我没有说话的地方，如果能说上话，我会为你们这些人抱不平。"孔冬屏的话语中有了拉拢的意味。

"我就喜欢你这样的能为我们说话的人。今后你需要我来做什么，我会拔刀相助。"常知寅直截了当地向孔冬屏表态。

实际上孔冬屏不会把像常知寅这样的有头无脑的莽汉作为心腹的。他现在想的是要利用他。怎样利用这个人，孔冬屏是经过一番思考的。和这样的人在一起做一些事情，必须把握主动性，不能让他牵制你。该说什么，该怎么样地说，让他知道些什么，让他去做什么，一定要把握住分寸。他笑着说："我哪能让你拔刀相助呢，如果真是那样的话，我不就成了一个可怕的人吗？我们在这个高高的山头上这是缘分。既然有缘分因素存在，就会有共同的。人永远需要人的关照。你有了事情看得起我，跟我说一声，我会放在心上。"

听到孔冬屏最后这句话，常知寅就把迟到被罚的事情述说了一遍。

让常知寅感到意外的是，孔冬屏听他说后笑了笑，而后说："这么点小事儿，把你气成这个样子。不就是罚一点钱嘛！谁不犯错误呢？你有了过错，人家有权可以处罚你。别人有了错处，你也有说话的地方。每个人都有人管嘛。"孔冬屏已经把话说得很透彻了。

孔冬屏的一席话使常知寅豁然开朗。他想到了一种办法，心里说，要解心头恨，就要找出他的错误，然后到管他的那个地方去说。孔冬屏说得很对，谁没有错误？我就不相信你于杭不犯错误。我要盯住你。

冬天来了，天寒地裂，朔风凛冽。常知寅身着皮大衣，头戴皮帽，脚蹬皮靴，站在山头上要感受一下这些防寒用品的质量。

他站立了20多分钟。要是过去发放的那些劳保用品，早把他冻僵了。他自言自语，还是这些用品质量高，站在零下几十摄氏度的山头上，一点儿寒冷也感觉不出来。陡然他看到一个人朝这个方向移动。来人径直走到他跟前说，我还以为是谁呢，原来是你呀，这么冷的天气竟然有登高望远的雅趣。他说到这里停顿片刻，诙谐地说："是不是想让天上的白云给故乡的她传语？"

常知寅瞥了一眼孔冬屏说："还是科长想象力丰富。我来这里不过是试试这些用品的保暖性。"他说到这里突然意识到了什么，问道："科长有什么事情吗？"

刚才我发现有人站在这里很久，想来看看到底是怎么一回事情。

此时孔冬屏有了一种想法，他要利用这些发放的劳保用品说事。他笑着说："这么冷的天气，还不到屋里去。我的屋里还有一瓶好酒，你找个人我们一块儿尽兴地喝几口。"

常知寅听到了"酒"字心田荡漾。他的第一爱好就是喝酒。今日有酒今日醉，这是他的口头禅。他立即说："只要是酒就行，什么好不好的。"

常知寅回到宿舍，要准备一下。准备的内容有两方面：一是要找出一些喝酒时吃的食品，不能白喝人家的酒，自己也要拿一些。他手忙脚乱地找了一会儿，从床下面的纸箱里面翻出来两瓶罐头。二是找一个说话投机的喝酒人。平时他们在一起喝的那几个人，如大个子老钱，胖子吕义宾，今天他不想带他俩，他俩喝多了有一股野劲儿。还是带陆雅逸合适，这个人有那么一点儿文人的素养。他文质彬彬，谈吐有致，喝酒时能把握住自己，从来未喝醉过，也从未耍过酒疯。他划拳的招数很灵活，在这个山头上很少有人能赢他的拳。和行政科长在一起单独喝酒，领着这个人他一定会高兴。

常知寅和陆雅逸来到孔冬屏卧室。一张小木桌上摆放着几瓶罐头两瓶酒，就有了一种迷人的气氛。

孔冬屏笑语盈盈，殷勤劝酒。常知寅信口胡扯，频频举杯。陆雅逸面露笑意，漫话家常。

夜深了，孔冬屏把话巧妙地切入主题。他说："常师傅，刚发了防寒用品你是不是烧得在屋子里待不住了，就跑到山头上让寒风吹。"

"这些防寒品真的不错，穿到身上不怕天寒地冻。"

"你得到了好处，可国家受到损失。"孔冬屏说。

陆雅逸听出孔冬屏这句话的含意。此时他不想顺着孔冬屏的话茬说。当常知寅叫他到孔冬屏这里喝酒时，他感觉到这事儿蹊跷，心里琢磨，过去孔冬屏从来不叫他去喝酒。他知道孔冬屏与于杭有隔阂，常知寅和于杭有冲突，他与于杭也有矛盾。孔冬屏安排这么一个说话的场合，一定有什么重要的话要说，说的话可能与于杭有关。

常知寅本来是个喜欢显示自己的人。在有人群的地方，他的话儿最多。刚才他听出孔冬屏说话的意思来，顺着孔冬屏的话茬儿说，国家受了损失可人家于杭却得到了人心。要不是你看得透彻，我在山头上那一阵子，也对人家动了感激之情。

孔冬屏突然绕开这个话题，问陆雅逸："有人说你不务正业，我看你挺不错的嘛，写写画画是一种高雅的意趣。"

听到这句话陆雅逸怨气勃发。他说前几天值班时，他从怀里掏出一本当代小说，刚翻了几页，于杭走进来声色俱厉，狠狠地把他教训了几句，临走时还说了一句，按规定办，也就是说要扣年终奖。当时他的脸上热辣辣的，感觉到受到莫大的耻辱。于杭走后他想无非是翻了几下书本，何必要动真的，让他丢面子。

"谁叫你过去不服从人家。现在人家大权在手，不拿你开刀才奇了怪了。"常知寅不失时机地挑拨了一句。这件事发生在一年前。

那一天风疾雪大，发射天线出现故障。于杭要找一个人和他一块儿去铁塔上检查一下。正好他碰见陆雅逸说："我们到铁塔上看看好吗？"陆雅逸最不愿意去的那个地方就是那座70多米高的铁塔。那个上面朔风寒气能侵入骨髓。他曾和于杭去过一次，下塔后浑身发抖，回到房屋发烧不止。现在又要叫他去，他要找个借口拒绝。他找的理由并不充分，但他的态度却很坚决。他俩不欢而散。于杭只能另寻他人。

孔冬屏知道该说关键词了。他说："那都是一些微不足道的小事情。违背国家规定，擅自提高防寒用品标准，这可是一件原则性的大事，不能随便说。"

孔冬屏说的词儿有了效果，常知寅大声说："我不但要说，我还要去到厅里说。"

厅纪检组长办公室来了两位不寻常的人。让这位纪检组长感到惊诧的是，这两个人一进门就打开提来的大包。

"你们这是做什么？"纪检组长问道。

来人一边继续把包里的东西往外掏一边说："我们是来反映问题的。"

"反映问题拿这些东西干什么？"纪检组长迷惑不解。

"这是证据。"来人非常认真地说。

这就让这个从事纪检工作多年的纪检组长大惑不解。映入他眼帘的是，几件崭新的防寒用品。他们从哪里弄来这些东西做什么？

来人一个是常知寅，一个是陆雅逸。那一天晚上，常知寅酒足兴尽，走出孔冬屏卧室门，望了一眼楼道，无人静悄悄的。他附耳低语，对陆雅逸说："这可是你表现的时候了。扳倒于杭，未来的台长位置就是孔冬屏的。和我一块儿去好不好？"陆雅逸犹豫了一下，还是答应了常知寅。

常知寅看到纪检组长一副茫然的样子，神情严肃地说："这些东西价格很高，是不能当作劳保发给大家的。"

纪检组长仍然难以理解，说："这到底是怎么一回事儿，你们讲详细一点儿好吗？"

陆雅逸听到常知寅没有把话讲清楚，就把于杭违反规定，超标准发放劳保用品的事情陈述了一遍。

让这位纪检组长感到棘手的是，于杭做的这件事情，是为了保护职工的身体不被冻坏。那个地方他去过，夏天都得穿棉大衣值班，到了数九寒天，冰天雪地，呵气成霜。过去发放的那些防寒用品哪能遮挡住刺骨的寒冷。眼前的这些物品，质量很高，价格肯定不低超出了标准。这两个人把这件事作为一个问题举报。他琢磨了一会儿说："你们反映的情况我们一定会重视的。你们先回去，我们再了解一下情况。"

常知寅走出厅机关办公大楼，心里很不舒畅。他琢磨，那么远的地方来到这里，就这么个结果？再了解一下情况。我们是举报有据的，难道让我们一走了之？不，这件事情应该让厅长知道一下。

常知寅回到旅馆，喝了半杯茶水，拿起电话。电话拨通后他把话筒递给陆雅逸说，还是你给厅长说吧，我笨舌笨嘴地说不仔细。

和厅长这样的大人物通话还是第一次，陆雅逸的心咚咚地跳。

厅长用温和的语调说："请讲话。"

陆雅逸说完了，厅长说："知道了。"就挂断了电话。

陆雅逸有一些扫兴，不知嘴里嘟囔了一句什么。

陆雅逸说完了要说的话以后，额头上的汗珠往下滚。常知寅看到他神情紧张觉得有些可笑，轻声说道："又不是上战场，紧张什么？"

送走了常知寅他们，纪检组长意识到刚才来人是有备而来的，自己对这件事情必须慎重。他去了厅长办公室，将常知寅反映的问题给厅长做了汇报。厅长听后，只说了一句，"我已经知道了。"再无下文。

常知寅他俩是利用轮休来省城举报于杭的。他们办完事情在街上逛了一天就回到各自的家。

当他们出现在单位时，一些人用异样的目光瞧着他们。这让他俩好不自在。

夜色已深，寒气袭人。常知寅走进孔冬屏卧室。

孔冬屏脸上阴沉得快要下雨了。常知寅看到这一幕，意识到自己去省城告状惹来了麻烦。

孔冬屏并没有像平时常知寅来到这里那样给他让座。常知寅垂手侍立在孔冬屏面前。

屋里寂然无声，孔冬屏屏息凝气，默然不语，两眼盯着墙上挂的一幅字画。

还是常知寅先开口，说："到底出了什么事？"

你们这么大的人了，做事应该有心，把那些东西拿到厅机关做什么？让机关上的人都知道了你俩做的事情。这一下可好，把于杭没有告倒，却引来了责骂声。

常知寅有点不服气地说："我们举报，与他们有什么关系。""他们"显然指的是斥责他们的人。

因为你们的举报有了结果。于杭受到了通报批评。这种处理并没有对他伤筋动骨，他依然坐在负责人的位置上。通报中有一条，让每个人都要往外掏钞票，因为防寒用品超出标准，要让大家拿出来。谁愿意白白地往外掏钱。大家不骂惹事的人骂谁？你们做事不缜密，让人家知道了干这件事情的人是谁。

"那怎么办呢？今后我们会被孤立的。"常知寅语气低沉地说。

一个回合就这个熊样子，还能干什么大事。孔冬屏说后，用不屑的目光瞥了一眼。

孔冬屏的这一瞥，伤了常知寅的自尊心，他在心里说出了三个字，等着瞧！

常知寅自从那次背着防寒用品举报后处境非常糟糕，就连过去的几个酒肉朋友也对他似乎敬而远之。他感到孤独寂寞。

冬去春来，山坡上有了绿色，嫩嫩的草芽儿一天天地往上长。一天，百无聊赖的常知寅想到了一个地方，那里有他取之不尽的野菜，每到了春夏时节他都要到那里采撷一些回来，用水煮一下，凉拌后吃起来别有风味。

一天他中午睡觉起来打了一个哈欠，伸了伸懒腰，看到窗外青山隐隐，自言自语地说，到那个地方去散心解闷吧。

他走出屋门想叫一声陆雅逸一块儿去，突然想起一件事情，前几天他看见陆雅逸在院子里与于杭相遇。陆雅逸见到于杭的那副谄媚的样子，让他心里怪不舒服的。当时他轻声说了一句，台里的负责人有什么了不起，见了就得笑脸相迎，诺诺点头。罢了，还是一个人去吧。

常知寅走到院子里，仰望了一眼顺山坡走势，分几层，做台阶建筑的楼体，陡然有了落寞的情怀。

这栋楼建成后，他和于杭先后抵达这里。现在于杭是自己的顶头上司。他春风得意，自己却被人说成是浊口臭舌的害群之马。

常知寅疾步离开院落后放缓脚步，沿着山间小径徜徉。

山风凉飕飕的，小草在微风中摇曳，几只鸟儿叫个不停。常知寅有了轻松、惬意的感觉，心里思摸，还是外面的环境好。

常知寅行走了大约十几分钟，举目遥望，一群羊依稀可见，像雪球似的移动着。

他小时候在山坡上放过羊。他喜欢绵羊的温存，骑在它的背上，它只是摆动几下身子就听之任之。他喜欢山羊的灵活，能在陡峭的山崖上行走。

白色的羊群向他所处的方位徐徐移动。他听到了"咩咩"的叫声，看到了一边走动一边低头吃草的羊只。

牧羊者是一位年轻人，他一手握着一条细长的鞭子，一手拿着笛子。

牧羊人甩了几下长鞭，顿时噼啪声在山谷回响。

羊群移动到一处绿草滋长繁茂的山洼，那个年轻人坐在羊群的上部，放下羊鞭手捧竹笛。顿时笛声袅绕。

常知寅想走过去和那个牧羊的青年聊上几句，忽然他看到一只山羊向土坑跑去。牧羊人看到这只山羊的异常情况，随后走到能遮人眼目的那个土坑。那只山羊凄厉地叫了数声。过了一会儿那只山羊和它的主人一起走出了土坑。

羊群缓慢地向前走动，常知寅怀着好奇心来到刚才那只山羊去过的地方。让常知寅惊诧不已的是，这个只有一张双人床大小的土坑里有一种怪异的现象。

常知寅站在那里，凝神深思了一会儿就有了灵感。他暗忖，何不用它生出一件事情来。

本来常知寅打算在这个绿草丛生、风光旖旎的山坡上多坐一会儿，而后采摘一些野菜带回去，可此时他心里萌发出一个想法。他要立即回单位。

常知寅急匆匆回到单位，走进楼道扫视了一眼，而后轻轻推开孔冬屏卧室的门。

"进来怎么不敲门？"孔冬屏不悦地说。

"别大声说话。"常知寅关门后说。

孔冬屏瞥了一眼神秘兮兮的常知寅说："看你的这种神态，能猜测出，有了什么事。"

"刚才我发现一件奇怪的事儿给你说一说。"

孔冬屏脸上露出喜色。他推开门伸头缩脑地瞧了瞧楼道，之后把门关紧说："什么事情？说说看。"

刚才我去半山腰溜达，偶然发现一样东西，是一块怪异的东西。我仔细看了看，是从体内掉下来的。那个地方远离村庄，村上的人决不会把那样的东西抛弃到山坡上。

常知寅虽然说得很含糊，但是孔冬屏听出了门道。他让常知寅把看到的仔细地说一说。

常知寅把土坑里的那块东西描绘了一番，而后说，我看到了那块东西，就想起两个人。他俩一男一女。那块东西可能是他们在一起的产物。

你的这个想法太夸张了吧，这可不是随便说的，对他的名誉地位十分重要。孔冬屏使用了他惯用的模糊语言。

常知寅听到这些模棱两可的话就来了气，心里说，上次举报的事是你孔冬屏的点子，可事后风头转了向，大家都来抱怨举报的人。他和那个小白脸陆雅逸，成了众矢之的。可是你孔冬屏却把头缩进去，谁也不知道你在幕后。你这次又来这一套，让别人主动出击。办成了事情你得到的是大头，他常知寅只能得到一小块面包。假若办砸了，所有的责任都要他常知寅承担。不，这一次他也要学聪明一些，要有回旋余地。他说："当时我看得不十分仔细。那个地方离这里有 30 多分钟路程，我领你去瞧瞧。"常知寅说后把期待的目光落在孔冬屏身上。

去那个地方，孔冬屏感到有一种强人所难的意味，不去将会刺痛这条莽汉的自尊心。从他孔冬屏目前的处境来看，他很需要这样的人。这几年和于杭的角逐过程中，他不得不承认一个事实，自己一直处于被动地位。他心里明白，要使对方变为劣势，就要掌握他的致命点。

前一段时间，他听到于杭与值班员卢静伊的传言。那些无凭无据的议论，只能听听而已。现在常知寅把他在半山腰看到的和那些传言联系在一起，这有可能起到很好的"催化"作用，自己何不利用它。孔冬屏想到这里，说："这房子里闷得慌，换一下环境，出去随便走一走。"

常知寅前面走，孔冬屏随其后。两个人不知不觉来到半山腰。常知寅用手指了一下那个土坑说："那块东西就在里面，你去看看吧。"

孔冬屏站在土坑上面凝视，那是一个还未成形的动物躯体，如果把它说成是流产的胎儿，在它那里很难找出胎儿的特征，如果再仔细地观察留下的痕迹，就能看出来，这里曾发生了什么事情。

既然常知寅有了大胆的臆想，这种臆想就有可能转换成一个有轰动效应的新闻，到了那时，于杭的一张嘴怎么能堵住众人的口。孔冬屏想到这里，脸上露出得意的神色。

常知寅并没有陪孔冬屏一块儿去看，他坐在黄土坡上等待孔冬屏。

常知寅看到孔冬屏一脸欣然向他走来，立即站起来说："这一下就有好看的戏。"

那是个说不清楚的东西。孔冬屏又给常知寅设了套子，让他往里面钻。

说不清楚的事情就应该去说，说了他把我能怎么样？常知寅来了那股劲儿。

再不能像上次那样横冲直撞，要让众人说话。孔冬屏面授机宜。

最近云峰转播台议论纷纷，大家议论的都是一件事情，一件与于杭生活作风相关的事情。这件事的起因不知来自何人之口，传言的人说，听人说的。

一天，谭珂刚走进机房，同事小敏神秘兮兮地悄声说："听人说，于杭和卢静伊在一起怀了胎，流产的胎儿被于杭扔到了半山腰。"

"这些人怎么这样的卑鄙龌龊，会编造出这种事情。"谭珂瞪了一眼小敏说。

"人家都是那么说的。"小敏看到谭珂生气的样子说。

谭珂知道小敏不愿意说出传话的那个人，说道："听了这些毫无根据的话，再不要向下传了。今后遇到什么事情要动动脑子。"

以后的日子里，谭珂又听到了几个同事的这种传言。谭珂了解于杭、卢静伊这两个人，他们的关系不会像传说的那样。卢静伊是个女孩，绝不会做那种傻事儿。于杭是个有责任心的人，绝不会做出那种不负责任的事。

谭珂琢磨，为什么会出现这种情况呢？难道有人制造谣言蛊惑众人，使于杭名誉扫地，不得不离开这里。师傅在困境中，他要澄清这件事情。他首先要知道谣言中的那个地方。让他感到困惑的是，那是个大概的方向，要找偌大的半山腰一个土坑谈何容易。

谭珂用与人闲聊的方式，渐渐知道了这件事情的一个细节。为什么有许多人相信这件事情，这是因为有人曾去过那个地方，目睹了那个东西。

再后来谭珂打听到了去过那个地方的一名同事。不管谭珂怎么问，这位同事就是不说出给他传话的那个人。在谭珂的一再追问下，这位同事说出了那个土坑的具体方位。

在飘忽的云朵儿的伴随下，谭珂找到了那个土坑。

那里面所谓的胎儿已不见踪影，土坑中留下了曾经有过的一些脚印，还有羊的蹄印和灰色的羊毛。

谭珂仔仔细细地看了看这些足迹后确定，不是于杭留下的，这些脚印要比于杭的鞋印短1寸多。"是谁在这里留下的？"他带着这个问号回到单位后，注意观察每一个男同事穿的鞋。让他很失望，那样的鞋没有出现在眼前，那个脚印不是同事留下的。

让谭珂感到局促不安的是，台里的职工对于杭有了明显的抵触情绪。于杭逐渐失去一个领导者应有的权威。有人用鄙夷的目光瞅着他，有人含沙射影地指责他，甚至有人说出让他离开负责人岗位的话。

谭珂不管别人的话怎么说，别人的目光怎样瞅，他都不在乎。到了晚上，只要有时间就到师傅那里陪他聊上一会儿。他知道一个人在这种凄凉的境况中，非常需要人的温暖，哪怕是一句关心的话。

土坑里的那件事儿发生后，去于杭屋子里的还有一个人就是陆雅逸。

陆雅逸从省城背着防寒用品举报于杭回来不久祸从天降，他父亲骑自行车时跌入深沟摔断了腿。于杭知道这件事情后，代表单位去医院看望。于杭在和陆雅逸父亲的交谈中，知道他家里生活困难，住院费还差几千元钱。当时于杭把自己身上仅有的500元钱递到陆雅逸父亲手中说："这是我的一点儿心意你先用，我回到单位后再想办法。"当时那位年届50的汉子流下感激的泪花。于杭回到单位很快筹措了2000元钱，派人送到医院。这件事情使陆雅逸深受感动，对过去告状的那件事情，扪心自问，感到愧疚。父亲出院后，他对于杭说："那件事情我对不起你，请你原谅。"

"过去的已经过去了，还提那些事做什么，今后把心思用在工作上。"于杭平静地说。

陆雅逸笑了，一脸的灿烂。

在这次风波中，于杭显得十分理智。对他而言，应该如何证明自己和卢静伊是这场风波的受害者。

他看到卢静伊神色憔悴，面容消瘦。那个传言后，她不再来于杭这里问这问那的。于杭过去为她安排的业务知识辅导计划只能终止。

于杭思虑，过去的那段时间里，他俩的往来多了一些，这就使一些别有用心的人有机可乘。现在卢静伊有很大压力，作为她的一位诚挚的朋友，应该为她多想一想。

他想找个机会安慰她，可她见了他低头匆匆而去。能看出来，她有意回避他。

他有责任还给她一个清白，不能让她无限期地承受压抑。

于杭虽然用最大的努力来了解这件事情的来龙去脉，但是处在孤立无援的他，是不会有什么收获的。让于杭意想不到的是，他的徒弟谭珂找到了那件事的一些蛛丝马迹。

一天下午谭珂沿着隐僻的小径，又一次来到半山腰。他极目俯瞰，有一群羊从山下向上蠕蠕而动。他看到了羊群，童年时的一段往事浮现在眼前。

那是春季的一天，他跟着爷爷去放羊。羊群到了山坡上，爷爷坐在一个小土堆上捻毛线。一只一只的羊儿低着头啃着鲜嫩的绿草。

羊群在头羊的带领下，一边吃草一边向山上走动。跟在羊群后面玩耍的他，看到一只绵羊与众不同，显得焦躁不安，一会儿跑到这边，一会儿又跑到那边。他把自己的发现告诉爷爷。爷爷停下手中的活儿，把目光锁定在那只不安分的绵羊身上。

羊群走到一条深沟边，突然那只羊跑到一处隐蔽的凹地。

他问爷爷，那只羊跑到里面做什么。爷爷幽默地说："这只羊去那个地方变魔术。"

"羊还会变魔术？"他用惊奇的目光盯着爷爷。

"它一会儿会变出一只小羊羔来。"爷爷说后哈哈大笑。

过了一会儿，他和爷爷向那只羊的方向走去。还没有走到那个地方，就听到羔羊的叫声。爷爷看到刚出生的羔子非常高兴，把它身上擦干净，让它吃饱奶，双手抱起来放到怀里说："让它在里面睡一会儿吧。"

他和爷爷赶着羊群回家的途中，他向爷爷提出一个问题，这只羊为什么不在羊圈里下羊羔，偏偏产在外面。爷爷告诉他："母羊产羔是没有时间性的，到了产羔的那个时辰它就从里面爬出来。"爷爷接着说："有的还不到月份就产下来了。"谭珂脑海里突然有了一种设想，那个土坑里很可能是母羊流产的胎儿。

一群羊徐徐向山坡走动。谭珂看到了牧羊者，他是个衣着蓝色中山装的青年。他的左手拿着一把竹笛，右手握着一条长鞭，不时地甩几下。羊群终于离他不远了。谭珂摸了一下上衣口袋，自言自语说，不错里面还有香烟。他径直朝着牧羊人走去。

牧羊人看到谭珂手中的香烟，就知道他要做什么，微微向他一笑。谭珂立即说道："有火柴吗？请借用一下。"

小伙子立即掏出火柴。

谭珂点燃两支香烟，先给牧羊人递过去一支。小伙子接过香烟，悠然地吸了几口连声说："好烟，好烟。"

就这样，一支香烟拉近谭珂和牧羊人之间的关系。小伙子说了自己的事情。

原来他还是个初中毕业生呢。他中学毕业回家后，就成了牧羊人。

他脸上荡漾出笑容说，这样的活儿挺有意思的，既可欣赏田野风光，又能尽情地用竹笛抒发心中情怀。

谭珂和他一边聊天一边有目的地朝着那个土坑方向移动脚步。

到了土坑前，谭珂婉转地说，前一段时间，这个地方不知是谁扔了一个还沾着血的怪东西，把我们单位上的一个小伙子给吓坏了。

牧羊人笑了起来。谭珂感到有了戏，故作惊讶说："这是真的，你笑什么？"

"那是我羊群中的一只山羊流下的胎儿。"他说着用手指着一只花耳朵的山羊继续说，"就是那一只。它可是个捣蛋鬼，爱奔爱跳，就把它的胎儿给折腾掉了。"

这件事情真相大白，谭珂喜之不尽。但他又想到一个新问题，如何让众人知道这件事情的真相。他自己去说，那些人显然不会相信他说的话，肯定会说是他杜撰的，因为他是于杭的徒弟。谭珂思索了一会儿，觉得应该先把这个情况告诉给师傅。

夜静月明，于杭躺在床上毫无困意，因此起床临窗遥望宇宙闪烁的星辰。每当他心中有事，难以入眠时，站在窗前仰望夜空。突然有人敲门。

谭珂一脸的喜悦走进来。他把牧羊人说的话儿讲给于杭。

顿时于杭变得非常激动。他大声说:"这真是天方夜谭,匪夷所思,那些人竟然会用流产的羊胎编造出了这样一件离奇的事情。"

兴奋之余,冷静下来的于杭也想到一个问题,如何让大家了解真实情况呢?

"假作真时真亦假,无为有处有还无。"那些人把假的说成了真的,现在要把真的说成是假的,还真的不容易。

于杭想了一会儿,觉得通过上级组织部门来调查这个问题比较合适。但问题在于,怎么才能让来人知道牧羊人说的话儿。假如让自己或谭珂提供,显然让人家有嫌疑,如果不给调查人员提供这个唯一的线索,他们要在茫茫的山川找出一个证人来,犹如大海捞针,调查的结果可想而知。

于杭苦思冥想,终于有了办法。

上级接到于杭请求调查核实所谓的个人生活问题的信函后,即派人员前往云峰转播台。

来了上级的调查人员,害人的人虽然慌了手脚,但是他们仍然有侥幸心理,不相信上级来人能把问题查清楚。

调查的结果很快就出来了。有人竟然把流下的羊胎说成是女孩流产的胎儿,他们编造出这等放诞诡谲之事陷害于杭。上级调查人员虽然没有说出那些人的名和姓,但是人们很快就知道他们是谁。

孔冬屏和常知寅立身不善,反累其身。

不久,孔冬屏调离云峰转播台,常知寅一副灰头土脸的样子,看到别人投来鄙夷的目光就垂下脑袋。

让大家说不清楚的是,上级来的那几个人,怎么就这么快解开了这个谜团?

事情的经过是这样的。来了上级的调查人员,于杭就把自己的请求给他们重复了一遍。而后,调查人员采取一个人一个人追问。比如,张三说听李四说的,他们就去问李四,李四又说是听王麻子说的,他们又去追问王麻子。他们问了一圈后,问出了两个关键人物,一个是常知寅,另一个是小敏。

这两个人说,确实看到那个土坑里的东西。至于他们怎么认定那个东西就是流产的胎儿,常知寅说了假话。他说,几个月前他曾看到卢静伊深夜从于杭卧室蹑手蹑脚走出来。那一天清晨他看见于杭手里提着个什么东西去半山腰，因此他把这两件事情联系到一起。

第二天，调查人员要常知寅带领他们去那个土坑看一看。临行前常知寅思摸，那块东西早就被狼吞到了肚子里，能看出什么呢？

当他们来到山坡时看到一群羊。牧羊人就是那个一手拿着竹笛一手握着长鞭的青年人。顿时常知寅忧惧不安。他有意想要绕开牧羊人。

眼前出现一个让常知寅心慌意乱的现象，牧羊人似乎有意靠近他们。

调查人员和常知寅刚走到那个土坑跟前，那个牧羊人也一步一步朝土坑方向走过来。

常知寅感到事情不妙，想摆脱牧羊人。他对调查人员说："这个土坑的情况我已经给你们说过了，我们到那边看一看。"调查人员对常知寅的话置之不理，仍然察看曾经在这儿留下的那些痕迹。

牧羊人来到土坑前，一副怯生生的样子，自言自语说："我的那只花耳朵山羊在这里流下的胎儿怎么不见了。"

常知寅听到这句话，吓得惊慌失措。调查人员听了后，其中的一位用温和的语气问道："这位朋友，你的那只花耳朵何时在这里流下胎儿的？"牧羊人回答说："那个时间我记得非常清楚。"他说着屈指算了一下，接着说："在 8天前。"突然他发现常知寅，指着常知寅说，那个时候这位师傅在这里转悠。

调查人员的目光齐刷刷地落在常知寅身上。

常知寅低下头，额头上有了汗珠。

让常知寅弄不明白的是，这个牧羊人怎么来得这么巧。突然他意识到，也许这种巧合是上帝对他的惩罚。

这样的情况哪能与上帝扯到一起呢？这是于杭精心安排的。于杭想出这个办法的第二天找到谭珂，悄声低语，如此如此地说了一番。

当天谭珂去了那个牧羊人的家。小伙子热情地接待他。他俩抽了一会儿香烟，说了一会儿话，谭珂切入主题，说："你的那只花耳朵山羊，那一天在土坑里惹下了麻烦。"

小伙子睁大眼睛问道："它能惹出什么事情？"

"它没有，它流产的胎儿却生出了事。"谭珂认真地说。

小伙子不以为意地说："那个羊胎还会有那么大的能耐？"

"胎儿只是一块肉，当然不会兴风作浪。人难道就不会利用它吗？"

小伙子听到谭珂这句话，嗯嗯了两声，缄默不语。

谭珂提出一个请求。他说："有一件事情需要你帮忙。"

"我是个放羊的，能给你帮什么忙？"小伙子用疑惑的目光注视着谭珂说。

"过几天，有几个人要到花耳朵流产的那个土坑看看。具体时间我会告诉你的。到了那个时候，你赶着羊群也到那个土坑跟前，在众人面前自言自语地把花耳朵的事儿说出来。"

"这点儿小事我会做的。"

"谭珂又叮咛一句，万万不可误事。"牧羊人点点头。

这件事终于水落石出，于杭突然意识到，这段时间自己忽略了给遥辰联系调动工作的事情。他要尽快去省城一趟。

十二

　　沈妍遇到一件喜忧参半的事。本来她打算好了的事却有了变化。男朋友全家搬到省城。男朋友来了，她不可能再调到男朋友过去的那个县城工作。没有工作岗位怎么办呢？沈妍忧心忡忡。

　　近来，遥辰发现沈妍寡言少语，忧悒不乐。他深谙其因，琢磨自己应该离开这个单位。但问题在于，本来哥哥答应给他联系调动工作，但是哥哥自己有了事情。这怎么办呢？他思前想后，觉得再也不能等待下去了，自己的事情自己去解决。他向书记请了几天事假去省城。

　　遥辰在省城找了几个单位，只能说他这是白费口舌。此时他才感觉到，一个在城市没有背景的人要办成这样的事情真的不容易。

　　一天，心灰意冷的遥辰毫无目标地在熙熙攘攘的人群中行走，突然听到一个熟悉的声音，"遥干事你好！"他顺着这个声音望去，一个满脸胡子的中年人已经走到他跟前。

　　"蔡师傅，好久没有见了，最近好吗？"遥辰礼节性地问了一句。

"我很好，但你的脸色不太好，一副憔悴的样子。你遇到了什么难事儿就说给我。别看我本人无权无势，但我是一个有背景的人，这方面你是知道的。"

他的名字叫什么，遥辰不知道。遥辰只知道他叫蔡大胡子，因为他脸上的一圈胡子长得很长，因此大家都这么称呼他。

蔡大胡子曾经在遥辰的单位干过临时工。他确实是个有背景的人。他爷爷是一个很有名的革命烈士。这位革命烈士为中国革命事业做出过巨大贡献，他的遗孀依然健在。她就是蔡大胡子的奶奶。据说蔡大胡子有了过错，只要他说出这位革命烈士的姓名，谁都会宽容他几分。

蔡大胡子是个热情的人，见了谁都笑逐颜开。此时他拉着遥辰的胳膊，站到人行道的大树下面，问这问那的。遥辰经不住他的那股亲热劲儿，把自己想要离开单位的事情信口说了出来。

"你如果看得起我，这点儿区区小事，就包在我蔡大胡子身上。今天晚上给你领来几位说话有分量的人聚聚。他们不是一个单位的。通过聊天你可以做出一种选择，到你喜欢的那个单位去工作。"蔡大胡子一脸认真地说。

天上掉下个蔡大胡子，调动工作的事情就能轻而易举地办成？遥辰虽然半信半疑，但是仍然答应了蔡大胡子的安排。

蔡大胡子一步一回头地走了。遥辰伸手摸摸口袋，又掏出来数了数，自言自语地说："够花销一顿。"

快到吃饭时，蔡大胡子领着 3 位衣着整洁，相貌堂堂的人如约来到一家餐馆。

分宾主坐下，遥辰请客人点菜。让遥辰感到不解的是，他们 4 人，点的菜都是价格最低的，他只能加点了比几盘价钱贵一些的。

杯盘果菜俱已摆齐，蔡大胡子才开始向遥辰一一介绍那 3 位客人。每介绍到一位，遥辰注目而视。3 个人都是中等身材，皮肤白净，谈吐有致。遥辰相信蔡大胡子介绍的那 3 个人的身份。

酒过三巡，这几个人的话逐渐多起来。从他们的言谈中。遥辰能感觉出他们不是跟着朋友吃喝的那类人。

遥辰是第一次和蔡大胡子在一起喝酒。他发现蔡大胡子是个贪酒杯的人。他不好意思劝阻，只能任凭他一杯一杯地往下灌。他的那 3 位朋友虽然没有像他那样狂饮，但是也推杯换盏，频频举杯。

蔡大胡子脸上泛起红晕。能看出来他有了几分醉意。他用手指着两个空瓶子说："喝到了这个份上，我有话要说。"他看了一眼遥辰接着说："我的这位朋友广播电视大学毕业不久，现在想换个单位，把学习的知识充分发挥出来。"然后他扫视了一眼他的3位朋友继续说："你们是大单位的人，而且你们都是单位上举足轻重的人物，这个忙看在我这个老朋友的分上，我想一定会帮的。"

棉纺厂人事科的姜科长首先说话。他说："调人的事情程序比较复杂，是需要时间的。你老兄说了话，我会尽力而为。"绒线厂人事科的副科长跟着表了态。他说："我这个当助手的没有什么实权，但我一定会积极推荐。"那个胖胖的机床厂副厂长看到其他两人都说了话，说："我不是分管人事的，不知道干部岗位上缺不缺人，如果缺的话，我会鼎力推荐的。"

遥辰懂得，第一次见面，人家把话说到这个份上也算是有点诚意吧。他说了声谢谢大家的关照，然后给每人敬了一杯酒。

遥辰陪着喝完酒说："请大家给予谅解，我不胜酒力，因此不能与大家把酒论英雄，几位朋友就尽情尽兴地喝。"

蔡大胡子挥了挥手说："今天我不强迫你了，你随其自然，他们几个由我来陪。"

遥辰诚恳地说了一声谢谢。

蔡大胡子和他的那3个朋友，行令划拳，欣然而饮。

时针转动了两圈多，遥辰看到3瓶酒已罄，几个人业已醉意醺醺。但他还是又要来了一瓶，放到蔡大胡子面前说："大家尽兴而饮。"

蔡大胡子笑眯眯地瞅了一眼遥辰，把放在桌子上的一杯酒端起来一气而饮，而后指着服务小姐刚才拿来的那瓶酒说，看看又来了一瓶。

第4瓶酒下去了五分之二时，蔡大胡子醉眼迷离，塞紧瓶盖，舌根发硬，说："不能再喝了，我们只能是这个量了，每人再多喝一杯，倒下去怎么回家？"

遥辰不失时机地拿起那多半瓶酒，递到蔡大胡子手中说："剩下的这一点儿酒，你拿回去有了兴趣慢饮。"

蔡大胡子右手举起那多半瓶酒说："你们几位听听，我的这位朋友想得多么周到。你们几个也应该像他这样认真，给他调动工作的事记在心里。"

遥辰回到寝室，已是夜深人静时。

孤零零的月亮透过窗户，把一缕光投进屋里。遥辰毫无睡意，思考着刚才的那个过程。突然他清醒了许多，心想，自己到了这个年龄不应该书生气十足。刚才利用那种场合，只能是大家相互认识一下，为以后的往来创造一种条件。他再不能耽误时间了，必须走出去继续联系调动的单位。

翌日，遥辰怀揣专科文凭，充满希望，向一个又一个单位推荐自己。这样的结果只是给他留下一心凄凉。他感叹，一张非全日制大学的文凭怎么这样的不被人承认。人家瞥上一眼毕业证上面的发证单位，脸上就会掠过一丝淡淡的冷漠，说上一句我们单位不需要这样的专业。

忙了一天的遥辰真的感到累了，不只是生理上的，还有心灵上的。

他把中午剩下的饭菜热了一下，满足了肠胃的需求，拿起书本翻弄。平时喜欢看书的他此时却怎么也读不下去。他心里憋着一股气要发泄出来。

他坐在两抽斗的小桌前，奋笔疾书，把白天遇到的不快，落在一张张稿纸上。他足足写了两千多字，仔细看了一遍，脸上有得意之状，喃喃自语，我的学识，我的文笔难道比他们那些全日制毕业的差？突然他意识到，自己写了这么多，只能是自己看看而已，有什么作用呢？！他随手将写的那几页纸撕得粉碎，扔到纸篓里，尽力平静了一下自己的心态。

他请的事假只有两天了，他不打算再出去推荐自己。

这一天清晨吃过早餐，他坐在小木桌前暗自说："还是利用这些时间多看一些书吧。"

蔡大胡子来了，遥辰把失望变成了希望。

蔡大胡子给遥辰一个信息，绒线厂的副科长来电话，他们厂的宣传科缺一名摇笔杆子的人。这位副科长正在上下活动，等有了进展，即可告诉遥辰。蔡大胡子说完了这件事情匆匆而去。

蔡大胡子走出门，遥辰追了出去，把一瓶酒递到他手中。蔡大胡子只是笑了笑，把酒瓶揣在怀中，连头也没有回走向了远方。

一段时间，那个土坑里的事儿把于杭搅得很不安宁，现在他的工作和生活又步入到那种匆忙而又平静的轨迹。

一天，他接到海姗电话。

于杭好久与她没有联系，听到她的那种甜润的女中音时，心中难免有一些激动。

海姗给了他许多帮助。假如没有她的那些关照，他的专业水平很难达到现在的程度。他也就不可能在这次竞争职务中取胜。

海姗给于杭传递了一个信息，厅机关的一个业务处室不久前调出一个人，因此有一个空缺。

于杭感到这个信息非常重要。他挂断海姗电话，与需要进人的那个业务处的耿处长通话。

耿处长在电话中一定是笑容可掬。他这个人见人总是乐呵呵的。他用亲切的语气说："你的信息如此的灵通，我们刚空出一个岗位，你怎么就知道了。"

"请耿处长一定帮这个帮。"于杭恳切地说。

"你知道我用人的条件一贯有些苛刻。你弟弟符合不符合条件，就要看他的实力。"

于杭给遥辰的单位去了电话。让他十分着急的是，遥辰请事假外出。于杭心想，他一定在省城。

于杭心急火燎地来到首府，到了那个他曾经无数次去过的房间找遥辰时，已是人去屋空。他只能用电话的方式与遥辰联系。

下午3点多，看大门的师傅疾步而至，一副急巴巴的样子，上气不接下气地对遥辰说："单位有急事，书记让你立即坐班车回单位。"

遥辰风风火火地回到单位。当他走到院子中间时，书记就听到了他的脚步声，伸出头来，喊了一声遥辰。

书记把心中的喜悦挂在脸上。他微笑着说："这下可好了，你们两个人的事情都解决了。"

遥辰被书记的这句没头没尾的话弄得不知所措。他注视这位给自己当了10年的顶头上司。

我把话说得急了一点儿，把你搞得莫名其妙。事情是这样的，今天上午局里来电话说，给我们单位一名干部深造的名额。我和其他领导商量了一下，让沈妍去北京干部学院学习，学期3年。这可是个两全其美的好事。明天上午她把手头上的事情交给你，下午她就去局里办理上学方面的手续。

遥辰自己也弄不清楚，这虽然是一件好事，但是他心里怎么也高兴不起来。

这几天，他在外面跑了那么多单位，虽然遭到一些人的白眼，但是让他有了自信，自己有能力承担更加重要的工作。他的一颗心已经飞出了这个公路工程施工队。

　　书记发现遥辰脸上并没有露出惊喜的神色，叹一口气说："你们这些人的心真让人捉摸不透。"

　　职工食堂的晚餐只有面条，再无其他的可口饭菜，多年来成了习惯，大家也就不会说什么。到了就餐时，男女老少，一人一大碗，蹲在茅屋前稀里哗啦地吃得津津有味，成了一道有趣的风景线。

　　又是一个吃晚饭的时间了，沈妍走进职工食堂。

　　队部的炊事员是一位男性老师傅和一位白白胖胖的少妇。老师傅看到沈妍走进来笑着说："我知道你明天就要离开这里了。再有 2 年我就退休了，因此这是你吃的我做的最后一次面条。"他说着话给沈妍盛好饭，明显比平时多了一点菜。沈妍心里说，他的这种表达方式是多么的朴实哇。

　　沈妍和往常一样，与就餐的人群蹲在一起，左手端碗，右手举箸，慢嚼细咽，饭快要吃完时，看到遥辰端着碗走过来。她瞥了一眼遥辰。遥辰神情不舒畅，显然有什么心事。瞬间沈妍心田泛起一缕莫名其妙的惆怅。

　　晚饭后，遥辰去外面散步。这是他的习惯，不管心中有什么事情，信步到外面转悠一会儿。

　　遥辰刚走出大门口，沈妍从身后追过来附耳低言："我要走了，晚上我们多坐一会儿好吗？"遥辰点了点头。

　　天色已暮，遥辰打开日光灯后习惯性地拉上窗帘。此时他的心田如微风吹皱一池碧水逶迤轻漾。有了敲门声，他知道是沈妍来了。

　　遥辰十分惊讶，说："你怎么变成另外一个人？"

　　沈妍认真地说："我现在的这个样子，不习惯吗？"

　　她这样的打扮确实让遥辰不习惯。过去沈妍仪态庄重，穿着朴素大方，从不画眉抹口红。现在的她，着装有点儿露，一痕雪脯很显眼，粉嫩的嘴唇挂着一丝模糊而矜持的微笑，声调变得理智而迷人。

　　遥辰心里想，明天就要分别了，此时不能给她带来丝毫的不愉快。他用柔和的语气说："你打扮得非常漂亮。"

　　"真的吗？我过去可从来没有刻意修饰过自己。"

　　遥辰拉开一张折叠椅让她坐下。

当遥辰把沏好的茶水端到她面前时，她的神色变得黯然无光。遥辰不知道她想起了什么心事，因此说："我们高高兴兴度过离别前夕的时光好吗。"

　　她勉强地微笑了一下说："有一件事情如果不说出来，我的情绪可能好不起来。"

　　她会有什么事情呢？遥辰暗忖。

　　"那个岳悦你没有忘记吧。"沈妍突然提起男朋友。

　　"他不是已经调到了省城，你们在一起时就更加方便。"遥辰说到这里望了一眼沈妍。他发现沈妍神情沮丧。他猜测他俩之间有了问题。

　　"那个人再不要提他了。当他随父母亲来到省城不久，他的生活中走进一个时髦的女孩。他嫌弃我保守得有些不近人情。前几天，提出和我分手。其实，令我们分道扬镳的还有一个原因，他嫌我在野外工作，不能与他朝夕相处。当然最重要的一点不就是那个漂亮女孩引起来的嘛。"沈妍吐露出心中郁闷，轻松了许多。她接着说，"过去的那件事情已经成为一个不愉快的过程，就不应该再回忆它了。我要走了，我有许多话儿想跟你说说。过去我们是同事，是师傅和徒弟的关系，此时我想以同事或者朋友的身份和你聊聊，你说好吗？"

　　这个问题太突然，遥辰来不及思考。过去那么久的时间里，他们相待甚殷。他把她始终当作徒弟看待。她为人稳重、谦恭，让人感觉不出青年女性的那种似水的柔情。正因为这样，遥辰在与她单独接触中显得十分轻松。此时遥辰难以猜测出沈妍将要说出的话。

　　沈妍看到遥辰神情深沉，甜甜地笑了笑说："还这么的严肃做什么？放洒脱一些多好。"

　　遥辰感到自己有点儿可笑，心里说："离别在即，还摆出当师傅的这副架子做什么？"他微笑着说："人都有个习惯性嘛，平时在你跟前就那么一种神情，现在忘了改正。"

　　"这还差不多，知错就改，今后见面脸上再不要那么的严肃。过去也许你没有想到，你那样做的结果让人心里有一种压抑感。"她说到这里瞄了一眼遥辰接着说，"人与人之间的关系是感知的。人都有一种愿望，大家在一起轻松愉快多好，何必拘泥表面上的那些。"

　　遥辰把温和的目光落在沈妍身上说："在我们执手分别时，你说的这番话，让人感到亲切。此时此刻我真的想多听听你的逆耳之言。"

沈妍爽朗地微笑着说："我能有什么忠言，还是利用这点儿珍贵的时间把自己想要表达的说一说。"

遥辰赞成沈妍这个提议。过去他们之间很少谈论工作以外的话题。要离开了，应该说上几句心里的话儿。他说："过去对你关心不到之处请你多包涵。"

"曾经的那段生活中留下的只有感激，那里有包涵。你为了我把困难和苦恼留给自己。这一段时间你出去做什么，你以为我不知道，你还不是想把这个位置留给我。现在的人，设身处地地为别人着想的有几个？"

遥辰的个性是，为别人办事不愿意让他挂在嘴边。他笑吟吟地说："我毕业了，应该换一个环境，检验一下自己的生存能力。你不要把我的精神境界看得太高，我可没有那么高尚。你再不要心心念念地记挂那些事情。"

"好了，不要再说这件事情，还是说说别的吧。"沈妍瞥了一眼遥辰说。

窗外有了淅淅沥沥的雨声。室内散发出宁静的芬芳气息。柔弱的灯光增添了一种浪漫暧昧的情调。突然遥辰意识到什么，瞟了一眼沈妍。她的目光变得热切而迷人。

隔壁的房间传来隐隐约约的鼾声。遥辰知道她到了该离开的时候了，微笑着说："有一种遗憾会成为美好的回忆。我们应该把过去的一片纯情留在记忆中。"

沈妍眉宇间的妩媚立刻烟消云散，轻轻说了一声："友谊地久天长。"

凉爽的晨风吹走潇潇细雨。一轮艳丽的阳光冉冉升起。沈妍坐在前往省城的大卡车副驾驶座位上。

汽车在宽敞平坦的沥青路面疾驰。她思绪万千。

高中毕业不久，她填写了一张招工表，走进公路施工单位。野外生活的艰苦没有置身其境是想象不出来的。

在时光的移动中，她习惯了那些曾为之滴泪的艰难困境。这几年，她最欣慰的事情是曾经与遥辰同室工作过。已经过去的那段时间里，她在遥辰身上学到了许许多多对她人生有益的东西。

昨天夜里，当她快要离开他寝室时，他叮咛的那些话儿，此刻在耳边回响：人生在旅途中有许多起点。这次你有机会去深造，是一个新的起点，期望你把握住这个弥足珍贵的机遇。一个人要不断地去追求。在追求的过程中一定要做出巨大的付出和不懈的努力，不这样，机会纵有也成虚。社会的发展给每个人提供了施展才华的可能。我相信你在未来，会用你的实力去取得你想得到的。

遥辰送走沈妍一会儿工夫，接到蔡大胡子的电话。蔡大胡子说的那些信息虽然没有引起遥辰兴奋，但是有一句话，遥辰觉得他说得很有道理。

蔡大胡子说，他联系的几个单位，有的单位暂时不需要进人，要调进人的单位，并不看重遥辰的电大文凭。要想说服那些只看文凭不看能力的人的最有效办法是，把你的真才实学展现在人家面前。你们语文专业的，写文章还不是一件十分容易的事情吗。你写一篇稿子送到报社或杂志社发表了，不就证明你在写作上具有的优势吗？！

遥辰心里琢磨蔡大胡子的这番话儿不无道理。问题在于，你写出的文章，即使达到发表的水平，你不认识那些编辑们，能在刊物上发表的概率非常低。

毕业论文他写的是一篇报告文学。这篇作品不管是思想性还是写作技巧都有一定的深度和高度，受到导师的好评。有几位同学阅读后，鼓励他寄到某杂志社。稿子寄出去后如泥牛入海。后来他打电话问了一下，编辑根本就没有阅读。人家说得有道理，每期来的稿件堆在一起有几十厘米高，哪能一篇一篇地全部看完。

蔡大胡子说到最后撂下一句，你回来了我再带来几个朋友聚聚，说不定这些人里面有能帮上忙的。

遥辰在与人交往中也学会了客套，他说："到了城里，如果时间容许的话，在一起聊聊是很应该的。"

这是蔡大胡子与遥辰最后一次联系，后来他杳如黄鹤，遥辰再也没有听到他那种嘶哑的说话声。

送走沈妍的几天以后，遥辰接到于杭电话。这次电话使遥辰为之一振，耿处长要见本人。于杭最后加重语气说："事不宜迟，你快一点儿坐车到省城。"

老书记是个固执、认真的人。如果你请假的理由不能打动他，他会把眼睛瞪得圆圆的，让你乖乖地守在岗位上。假如你提出的请求他认为合理，他会立即让你走人。

遥辰深知这次去省城的重要性，因此他要找出一条充分的理由，让老书记给他准假。

遥辰一脸的郁闷走进书记办公室。还没有等他说话，书记先给他安排了一项工作，让他立即书写一份汇报材料，让司机顺便送往公路工程局。遥辰点头许诺。接受了工作后，垂手侍立一旁。

　　"还不去写材料，站在这里干什么？"书记脸色冷冷地说。

　　"我有事要给你说。"遥辰一副难为情的样子。

　　"有啥话就快点儿说。"书记有点儿不耐烦。

　　遥辰谦恭地说："我的一个侄子从老家来看病，明天要动手术。他们带的钱少不够用，让我务必今天送到省人民医院。我请两天事假行吗？"

　　"最近事情够多的，沈妍走了，你的工作其他人又代替不了。人命关天，钱不够就不给动手术。"

　　"你快去快回。"他说后又强调一句，这份材料写出来才能离开这里。

　　平时遥辰注重积累工作方面的素材，加之他运笔轻松自如，这份2000多字的工程进展情况汇报一挥而就，送到书记跟前审稿。

　　老书记认真地阅读了一遍脸上有了笑意，说了一个字，行！

　　遥辰怀揣汇报材料，乘车离开单位。他办完了公事，已经到了夕阳西沉时。他和哥哥于杭在一家餐馆用膳后来到耿处长家。

　　言谈中耿处长说出一件让于杭和遥辰心中有沉重感的事情。他说："坏事想推推不走，好事情说变就变。一个岗位有空缺，就有许多双眼睛盯在这个位置上。其他的那些人我只说一个不字就可了事，难就难在有一位厅领导，他想把他的一位老同学的儿子调进来。"

　　耿处长说后脸上露出无奈。

　　这个不测之变让于杭感到十分茫然。遥辰并没有产生退缩的意思。他凝神沉思，思考着如何说服耿处长来争取这个岗位。他从耿处长的神情中觉察到他并不十分满意那位副厅长推荐的人选。遥辰试探性地问道："那位要调进来的人的条件一定很不错。"

　　这句话提醒了耿处长。他拍了拍脑门说："我怎么就忽略了这一点？人是我们处里用，用人的条件由我们提出。谁符合条件就应该把谁调进来。公平竞争谁又能说什么呢？"他看了一眼愁眉苦脸的于杭接着说："你弟弟的条件你已经讲得很清楚。那一位只说了个大概情况，待我问清楚了，而后斟酌出一个方案提交人事处，让他们按照用人条件去考察。"说到这里，他盯着于杭看了一眼继续说："让你弟弟认真准备一下，写出一篇像样的文章。"

于杭听到耿处长话中流露出的倾向性，心里顿时平静了许多。

从耿处长家出来，于杭在大街上与海姗不期而遇。海姗一脸的喜悦。他俩寒暄了几句，来到一家冷饮店门口，海姗停下来，伸手拉着于杭的衣袖说，我们到里面坐一会儿吧。

海姗大于杭几岁，因此以大姐的身份自居。她买了许多冰激凌和冰镇饮料。她和于杭说了许多体己话，然后把目光投到遥辰身上问道："你真的喜欢我们这个单位吗？"遥辰点点头。她说："你哥哥和耿处长关系不一般，他们处里缺人，他会尽心帮忙的。"兄弟俩听到她的这句话，心里舒展了许多。

于杭笑着说："你怎么知道我和耿处长有良好的关系？"

从耿处长口中听出来的呗。他对你的业务能力和工作态度赞不绝口，还说到了你待人诚实忠厚，讲信誉。他和你往来心情没有不愉快的。

离开冷饮店时，海姗邀请于杭在方便的时候去家里坐一坐，之后又补充道："是去我父亲家，他一直惦记着你。"

于杭说："我应该去看望他。他的身体还好吗？"

他告老解事后，很会安排自己的生活，除在家养花、练习书法、做点儿家务活儿外，还到公园晨练，和一些老人们在一起打太极拳。他离休后的生活丰富而潇洒。

海姗还有事，打了声招呼匆匆而去。遥辰跟着于杭去了他住的宾馆。

上面提到的那位领导就是这个单位的盛副厅长。在于杭和遥辰去耿处长家的同一时间，盛副厅长的那位老同学领着儿子走进了他家。

这是这位老同学第一次来这里。到了客厅，他放下手中的礼品盒，指着一位高挑儿身材的青年，笑吟吟地给盛副厅长介绍说："这是我儿子，名字叫兆小槟，今年26岁，高中文化程度，是1年前转干的。"

盛副厅长瞅了一眼鼓鼓囊囊的礼品盒信口而说："来我这里带什么东西，太见外了吧。"随后给他们父子让座。

老同学显得有些拘泥，侧坐在单人沙发的半边上，示意儿子坐在对面。

这位老同学是盛副厅长的中学同学。高中毕业后他们各奔前程。一个当兵一个进工厂。后来当兵的升为军官，再后来转业到地方担任处长职务，3年后荣升为副厅长。进工厂的那位，就不那么幸运了，艰苦奋斗了数十年，一个车间主任的位置到了头。两年前的一天，他在宾馆门前遇到挥手分别再未见面的盛副厅长。盛副厅长虽然成为权高位重的领导，但是见了老同学依然谈笑自若，殷勤备至，拉着手问长问短。这次两人相遇，老同学觉得自己和人家相比身份悬殊太大，并没有攀龙附凤、巴高望上地企求。

几个月前，儿子与单位上的领导发生了一次冲突。这件事情的起因是儿子未逢迎上意。那位使之以权，动之以利的儿子的上司，给儿子耍够了威风还不饶人，不停地给儿子找不痛快。无奈之下，他想到了中学同学盛副厅长。第一次给人家诉说出苦衷之后，盛副厅长不以为然地说："人际关系是可以调整的嘛。带点儿东西在人家家里走动走动不就化解了矛盾吗？"当他把这个意思说给儿子的时候，儿子怅然不悦，语气凌厉，说："一个人要有尊严。"

当父亲的不能眼睁睁地看着人家整自己的儿子。他又一次找到盛副厅长。这一次他多了一层想法，给盛副厅长随身带了一些价格不菲的美酒香烟。他的老同学有了恻隐之心，说："再这样下去孩子会积郁成疾的。这件事儿我想想办法。但调人是一件非常复杂难办的事。"他能做到的是尽力而为。

回到家老同学左思右想，猛然醒悟，现在求人家办事，那么一点儿用品是打不动心的。

这次他领儿子来，带的东西加重了分量，在酒盒里面投进去数千元的礼金。

老同学把儿子的事情重复了一遍，看到盛副厅长一次一次地看表，似乎全无多谈多聊的意思。老同学知道人家有事，他们再不能逗留，因此告辞。当他起身离开时暗示性地说："这酒是存放了多年的好酒，你一会儿一定打开看看，留下自己喝，千万不要送给别人。"

盛副厅长把目光聚到那个精致的酒盒上，流露出转瞬即逝的笑容说道："那就暂时放到这里吧，下次你来时我们一块儿喝。"

老同学走后，已到中年的盛副厅长的妻子从卧室来到客厅，迫不及待地打开精美的包装盒。崭新的钞票使她脸颊上流露出灿烂的微笑。

人家的事情我能不能办成很难说，他的东西你锁到食品柜里面不要动。

妻子怫然作色，小声说："这么一点儿小事你这个副厅长难道就办不了吗？"

"我不分管人事部门和那个需要进人的处，有竞争对手的话结果很难预料。"盛副厅长和颜悦色地给妻子解释。

在以后的几天时间里，盛副厅长的的确确为老同学儿子调动的事情忙碌着。首先他把耿处长请到自己办公室，先问寒问暖地聊了一会儿，逐渐把话切入主题。

耿处长说："你如果早点儿说多好，别人推荐的那个人我就不答应了。现在的问题是，于杭的弟弟也想调进来。于杭已经向人事处提出要求。这件事我说了不算数。"盛副厅长思考了少时，神情凝重，说："我问问人事处再说吧。"

盛副厅长来到人事处潘处长工作室，直言不讳地说出老同学儿子的事情。

这位 40 多岁的处长，知道调人的事情耿处长已经答应了于杭。他说："这件事情怎么办呢？空缺了一个岗位，有两个人要求调进来。"

"可以公平竞争嘛。"盛副厅长看到这位下级神情黯然，说了这么一句。

潘处长听到这句话，顿时心情舒畅了许多，轻声说："领导有这种想法，这件事就好办了。"

实际上盛副厅长此时只不过把公平竞争看作是一种掩人耳目的手段。他知道身份的有利因素。他把有分量的目光压在潘处长身上说，这件事情一定要办好。

潘处长知道盛副厅长这句话别有深意，但他有自己的想法，心里说，我不能为了一个人而得罪另外一个人。这种事情只能是真正意义上的公平竞争。但他不能在他面前说出来，微笑着说道："我们的工作需要领导给予支持。"

对潘处长这句模棱两可的话，盛副厅长虽然心中不悦，但脸上并没有流露出来，说："工作上大家都需要互相支持。"

耿处长是一位部队转业干部，在地方工作这么多年依然保留着军人的作风。

他洒脱自信，办事干脆利索，不拖泥带水，自己要做的事情会努力办好。现在，他心中有了一种不安。这种不安是一位级别比他高的人给他带来的。他必须做出选择，要么不畏惧权势，按照自己的意愿去做事；要么放弃自己做人的原则，趋迎权贵。他选择的是前者，这符合他的个性。

他思维敏锐，语言犀利，有魄力。但是目前他面对的却是一件非常复杂的事。他了解盛副厅长这个人，他要做的事情是不会轻易放弃的。这次他要把老同学的儿子调进来。不办成这件事情，他不甘心铩羽而归。

虽然盛副厅长不分管人事处和耿处长这个处，但他毕竟是大权在手的副厅长，威重令行。

昨天潘处长把盛副厅长给他的暗示婉转地告诉了耿处长。耿处长琢磨，必须要在很短的时间内，把遥辰他们两人的有关情况了解清楚。

几天以后，耿处长通过各种渠道了解到他们两人的相关情况。此时耿处长胸有成竹，他策划出一个方案。这个方案合情合理，无懈可击，很快得到人事处和分管人事处的厅长的同意。

那两个人谁能在竞争中获胜，潘处长已经预测出几分。他应该做的事情是，对即将进行的那个过程增强透明度，让有的人，特别是盛副厅长参与其中。

这个过程并不复杂，让遥辰和兆小槟在指定的房间，按照要求时间，书写一篇 2000 字左右的叙述文。他们的文稿要由 5 个人阅读后给予打分。分数高者拟录用。

当潘处长将此事告诉盛副厅长时，盛副厅长虽然对老同学的儿子有了一些担忧，但他心里还是有数的，兆小槟毕竟是在首府读了 12 年书，于杭的弟弟是从偏僻的小山村走出来的，那个地方的教育质量可想而知，他能写出什么好文章。他给潘处长提出一条建议，要求他们写的内容要有一定的难度。潘处长点头答应。

那是一个早晨，遥辰心情舒畅地走进一间有办公桌的房间。潘处长和一名工作人员给他送来几页稿纸，说了几句话就离开这里。

潘处长他们又到另外一间房屋，放下稿纸，给兆小槟说了同样的话走出门。

那两个房间悄然无声。兆小槟注视着标题抓笔凝神思索。遥辰执笔构思，此时他懂得，这是自己展示才华的时候。

吃了人家的嘴软，拿了人家的手短，盛副厅长坐在办公室心田难以平静，等待着他俩写的文章。

于杭远在几百公里以外的工作岗位上。昨晚遥辰把自己翌日上午要做的事情告诉他。虽然他了解遥辰的文字功底，但是心中难免有一些不安。这几千字的文章是决定他能否改变人生轨迹的大事。

这一天早晨，兆小槟父亲处在煎熬的状态。几天前当他知道儿子准备调去的那个单位有一个竞争对手时，多了一些忧虑，对妻子说："听说那个人是什么成人大学毕业的，我们儿子只有高中文化程度，和人家相比恐怕差点儿。"妻子可不那么认为，她说："我们送了那么多的东西，有一个有权有势的人给他说话，你还担心什么？"丈夫说："话虽然可以这样说，但是事情的变化往往难以预测。"

时间一秒一分地移动，兆小槟父亲焦急地等待着结果。

两个小时，兆小槟勉强凑够了要求的字数。至于写得如何，他确实心中无数。

遥辰拿起钢笔任意挥洒，离交稿时间还有 15 分钟就撂下笔，仔细检查了一遍，觉得这篇拙作还能拿出手。

一间小型会议室，里面坐着 5 个人，他们正在聚精会神地阅读遥辰和兆小槟的作文。

潘处长第一个读完两篇作文，然后把遥辰写的那篇又看了一遍。

盛副厅长是潘处长有意请来的，他看得十分仔细。他先看的是兆小槟的那篇，而后才阅读遥辰写的，两篇都阅读完了，他叹了一口气。

耿处长是戴着老花镜一字一句往下看的。两个人写的文章竟然有如此大的差距，这是他没有预料到的。

在场的还有两位，人事处请来的资深的记者，潘处长并没有告诉他俩，遥辰和兆小槟的情况。为了增加透明度，潘处长安排这两个人对两篇作文进行评论。

第一个发言说，这篇《憧憬成为现实时》的文章很有特色，要写好这样的作品，确实是有难度的，阅读后感到惊讶，他的文章叙事轻快明晰，论述精辟动人，语气委婉含蓄，这样的佳作即使我们这个文人成堆的单位也是不多见的。另外一篇作文语句不顺，用词不巧，内容颇觉不宜，与那一篇大相径庭。

盛副厅长听不下去了，说了一声"我还有事"，黯然离开了这里。他走出屋门时一股怨恨升腾到唇边，用犀利的目光扫视了一眼耿处长。

耿处长处里调进人的事情应该画上一个句号了，但是有人提出新的问题。他们的看法是，机关工作人员不能把文字基础作为唯一条件，要看综合能力。

潘处长有了畏难情绪。他在这个单位从事人事工作多年。他知道一个人具有的某些条件一目了然，如身份、学历、资历等等的。有的方面就很难看出来。用什么标准衡量一个人的综合能力？这是个一下两下难以说清楚的事情。他正在思考着如何把进人的事情进行下去时，耿处长面带微笑走进来。瞬间潘处长有了轻松感，暗忖，何不把这件事儿推到他那里，让他想出一个好办法来。

耿处长是为调进人的事来找潘处长的。他一进门就大声说："最近他们处里工作非常多，尤其有许多材料要写。处里的几个人嘴头上说说，到外面跑跑，还算可以，要让他们伏案写文章，就显得力不从心。处里要起草的报告和其他材料，大部分是给上面写的，如国家有关部委，省政府办公厅。需要书写的平行文，如写给省政府有关厅局的函也很多。过去起草文件的那个人已经调走了。调进来的人必须要有下笔成文的本事。如果调进来一个不能胜任此项工作的人，我这个处长工作压力就更大了。现在急需用人，调进人的事情请潘处长快点儿办理。"

潘处长把有的人说的要具备总综合能力的话说给耿处长。耿处长只是笑了笑说："这件事情不足为虑。说这句话的人既不是你的顶头上司，也不是用人处室的分管厅长。这么一点儿小事又不需要厅党组会议研究决定，只要厅长同意，我们没有意见，你们处审查后符合条件，填上商调表转一圈不就有了结果吗。这么简单的事情不做，何必要去干那些遥遥无望的事情。谁能把一个人的综合能力在短期内搞清楚。"

潘处长从他的话中得到启发，说："我会尽快办理的。"说后从文件柜里抽出几张商调表递给耿处长说："按照干部调动程序办理。"

耿处长回到自己办公室拨通了于杭单位的电话。

有人敲响盛副厅长家里的门。

细心的盛副厅长听出了是谁的敲门声。他低声对妻子说："他来了，我回避一下吧。你就把他儿子本身缺乏竞争实力的事儿给他说一说。"

盛副厅长判断得非常正确，来人是他的老同学。老同学进门瞄了一眼沙发，发现盛副厅长不在。他抬起头来看看盛副厅长的妻子。这位巧舌如簧的女人立即抱歉地说："实在对不起，老盛事情多，应酬不暇，这不又忙着什么事儿回不了家。你坐一会儿吧。"老同学是来打探消息的。他揣测，盛副厅长不在家，他妻子一定知道情况。老同学比刚走进门时神情自然了许多。他说明来意。

"为了你儿子的事情，老盛可操尽了心，还得罪了人，因为多出了一个人，是两个人竞争一个岗位。有人出了一点子叫他们两个人各写一篇文章。"她说到这里瞅了一眼丈夫的老同学，之后把丈夫那天回家说的那几句话毫无顾忌地说了出来。她说："人家那一位是中文专科毕业。他的那篇文章笔法明快，言辞清雅，内容充实。你儿子写的那一篇，文不通字不顺，实在拿不出手。"

副厅长的老同学耷拉的脑袋越来越低。这个女人依然喋喋不休。她继续说："老盛那一天觉得没趣，脸面上下不来。那些轻口薄舌的人指责他推荐了一名充数沽名的人。"说到这里她变换了口气，柔和地说："实际上你儿子除了写作方面差一点儿，其他方面蛮优秀的。来日方长，以后有了机会，你的那个老同学是不会忘记这件事情的。"

这位官太太一字一板，使丈夫的这位老同学无言可对。他极力稳定紊乱的情绪，只好讪讪地走开了。

遥辰拿到商调表之后虽然喜之不尽，但是有几分担忧。沈妍走了，他岗位上的工作需要有人做。他走了谁来代替。如果没有一个合适人选，书记能放他走吗？他必须慎重对待这件事情，要不调出去的事情转瞬成空。

他先要试探一下老书记对这件事情的想法。

吃过晚饭，遥辰来到书记房间。他知道老书记有个爱好，闲暇时喜欢下象棋。他说道："现在闲着闷得慌，来您这儿学习棋艺。"

书记下棋的路数虽然不十分高明，但他有军人的那种猛打猛冲的劲儿。两人对弈，有时杀得对方措手不及。当听到遥辰说向他来学习下棋的技艺，立即笑吟吟地说："我就那么两三下子，早让你们掌握了。"

"您的那几下子我是招架不住的。"遥辰一边说一边摆开了棋盘。

他俩在其乐融融的气氛中你攻我守，我进你退。一个多小时过去了，书记赢了 3 局，遥辰只胜 1 局。老书记满面生辉，精神抖擞，隐隐约约地微微一笑说："今天略胜一筹，再来几盘，看看你还有什么招数。"遥辰看到老书记兴致勃勃心想，这是说话的切入点。他说："本来想和书记多学几年下棋的技艺，真是天不遂人愿，老家有了事情，非让我调回去不可。你说我该怎么办呢？"书记顿时把眼睛睁得圆圆的，说："沈妍走了，你也想走，这个岗位上的工作谁去做？"

遥辰了解老书记，他在表达自己真实想法之前总会虚晃一枪，因此他说了这么一句："愿意到这个岗位上的人多的是，不愁没有人接替。"

"你说的有一些道理。不过来了其他的人就不会那么得心应手。"老书记吐露出心里话。

遥辰不失时机地说："书记表了态，我可以联系单位了吧。"遥辰没有给书记说出真实情况，这是因为，他要给自己留一些空间。

"联系不上早点儿说话，暂时把这个岗位给你留着。"书记很大度地说。

"给我一个星期吧。"遥辰需要确定一下。

"行！"书记很干脆地敲定了这件事。

一天，门房的师傅给遥辰送来一封信，这是沈妍的。遥辰启开信封，映入眼帘的是一张精美的明信片，上面书写：愿君仔细阅，方能晓真情。若要知我意，就在此笺中。

信笺上留下沈妍秀丽的字迹。沈妍在字里行间抒发出喜悦之情。

顿时遥辰眼前仿佛浮现出一位举止娴静的姑娘。他自言自语说，人和人相遇是一种缘分。一个人的一生中会遇到许多的人和事。有些人和事漠然置之，过眼即逝，有的铭刻在心中，留下永久的记忆。

遥辰知道自己将要离开这个单位，忽然一种难以言表的思绪涌上心头。

他在这个单位度过了自己的青春年华。曾经的那些时光多么的美好啊。在他人生这个过程中，一些熟悉的面孔给他留下了许许多多的记忆。他们中间有友谊，有真情，有让人依恋的生活。岁月催人，初来乍到时，他是一个生机勃发的青年，现在已经到了理智之年。这个年龄段的人，应该有新的追求。

十三

　　遥辰在这幢当时是这座城市最高的大楼上班已经一月有余。

　　他办公室有 4 个人，除一位年轻的有文人气质的科长外，还有两名女同胞，一个胖一点的叫秦婀娜，另一个线条优美的大家称呼她小奚。

　　起初他们 3 个人对这个突然闯入进来的青年有一种自然的排外心理。在他们看来，一个小单位的人，怎么一下子来到我们这个宽敞明亮的办公室。

　　科长是个文化层次高的人，看问题的角度与其他两位不同。他正襟危坐在办公桌前，眼光里流露出不屑，遥辰毕竟不是全日制大学毕业的。

　　秦婀娜是个有家庭背景的女性，她看重的自然是出身，一个山沟沟里出来的人会有多大的出息，他哪能一时就能改变那些落后、狭隘，还有小家子气的意识。

　　小奚是个时尚的女孩，她喜欢用审美的目光观察人。遥辰除了土气以外还有一些让人生厌的习惯，例如说话时粗声大嗓门的，脚上的皮鞋无光泽，穿的衬衣领口有污渍，让她感到不舒服。

遥辰不管人家怎么看他，如何对待他，他浑然不觉，我行我素。早晨上班走进办公室提水、打扫卫生，然后完成领导交办的工作。处理完手头上的事情后，伏案学习业务知识。遥辰懂得，他在这里是一名小学生，一切从头开始。

最早与他改变关系的是科长。科长看到他写的材料以后，脸上露出喜色。这时他才懂得耿处长调进这个人的用意。从此以后他再也不愁那些费时费神的文字方面的工作了，科里处里的材料有人写。

有人说秦婀娜嘴尖性大，她本人也承认自己爱说话，脾气大。自从遥辰来了以后，她虽然话还是那么多，但是脾气似乎好了许多。过去她总为打扫办公室卫生心里憋着一股子气。科长要有个架子，不能每天提水扫地擦窗台。小奚是个姿态曼妙的女孩，在这些杂活面前自然要离远一点儿。这些没名没利的事儿经常是她干，当然心中感到不痛快，难免有话要说。现在有人把这些日常的活儿揽过去，她用不着为这些事动肝火。

随着时间推移，秦婀娜进一步了解到遥辰悟性不错，有些事儿只要点一下就感觉到。

一天下午，科长去开会，她盯着窗户看。玻璃时久未擦，灰蒙蒙脏兮兮的。她叹了一口气说，看到这些心里就不舒服，想把它弄干净，这个水缸似的体型，一是上不去，即使爬上去，也会滚下来的。遥辰很快懂得她的意思。他提起水桶去打水。等他把水打回来后，两个女人不见踪影。他花费了两个多小时，使窗户上的玻璃焕然一新。他额头上的汗珠还未滴尽时，秦婀娜走进来嘴上露出笑容说："基层来的人就是勤快，一会儿工夫办公室变了样，窗明几净，一尘不染，"然后坐到办公桌前端起茶杯。

小奚是快要下班时飘进来的。她自言自语地说："事情真够多，刚办完事就到了坐车时间。"她说后随手拿起大衣架上的小包，潇洒地挎在肩上，翩然而去。

小奚与遥辰关系的变化是在一次考试以后。那一天大家集中到一间大教室。

要考试，对机关上工作的人来说，并没有太多的负担。大家都知道，只要会抄书就能应付过去。可是这一次却增加了一道难题，要写一篇作文。应该说在机关工作的人，谁不能写两下子，但是有的人就是写不出文通字顺的文章。

从不平视遥辰的小奚，这时摆动着袅娜纤巧的躯体，走到遥辰面前，略施脂粉的脸上有了笑意，坐在遥辰旁边，掩面伏身。

开始考试了，宽敞的房间响起翻书声。翻动纸页的唰唰声逐渐消失了，室内变得静悄悄的。

要写文章了，有些人一脸愁思。

遥辰望了一眼作文题目，沉思了一会儿，动笔书写。他旁边的小奚手捧脸颊出神，犹不时地觑起眼睛看看遥辰留下字迹的试卷。

遥辰写完作文看了看手表，离交卷时间尚早，心想等一会儿离开吧。

坐在身旁的小奚动了动桌子上的纸张。遥辰听到纸页响动的声音，把目光移过来。小奚嘴角挂着微笑，目光救援似的望着遥辰。遥辰朝她微微一笑，她即刻缓慢启开红唇低声说："你的那个我用一下好吗？"遥辰生性敏感，知道她此时要的是什么，随手把刚写好的那页试卷推到她面前。

从此以后，遥辰再也没有看到小奚见了他时的那副高傲和自命不凡的样子。他知道这是自己的一篇作文换来了与人家心理上的平等。

在一间办公室共事，应该说是一种缘分，各司其职，其乐融融。但是有些事情并不是遥辰想象的那样。

一天单位拉来鲜嫩的水果。在需要有人的这个节骨眼上，办公室的其他人不知去了哪里。分给 4 个人的水果自然要遥辰一次一次地从几百米外的车库往办公室搬运。遥辰搬完最后一筐，擦去脸上汗珠，心里还是坦然的，自己是个男的，多干点活儿有什么不好的。但是他的好心并没有得到好报，第二天早晨，秦婀娜喝了一杯茶水，一脸的不高兴走出办公室。

一个办公室里，有人有了情绪，其他的人也就跟着脸上布满阴云。

自从那次考试后，小奚对遥辰有了几分热情，有些话儿不回避他。秦婀娜气咻咻地走出门，她嘀咕，谁得罪了我们这位，她要到楼上去发泄。

在机关工作的人，都有个人的特点。秦婀娜也不例外。她是个坐不住的人，特别是心里有事的时候，更是屁股坐不稳板凳，要到每层楼的办公室说上那么一阵子。她的嘴唇说干了，回到办公室喝上几口，而后又去讲。有的人烦她的那种絮絮叨叨，但她不以为然，还是要说下去。

昨天下午快下班时她回到办公室，发现分来的水果剩下了两筐。她打开看了看，捡了一筐搬回家。让她心中不平静的是，筐下面的水果个头小。她看到这些顿时心中的火气就升腾起来，在丈夫面前叨叨了起来："肯定是那个土包子干的事。他把好的给了科长和留给了自己。这些不好的却让我们拿走。"丈夫知道妻子的毛病，劝说道："在街上买的水果也是上面个头大下面个头小，再别瞎说。"丈夫堵住她的嘴，她要到办公室说。不过给同事讲这件事情时，对说的词句进行了修饰。

遥辰知道了秦婀娜说自己的事情后，并没有生多大的气。他知道，爱占小便宜的人，总担心自己吃亏，总是把别人想的和自己一样。

这件不愉快的事情，像天上的云朵儿似的很快地飘逸过去。秦婀娜有了要办的事情，依然和颜悦色地喊一声遥辰，说："帮我把这件事做一下。"遥辰还得尽心去做。比如校对数字啦，帮她修改写的文稿啦等等的。

让遥辰感到奇怪的是，这个自称是高中毕业的中年女性，写出来的文稿叫人读不下去。他每次阅后心里总会说上这么一句，语病太多了。秦婀娜却毫不在乎，按遥辰修改的抄写后，喜滋滋地送到领导那里。

那一次分水果后遥辰意识到，对待任何事情都应该有一个平衡的基点，不要超越基点承受的行为，那就不会让人猜疑。今后遇到有什么事情，不能简单处之，要多想想，要举止有心。例如单位上分什么东西，不要急于跑在前面。把东西搬运到办公室时，自己不要先拿走，让别人先去拿，这样做别人还会说什么话呢？

到新单位不久遥辰渐露头角，有了一种优势，这就引起秦婀娜心中的不安。在她看来，在这里工作的人，上进就是入仕求官，遥辰积极表现自己，还不是盯上科长那个职务吗，因为再有几年处长要退休了，科长上一个台阶，这个岗位上的职位就有了一个空缺。

秦婀娜心中有了事就挂到脸上，只要进到办公室，瞟上一眼遥辰，脸上就阴沉沉的。

科长和小奚摸透了她的性格，深谙其因。遥辰感到莫名其妙，心想她爱怎么任情使性，只要是自己不惹她就别当一回事儿。

一天，他去海姗办公室向她借书时，随口说出这件事情。海姗笑了笑说："你们兄弟俩就知道一心读书，尽心竭力地工作，不懂得了解周围人的内心世界。了解了对方，就知道该如何调整关系。人与人之间相互了解能增强彼此的认同感与关联感。当然利益上的冲突、纷争，有的时候是不可避免的，但你要学会冷静对待，灵活处置。那些小的不需要计较，大的方面不应该委曲求全，假如你那样做，人家会得寸进尺，给你制造更多的麻烦。人和人需要善意相处，但你应该懂得，人们意识的复杂性。任何时候切不可书生气十足，在智商高的人群中生存，要有敏捷的思维能力，准确的判断力，丰富的想象力。行事出言不但要大方得体，还应该缜密，和一些心机深细的人相处，可不能懵懵懂懂的，要知己知彼。

"你来到这里时间不久，多做一些事情是应该的，大家关注的是你的工作能力。

"有的人就那么奇怪，你的能力不如他的时候，瞧不起你，当你出类拔萃时嫉妒你。

"一个人无须看重别人说你的一些话儿，要把自己的路走下去，这样才是成熟的标志。"

海姗的这番诤言挚语和有深刻含义的话儿，铭记在遥辰心中。

一天，遥辰给耿处长送材料，发现他有什么心事，神情凝重。他把刚写好的材料递给耿处长，他深情地望了一眼遥辰。

耿处长知道遥辰调进处里以后，尽职尽责，努力工作，没有辜负他的期望。

遥辰信口说了一句："有什么事情需要我去做吗？"实际上遥辰并不知道耿处长有事让他去做，这句话是随便说的。

耿处长抬起头来，语气温和地说："本来不应该给你安排这项工作。你来得时间短，需要尽快熟悉这里的环境和你的本职工作，但党组要我们处里抽出一个人，参加省里的一个工作组，用几个月的时间到市县检查工作。我们就那么几个人，安排谁去都不合适，我正在犯愁。"

"我没有什么拖累，就安排我去吧。"遥辰十分轻松地说。

"让我考虑一下再说吧。"耿处长脸上的愁云散去。

遥辰要走了。秦婀娜显得有几分激动。她知道这个是大家都不愿意去干的工作，遥辰却自己提出要去，禁不住心里暗笑，处里有这么一个人还是好，有了什么事情他跑在前面，大家心里感到轻松。小奚的喜悦溢于言表，还表现在行动上，办公室只有她俩的时候，她拿出一包食品，温情脉脉地注视着遥辰说："把它带去吧。"本来遥辰是不接受的，小奚硬是把这包食品放到他的包里。

小奚知道，这次去县城检查工作，假若遥辰不去，领导准会安排她去。

在那个地方住几天还可以，那么久的时间，肯定不好熬。小奚对遥辰有了钦敬之意。

遥辰很快见到新的同事。他们是在动员会上认识的。这个刚宣布成立的工作小组有4个人。3男1女。另外两个男的已过知天命之年，一个自称是老张，一个自我介绍说："我叫许敬儒。"那个性情开朗的妙龄女郎笑吟吟地自我介绍说："我的名字叫谢琼。"

两天以后，遥辰他们就投入到这项工作中。

他们的忙碌工作就是听汇报、翻账本，提问题，找人了解情况。那些辛勤的工作就不信笔而写了，书中要表述的是他们的那些有趣而动人的故事。

许敬儒是故事中的主角。他有一种个性。他的那种做法让遥辰他们难以理解。

他们来到县城的第一个晚上，这个故事就开始了。

那一天，他们几个人吃过接待单位在餐厅为他们点的四菜一汤，回到各自的寝室。

遥辰和许敬儒居住在一间卧室。

许敬儒把手中的一个小包放到床上，走进洗手间。大约有3分钟时间从里面走出来。

能看出来他有了什么着急的事情。

他在自己床铺上翻来翻去地折腾了一会儿，又走进洗手间。一两分钟后从里面出来，到床边匆匆忙忙翻了一会儿，而后把目光落在遥辰身上。

遥辰看他不高兴，双唇微微张开，双眼盯着他低声问道："许老师把什么东西找不见了，这么的着急啊？"

我的那个东西我记得清清楚楚，带进了这个房间。这里只有我们两个人。东西是不会飞走的。那件东西我用了很久。我真的舍不得它。我一定要把它找出来。许敬儒啰唆了那么多话，用目光狠狠地瞪了一眼遥辰，似乎他的这件"贵重"东西不翼而飞与遥辰有直接关联。

遥辰感觉到事态的严重性，这个房间只有他和他。许敬儒把话已经讲得很明白了，他的东西是放在这间屋子里找不到的。要是这件东西真的找不见，这可是有口难说清楚的事啊。顿时遥辰心里忐忑不安，人家毕竟是资深的老前辈，有了事儿别人都会站在他一边。这可怎么办呢？遥辰知道人着急了容易出差错，他应该找谢琼帮他找。

遥辰走出去叫来谢琼。

谢琼走到许敬儒身旁微笑着说："许老师把什么宝贝找不见了急成这个样子？你说说，我来帮你找。"

那个东西是离不开的，是我最重要的生活用品。还是我自己把它找出来。说到这里他把不寻常的目光盯在遥辰身上。谢琼倏然一惊，第一天怎么会发生这样的事情。虽然谢琼与遥辰接触的时间很短暂，她绝不相信这件事儿与遥辰有联系。她说："应该拿出你的包来找一找嘛。"

许敬儒对谢琼的这个提议虽然不乐意，但是看在一个女孩子的分上，还是打开橱柜拿出一个包来说："看看，这个上面的锁还没有打开，怎么能说在包里呢？"

谢琼和遥辰同时看到这个包。上车下车时他们并没有注意到它。此时遥辰看得很真切，是一个很大的黄色帆布提包，里面鼓鼓囊囊的。谢琼心里琢磨，他不会把家里的枕头带到这个地方吧。不会的，宾馆的床上用品干净卫生，不需要把家里的拿来。换洗的衣服，也不会这么多啊。是给别人带来的东西？他是南方人，这个偏僻的小县城，不可能有他熟悉的人。这个包里面装的是什么物品呢？谢琼想解开这个谜，说："许老师，你没有翻里面，怎么能说不在包里呢？你拉开包，我帮你检查一遍。"

许敬儒不高兴地说："我的东西在哪里，我哪能不知道？"他说着这句话时把包放到原来的位置上。就在他低头放包的刹那间，谢琼发现一个可笑而有趣的情况。她刚才那种紧张的心情顿时舒畅了许多，说："许老师你怎么把这么个东西放到了头顶上？"

许敬儒突然意识到了什么，迅速伸出手，从头上拉下一条破毛巾说道："我的宝贝，你怎么跑到了头上，如果真的找不见你，我用什么？我在这里的生活可离不开你。"

谢琼听到他絮叨的那些话，知道他刚才要找的就是这条扔到大街上也没人捡的破毛巾，感到心里非常可笑，暗自说，为了这样的一条十分陈旧的毛巾，竟然连情分也不顾。她要替遥辰抱不平，说上几句。"许老师，刚才你为了这么一条送人人不要的东西，把你急成这个样子太不值得。你仔细看看遥辰，把人家吓得这个样子还没有缓过来。"

正在端详毛巾的许敬儒，听到谢琼冷淡平静的说话声，抬起头来望了一眼遥辰说："我还以为这条毛巾被宾馆的服务员扔掉了。你们哪里知道，这条毛巾还是单位上奖励给我的，用了很久时间。买一条新的，要花七八毛钱，这么多的钱买回来的米面全家人能吃几天呢。"

遥辰思量，就这么一点儿事，看他的那个样子，要是有了大事，不知他会做出什么动作来。事情过去了，不该把它当回事儿。

此时，谢琼多了一些忧虑，担心自己现在离开这里，两人会处于尴尬的境况中，心想，自己应该把气氛活跃起来。还没有等她说出一些逸闻趣事，许敬儒用他的那条破了几个洞的毛巾擦了一把脸，大谈阔论，说个不停。

许敬儒有丰富的学识，他不但谈到文学，还说到哲学、美学、心理学、经济学。有意思的是，他谈到外国文学时，还特别提到了巴尔扎克笔下的那个老葛朗台。遥辰和谢琼听到这里时，相互对视，而后各自的嘴上露出微笑。

楼道里听不到来回走路的脚步声了，谢琼知道该回自己的寝室了。

来到这里有了第一个星期天，单位不上班，他们几个人有了闲暇时间。

用过早餐谢琼提出来，到街上走一走。遥辰知道自己有事，又不好意思拒绝谢琼，只得答应她。

他俩走出宾馆大门。细雨如丝，微觉轻寒。

这是一座古老的城市，20多年前还能看到它完整的古香古色的城墙和古老的城门楼，现在却找不见留下的这些古迹了。他俩在行人稀少的大街上逛了一会儿，遥辰领着谢琼走进县图书馆。

遥辰来这里的目的十分明确，让谢琼在这里翻阅书刊，他去与哥哥见面。

此时谢琼不知怎么了，听到遥辰让她一个人在这里时，一脸的不高兴。

遥辰无奈之下，心不在焉地陪伴着她翻弄了几十分钟的书本后，给谢琼说了真话。

他俩回到宾馆，于杭已经在会客厅等待。

于杭手里提着一个包。他的这个包和许敬儒的那个包比起来就显得非常小，里面溢出中药的味儿。

让谢琼大惑不解的是，哥哥见了弟弟，带着一包中药材要做什么。

这些药材不是药店买来的，是于杭利用工作之余，从山上松树林中采的。

上次他到厅里办事见到海姗，知道她父亲有病住院治疗。于杭去了医院，从大夫那里知道，有几种中草药对海姗父亲病的恢复有辅助作用。这几种药材在他们单位山上阴湿地方生长，效果比药店里买的质量要好得多。回到单位后，于杭用几个休假的日子，把药材采回后晾干。他这次来的主要目的是让遥辰把他采的这些中草药，带回去送给海姗。

哥哥走后，遥辰想把这个包放到壁橱。让遥辰感到奇怪的是，壁橱里许敬儒的那个大包不见了。忽然他听到洗手间有嗡嗡的声音。他三步并作两步走进洗手间。一件东西从空中飘下来，盖住他的头部，顿时眼前一片红。这突然的状况把遥辰吓得尖叫了一声。隔壁的谢琼听到声音，一溜小跑推门进来。眼前的景象让她啼笑皆非，遥辰头上顶着一件红色棉毛上衣，仔细瞧瞧，还是女人的。几平方米的洗手间挂满各种颜色的服装。嗡嗡响的是排风扇的声音。里面灯光闪亮，遥辰想把头上的东西拉掉，惊慌失措的他，因操作不当把衣服领口拉进头部。谢琼帮他解下那件衣服后，笑得鼻塌嘴歪。

让遥辰百思不解的是，许敬儒为什么把家里那么多衣服带来在这里洗濯。

笑得肚皮痛的谢琼，终于止住了笑声，说："这个老前辈可真是个模范丈夫，到了外面还要把家务活儿带来，为爱妻分忧。"

"你的这个看法不一定准确，如果把昨天那条破毛巾的事情联系起来，不难看出他这样做的用意。"遥辰说。

谢琼想起一件事情。她说："昨天晚饭后经过服务台时，看到许敬儒向服务员要洗衣粉。那个女服务员拿出一袋洗衣粉，只倒出那么一点儿，许敬儒还要让她多倒一些，那个服务员说，'你身上就两件衣服，能用多少洗衣粉？'老前辈用求人的那种口吻说，我们的人多再给一些。那位服务员虽然给他又倒出了一点儿，但是甩下一句话，下不为例，宾馆并不承担这种服务。"

他俩正说着许敬儒推门而入。

"许老师你可干了好事儿。"谢琼看到他走进来笑嘻嘻地说。

"我上午写了一篇稿子，刚才送到报社，你怎么知道的？"许敬儒带着一种自豪的语气说。

我说的不是你的稿件，是你洗手间的那些东西，差一点把我们这位年轻的文化人吓出毛病。

许敬儒脸上的神色黯淡了许多，匆忙走进洗手间，不一会儿走出来喃喃自语，那些挂起来的衣服，会有什么事情。

"是那件女人的棉毛衫突然掉到遥辰头上，盖住人家的眼睛，哪能不受到惊吓？"她说到这里瞟了一眼许敬儒，看他毫无表情接着说，"你把这么多的衣服拿到这里有什么好处？"

你们年轻人这就猜不出来了，我离开家这么长时间，家务冗杂，我应该为人家分担一些家务，因此就把它带来洗干净。我这样说你们年轻人可能不完全理解。当然还有一个原因，让家里的水表少转动几圈。

你家里的少转了，这里的不就多转了吗。谢琼是瞪着眼睛说这句话的。

"我少喝几杯水，少进几趟洗手间，管道里的水不就节约下来了嘛。"许敬儒神态自若，平静地说。

谢琼禁不住掩面伏身而笑。遥辰微笑不语。

许敬儒看到他俩的漠视样子，神情严肃地说："你们年轻人没有经过那个艰苦的过程。我给你们讲一件我小时候的故事。我读小学4年级的一天，把借同学的一支钢笔弄坏了。这可愁坏了我，哪里有钱给人家买笔？我忧心忡忡地回到家。在父亲跟前我是不敢开口的。说了实话，我的小屁股要疼几天。要钱的事儿只能求母亲。母亲想出一个法子，把家里的鸡蛋换成钱。

"母亲把竹篮里的鸡蛋数了两遍，只有10个，正好能卖2毛钱。我怀揣2毛钱给人家赔了笔钱，母亲却有了麻烦。

"那是因火柴引起的。父亲是个抽旱烟的人。他有了闲时间，用纸把自己种的烟卷起来，用火柴点燃，顿时屋里有了呛人的烟草味道。

"我拿走鸡蛋的第二天，家里的火柴用完了。父亲知道此时身无分文，要买火柴，只得先卖鸡蛋，然后用鸡蛋换来的钱再买火柴。

"家里养着一只漂亮的大公鸡和两只能下蛋的母鸡，母鸡下的蛋父亲心中有数。他让母亲拿出来去卖。

"哪里还有鸡蛋啊？母亲急得团团转。拿不出鸡蛋父亲会闹翻天的。

"中午放学回家，我看见母亲愁眉苦脸，就知道那2毛钱的事儿惹来了麻烦。

"我问母亲有了什么事情。一开始母亲并不告诉我。我跟母亲说了许多话，她才告诉了真情。

"那时我的脑瓜就灵活，给母亲出了这样一个主意，去别人家借10个鸡蛋，然后分批给人家还。母亲让我快点儿去快点儿回来，千万不能让父亲看见。

"我跑了好几户人家只借来了 9 个鸡蛋，还差一个怎么办？母亲说：'别着急，那个鸡冠子红红的白母鸡，过一会儿会下蛋的。'"

"吃过午饭，白母鸡真的下了蛋。母亲把 10 个鸡蛋用竹篮提到集市上卖了 2 毛钱，用这些钱买回来一包火柴。那时的一个鸡蛋能卖 2 分钱，就是那 2 分钱有时十分重要。现在的年轻人就没有这个理财的意识。"

遥辰和谢琼这才懂得许敬儒为什么要把衣服拿到这里洗的原因了。让他俩不可思议的是，为节省那么一点儿钱，做这么麻烦的事真的不值得。

又是一个星期日，谢琼走进屋子提出一个要求，要遥辰带着她去于杭的单位转转，看看。遥辰笑着说："这件事儿你怎么不早点儿说？现在的那个地方，冰天雪地，通往山头的便道已积满厚雪，车辆很难通行。你以为在那儿上班很潇洒，值班时只是看看电视节目，闲暇时还可以到绿意盎然的山坡上散心游玩。实际上他们工作的环境十分差，他们的生活艰难程度让你想象不出来。一盆水洗脸用后，还得要留下来下次用。在那个冷气袭人，云雾缥缈的山巅，像你现在穿的这样的衣服如果在那里会冻成冰棍的。"

"你的话太夸张了吧，9 月下旬的天气凉爽宜人，哪里会有那么低的气温。"

"这是真的，那个地方即使赤日炎炎的三伏天，也必须穿棉大衣值班。"

"那么恶劣的自然环境，你的哥哥为什么不离开呢？"谢琼突然提出了这个问题。

"他这个人自从到了那个地方，就把自己交给了那座山头，交给了那个山头上的发射机房。他在那个地方贡献他的青春，贡献他的人生。我曾经和他争论过这样一个问题，用什么标准来衡量一个人对社会的贡献。我的观点是，要有一个施展才华的空间，只有这样才能把自己身上的潜力全部释放出来。他的看法是，把自己的一切投入到所处的那个岗位上。也就是说做好螺丝钉的作用。我们谁也说服不了谁。他尊重我的选择，帮助我调进行政管理部门。他却继续实现他的理想，尽职尽责地在那个山头上默默地奉献。"

"我觉得你哥哥的那种执着受人钦敬。这个社会如果没有像他这样的人，那些艰苦环境里的工作谁去做？"

"你说得有道理。正是他们那个群体的忘我奉献，千万个家庭才能收看到精彩纷呈的电视节目。我们现在看的电视节目信号，就是从云峰转播台发射出来的。"

"去不了那个神秘的山头，你就领我在这座城市观赏小桥流水，游览名胜古迹，品尝地方风味，也蛮有意思的嘛。"谢琼有了新的要求。

遥辰和谢琼沿着清水河畔款步行走。他俩游玩了两个多小时，觉得肚皮空起来，来到一条有地方风味的小巷。

这条街道两旁，饭馆一家挨着一家。他俩信步走进一家餐馆。这里面只有 6 张长条饭桌，室内收拾得干干净净。因为还不到吃午饭时间，里面就餐的人寥寥无几。

一个活泼可爱的小姑娘跑出来瞧了一眼，而后跑进去说："来了一位叔叔和阿姨。"

一个女人走出来，用浓重的地方口音问道："同志，给你们做点什么饭菜？"

突然间遥辰的眼睛亮了许多，把目光投到这位女人身上。

这个模样俊俏的女人也发现了什么，惊诧地瞟了一眼遥辰，就喊出遥辰的名字。

遥辰惊喜地问道："李兰，你怎么在这里？"

李兰是和遥辰一个村庄的。她依然像过去那么直率，说："我怎么就不能在这里呢？改革开放了，农民也能进城做生意。"

"你丈夫不是在村子里吗，怎么开起了饭馆？"

"他这个人脑瓜还算灵活。过去的几年，他在这座小城挣了几个钱，就去省城参加烹饪培训班，结业后在那里给人家做了两年饭，回来后就开了这家餐馆。别看这个饭馆空间小，到了吃饭时间来的人很多。因为我的那位，能烹饪出几道很有特色的菜肴。"她说到这里，回过头喊道，"丫丫，快去叫你爸爸，就说来了贵客，让他快点儿回来炒菜。"

打扮得花枝招展的丫丫一阵风似的跑了出去。李兰把目光投到谢琼身上，她仔细瞧了一会儿笑着说："遥辰比我大，我们在一起玩耍大的。我该称呼你嫂子。"

"李兰，她是我的同事，人家还没有结婚呢，你乱说些什么。我们来县城检查工作。"

李兰自觉失言，抱歉地向谢琼说了声对不起。

"前几天他在宾馆里还提到了他小时候的几个小伙伴，真是有缘分，今天就见到了你。"谢琼微笑着说。

那么多年过去了，遥辰还记挂着她，李兰心里充满了感激之情。她偷偷地瞟了一眼遥辰笑了笑说："还是上次见面时的那个样子。"

那是5年前的事情。一天，回娘家的李兰听说遥辰也回到了村子，就去看望遥辰。让她没有想到的是，遥辰给她带来一件礼品。

"时光易逝，哪能和过去一样呢。"遥辰随口说道。

这时丫丫拉着他爸爸的手走进来。遥辰立即站起来和他寒暄了几句后，李兰的丈夫就走进里屋炒菜，李兰跟进去当助手。

不一会儿工夫，李兰端出来几碟菜。李兰丈夫烹饪手艺的确不错，几道菜皆有特色。凉拌的蕨菜绿生生，爽口宜人，手抓羊肉肉嫩味美，清炖鲫鱼香气扑鼻，辣爆小公鸡味道鲜美。

离开时，当遥辰把饭钱递到李兰丈夫手中时，李兰迅速从丈夫手里把钱拿过来递到遥辰手里，十分生气地大声说："你怎么能这样呢，招待一顿饭就付钱，太没有人情味。"

谢琼看到李兰真的生气了，示意遥辰把手中的钱收起来，从包里掏出一个精美的化妆盒，递给李兰说，我们第一次见面，就做个见面礼吧。

李兰知道谢琼的心意，流露出感激的眼神，说了声谢谢，就接过来。

遥辰回到寝室，记忆一下子涌在心头，童年时的一幅幅画面历历在目。李兰和陶桃的身影出现在眼前。她俩看到他蹲在野草萋萋的地上，准备把一捆蒿草背起来。他用劲试了一下没有站立起来，她俩立即走过来，双手用劲向上提。他在她们的帮助下，背起那捆沉重的蒿草。

遥辰他们4人完成这次工作任务，大家都有了轻松喜悦的心情。

老张用自己的钱给遥辰他们每人买了一些土产品，笑呵呵地说："这次有你们的配合，任务完成得很好很顺利，我这个当组长的也没有操多少心。为了感谢大家，我买了一些土特产品送给你们，略表心意。"

许敬儒忙着采购农产品。谢琼整理带来的用品，好像即将离开宾馆。

遥辰的心情也非常好。在这段时间他和两个老前辈、一个同龄人的共事中感到非常愉快。明天要离开这里了，也就是说，他们朝夕相处的日子将要结束，心中难免有了依依惜别之意。他应该提醒一下谢琼，这个地方的羊肉鲜嫩而不膻气，应该到街上买一只羊带回家。

他来到她寝室。她接受了他的建议。他俩穿过一条大街两条小巷，来到农副产品市场。

　　他俩买好羊肉，让人送到宾馆。宾馆的一位女服务员十分热情地给他们找了一间存放物品的房间。

　　遥辰看到这间屋子里面有两份羊肉，猜测是老张和许敬儒买的。

　　回到卧室，遥辰看到坐着两个陌生人。他仔细看了看，知道他们是当地的农民。奇怪的是，他们看到遥辰走进来表示沉默，低头一句话也不说。

　　遥辰把他俩和羊肉联系起来，心里想，是不是许敬儒还没有给人家付款，要不人家坐在这里干什么。

　　这两个人一坐就是 1 个多小时。遥辰暗自抱怨许敬儒，你买了人家的羊肉，就不应该让人家这么长时间等着要钱。

　　快到吃午饭时许敬儒才匆匆走进来。他看到这两个人，惶然不知所措。

　　两个人中年龄比较大的那个说："你把少给我们的那一点钱给我们，我们家离这里远，还要赶路。"

　　许敬儒望了一眼遥辰，并没有说什么。遥辰知道，许敬儒看他在跟前，不便于说话，即刻走出房门。

　　10 分钟过去了，遥辰琢磨，他们之间该说的话儿应该说完了。他又一次走进去。让遥辰感到奇怪的是，那两个人还在里面，坐在床边上，面有愠色。

　　那个看起来只有 20 多岁的年轻人看到遥辰走进来，站在地上毫无避讳地说："我们农民挣钱很不容易，你们当干部的拿出来那么一点儿钱算不了啥事。"

　　许敬儒沉下脸子，口气冷冰冰地说："我买了你们一只羊，花了那么多钱，现在兜里没有零钱，你们追到宾馆来，太不够意思了吧。"

　　那个年龄大一点的汉子说了话。他说，这钱只有 2 毛，但它能买 1 斤多盐，这些盐我们全家要吃 1 个多月。

　　让遥辰感到不可思议的是，许敬儒为了 2 毛钱，竟然让这两个农民在这个房间等了几个小时，现在仍然不愿意付给人家，这样僵持下去还不知要等到什么时候。他摸了摸口袋想掏出 2 毛钱替许敬儒付给这两个人，又担心如果他这样做了，会给许敬儒难堪。遥辰脑子里转动了一会儿就有了解决这件事情的办法。

　　遥辰找到谢琼，将这件事情告诉她。他让谢琼配合一下，然后如此如此地说了几句。

谢琼来到许敬儒跟前，叫了一声许老师，而后说："请你现在帮我办一件事情，只一会儿工夫。"

许敬儒正为脱不开身发愁，听到谢琼的话，立即跟着谢琼走出去，与此同时遥辰走进来。

遥辰听到谢琼她俩脚步声逐渐远去，从口袋掏出2毛纸币递给年龄大的那位农民说："时间不早了，家里人还等着你们呢。"两个农民露出憨厚的笑容匆匆地走了。

谢琼领着许敬儒来到那间放着羊肉的屋子，笑着说："许老师，你看看我买的这只羊好不好？"

让许敬儒来这里，不过是让他暂时离开那个房间，遥辰好打发那两个卖羊肉的农民。

许敬儒一脸的认真，反复瞅了一会儿微笑着说："你这个没有见过羊走路的城市女孩，买来的这只绵羯羊真的不错，肉很鲜嫩。"

看过谢琼买的羊肉，许敬儒就有了活动空间。他用膳后，并不想回到那个有人等着他的房间。

许敬儒悠然自得地游览了市区内的大街小巷和大大小小的商店，举目遥望了一眼夕阳，不知道那两个人不会为了2毛钱等到天黑而归。虽然他是这么想的，但是当他走到卧室门口时，心田还是不平静了一会儿，那两个人较劲儿待在里面怎么办？他敛声屏气，在门口听了听，里面静悄悄的。但他还是不放心，去服务台问服务员。一位嘴角挂着一丝微笑的女服务员说："那两个人吃午饭前就走了。"许敬儒有了轻松感。

在这座县城的最后一个夜晚，许敬儒并没有忘记自己要做的事情。他辛辛苦苦地把自己想要洗濯的用品一件不留地洗得干干净净挂在洗手间。

小轿车在宽阔平坦的沥青路面疾驰。遥辰望了一眼许敬儒心里说，都这样的年龄了，为什么要活得这样的累。

十 四

　　一条通往山顶的小路覆盖着厚厚的积雪。一个男人和一个女人步履谨慎地在雪中行走。男的怀里抱着一个婴儿。他举目遥望白雪皑皑的山峦对女的说，这次雪下得真大，这么厚的积雪走起来迈不动步子，到山顶要走一个多小时，小心一点儿不要滑倒。女的把目光投到男的身上说："孩子你抱了这么久了，还是我来抱抱。"男的把孩子抱得更紧了，说："你的体质差，路陡雪滑，能走到山顶就很不容易了。"

　　山路是盘旋而上的。他们走到一道沟壑边，风声四起，飞雪扑面，侵肌透骨。这时男的把自己的围巾取下来搭到女的脖子上说："这么冷的天气，会冻坏耳朵的，你把它围上。"女的把围巾从自己脖子上拉下来，用双手裹在男的头部。男的看到女的执意不要这条围巾，说："你把它拿下来裹到孩子的头部，别把孩子冻坏了。"

　　这里是高寒区，在隆冬时即使不刮风下雪，也会让人感到彻骨透心的寒冷。

　　男的怀中的婴儿只有六七个月。这对年轻夫妇抱着这么小的婴儿，在这个荒无人烟的冰天雪地里要去哪里？

他俩都是云峰转播台的职工。他们要去眼前的这个山头上值班。男青年叫堪闽，女的叫柳晓丹。三年前的相爱，让他们有了现在的这一幕。

怀中的儿子发出轻微的呼吸声。堪闽回忆着他俩的那个甜蜜的过程。

一天，柳晓丹值班结束后从机房走出来，堪闽站在楼道满面笑容地盯着她。

"你今天遇到了什么喜事儿？一脸的阳光。"柳晓丹笑吟吟地问。

"暂时保守秘密，到了我卧室就告诉你。"堪闽神秘地说。

"你把我骗到你的那间杂乱的房间，还不是让我给你收拾屋子。"柳晓丹说到这里，含情脉脉地瞥了一眼堪闽。

他俩走进堪闽寝室，让柳晓丹感到意外的是，室内的物品摆放得整整齐齐，地拖得干干净净，窗明几净，屋里还有清香味儿。

士别三日当刮目相看，怎么一下子变得如此的勤快。这屋里面还洒上了香水。何时学会了布置情调。

堪闽突然伸出双手捂住柳晓丹的眼睛说："你别怕，要让你猜一猜，我现在送给你什么礼物。"

一瞬间，一股暖流涌动，她和堪闽之间情意绵绵了那么久的时间，但谁也没有说出关键词。此时她不用猜，就知道堪闽要送给她什么礼品。

她轻轻推开他的手。她粉面含羞，明眸闪亮，注视对方，伸出左手手指。

一枚熠熠生辉的戒指戴在她修长的手指上。她知道在极致的幸福时刻如何表达自己。她投向他的怀抱。他回应了她的热情。空气充满了甜味。

他俩一个情深义重，渴望良辰美景的到来；一个柔情似水，企盼着佳期来临。

一个阳光明媚的日子，他俩完成了人生必然要进行的美好的甜蜜的那个过程。

一间简陋的茅屋是他们的新房。他们的生活质朴无华但很幸福。婚后为了不让衾凤冷，枕鸳孤，他们向台领导要求同值一个班。就这样他俩一同去了山巅。

两年后他们有了爱情结晶。这次是柳晓丹生孩子后的第一个班。

昨天上午，天气晴朗，妻子给丈夫说："天遂人愿，我带着孩子去值班，就有了好天气。"

可是到了下午，空中浓云密布，随后飘起纷纷扬扬的雪花儿。

连绵不断的雪花轻柔地飘落着，这对年轻的夫妻忧心忡忡，这样的天气怎么能抱着几个月的婴儿在坡陡路滑的雪地行走。他们企盼着雪花再不要在空中飘舞了。

到了傍晚时，雪越下越大。这样的鹅毛大雪飘到天明，如何顺着那条半山腰的便道爬上山顶。这天夜里堪闽和柳晓丹都想着这件事情。

天亮了，雪停天晴，大地变成白茫茫一片。堪闽匆忙来到小院量了一下积雪厚度，足有 20 厘米，顿时心中有了无可奈何的惆怅。

夫妻俩商量再三，觉得再不能为难领导，给同事带来不方便，应该抱着孩子去上班。早晨他俩乘坐班车到了半山腰的岔路口下车。

山间云雾迷蒙，四边粉妆银砌。柳晓丹行走不到一半的路程感到腰酸腿痛，行走的步伐越来越缓慢。

堪闽看到妻子在雪中举步维艰，产生出一种爱莫能助的歉意。她产后身体还没有完全恢复，再这样走会倒下去的。此时他双手抱着孩子，无法搀扶她行走。

柳晓丹似乎猜出了丈夫的心思，用亲昵而愉快的口吻说："你抱着孩子已经很累了，我能坚持走上去。"

他们继续沿着小路逶迤而行。

堪闽凝眸仰望，峰巅渺茫。他深深感到妻子行走的艰难。陡然间，一缕怜香惜玉之情油然而生。怎么办呢？在这个连峰叠嶂的大山自己能做到的只能是，让妻子拉着他胳膊继续向前走。

于杭清晨起床，启窗户视之，一片白茫茫的世界。他很清楚，今天是换班的日子。猛然他想起堪闽夫妻。

他问遍了在这里值班的每一个人，大家说："没有接到他们换班的电话。"

这么深的雪，他们怎么能从半山腰的岔路口步行到单位。于杭显得十分焦急，顾不上吃早餐，走出屋门，拿起扫帚扫雪开径。

一条小径在于杭扫帚的挥舞中向山下延伸。他知道自己用尽全身力气这样做，也只能起到微不足道的作用，从山顶到岔路口有十几公里路程，自己能扫出多长的便道？但是他一定要坚持扫下去，迎接上山的职工。

于杭视线出现依稀的身影，他的扫帚挥动得更快了。

过度劳累，筋疲力尽的堪闽和柳晓丹也看见有人朝这个方向移动。

他们之间的距离越来越近，终于能看清对方的面孔。突然于杭看到柳晓丹滑倒在地上，他扔掉扫帚，跌跌撞撞向他们奔跑过去。

难以支撑住躯体的柳晓丹摔倒在松软的厚雪上面。堪闽无所措手足。假如要把妻子扶起来，自己双手抱着孩子。如果把孩子放到地上，担心孩子被冻伤。怎么办呢？他只能等待于杭到来。

于杭冲到他们跟前，急切地说："你抱好孩子我把她扶起来。"

柳晓丹被于杭双手用劲拉起来后，浑身软绵绵的怎么也站立不稳。堪闽知道妻子的身体状况，他用感激的眼神望了一眼于杭说："你抱孩子我背着她走。"

于杭看到他疲惫不堪，说："我来背她吧。"他在说话的同时，背起柳晓丹一步一步地向山上走去。

他们步履蹒跚，终于跨进房间。闻讯而来的同事们看到他们面目全非。

于杭的长睫毛沾上厚厚的一层霜，柳晓丹的鼻子高出了 1 厘米，最吓人的是堪闽的两只耳朵，如拳头似的。

有经验的老马大声说，让他们快点儿到比较凉的地方休息。他们的耳朵、鼻子成了这个样子，这个屋里温度高，会掉下来的。

堪闽和柳晓丹在一间温度比较低的房间坐了大约几十分钟后，耳朵和鼻子才恢复原状，只是又痒又痛，难以忍受。

堪闽和妻子抱着不到周岁的婴儿上班的事情发生以后，于杭心里久久不能平静。

过去他曾经多次向上级反映过职工居无定所，孩子无法入托儿所的问题，但一直没有得到解决。现在有的职工依然抱着孩子风雨无阻地来来往往。要解决职工住宅问题是一件非常难办的事情。一种责任感使于杭有了承担困难的勇气。他要尽最大的努力，从根本上解决这个问题。

于杭心里很清楚，办成这件事情谈何容易。修建几千平方米的房屋，需要投资近百万元，台里的全年经费只有数十万元，这些事业经费只能维持发放职工工资和业务费支出。

于杭苦思冥想，突然想到一个人，这个人就是和遥辰共同工作了几个月的谢琼。遥辰曾经告诉他，谢琼是省计委的一名工作人员，她所处的那个处安排基本建设投资。

于杭去省城见到遥辰。遥辰告诉他，省计委每年安排的基本建设资金主要用于重点建设项目，即使要给某个厅局安排建设资金，先由主管部门审核后报送省计委，省计委根据轻重缓急，逐年给予安排。修建基层职工宿舍的项目，计委是不安排的。

于杭怏然而归，回到单位凳子还没有坐热，一位年过40岁的职工满心忧愁地走进来。

这位师傅说的话只有一个内容，房子的事情。几个月前儿子结婚后与他们同住一室。一间并不宽敞的房间住着两辈人。白天方可凑合一点，可是到了晚间人静时，用一块布帘分隔的两边住的两代人，睡在床上的别扭用3个字来形容非常确切——太累了。

老的太累了也只能是无可奈何，谁叫自己没有大一点儿的房屋呢。

两个情意缠绵的年轻人就不会长期地沉默下去。儿子把对这种现状的不满挂在脸上。他走进家门后，一副气冲冲的样子。儿媳妇一开始还比较客气，虽然心里憋着气，但嘴上说的话还有分寸。到了后来，也许她感到是可忍孰不可忍，就把丈夫作为发泄对象，搅得家里人不得安宁。

说到后来，这位师傅掉下泪水。这位师傅的痛苦神情定格在于杭脑海里。

这位师傅走后不久，值班员小门心事沉重地来到他跟前，说的事还是与房子有关。她儿子到了入学年龄，县城没有住房，怎么上学呀！于杭隐约听到哭泣声。

送走小门于杭的心情越来越沉重，这么多职工的困难，自己能熟视无睹吗。他是单位负责人，想办法解决他们生活中的困难是他应尽的责任。但是这么重大的事情，超出了他职权范围，自己心有余而力不足。忽然他有了一种思路，自己没有那么大的能量去办理，就不能想办法取得他人的支持吗？

他琢磨着，要取得他人的支持，首先就应该让人家了解这里的实际情况，引起与此事相关部门的领导对这件事情的重视。他必须把单位职工的住房情况了解得清清楚楚，然后给厅里书写一份修建职工生活区的报告。

于杭忙碌了一个星期，了解清楚职工的住房现状。他将了解到的详细情况如实地书写到修建职工生活基地的报告中。

于杭把起草好的报告亲自送到厅办公室。

时间过去了一个多月，杳无音讯。

于杭又一次来到厅机关，径直走进分管这项工作的副厅长办公室。

这位副厅长用冷漠的口气说他没有见到云峰转播台这份报告，即使看到了，这么难办的事情也不是一下子就能解决的。各单位上报申请资金的报告那么多，首先要考虑的项目是事业发展方面的。

于杭在这位副厅长跟前碰了一鼻子灰，心情沮丧地在楼道里遇见海姗。

海姗用亲切的目光瞥了一眼于杭，开玩笑似的说："当了负责人可不能摆架子。来了也不到我办公室坐一坐。"

本来于杭打算等办完这件事情去海姗办公室看她，现在看到她就跟着她走进办公室。

海姗发现于杭心情沉重，问他又出了什么事。于杭将那件忧心的事儿告诉海姗。海姗给他出了一个点子，让他去找一个人。她说："你见到这个人不但要把这件事情说得具体说得详细，还要把他请去，走进那些无房户和住房条件特别差的人家看一看。只要厅里的报告送到省计委，她可以找人说说话。"最后海姗补充一句："我找的那个人能不能办成这件事情，我不敢打保票，但他会尽力去做的。"

海姗让于杭要找的这个人不是别人，就是耿处长。他听到于杭叙述后，沉思了片刻说："你在我屋子里等一会儿，我先到办公室去查一下你报来的那份报告。"

大约过了五六分钟，耿处长手里拿着一份材料走进来说："人家把你费了那么多精力写的这份报告根本就没有当回事儿，扔在一边。"

耿处长告诉于杭，最近他要出差，等他回来以后下去看看。而后考虑下一步如何运作。

于杭不相信运作有什么结果，他感到自己魂牵梦萦的愿望成了一片虚无缥缈的云。他有了深深的内疚，这种内疚在不断地加剧。

一天谭珂来到于杭卧室安慰说："你已经尽到心，大家没有为这件事儿抱怨你。你不应该有太多的自责。"

于杭望了一眼谭珂说："话虽然可以这样说，但那么多的职工住房有困难，我是这里的负责人，他们把解决自己困难的希望寄托在我身上，我却让他们感到失望，我的心情怎么能好起来呢？"

"你不是说耿处长要来吗，等他来了以后看到大家的住房状况，他会想办法的。"

"从最乐观的角度讲，耿处长会努力办理这件事情。但要办成这种事情必然会遇到重重困难。耿处长的能量也是有限的啊。"于杭说。

受于杭情绪低落的影响，谭珂的心情也沉重起来，说："再没有其他的办法吗？"

"我再想想办法吧。"

一天耿处长把于杭书写的申请报告仔细过目了3遍，之后他的心情感到很沉重。他的眼前仿佛浮现出一对夫妇抱着几个月大的婴儿，在冰天雪地的山路上行走的情景，还有新婚燕尔的年轻人与父母亲同住一间卧室的尴尬画面。此时他懂得于杭每次说这件事情时，为什么脸上流露出极端痛苦的表情。他对他们有了一种强烈的同情心。他应该帮助他们解决生活困难。但是要筹措出那么多的资金谈何容易。

他拿着那份报告去找过分管他们处的副厅长，也向厅长汇报过这件事情，但是都没有满意的结果。后来他邀请省计委安排投资的工作人员，让他们到那个地方看看，取得他们的同情。省计委投资处段处长推辞说没有时间。当他又一次来到段处长办公室，一个女孩在段处长身旁。他和段处长说话时，这个女孩插了一句，说："那个地方确实很艰苦。"段处长听到下属这句话问："你怎么知道那里的情况艰苦？"女孩说："那次下去检查工作，我和云峰转播台负责人的弟弟是一个工作组的。"段处长不假思索地说了一句："那你就陪耿处长去了解一下情况吧。"耿处长看得十分清楚，当时那个女孩显得十分高兴。

负责安排投资部门的领导能说出这样的话，就说明他已经重视这件事情，修建云峰转播台职工生活基地的事情就有了希望。

耿处长要抓住这个机会，不失时机地把这项工作进行下去。他带领其他两名工作人员前往云峰转播台。随行人员中有一位女孩。她是省计划委员会投资处的办事员。跟随耿处长来的还有遥辰。本来耿处长不打算让遥辰参与此项工作。也许耿处长考虑到于杭与遥辰之间的关系，防止有人说一些不利于工作方面的话。昨天他知道谢琼与遥辰曾经在一起工作了几个月的情况，毅然做出让遥辰也去云峰转播台的决定。

这个鲜活可爱的女孩见到遥辰，脸上泛起兴奋的笑容。耿处长为自己做出的这个决定有了一丝的沾沾自喜。他想起有了熟人好办事这句话。

坐在小车上谢琼提出了一个很重要的建议。她说："这次去了以后，对职工住房困难的状况一定要了解得深入细致，只有这样才有说服力，才有可能使该工程立项。"

耿处长是个急性子，下车后喝了一杯清茶就坐不住了，要看一看。

于杭领着他们一行3人首先来到值班员宿舍。映入他们眼帘的是这样一幅画面，一个男青年怀中抱着一个婴儿。这个婴儿哇哇地哭个不停，男青年急得头上直冒汗水。他一会儿喂牛奶，一会儿拿起玩具逗这个只有几个月大的婴儿，一会儿抱着孩子在地上转圈子。这位男子就是堪闽，此时妻子柳晓丹正在机房值班。

于杭给耿处长他们说，像他们这样的夫妻抱着孩子值班的还有4户。这里不但气温寒冷、空气稀薄缺氧，而且还受到高频的辐射，这对幼儿的发育非常有害。

耿处长他们了解了山上的情况，前往山下县城察看一部分职工的住房现状。他们看到的听到的，与于杭书写的那份报告中的情况一致。

为了使这次了解的情况更有说服力，谢琼用带来的照相机拍摄了许多照片。

耿处长他们走了。他们这次的峰巅之行给这里的职工带来一种错觉，认为多年企盼的事情即将成为事实，因此有些人三番五次到于杭跟前询问情况，打探消息。于杭的压力更大了。他不厌其烦地给耿处长打电话，问这件事情有没有进展。耿处长的回答总让他失望。

实际上省计委有关领导，已经重视起修建云峰转播台生活基地这件事。

那一次，谢琼在云峰转播台了解情况回来后，向她的上司段处长汇报了情况，并将她拍摄的照片拿出来。段处长听完汇报看过照片，就有了一种想法。当时他对谢琼说："应该把这个项目列入全省基本建设投资计划内。但问题在于，过去列入计划的项目很多，每年用于修建职工住宅的资金数额有限，这个项目即使列入计划内，几年以后才能安排资金。"谢琼说："那里环境十分艰苦，那个单位职工住房困难的问题确实很突出，一些职工县城无住房，孩子无法进入幼儿园，因此跟着父母亲在山头受煎熬。那个单位的年青人把一生中最美好的时光给了那座电视调频转播台。"她说到这里停顿了一下，把柔和的目光落在她上司身上接着说："我有一个建议能不能说出来？"

段处长看她十分认真笑着说："有什么想法说说看。"

"应该快一点儿解决他们住房难的问题。"

"看起来小谢同志蛮有同情心。这个项目我们尽量向前排吧。"段处长立即表态。

几年前，谢琼大学毕业分配到这个处，这是她第一次恳切地求上司。

这件事情没有定下来以前要保密，等我们工作不是那么忙了，到那个地方做一些具体的事情，如了解一下拟建的这个生活基地的地皮情况等等的。

谢琼喜之不尽，露出灿烂的笑容。

几个月后的一天，谢琼跟随段处长、耿处长又一次来到云峰转播台。

他们的到来让于杭遐思联翩。他脸上的愁云瞬间消失，随即喜悦之情溢于言表。

段处长是一位温和谦恭的人。他来到这里以后，立即召开座谈会听取汇报。会议快要结束时他说："你们的报告，内容翔实，含义清晰，叙述流畅。没有想到谁的文笔如此的好？"耿处长插了一句说："他是我们处里的遥辰按照于杭写的那个报告起草的。"段处长接着说道："上次谢琼了解情况回来后，说得很具体，很全面，让我深受感动。我琢磨如何进行这件事情。现在安排的项目资金缺口非常大，已经是寅吃卯粮。要安排新建项目十分困难。由于云峰电视调频转播台情况特殊，我和谢琼向分管副主任做了汇报。他也同意将这个项目根据具体情况逐年安排建设资金。下面要做的事情很多，首先要联系修建生活基地的地皮。不知你们现在有没有意向性的方案？"

实际上于杭已经做了前期准备工作。上次耿处长他们走后，他就多了一种心思，想到征地的事情。他找到分管这方面工作的副县长。这位副县长热情地说："只要这个工程项目被省计委批复，我就批给你们建房用地。"

那一天，于杭离开副县长办公室就忙起来。他察看了几处地方，最后选择了一块，与相关人员进行沟通和协商。

听到段处长的一席话，于杭心田暖意隐约浮动，说："这件事情已经做了前期工作。如果两位处长有时间，一会儿我领你们去看看那块地皮。"

耿处长微笑着说："你的动作还真够快的。"段处长也笑着说："看起来你非常有责任心。"

让耿处长没有想到，建设云峰转播台生活基地的前期工作进行得这样快。他知道于杭为此事做了大量工作。他也感谢眼前的这位女孩，她也为这件事情尽心尽力。为了感谢段处长和谢琼。他思考着一个问题，如何回报人家为此事做出的努力。送礼品，政策上不容许。那就安排晚上的活动吧。段处长有唱歌的爱好，去一下歌厅是花不了几个钱的。座谈会之后，他在于杭耳旁悄声细语说了几句。

实际上于杭为他们已经安排了晚上的活动。不过这不是于杭想出来的。

午餐后，梦粲一脸的喜悦来找于杭。他说："听说修建住房的事情有了盼头。这一下我的女朋友就不会飞走了。"

原来梦粲和女朋友为住房的事情闹到分道扬镳的地步。他俩的家都在农村，城市连几平方米的小屋也没有。这一对有情人，虽然恋爱了两年有余，但是佳期如梦，原因只有一个：结婚用房遥遥无期。面对这种无奈，他的女朋友说了一个字——吹！

吹字像一阵飓风把梦粲吹得魂飞魄散。今天上午他听到一个信息，修建职工住房的事情有了希望。他要感谢这些给他们带来希望的人。

他找到开舞厅的弟弟，央求他一定要给他这个面子，晚上用最高的规格接待几位贵宾，而且一个钱也不能收。他弟弟欣然答应。

暮色中灯光闪烁，耿处长一行走进舞厅。在门口等候的梦粲的弟弟和一位迎宾小姐面带笑容要把他们引进一间包厢。

段处长怎么也不进去。他的理由是，在大厅人多热闹。实际上段处长不愿意再麻烦人家。本来他不同意于杭这种安排，逼得于杭说实话。盛情难却，不可为而为之。

一位鲜活可人的女孩优雅地拿起麦克风，用秋水盈盈的目光环视了一眼观众，缓慢张开红唇，十分投入地唱了一首流行歌曲。

她吐字清楚，音色柔美，毫无那些千娇百媚，风情摇曳的歌女的造作之态。她的歌声落下后，响起掌声。

到了段处长点的歌。音响传出一位美妙动听的女孩声音，下面请尊贵的段先生给大家唱一首抒情歌曲。

掌声过后，段处长洒脱地走到前台。他嘹亮的歌声，不断激起掌声。

段处长唱完歌回到座位后，唱第一首歌的那个女孩款摆腰肢走过来，弯腰施礼，说："我请段先生跳舞。"

女孩的舞姿优美，舞步轻盈矫健，与段处长配合得十分默契。

段处长第二次登台一展歌喉时，这个女孩满面含笑地走过来，与段处长合唱了一首情歌。

谢琼经不住耿处长的软缠硬磨，也唱了一首歌。她嗓音清亮，余音袅袅。

　　这个夜晚，段处长他们处在轻歌曼舞的氛围中。只有于杭一腔心事，坐在那里。

　　临窗而坐的于杭，依然在想房子的事。现在台里的职工已经知道要修建职工生活基地。他们的渴望变成了企盼。他心里很清楚，这件事情虽然段处长有了想法，但是没有形成红头文件，只能说是纸上谈兵。

　　他提醒自己，一件事情在进行过程中往往充满变数，在没有取得成功以前，切不可有丝毫松懈，一旦有不测之变，不至于错愕无支。

　　于杭担心的事儿发生了，那一天，段处长回到单位以后，参加党组扩大会。会议议程其中之一与他本人有关，让他到另外一个处任职。

　　段处长在交接手续时，并没有忘记云峰转播台生活基地的事。他把这项工程排列到其他拟建项目前面，并且给刚上任的这个处的处长介绍了云峰转播台职工住房特别困难的情况。

　　不久于杭接到耿处长电话。耿处长在电话里安慰他不要着急，好事多磨。

　　就在于杭苦思冥想，怎样去争取生活基地立项时，发生了一件意外事故。

　　一天于杭刚吃过早餐，谭珂跑进来说："天线又有了故障，节目信号传不出去。"

　　于杭拿起修理工具，匆匆忙忙来到发射塔下往上爬。当他爬到 5 米多的高度时，突然一阵狂风呼啸而来，使他站立不稳，瞬间落在地上。

　　站在塔下的谭珂，被骤然而至的大风吹得睁不开眼睛，突然听到嘭的一声，他感觉到出了大事。

　　于杭就躺倒在谭珂眼前。谭珂来不及说话，背起于杭往下跑。

　　幸运的是，于杭的头部没有受损，但他的一条腿疼痛难忍。大家判断，很可能是腿骨受伤。

　　谭珂他们把于杭送到县医院。几位医生诊断的结果是，小腿粉碎性骨折。

　　于杭腿上裹上厚厚的白石膏，不得不静卧病床。对他而言，手术后的剧烈疼痛方能忍受，但生活基地的事情让他焦虑万分。他不断地叮咛来看望他的人，给耿处长打电话问问情况。

一个阳光明媚的早晨，于杭接受完查房大夫的询问，躺在床上凝神深思。一位女护士手中拿着一张报纸喜滋滋地说："别想什么心事了，快来看看这篇与你有关系的文章吧。这篇报告文学写得很好。"

平时，于杭和这个病房的人，还有那些护士都相处得很融洽。大家喜欢接近他，也愿意和他闲聊。

"别忽悠我这个下不了床的伤员，报纸上的事能与我有什么联系。"于杭微笑着说。

这是真的，是一个叫遥辰的作者写的。这位容貌清秀的护士说着把报纸递给于杭。

于杭听到女护士说出弟弟的名字，就猜出这篇文章的内容。

于杭仔细阅读了一遍深深感到，这篇作品文笔巧妙、叙述真实可信，他又读了一遍，瞬间一种意念促使他。

他喊来护士说："请你快点去找主治医生。"这位护士还以为于杭身体有了不好的状况，急匆匆找来大夫。

让主治医生感到不解的是，于杭恳切地要求出院。

中年医生把目光落在于杭那条裹着石膏的腿上，口气冷峻地说："这个样子怎么能动！还是乖乖地躺在这里，等伤口愈合后再考虑出院的事吧。"

利用媒体这种方式，促使云峰转播台生活基地尽快立项的想法不是遥辰想出来的。

一天，遥辰接到林好电话，说同学聚会让他参加。当他走进豪华雅致的餐厅时，已坐满了几桌。林好向他招手。显然她给他预留了座位。

餐桌上摆满酒馔果菜。宴席颇为丰盛。大家离别几年，见面分外热情。觥筹交错，笑语喧阗。大家有说不完的话题。有的感叹时光过得太快，青春年华瞬间逝去。有的说人生短暂，何不享受春华。有的议论时政，雄谈胸襟抱负，有的述说一些逸闻趣事，给宴会增添欢快气氛。还有胡扯乱扯的。他们酒足兴尽，尽席而散。男的身上充溢着酒气挥手而去，女的浑身散发香气，婷婷袅袅摆手告别。

走出酒店林好和遥辰四目相视。遥辰从她眼神中看了出来，她有什么话要说。

林好脸颊泛起红晕，轻声说："多喝了两杯，脸热心跳的，我们去公园散散心好吗？"

"看你这个娇弱不胜的样子，我这个老同学肯定会陪你一块儿去的。"

遥辰和林好漫步来到公园一处佳木葱茏，奇花绽放的幽静的地方。

林好显得很大方，她挨着遥辰坐下。林好述说了一些自己的事。她说现在自己有了一个美满和睦的家。可爱的女儿已经上学了。丈夫事业有成，步入仕途，对这个家有了更多的责任心。她自己也调到机关工作，工作很舒心。接着她说到了遥辰。她说："在宴席上我从你的脸上，看到你有什么心事。我们是彼此成长的见证人，有什么事情说出来，说不定我能帮上忙。"

林好的一番话让遥辰十分感动。他没有想到，林好叫他到这里来是为了他的事情。他心里说，毕竟是儿童时的同学，她没有忘记那段生活，她把那个时光留在脑海里的真诚和纯洁保存到现在。

他友好地注视林好微笑着说："有你这样一位同学我感到十分欣慰。刚才你观察得非常仔细，我确实想着一件事情，不过不是我的事，是与我有关的事。"

林好爽快地说："你别绕来绕去的，有什么事儿就直说吧。"

遥辰把云峰转播台生活基地的事情，言简意赅地陈述了一遍。

"这件事情确实复杂难办，不过总会有办法的。让我想一想。"过了一会儿她说："你看这个办法行不行。我丈夫的一位好友在一家报社担任编辑工作。你写一篇文章刊登出去，说不定会有意想不到的效果。"

遥辰禁不住大声说："你真聪明。"

于杭的伤口犹未痊愈就出院。出院时主治大夫再三叮咛，必须在家里休息，千万不能劳累。

于杭走出医院门，心思飘到了那座高山顶上。他首先要到那里看看。

他跨进单位的院落就不想离开了。他对来到办公室的人说："我回到这里就感到亲切、舒心。"之后，他让谭珂说说工作方面的情况。

谭珂只是嘴皮动了动，并没有说什么话。于杭意识到谭珂有话要说但又不愿意说出来。

"我的伤口恢复得很好，不打算回家去了。工作上的事情你就直说吧。"

于杭开门见山地说。

谭珂看看于杭然后说："于师傅你还是到家里去休息吧，这样有利于伤口恢复，这里的事情有我们处理。"

"再别说我回家休养的事儿了。我要在这里住几天。"于杭态度很果断。

谭珂脸上的忧愁消失了。他说："有件事情本来不应该告诉你，但是我们几个人忙了那么长的时间，还是没有解决。"

谭珂说的这件事，是前几天发生的，一部调频发射机有了故障。谭珂他们几个人检查了几遍，没有找到故障的原因。他叫来几位有经验的值班员共同查找故障在哪里，但依然未找出原因。

于杭听后立即要去机房看看。大家知道他的个性，也就没有阻拦。

于杭让谭珂拆下那块零部件，用仪表测试后，又用放大镜仔细查看里面的线圈。经过两个多小时的查找，他终于发现造成故障的原因。他很快排除了故障。

吃过午饭，梦粲神情沮丧地走进来。于杭让他坐下，问他有什么事情？梦粲并没有把屁股落在板凳上，垂手侍立一旁，用目光在于杭的脸上瞟来瞟去的，似乎想在他脸上要找出什么答案来。

过了一会儿小门走进来，接着一个又一个职工走进这个房间。

不大工夫这个屋子里就站满了人。来的人都有一种心思，要在于杭的脸上看出或者从他的口中听出来和自己相关的一件事情的答案。

看到这么多的人，都用眼睛瞟着他，于杭心里越来越沉重。他给他们能说些什么呢？他们想要知道的答案，他怎么能说清楚呢。

梦粲憋了一会儿工夫，嘴里终于发出语音，说："我的女朋友要我必须做出回答，住房的事情到底等到何时？我说不出具体时间。她给我一个底线，半年以内确定不下来，她就和我拜拜了。"梦粲说到这里，眼眶里有了泪花。

大家看到于杭脸上流露出来的那种极其痛苦的表情，缄默不语，耷拉着脑袋走出去。

生活中有时一件事情情节的转换会让人猝不及防。于杭刚送走那些神情黯然的职工不久，桌上的电话铃声响了。电话的内容宛若给他注射了一针兴奋剂，让他狂喜不已。

电话是遥辰打来的，他告诉于杭，修建云峰转播台生活基地的可行性报告，省计委已经批复。这个红头文件落款的印鉴是今天上午盖的。这个信息显然是谢琼告诉遥辰的。

在这里值班的职工，似乎在一瞬间听到这个让人狂喜的消息。有人在院子里放起鞭炮，有人从箱子里翻出酒瓶，嘴里喊着要一醉方休，有人急匆匆地给亲人拨打电话，告诉这个好消息。

兴奋了一阵子的于杭逐渐冷静下来。他在思考着下面急需要做的事情。例如建房用地，资金，勘察，设计，施工。这一系列的环节都需要做很多工作。这些工作中最难办的事是征地皮。前一阶段这方面的工作虽然有进展，当地政府有关部门同意办理征地手续，但是有个别拆迁户不愿意搬走。

过去于杭曾经找过这些人家，户主听见他来了就躲出去。于杭琢磨，他们这样做，到底为了什么？

第二天，耿处长随身带着这份文件来到云峰转播台。他看到于杭身体的这个样子说："你走路离不开拐杖，这么繁重的工作哪能行！还是等你伤口痊愈后再跑下面的事吧。"

于杭脸上顿时露出开朗而固执的神情。他说："这条腿早就长好了，用拐杖不过是以防万一。要不我甩掉拐杖走路你瞧瞧。"说后站立起来。耿处长知道于杭坚毅的性格，现在挡不住他想要做的这件事。他把于杭按倒在椅子上说："给你另外配一个人，在县城给你俩租一间办公室。你多动脑子，他多跑腿，你看行不行？"

于杭亲切喜悦地望着耿处长说："还是你想得周到。我们随你下山。"

"别着急嘛，人家只给了个空头支票。至于何时安排资金，安排多少，计委要根据全省拟建项目的轻重缓急统筹安排。"

"那我们能不能促使他们尽快给我们这个项目安排资金？"于杭提出一个问题。

你的这个想法给了我启示。我回单位后向领导汇报，能否给你们拨付一部分资金，作为这项工程的前期建设资金。你想办法在银行贷一部分款，使生活基地尽快动工。耿处长表示对这件事情的支持。

征地遇到非常棘手的事情，那个叫符冷朋的人，谁和他商谈、交涉都被他拒之门外。他的话只有一句："这个地方是我祖先留给我的，我不搬，就是不搬！"面对这个倔强的老头，于杭用尽各种办法都无济于事。

一个雨夜，于杭又一次来到符冷朋家门口。这时他看到符冷朋的邻居，一位飘动着白胡须的老人走进符冷朋的家门。

于杭只得反身回到租用的那间临时办公室。他看到那个白胡须老人心里有了想法，忖度，这位白胡须老人，有可能知道符冷朋不搬走的原因。应该通过他来了解符冷朋心中隐藏的秘密。

怎么与白胡须老人有个良好的接触呢？于杭思考着这个问题。

一件偶然发生的事儿，让于杭有了接触这位老人的机会。

一天午饭后，于杭躺在床上随手拿起一张报纸浏览，忽然门外有脚步声，须臾那位白胡须老人惶恐不安地走进来。

于杭站起来给他让座。老人嘴里嘀咕道："不好了，闯祸了，怎么办哪？"

"发生了什么事情，别着急，你老人家慢慢说。"于杭用温和的语气说。

我搬东西时不小心把儿媳妇的录音机给摔坏了。我的那个儿媳妇可厉害了，这让我怎么办呢！

"你回去拿来我检查一下，需要修理就包在我身上。"于杭平静地说。

老人出去一会儿工夫双手抱着一台崭新的录音机来到于杭跟前，神情比刚才舒展了许多。

于杭调试录音机旋钮，发现发不出声音，打开里面，仔细查看了一会儿，找出故障原因。他一边修理一边和这位老人聊天。和老人聊天过程中，他把话题转换到搬迁的事情上。于杭从老人口中知道了符冷朋不想搬走的原因。

修好录音机老人赞不绝口。他怀里抱着录音机，高高兴兴地走出门。

老人走了，于杭坐不住了。他要去做一件事情。

他找到身居要职的副县长，毫不讳忌，说出请他帮忙解决的事情。

这位副县长面有难色，说房屋管理局不是他分管的。即使符合安排条件的，个人首先要向房管局提出申请，然后由房管局酌情给予考虑。

"虽然你不管哪个部门，但是你说的话有分量，哪个部门负责人不尊重你？"于杭和他磨嘴皮子。

"你这样地认真，我真的无言可对。下不为例，我只能办这一次。"

于杭脸上洋溢出舒畅的微笑。

动员拆迁户的事进行得很顺利。其他的人家都签了协议，就剩下一户。

符冷朋听到左邻右舍一户又一户的人签订了拆迁协议，他心里越来越虚。他非常清楚，拆一还一是政策规定的。他想多要面积的理由难以成立。

他有侥幸心理，有时候胡搅蛮缠能起到作用。他提醒自己，不这样做，家里的那个矛盾怎么化解？他思前想后的，暗自说，横下一条心不走，谁把我这张老脸能怎么样。

一天，家里人都出去了，符冷朋心里轻松了一些。他端起茶杯喝了一口，伸了一下懒腰，自言自语说："有一套属于我们老两口的房子多好哇。"

忽然有敲门声，他的神情有了变化，口气生硬地问道："是谁呀！"

于杭款步走进来。符冷朋依然还是他前几次来的那副样子，脸上像凝固了似的毫无表情，双唇紧闭，缄默不语，把目光投向屋顶。

于杭看到他这副对抗的样子，微笑着说："今天可不是催你搬迁的，我有个好消息要告诉你。你如果不愿意听，我立刻走人。"

符冷朋从于杭的话中听出门道。他的眼睛有了神，苦涩地笑了笑说："能有什么好事？"

"这件事儿告诉你以前，你得答应我一件事情。"于杭说。

符冷朋盯着于杭看了一会儿才说："只要不强行让我搬走，其他的事儿都好说。"

于杭注视着他说："那你把自己的困难说一说，也许我能做点儿什么。"

符冷朋睬视于杭，想在他脸上寻找出什么，而后说："我知道你是个厚道地为我们这些老百姓说话的干部。现在我给你说说我家的事情。"

"我们家里住房确实很困难，一家子那么多的人挤在一起。我和妻子是苦日子过习惯了的人能凑合，可人家年轻人就不愿意长期困难下去，他们想要一套自己的房子。"说到这里他隔窗瞧了瞧，发现没有人，接着说，"他们，特别是我的那个儿媳妇，为了住房的事情，动不动就大吵大闹，把家里折腾得不得安宁。我一看见她走进门心就怦怦直跳。她吵闹时的那个样子实在可怕，喊叫声喋喋不休，甩物品砸东西。最揪心的是，动不动提出离婚。他们的孩子都那么大了，怎么能说出这样的话。正在万般无奈的时候，你们买下这块地皮，我家成了拆迁户。此时我就有了想法，打算利用这个机会，提出一个条件。"

于杭把目光落在他身上说："是不是想要两套房屋？"

"你怎么猜出我的心思？"符冷朋说后用惊异的目光睬了一眼于杭说。

于杭并没有回答他提出的问题，目光闪来闪去地看着这套有 40 多平方米的屋子。

符冷朋看到于杭不说话，心里就有些着急，说："只要你们能给我两套房屋，"他说到这里停顿片刻补充说，"我俩的那一套，即使一间房子也行。"

"这件事情你为什么一开始不说呢？"

符冷朋嘴角流露出一丝狡黠，说："那时候我即使说出来，也是白说。"

"那现在说了就能起作用？"

符冷朋被于杭问得口不择言，不知该如何回答。

于杭看他那副窘迫的样子，语气柔和地说："你家里的困难我早就从你邻居那里知道了。我将你家里的情况给县里的有关部门的领导说了，已经引起了他们的重视。你们可以向房管部门提出住房申请。"

符冷朋不相信自己的耳朵，他的眼睛睁得圆圆的，迟疑片刻说："这是真的吗？"

于杭十分认真地说："这么大的事情哪能随便说。"

符冷朋心里涌起了温暖，脸上浮现出感激的笑容，嘴里激动地说："我现在就去。"

于杭目送着他清瘦的身影渐渐远去，感觉轻松了许多，自言自语："他生活得也不容易啊。"

拆迁的问题解决了，接下来要进行的是办理贷款。这项工作于杭打算交给临时抽来的梦粲。这个年轻人口齿清楚，逻辑有序不乱，办事细致谨慎。他的一位邻居在建设银行负责贷款业务，这是个有利条件。

梦粲信心十足地接受了这项工作。

这件事情的进展并没有像于杭和梦粲想象的那么容易。要在银行贷款，除符合贷款规定以外，还必须要有其他单位的担保（具有偿还能力）。云峰转播台的上级是行政管理部门，是不能担保的。没有担保单位，银行就不给贷款，这个制度谁都不能违反。在这个缺乏社会资源的地区，具有担保能力的单位凤毛麟角。一个新的突出问题摆在于杭面前。

时间一天天过去，联系担保单位的事情依然无着落。一天于杭拄着拐杖茫然地在大街上行走。

霏霏细雨飘落在脸颊，使他感到凉丝丝的。他走进一个单位。这个单位的领导热情地接待了他。当他提到担保的事情时，这位领导与于杭找过的那几位一样，面目冷峻地拒绝了。不过于杭从这个人说的一句话得到了启发。他说："你怎么只在我们这个穷地方上转来转去的。那些经济比较发达的地区，你难道就找不上一个人吗？"

于杭回到宾馆房间沉思默想，过去的同学，现在的同事，往来的朋友，谁能帮这个忙？

雨停天晴，飞云冉冉散去，阳光充盈在大地上。于杭突然想到一个人，暗自说，我怎么这样的笨哇，把一个非常重要的人忽视了。他看看手表，还是上班时间，急匆匆地来到服务台，拨通耿处长办公室电话。

耿处长在电话中说："这件事情是个新情况，要有一个过程。待我心中有了数，立即告诉你。"最后耿处长特意叮咛一句："你这个急性子可不要急出病来。"

于杭放下电话，心情舒畅了许多。他相信耿处长的办事能力。

大约过了五六天，耿处长让他到省城去一趟。

于杭乘车抵达喧嚣的市区已是黄昏时。他按照耿处长告诉的地址，走进一家酒店。

耿处长请来的几位客人于杭都认识。几个人看到于杭拄着拐杖，举步维艰，顿生敬意。

耿处长首先端起酒杯说："我代表远道而来的于杭向各位敬一杯，因为他有事情求你们。"

大家热情地碰杯后，耿处长给那几位客人讲述了云峰转播台职工住房困难和急需贷款的事情。

于杭知心知意，耿处长是利用这种场合来制造效果，让几位来宾有一种强烈的感受，于杭为了职工的事情，带着伤痛从几百里以外来这里向人求助，你们难道无动于衷吗？

耿处长这一招真灵。谈笑之间，电视台台长用理解的目光瞅了一眼耿处长表态说："于杭为大家的事情不顾个人安危。我们是一个系统的，早就应该给予支持。"

耿处长及时插话说："现在也不迟。"

这位台长看了看办公室主任和广告部的负责人说："我们能不能为云峰转播台担保？"

台长说了话，其他人有什么不同意的呢。那位风度翩翩的办公室主任说，转播台也为我们转播电视节目，担保是应当应分的事情。其他的几位也表示同意。

于杭和耿处长交流了欣慰的眼神。这件于杭劳神费力了那么久未能办成的事情，就这么一会儿工夫有了结果。

于杭刚回到县城，符冷朋就来找他。从这位老人脸上能看出来他不是找碴儿的。他满面笑容，说了声谢谢，低首弯腰给于杭鞠了一躬。于杭匆忙拉住他说："你这么大年纪了，怎么能这样做？"

符冷朋泪眼蒙眬地瞅着于杭说："我们全家人都非常感谢你，就连我的那个不讲理的儿媳妇也被感动得连续说了几声你是个好人。"

随后符冷朋讲述了这件事情的经过。他说，前几天他按照于杭说的找到县房管局的办事人员。他们听到符冷朋的名字显得十分热情。一个中年男性职员微笑着说："你住房的事情我们局长已经打过招呼，现在有几套没有分配的房屋，经领导研究决定分给你家两套，不过面积都不大。"他说到这里，拿出一张平面图告诉房屋的结构和面积。他听后十分满意，当时就办理了住房手续。

于杭把符冷朋送到大门口，突然感到腿部隐隐作痛。他并没有走进寝室去歇息，双手拄着拐杖，脚步沉重地向建设银行的方向走去。

十 五

　　云峰转播台生活基地开工修建了。一天一个农民模样的中年男子来找于杭。于杭仔细瞧了瞧来人，是一个从未见过面的人。于杭琢磨他来做什么。

　　中年男子似乎觉察到于杭的心思，他立即自我介绍说："我是陶桃的丈夫。"

　　"陶桃是谁？"于杭对这句莫名其妙的话疑惑不解，因此问道。

　　"陶桃就是和你弟弟一个村子里的。"来人很爽快地回答。

　　于杭口气温和地问："找我有什么事情？"

　　陶桃丈夫就把自己这次来的目的告诉于杭。于杭当时并没有答应陶桃丈夫的要求，只是说："我给施工单位的头头说说，看看人家缺不缺这种技工。"

　　陶桃丈夫刚进门时的那种喜悦的神色消失了，喃喃自语说："找不上活儿，家里的日子就不好过。"接着他给于杭说了一些自家事情。

　　原来陶桃家里发生了几件事。

　　前一段时期，她的老公公身患沉疴，溘然长逝。他住院期间花费完了家里的积蓄。刚办完丧事她大女

246 |

儿在上学路上，从山坡上滑下去摔断大腿，住院时借了别人许多钱。女儿还没有出院，她老婆婆有了事，多年的胃病复发，治疗需要钱。

陶桃回娘家时听到一个信息，遥辰哥哥单位要在县城修建楼房。修建房屋需要木工，丈夫的木工活儿做得很不错，就想到那个工地上挣些钱，解决家里的燃眉之急，因此催丈夫快点儿去找遥辰的哥哥。

陶桃是个心细的女人，知道遥辰哥哥并不知道她和遥辰少年时的友好关系。她从遥辰的家里问来了遥辰单位的电话号码，去邮政所给遥辰打电话。

她心里想，好多年没有和遥辰见面，不知他变成了什么模样。电话里是看不到他的，听到他的声音一定会感到亲切。她伸出手指笨拙地一圈一圈地拨着那些阿拉伯数字，心里咚咚地不听使唤地跳起来。

那一天，遥辰办公室只有他一个人。清脆的电话铃声让他手中的笔停下来。

他们办公室有4张办公桌，一部拨号式电话机放在科长写字台上。

每天外面打进来的电话，与遥辰通话的不多，因此遥辰还以为是别人的电话。他抓起话筒："喂，请讲话。"

一个女人的显得有些激动的声音在耳边回响："我听出了你的声音，我是陶桃，好多年没有见面了，你的声音我还能听出来。"

遥辰有些惊讶，他的声音变得十分亲切地说："啊！是陶桃，接到你电话真高兴。"

"我有事儿找你。"陶桃小时候那个直爽的性格没有变。

在电话中，遥辰知道了陶桃说的事情，他不假思索地答应下来，放下电话才感到这件事情不是一句话就能办成的。

承包生活基地工程的头头遥辰并不认识。他心里说，这件事还需要别人帮忙。

遥辰很快给于杭说了这件事情。于杭在电话中说，陶桃的丈夫找过他了。他已经给施工单位的头头说了这件事情，人家还没有答应呢。

"陶桃的事我应该帮忙，请你一定把这件事情办好。"遥辰恳切地说。

于杭从来没有听到遥辰用这种恳求的语气说话。他暗自说，看起来我必须把这件事情办成。

陶桃的丈夫走上了在城市打工的路。一天陶桃去工地给丈夫送衣服看到一个熟悉的身影。她很快做出判断，这个人是遥辰。她轻声喊了一声遥辰。

那个人听到声音猛然回头，惊喜地说："你怎么来到了这里？"

我怎么就不能来呢？陶桃说着话冲他笑笑。然后说："我丈夫在这个工地上干活，还多亏了你呢，应该感谢你。"

"这点小事儿不足挂齿。你记得吗，小时候，一个秋天的早晨，我们几位小孩去上学，过河时我把带的早点掉到浑浊的河水中。到了岸边，你将自己的饼子悄悄地塞进我书包里。"

"哈哈，这么一点儿事你还记着！"陶桃激动地说。

"童年时的一些事情是永远忘不了的。"遥辰看了一眼陶桃亲切地说。

"你来这里一定有什么事。"

我跟随我们处长到基层单位检查工作，顺便来工地看看，在这儿听到你的声音，正好我有话要跟你们说。

前几天，遥辰从于杭那里知道陶桃家里发生的事情后，就思考如何帮助陶桃，现在有了说话的机会。

昨天晚上遥辰躺在床上琢磨，如何帮助陶桃。他的思维器官运行了一会儿，突然想起那个鸡下蛋，蛋生鸡的故事。

他们临村有一个在外地工作的干部，他一位亲戚家境贫寒，他想帮助他们。可是他的收入低，囊中羞涩掏不出钱来给他们。他想到了鸡蛋能换钱。他给这位亲戚买来几只小鸡，告诉这位亲戚，鸡长大了要一直养下去。鸡下的蛋拿到集市上卖了，可以买回一些生活用品。后来他的这位亲戚饲养了很多鸡。他从这个故事得到启发。陶桃丈夫有技术，他为什么不在城市发展呢？搞装修多好。遥辰想到这里窃窃自喜。他要动员他们给自己开辟一条谋生的路。他与陶桃不期而遇，正好把自己的想法告诉她们。

遥辰约陶桃和她丈夫在一家饭馆吃饭。就餐过程中，遥辰说，陶桃丈夫勤劳敦厚，有一定的技能，现在城市已经对房屋进行装修，今后这个行业有发展空间，他应该抓住这个机遇，学习一些必要的装潢技术，然后成立一个装修公司。这样一来就能从根本上摆脱困境。他建议这个工程竣工后，陶桃丈夫去省城，先跟着别人一边干活一边学习装修方面的知识。他认识一位装修公司老板，他可以给陶桃丈夫联系这件事情。

陶桃和她丈夫听到这些话有了很大的兴趣。陶桃说，过去她丈夫在农村出的力气不小，挣回来的钱却不多，有时还找不到木工活儿。如果能学会这门技术该多好哇。陶桃丈夫笑着说："今后有一天我真的成了老板，你可就是老板娘，钱由你保管。"

陶桃亲昵地拧了一把丈夫的脸蛋说："看把你美的，等钱挣来了再说这句话。"

遥辰看到他们夫妻俩对未来充满着希望的喜悦感到很高兴。他祝愿他们，几年后事业有成。

遥辰和他的上司下基层完成任务后，如期回到办公场所，N省广播电视大楼。

这座建筑群位于市区西部，占地面积近百亩。主楼高高耸立，颇有气势。东西两侧的裙楼只有3层。

主楼是办公区。裙楼两侧分别是广播、电视节目制作区。大楼南面是电视、调频发射区。院内甬道两旁树木掩映，绿草茵茵，丛花争妍。主楼前面有一条结构小巧的曲廊。曲栏上藤蔓攀附，绿叶纷披。遥辰站在办公室窗前，枝叶轻轻摆动的美景尽收眼帘。

一天，遥辰刚刚书写完一篇上报材料，科长让他去处长办公室。

耿处长看到遥辰走进来笑咧咧地说："你来单位这么长时间了，还没有安排你到外地出差。最近广电部在北京召开一个会议，你和汤处长去参加。"

汤处长是这个处的副处长。他为人忠厚，待人热情。

遥辰第一次去祖国的首都，也是初次到省外出差，坐在硬卧车厢，心情异常兴奋。

还有一件让他欣喜不胜的事是，昨天下午他接到林好从北京打来的电话。林好在电话里兴奋地告诉他，她在北京王府井大街遇到一个人。这个人曾经给她和遥辰他们留下了深刻的记忆。当遥辰问她这个人是谁时，林好笑了笑说，到了北京告诉你。

遥辰在北京一家饭店与林好见面。异地相逢有别致的感觉，况且是在幽静而充满着浪漫情调的房间。

林好肌肤微丰，合中身材，面貌俊俏，姿态优雅。他看到遥辰走进房间的刹那间，禁不住说道："在这里见面，怎么会出现这么好的心情。"

遥辰有了一种心跳神移的感觉。他遏制住心中微微荡漾的波涛说："把这种美好的感觉留在我们记忆里。你还是先说一说你在电话里没有说完的事情。"

林妤告诉遥辰，那一天她在王府井大街一家商场门口与一位 50 多岁的妇女撞在一起。这位女人一脸的不高兴。当她们四目相视时，她俩的脸上流露出惊喜的神情。

　　那个女人先说了话。她问道："你是不是从东园来的？"东园是林妤小时候读书的地方。

　　"丁老师您好"，林妤亲切地叫了一声。瞬间两人紧紧地拥抱在一起。

　　林妤说："丁老师的记忆力真好，她提到了你，还问到了许婕和其他几位同学。"

　　分别时，丁老师留下家里电话号码。她一再叮咛，如果有时间让林妤去她家里玩。

　　林妤说："我有一个想法，我想和你一块儿去看望丁老师。"

　　"你不说我也会向你提出来。"遥辰微笑着说。

　　林妤拨通丁老师家的电话。丁老师听到遥辰和林妤准备一同去看望她时，语气显得十分激动。她说："你们来了以后要在家里多坐一会儿，一定要品尝一下我做的饭菜。"

　　因为林妤已订下返回的火车票，在北京逗留的时间只有 3 天。也就是说去丁老师家只能是翌日，明天遥辰要参加会议，只得请半天假。

　　他俩带着精心挑选的礼品，走进丁老师家。

　　让遥辰和林妤没有想到，丁老师的住房很陈旧，面积看起来不足 50 平方米，里面的陈设摆放有序，了无纤尘。

　　丁老师和他俩说了几句话，就忙着做饭炒菜。林妤给她当帮手。

　　在吃饭时遥辰注意到，丁老师偶尔眼中出现忧伤。他心里隐约感到，丁老师生活中发生过什么不幸的事情。

　　吃完饭丁老师端来水果，与遥辰和林妤娓娓而谈。她说了一些她给遥辰他们做班主任时的事情。她还记得遥辰、林妤他们 16 个人毕业时送给她的那个花篮。她说到这件事情时口气变得激动起来。她说："那一天你们走后，我盯着那个清芳叶嫩的精美花篮足足看了几十分钟。那一天晚上，她忘记了心中的烦恼忧伤，一直沉浸在兴奋中。"

　　"丁老师，你那时年轻貌美，脸上总是绽放着笑容，会有什么忧伤？"林妤插话问道。

　　丁老师神情忧郁，说："那时你们还是小孩子，课堂以外发生的事情你们哪能知道啊？"

林好像孩子似的央求道："丁老师能不能说说你过去的事情？"遥辰文笔生动，他可以给你写一篇文章。

林好，你在老师跟前瞎说些什么。遥辰瞪了一眼林好之后把目光投在丁老师身上。

有一种心思怂恿着遥辰，他说："心里有事，讲出来心情会好起来的。您如果不在意的话，给我和林好说说，或许会轻松一些。"

丁老师从一个皮箱里翻出一本相册，指着一张照片说："这就是我数十年前的那个家。"

照片上的男子英俊、潇洒。丁老师怀中抱着只有几个月的婴儿。年轻的夫妻脸上浮现出甜蜜幸福的微笑。

林好禁不住说道："丁老师你丈夫那时真帅。"她想问一句，他怎么不在家？忽然她看到丁老师情绪有了变化。林好把张开的双唇合在一起。

林好的话，勾起丁老师的辛酸事。她慢慢合上影集说："那些揪心的往事不堪回首，既然你们想听，我就说说吧。也许遥辰刚才说的那句话有道理，把它讲出来心情会好的。"

丁老师讲述了一个真实的故事。

一个师范学校毕业的女孩，在北京市一所小学任教。

一天，这个女孩去学校途中，突然看到一位男生的目光在她身上瞟来瞟去的。女孩加快步伐匆匆而去。

第二天的这个时间这个地点，那个男生又在这里注视她。

以后的这个时间这个地点，只要她经过这里时，那位温文尔雅的男生依然如故，把炯炯的目光落在她身上。

时间久了，她见到他浅浅一笑。

女孩叫丁晴。男生姓安名懿。后来他们从相识有了往来，有了爱情，有了一个社会人必然要进行的夫妻生活。他给她创造了无限的欢乐。

天有不测风云，人有旦夕祸福。在她俩还陶醉在情意缠绵的新婚生活时，安懿在单位有了事，有了大事。

安懿大学毕业后分配到一个事业单位。青年才俊的安懿，怀着缥缈的幻想，满怀激情，投入到忙碌而有意义的工作中。

他要靠努力、勤奋和拥有的知识为社会做贡献，而不是为某个人。他忽视了与领导的关系。

他的领导把他看成是一个不合时宜、傲气随意泼洒的年轻人。他的那些议论时政的言辞，让人家当成了反党反社会主义制度的证据。他这个善于言辩的高才生，在人家面前怎么也说不清楚了。

安懿被打成"右派"。他的这个"右派"和其他"右派"所面临的境况一样。

他被戴上这顶"帽子"并受到批判。之后他被下放到一个边远贫困的地方进行劳动改造。

他知道，她的体内有了他俩的结晶。他走了，她该如何生活呢？

离别的前一日，安懿不得不把他的这个现实情况告诉妻子。

当她听到这件事情如雷轰电掣一般。她的神情像凝固了似的，用呆滞的目光注视着丈夫。

丈夫神清凄凄惨惨。

突然她扑到丈夫怀中，紧紧抱住丈夫脖颈，哑然无语，泫然泪下。

安懿轻轻推开她。

他怀着愧疚、落寞和惜别的复杂心理，用充满着哀愁的目光望着妻子，声音有一些哽咽，语气深沉而悲凉地说："幸福是脆弱的。我未能施展抱负，还没有为这个家承担更大的责任，恍如梦境的现实却摆在眼前。我不能把自己悲惨的命运带给你。"他说到这里，凝视着她凸起来的肚皮接着说："再有几个月，我们的孩子将出生在人间。一位父亲失去了对他的抚养资格。养育孩子的责任全部落在你身上，这让我感到非常内疚、痛心。我请求你原谅我，因为我的事情改变了你的生活，把你推入困境中。这几天我想了许多。你的青春不应该失去价值。你不能孤寂自守，遥遥无期地苦度凄恻的日子。为了我们未来的孩子，你要振作起来，投入新的生活。"

生活需要继续。人成熟的标志就是可以弱化痛苦。他说到这里拿出离婚协议。

她泣不成声地说："人世的荣枯、生活中的得失终归难定。当我决定和你度过人生的过程时，我就把自己的命运紧紧地与你连在一起。我们相遇相知。我不管别人对你如何理解，我对你有足够的了解。我能承受住未来的一切负担。等我们孩子出生几个月后，不管你在哪里，我一定去陪伴你，与你一起度过清苦平庸的生活。"

一阵沉重的寂寞。突然俩人拥抱在一起。两人的泪水洒满衣襟。

安懿去到一个偏僻荒凉的村庄。他在那里成了一位牧羊人，与羊为伴。

她产后，婴儿不足 8 个月时她就毅然选择另外一种生活方式，离开良好的生活环境和喜爱的工作岗位，去过那种有承受感的生活。

她来到凌远县教育局报到后，局里的工作人员并没有和她详谈细说，只是翻看了几页档案，给她安排了一项符合她身份的工作。让她去东园小学任教。

让她没有想到，东园小学在东园人民公社所在地，她丈夫却在另外一个公社，与她相隔 20 多公里路程，他俩只能遥遥相望。

她来到这里第二天想要做的第一件事情是，怀着忧戚的心情去寻找魂索梦萦的丈夫。

她乘坐的班车行驶到一个岔路口，热情的司机停下车来，用手指着连绵起伏的山峦告诉她，你要去的那个地方就在山里面。你顺着这条山间小道走，有了人家就是。

她手里提着沉重的物品。这些是丈夫的衣服和食品。她举目遥望苍茫的山峰，按照司机指点的小径向前行走。

1 个多小时过去了，她看到了山坡上的羊群。

她汗水点点，气喘吁吁来到牧羊人身后，用低沉而柔和的语气问道："请问万家坪在哪里？"

牧羊人突然回转过身来，眼睛里射出亮晶晶的光芒，凝视她。

她看到面容清瘦，衣着不整的男子说了一句："你怎么成了这个样子？"而后放下手里的包，迅速扑到他怀中哽咽难鸣。

安懿看到妻子的刹那凄然泪下，抚摸着她黝黑光滑的秀发，用伤感的语气说："你不应该来这里。我的命运我承受，你何必给我心中增添不安。"

羊倌领着一个面貌俊俏恬静的城市女人向那间小茅屋走去。村子里的人感到十分惊讶，纷纷议论，这个"右派分子"，怎么会有这么漂亮的女人。

她走进门的一瞬间，屋里的情景让她倒退一步。零乱的物品，煮饭用的柴草满地皆是，墙的四壁灰蒙蒙脏兮兮，只有那个火炕比较干净一些。他神情凄楚，说："你来以前应该先说一声，我把这个破屋子收拾一下。现在的这个样子真难为情。"他说后苦涩地笑了笑。

"你一个人在这里孤寂无声地和影子做伴，能生存就已经很不容易了。"

她一边说话一边打扫屋子。

不大的工夫，屋里的东西被摆放得整整齐齐，地扫得干干净净。安懿想给远道而来的妻子拿出一点她喜欢吃的食品，目光在屋里环视了一周，这才意识到这里除了盐巴和一些黄米、面粉以外，再无其他食品。丈夫给她倒了一杯水双手捧到她跟前说："这一杯清水为你洗尘。"

她说："你的生活太清苦了。"

"生活的轨迹发生变化，人的思绪也须要跟着调整。这里月明风清，天空地净，令人神清气爽，是个修身养性的地方。"

"别自欺欺人了，你的苦衷你自己清楚。"她用软绵绵的温暖的手抚摸着他的肌肤说。

我来到这里总是感到有一种愧疚感，因为你没有任何过错，却给你带来红颜寂寞之悲。安懿说到这里低下头。

她语调凄凉，轻声说："何以忘忧，无以解忧，事情已经发生了，只有面对，只有坚强地生存下去。你离开的那些日子，晚上我站在窗前忍泪含悲，凝愁遥望你生活的地方。"

几个月后我们的孩子出生了。让我感到十分欣慰的是，她健康地成长着。

相与之情，同难同荣，我没有理由让你孤零零地在他乡经受煎熬。我做出这种选择，调到离你不远的学校任教。我们虽然相隔20多公里，但是寒温冷暖有人知。

安懿脸上露出不可平息的惊愕。他语气深沉地说："你怎么能这样呢？你不应该付出这么大的代价。"

"请你不要责怪了，我是被一种意愿催促着、推动着。这里虽然生活艰苦，但是我却有了家的感觉。"

一种难以言表的思绪涌上安懿心头。他深情地望了一眼妻子，沉思不语。

过了一会儿他说，几个月以前的那件意外的事情把我的生活与这个村庄连在一起。刚来到这里食不果腹，房不遮身，情怀惨淡，心境悲凉。后来好心的村民帮助他修缮房屋，教他学会烧火做饭。

白天他挥动羊鞭在杂草丛生的山坡、弯弯的小河岸边放牧。晚间有时站在小山头纵目遥望我们的家，有时对月伤悲，有时在油灯下翻弄书本解闷。

今天当我看到你的一瞬间，感到十分激动。

天上有了星星，灯光下他俩依然话语不休。清寒的月色从小窗照进来，似乎提醒他们，该到同床共枕的时候了。

几天后，开学了。东园小学的老师和同学知道她是从祖国首都来支援西北建设的。

不久，她和同事建立了融洽的工作关系。她的学生也喜欢接近她。她和那些孩子们亲密无间。下课后他们在一起说说笑笑，一起玩游戏。她还给孩子们讲一些有趣的故事。

县教育局的领导没有把她的家庭背景告诉这个学校的校长。她个人的生活素无人知。

不久，看大门的老秦发现她行踪诡秘。起初老秦并不在意。后来就让老秦有些纳闷，这个女人每个星期六下午学生放学回家，老师们离开学校后，她背着一个包，推着自行车急匆匆地出去，一直到第二天夕阳落山时才疲惫不堪地走进校门。

她出去做什么，晚上住在哪儿？老秦疑窦丛生，她难道是……

又是一个人去校园的星期六下午，她推着自行车，背着包来到门房，给老秦递过去一包饼干，语气温和地说："拿回去让孩子吃吧。"老秦用感激的目光看了看她说："你出去肯定有什么重要事情。学校人多嘴杂，请你放心，这件事情我不给任何人讲，就是家里人我也不说。"

她用平静的口吻说："我出去不是干什么不好的事情，不过现在还是不要让别人知道好。"她说着，把信任的目光落在老秦身上。

夕阳快要躲到山下面去了，她要与它争时间。她骑着那辆半旧不新的凤凰牌自行车，急匆匆地向丈夫牧羊的那个方向行驶。

她知道丈夫此时朝着这个方向瞧，企盼着她的身影出现在他的视线。

暮霭沉沉，她看到缓慢移动的羊群，听到羊儿咩咩叫的声音。

与此同时，丈夫看见她。他甩了几下噼噼啪啪响的长鞭，快步如飞地向她跑去。

娇艳的山花和碧绿的小草在小路旁边轻轻摇动。他俩依偎在一起。丈夫流露出转瞬即逝的凄惘之情。她用充满忧伤的目光瞟了一眼丈夫说："过去何曾想到，这个山坡上是我们一次又一次相逢的地方。"

羊群入圈，那间茅屋有了灯光。柴草燃烧得噼噼啪啪，餐具碰得叮叮当当。小屋里面有了男人和女人的说话声。这是他们的家。这个家有了生机，有了温暖。

她教学成绩斐然。她带的那个班的学生考试分数提高得使有些人有了怀疑。校长深知其因，面对别人的疑虑，他要让事实说话。

期中考试来临，每个班的考试题由其他班主任来出，考试时由别的老师监考。集体阅卷。

各班学生的考试成绩一目了然，她带的那个班，学生的分数继续上升。

她良好的教学质量并没有受到上级领导的青睐，因为她没有与一个劳动改造的丈夫划清界限。她不管人家如何看待自己，她有一个社会人的责任心，她要让那些孩子们学到知识，使他们将来成为对社会有贡献的人。

白天她认真讲授课文，回答学生的问题，晚间在煤油灯下批改作业，精心备课。

刚来时，她发现这些天真活泼的孩子没有学习热情，听课精力不集中，课外作业不认真做。

她从培养孩子听课的注意力入手。她要把每节课讲得生动、有趣味。

她利用课余时间给学生讲一些名人的故事，激发他们的上进心。她组织他们进行一些有利于扩宽思路的活动。

她在艰辛的耕耘中，也尽量尽到一名妻子的责任。假日她不畏路途遥远，到小茅屋给丈夫洗衣做饭打扫卫生，陪丈夫散心。

人悄悄，路漫漫，几年后丈夫结束了牧羊生涯，回到原单位工作。

人家用错划"右派分子"一词给了他一个说法。他恢复了原有的工作。

她并没有立即跟随丈夫回到亲人身边。她要把一个 5 年级班的学生送到初中后，才去陪伴家人。

生活充满变数，就在她即将送走这个毕业班的学生时，丈夫抱负未酬，才华尚未施展，却一疾而终，留下沉疴难愈的母亲、刚步入校门的女儿和千里之外的妻子。

她调回北京，人去屋空，悲悲戚戚的她把全部心血投入对事业的奉献和对女儿的教育上。

不久，婆婆驾鹤归西。

冬去春来，一年又一年，突然有那么一天，她到了退休的年龄。

"丁老师，我有一件事情难以释怀，你能告诉我吗？"林好听完老师的述说问道。

"我知道你要问的是什么，我喝口水再回答好吗？"

丁晴端起茶杯只是抿了一小口，似乎在品尝绿茶的清香味，然后放下茶杯默然沉思。

"丁老师生活中的有些事和品茶一样得慢慢体味。"遥辰注视着林好说。

丁晴若有所思，用温和的目光扫视一眼遥辰和林好说："那时我忧戚不尽，有时脑子里混沌一片。但是有一种信念支撑着我，我是人民教师，我要为我的学生负责。当我站在讲台上就忘记了忧伤，面带笑容，认真地讲授每一节课。"

"丁老师，那时你还年轻，需要一个新的生活，不应该孑然一身。"林好提出一个问题。

我在失去丈夫两年后的一天遇到一个人。这个人想改变我当时的境况。他是一位优秀的男性，是我中学同学。他婚姻很不幸。当他知道妻子与她的上司有了那种事儿之后，很快做出选择，与她分道扬镳。

他离婚后，虽然给了我许多关照，但是我的心怎么也热不起来。后来我用这句话回答了他。我说："我说服不了自己，无法从过去的情感中解脱出来。

"他理解我的心情，几个月后的一天，他与另外一个女人组成一个家庭。

"长期的独身生活，使我无法消除那种孤独寂寞。我意识到，人们的爱情不应该只是心灵上的陶醉，是实实在在的两情相悦。从此以后，我开始关注自己的感情生活。

"好心的亲戚、朋友、同事为我的这件事情操心。这个城市这么大，要遇到一个心仪的人，真不容易啊！

"时光催人老，不知不觉到了退休年龄。现在的这种闲散随性的日子已经1年多了。"

"丁老师你女儿一定会经常来陪伴你。"林好说着话，眼睛盯着母女俩的合影说。

"她加入了外国国籍，几年回来一次。她在那里的生活很不错，想把我接过去。我喜欢养育了我的这块土地。这里有我的同学，有我的朋友。我在这里颐养天年多好。"

"还有你的学生，今后我来北京，会来看望您的。"林好插了一句话。

丁老师微笑着说："过去真的还有几个我的学生不时地来看望我。"她站起来给遥辰和林好茶杯添了一些水接着说："人要有往来，失去了与人的语言交流，思维器官就会发生变化，变得反应迟钝。"

"丁老师我有个建议，你应该经常出去走走，也应该到你曾经生活过的那个地方看看，那里也有很大的变化。我们祈望您来。"

丁晴说了数声，我一定会去的。

遥辰和林好走出丁老师的家，他俩有了一个约定，下次到北京，一定给丁老师带一些家乡土特产。

遥辰出差回到单位听到一个不好的消息，于杭因赌博被停职。

遥辰怎么也想不通，哥哥竟然在宾馆房间与人打麻将赢钱。在他心目中，于杭是一个恪守不渝的人，他怎么就会做出违纪犯法的事情？他要去云峰转播台找于杭问清楚。

那一天下午遥辰来到于杭工作的地方。

于杭看到遥辰一脸的不高兴微笑着说："你就真的相信那件事情？"

"公安局寄给厅里的那份材料上有你于杭的尊姓大名。我仔细看过那两个字，确实是你的笔体。"

"别人就不能模仿我的笔迹？"于杭说话的语气中带着挑战的意味。

"这件事情你准备怎么给厅领导说清楚？"

"着急什么，不让我干，就休息上几天，等那两个抓赌博的公安人员出差回来后见到我，我倒想要听听他们说些什么。"

"你为什么不去说呢？"

"现在能说清楚吗？"于杭苦笑了一下说。

10天后的一天，于杭去县公安局找那两个人。他走进他们的办公室，自报姓名说："我叫于杭，是云峰转播台的。"

这两个警察是，一个别人称呼他大李，另一个叫小马。他俩双眼睁得圆圆的，足足看了几十秒钟于杭，满脸错愕，迟疑地问："你的名字叫于杭？"

于杭笑了笑说："我的姓名难道自己能说错吗？"

大李挠着头皮说，我们问得清清楚楚的，云峰转播台只有一个于杭，怎么有了两个呢？

"别人就不能冒名顶替？"于杭知道他们被人涮了，因此提醒他们。

两个警察知道自己被人糊弄了，很有些难为情的意思。大李说了几声对不起，小马给于杭让座沏茶，之后讲述了那件事情的过程。

那一天更深夜静，一阵急促的电话铃声让大李精神骤然紧绷起来。

对他们这些值班的警察来说，这个时候的电话铃声，往往是带着一种命令。大李喂了一声，对方立即给他说了一件正在发生的事情。

大李放下话筒说了声"小马有情况，跟我走"就急匆匆出了门。

大李和小马走进一家宾馆。他俩在服务台出示证件后，径直来到3楼311房间门口。大李看了一眼门牌号，给小马轻声说："就是这间屋子，你去叫服务员来开门。"

一位身着藏蓝色工作服的服务员轻轻地打开了门。大李和小马迅速冲进去。

正在打麻将的4个人看到警察的第一反应是，想把放在桌面上的一沓沓钞票收进去。但已经来不及了，大李命令他们不要有任何动作。钱被警察收走了，这几个人神情颓然地站在地上面面相觑。

突然有一位中等身材的中年人说："是我叫他们来这里的。这个责任由我承担。"他说着话用目光示意其他3个人快点儿溜出去。

那3个人悄然而去后，警察让这位自称是于杭的中年人讲清楚了他们几个人在这个房间所做的事情，然后打算把他带回派出所处理。

这个人并没有跟他们走的意思，从兜里掏出一包香烟，双手捧到大李面前。大李摆了几下手说："不需要，"他又递到小马跟前，小马也摇摇手。

这个人说："这么好的香烟你们怎么不抽？这包烟是于沁缘前几天来我家给的。"

于沁缘是县公安局副局长。

两个警察的神情瞬间发生变化。

"你们不知道吗？他是我侄子。"这个人坦然地说。

有十几年职业生涯的大李是不会轻易相信这些话，暗示小马，让他出去。

小马很机灵，出去后拨通于副局长家里的电话。于副局长告诉小马，他的这个叔叔是云峰转播台的负责人。

过了一会儿，小马走进来微笑着说："既然这包烟是于副局长的，还是让我尝一支吧。"

大李那张紧绷绷的脸也变了过来，用柔和的语气说："必须例行公事，把名字签在上面就行了。"他说着拿出刚才的那份笔录。

这个人大笔一挥落下于杭两个字后扬长而去。

第二天，有人给县公安局局长打电话告诉昨晚于杭赌博的事情，最后加重语气说："执法犯法者应该加重处罚。"局长问清了情况后做出如下指示：把于杭的情况以及昨晚的笔录转交给他的上级单位。

于杭的上级领导接到这份笔录后，很快做出对于杭停职的处分。

警察的错就必须由警察纠正。

于杭的上级单位收到县公安局"关于所谓的于杭赌博情况的函"后，那几位研究处理于杭的头头们，他们知错就改，及时召开党组会，研究决定撤销对于杭的处分，并安排他到北戴河疗养1个月，这也算是给他的精神补偿吧。

不久，于杭知道是谁做了这件缺德损人的事情。他什么话儿没有说，也没有要求组织上追查那个移花接木的卑鄙的中年人。

波平浪静，依然如故，于杭又在那个峰巅忙碌起来。他把自己的这个职业看得比什么都重要。

后来遥辰知道了那个中年人的名和姓，他是于杭的一位同事。对这件事情遥辰心中生出些许感慨：树欲静而风不止，人的生活也如此。人生中难免会遇到形形色色的人，曲曲折折的事。对那些心术不正的人，不能有太多的宽容。你的姑息也许会让他误认为你怯弱无力。面对这些人卑鄙无耻的行径，应该采取有力的反击，让他阴冷的私欲不能得逞，让他清醒地知道，你不是一个随意被欺凌的人。

十六

于杭从海滨疗养回单位不久的一天，传达室老闻突然闯进他办公室上气不接下气地说："不好了，一个中年男人背着一个小孩放到床上说了一句，这个孩子被你们那个姓宴的司机开车压坏了身体，现在把人放到你们单位。"他说后神色慌张地匆匆而去。

于杭急匆匆地来到传达室，看到一个身体孱弱的男孩静静地躺在那里。

他伸手摸了一下孩子额头，没有丝毫反应，然后把手放到孩子鼻孔上，呼吸十分微弱。

于杭一溜小跑来到大门口，寻找了一会儿毫无踪影，不知这个人躲到了哪里。

云峰转播台只有一辆拉运生活用品的大卡车，开车司机叫宴寅丰，他昨天去拉运煤还没有回单位。

"这到底是怎么一回事儿？"于杭问谁，谁都说不清楚。

孩子奄奄一息，怎么办？救人重要，于杭和另外一名职工轮换着背着孩子步行到岔路口，而后搭乘班车来到县医院。经诊断检查，医生告诉他们，这个孩子伤势十分严重，又错过了治疗时间，生命垂危。

于杭思量，一方面抢救孩子，一方面快点儿找到宴寅丰把情况问清楚。

他吩咐跟他一块儿来的那个职工，让他在医院护理这个孩子，他回单位找宴寅丰。

当于杭回到单位大门口时，看到停放在院子里的卡车。

此时，宴寅丰耷拉着脑袋，神情沮丧，缓慢地移动着脚步来到于杭跟前。

从宴寅丰失魂落魄的那副熊样子，于杭就知道那个孩子的事儿与他有关。

于杭抑制住心中向上蹿的火气，疾言厉色地说："你快点儿把那件事情的经过如实告诉我。"

平时趣话妙语不休的宴寅丰，此时却语音颤抖着说不出个字儿来。

于杭缓和了一下语气说："到屋里喝口水再说吧。"

宴寅丰喝了几口水，心情稍微平静了一些。他说出了这件事情的经过。

两天前的下午他驾驶卡车经过一个村庄。前方沙尘漫天狂飞。他减速行驶，突然从公路旁边蹿出一个小男孩横穿公路，幸亏车速慢，他紧急踩住刹车。

他跳下驾驶室，发现一个孩子压在轮胎下面。他把车向后倒退了几米，看了看孩子的身上，并没有流血。不一会儿工夫，村庄里就有人向汽车跟前跑来。

一位中年男子要把小孩抱回家。

当时宴寅丰提出送到医院检查治疗，孩子父亲却说："孩子被吓晕了，等安静下来他抱到医院去看看。"

宴寅丰猜测到孩子父亲的心思，他不就是想要几个钱吗。宴寅丰也是为了省事，因此他俩协商了一个对方都能接受的数字。

"你怎么这样的傻呀！孩子不及时治疗造成的后果谁来承担责任？"于杭说。

"怎么办呢？"宴寅丰用一副可怜巴巴的目光盯着于杭说。

应该去找孩子家里人。

宴寅丰做向导，领着于杭来到这个孩子的家。

于杭走进这座矮墙小院瞧了一眼，院落中有几棵果树，风吹得枝叶唰唰地响。北面是两间茅草屋，他俩走到屋门口问了一声有人吗。里面传出了一个女人的声音。他们走进屋，于杭扫视了一眼，一个铺着竹席的土炕上叠放着两床陈旧的棉被。土炕侧面有一个漆皮剥落的小木箱。屋里面再无他物，显得空荡荡的。

这个受伤孩子的父亲不在家，刚才发出声音的女人是他的母亲。

于杭问了几次，你的丈夫去哪里了？这位朴实的农村妇女只掉眼泪不说话，用摇头表示不知道。于杭让她去医院探视她的孩子。她张口发出了声音说，家里还有几个小孩，她离不开这个家。

他俩无可奈何，颓然而归。

很显然，孩子父亲有意躲避他们。孩子父亲如此做的目的是什么呢？于杭陷入沉思中。

于杭回到单位就接到在医院看护那个孩子职工的电话。他告诉于杭两件事：一是那个孩子还未脱离危险期；二是缴的住院费已经用完，得快一点儿把钱送到医院，要不然的话人家就停止用药。

这次车祸当时并没有通过交警勘查现场，双方责任尚未搞清楚，由单位上支付医疗费，显然不符合财务规定。孩子送到医院后是于杭缴的住院费。于杭已经把自己的积蓄全部拿出来，现在又要给医院缴款，他自然想到了宴寅丰，他与这次事故有关联。

当宴寅丰知道要自己为这个小男孩拿出医疗费时，傻眼了，前几天把过去省吃俭用存下的钱全部给了人家，现在从哪儿去弄呢？去找孩子父亲说理，人家早躲起来了。不去缴医药费，医院停药后带来的严重后果，自己脱不了干系。此时宴寅丰十分后悔，当时不该私了。世上没有卖后悔的药，宴寅丰还得去向别人借钱。

他东借西凑，只筹集了几千元。这几个钱哪里够用！宴寅丰焦灼不安。

小男孩在医院抢救了两天就停止了呼吸。宴寅丰听到死讯吓得魄飞魂散。

这样的结果于杭没预料到。他琢磨，人死了，找不见孩子父亲怎么办？别无选择，尸体只能暂时存放在医院太平间。这只是个权宜之计，还必须找到孩子的父亲。

于杭他们来到那个农家小院，里面冷清空荡。仔细瞧瞧，门上挂着一把铁锁。

事不宜迟，必须去寻找那个孩子的父母亲。

于杭他们找遍村子里的每户人家，音信杳然。

找不到孩子父亲，只能在他家门口等。

于杭派人等候了两天，依然没有见到他们的身影。此时于杭才恍然大悟，人家是有意躲我们，我们怎么能守在他的家门口呢。他要改变一下方式。

那个孩子的父亲从亲戚跟前知道，这一天云峰转播台的人没有在村子里出现，心里有了一些慌张，因为他心里非常清楚，是自己耽误了儿子的有效治疗时间。当他把孩子抱到云峰转播台门房后，就有一种不祥预兆。回到家他即刻找来一位亲戚，委托他到医院观察孩子情况。

当他知道孩子治疗无效，已存放在太平间，心里琢磨，无论如何不能让他们把孩子尸体送到家里。

他做出一个决定，领着家人来到外村一个亲戚家。

本来他打算让云峰转播台的人着急上几天，然后再和他们讲条件。可情况有变化，人家来了两天就不来了。如果他们再不来，下面的事情怎么办呢？

在亲戚家吃过晚饭后，孩子父亲走到院子抬起头仰望天空，看到黑色的云团飘动。他给妻子说："天要下雨了，还是回家吧。"

暝色暮雨中，于杭他们走进那间茅舍。

孩子父亲看到于杭他们走进来惶然不知所措。

有了隐约的哭泣声。于杭把目光移到孩子母亲身上。她号哭不止，顿时于杭有了恻隐之心。

过了一会儿，孩子父亲双眼盯着于杭说："这个屋里面你们看得清清楚楚。像我们这样的贫寒人家出了这么大的事情，该咋办？"

于杭瞧瞧宴寅丰，看到他满脸愁云，低头不语。他对孩子父亲说："事情已经发生了，与此事相关的人都应该面对。对你家里的境况，我是知道一些，但是交通事故要按照处理程序进行。你的这种做法，你自己说一说，是不是解决问题的办法。我们今天来的目的，并不是让你现在坦诚地说出对这件事情的真实想法，主要是向你表明，我们对这件事情有一种愿望，通过正常渠道解决。"

孩子父亲听到这里插话说："这个孩子我们抚养了6年多，为他花的钱一定不能白花。花多少给多少，一点儿也不能少。我算了一下，大约3万多，你们就给个整数吧。"

宴寅丰有点儿沉不住气了，轻声说："天哪！3万元，哪能这么说呢？"

"你拿不出钱，孩子的后事我们就撒手不管了。"

于杭回头瞪了一眼宴寅丰，抱怨他说了这些话。

于杭心里知道，此时谈实质性的问题为时尚早，现在最重要的事情是，让孩子父亲要有这样一种认识，司机不应该对这次事故负全责。孩子抢救无效的责任，不应该是宴寅丰。此事给他说多了，他是听不进去的，只能把话点到为止。

他流露出和蔼的态度说："我刚才说过，现在不要在这里谈论实质性问题，等交警把事情的真实情况查清后再谈。现在大家心情都很悲痛，你好好休息一下，等情绪稳定了，要认真地想想这件事情的全过程。"说到这里，于杭用犀利的目光瞟了一眼孩子父亲接着说："这件事情我们几个人心里都清楚。合理地解决了问题，彼此心里相安。天不早了，你们该休息了。"说后他们起身离开这里。

事情的发展并不是于杭想象的那么简单，几句话就能改变孩子父亲的想法。

于杭走后，孩子父亲辗转反侧，想着钱的事情。忽然他想到了他的一位远门亲戚。这个人在县城工作，经多见广，问问他，这3万元怎么才能要来？

第二天，他找到那位亲戚。这位亲戚如此如此地给他说了几句。

于杭和宴寅丰又一次来到这个小院时，院内停放着一口棺材。

于杭他们想退出去已经来不及了，屋里冲出几个人。

孩子母亲披头散发跑出来跪在大门口号啕大哭。她这样做，显然想挡住于杭他们的退路。孩子父亲和另外一名壮实的青年男子横在于杭、宴寅丰面前。

宴寅丰被这种阵势吓得神魂颠倒。

于杭对他们的用意猜出了几分。

他神情凝重，问道："你们想要做什么？"

这位表面憨厚，内心狡诈的农民，眼睛射出一道寒光，说："我们农民还要种地呢，哪里有那么多的时间。今天你们就把这口棺材抬走。你们不想这样做，就把3万元拿出来。"

于杭知道，这个人铁了心，不答应这几万元，恐怕很难脱身。他把目光落在宴寅丰身上。宴寅丰知道于杭看他的意思，声音颤抖着说不出话来。

过了一会儿，大门口聚集了许多人。

孩子母亲痛哭流涕，孩子父亲向棺材走去。

宴寅丰突然拉住于杭的胳膊摇了几下，才说出话："答应了吧。"

"答应了吧"这4个字带来的后果太沉重了，压得宴寅丰喘不过气来。

这件事情也使于杭愁绪萦怀，左右为难。他对宴寅丰家里的经济状况了如指掌。他的那个家里人除了靠天吃饭，再无任何收入来源。天不下雨就靠国家救济粮维持生命。宴寅丰母亲体弱多病，他3个弟弟妹妹尚小，他父亲支撑着这个家。宴寅丰结婚后另立门户。他妻子是一名农家女。宴寅丰一月拿到的工资就那么几个，要给人家支付几万元，这是他办不到的事情。于杭心里十分清楚，宴寅丰满足不了人家的要求，这件事情就了结不了。借给他单位上的事业经费，这是违纪的大事，他承担不了这个责任。

陡然间，宴寅丰嘴唇动了动说："过几天我会给你的。"

"这话是你说的，我再等你两天。"孩子父亲注视宴寅丰说。

又过了几天，那个孩子的家里人传出话，再不给钱就把尸体抬到宴寅丰家门口。这个人说到会做到的。这可吓坏了宴寅丰。他不停地跑着找着，费了九牛二虎之力，也没有凑够1万元。

还差那么多的钱怎么办？宴寅丰把唯一的希望寄托在于杭身上。

他在于杭跟前哭肿了双眼。于杭看到他泪痕满面，憔悴不堪的样子，做出一个错误决定，让宴寅丰从单位账户上取出2万元。不久，上级给于杭警告处分。

于杭为宴寅丰的事儿受到处分，但依然为他的事着想。

他心知肚明，宴寅丰想要用工资来还清单位上借的那2万元，是一件遥遥无期的事情。他思量如何才能帮助宴寅丰还清借款。

一天，他一个人去了那个给他们带来许多事情的人家，找到那个孩子父亲。

这个人看到于杭后怔忪不安。他知道在这件事情上，自己做得过了头。虽然司机有一定的责任，但是不应该负事故全责。他采用那种过激做法，强迫司机承担责任。这件事情已经了结了，这个人又来做什么。

他的脸很阴沉，望了一眼于杭，缄默不语，低头向那把扫帚走去。

266 |

于杭看出他的心思，说："那件事情已经过去了，你就再别担心有什么事情。"

听到这句话，孩子父亲止步不前，脸上有了暖色，但口气生冷地说："既然事情结束了，你来做什么？"

"我们往来了那么长时间，就不应该来吗？"于杭口气很随和地说。

孩子父亲听到这句话，显得有些尴尬，冲于杭苦涩地笑了笑。

于杭隐约地感到有了说话的契机。他接着说："我这一次到你家里来，想让你知道一个情况。"接着他把宴寅丰家里的困难说给孩子的父亲。他听完于杭的叙述，用警觉的目光盯住于杭看了一会儿，而后说，就算我同情他的处境，我也不会做出什么的。

你误解了我的意思，你拿走的已经是你的了。你能不能把那天事故的真实情况说一说。

只要是不拿走我的钱，我不会昧着良心说话。接着他讲述了那一天发生的过程。

他说完这件事瞅了瞅于杭，看到他很平静，接着说："我和那位师傅都很不容易。"

于杭离开他家时叮咛说："不管谁来问这件事情，你一定要如实地说。"他痛快地答应了于杭的要求。

于杭回到单位心中有了轻松感。

明天他要利用去厅里开会的机会找遥辰。

第二天吃过晚餐，于杭在宾馆打电话叫来遥辰。他让遥辰找人咨询一下，像宴寅丰这次事故的情况，有没有办法挽回一些经济损失。

遥辰笑着说："你呀！可真是个为你们单位职工着想的领导。你为这位职工的事情虽然受了处分，但是仍然为他着想。"

"我这个人脸软心慈，看到他心力交瘁，面容消瘦，心里感到特别不舒畅。"

"看在你为这件事情上食不甘味，夜不安寝，我去问问我的一位在市交警支队工作的同学，或许会从他那里带来一个好消息呢。"

"最好今天就去找。"于杭急切地说。

"这么匆忙干啥，我下午还有要紧的事哪。"

"你不会晚上去他家？"

"人家晚上有活动怎么办？"

"你现在就打电话约他。"

遥辰无回复之词，嘴里咕哝了一句，又不是你的事情，这么着急干什么。但他还是当着于杭面，拨通了那位同学办公室的电话。

遥辰的同学问得十分详细。他听完叙述的经过后给遥辰说："这种情况对那个司机非常不利，我出个主意让他去试一试，叫他去和死亡孩子的家长说说，让他证明当时发生的经过，然后给交警队补交一封双方写的事故情况说明。假若交警认可这封材料以后，然后去保险公司申请办理赔偿手续。"

宴寅丰下面要进行的事情并不顺利。他到交警队还没有说明情况就被人家撵出门。人家说的话很有说服力，那件事情过去了那么长的时间，你现在跑来有什么用？

宴寅丰愁眉苦脸地来找于杭给他想想办法。实际上于杭早已感到办这件事情有很大的难度。他劝宴寅丰不要操之过急，他再想想办法。

第二天，于杭去交警队把车祸的全过程讲述了一遍。接待他的副队长让宴寅丰来说明情况。

于杭回到单位告诉宴寅丰，这件事情的端倪只有你和那个孩子父亲知道。你要一字虚言都没有地给人家说清楚。他接着说，我们快点儿去找那个人吧，让他把那天的真实情况一字不差地说给交警队办事人员。

从那个人家里出来，宴寅丰直接去县交警队。

当于杭再一次见到宴寅丰时，他的脸上舒展了许多。他给于杭说，这件事情有了进展，人家答应了解这次交通事故的全过程。

交警队取证的事情进展得比较顺利，那个孩子父亲说的话与事实一致。

宴寅丰满心欢喜地拿着交警队的事故调查材料，去保险公司办理手续时却遇到了麻烦。

一个胖墩墩的工作人员，把这份材料浏览一遍，甩给宴寅丰，用冷峻的目光盯着宴寅丰说："发生车祸当时，你为什么不通知我们？这件事情过去那么久了，跑来有什么用？"他说后端起茶杯喝了一口，随手拿起一沓材料翻看。

宴寅丰鼻梁上沁出细汗，站在那里愣了一会儿，反身出门。

于杭注视着宴寅丰神情沮丧地走进来。他能猜测到，宴寅丰在办理保险赔偿的事情上卡壳了。

宴寅丰手捧那份材料说："你费了那么大劲儿弄来的材料，可保险公司那个胖家伙，看了一遍就甩给我。之后人家就不理我了，我站在那里干什么。"

"他退回的理由是什么？"于杭问道。

"人家只是一句话，当时为什么不告诉他们？"

于杭感到这件事情又有了复杂的情况。他安慰宴寅丰说："好事多磨，不要急坏了身体。"

宴寅丰嗒然若丧，走了出去。于杭思索着如何与保险公司进行沟通。过去他曾和保险公司有过往来。他知道要取得赔偿，一定要符合保险条款的规定。

于杭通过朋友找来一些有关保险理赔的文件。他仔细阅读有关联的条款后，从中找到一项符合宴寅丰车祸赔偿的规定。虽然这项条款中说的不具体不明确，但是这就有一个争取的理由，就有了希望。

于杭有一种执着性格，他认为有可能办成的事情，一定要不懈地去争取，只有这样希望或许会变成现实。如果不去争取会留下遗憾。

于杭找到保险公司经理，向他说明了宴寅丰车祸的详细经过。

这位当地口音的经理，当时没有答应于杭提出的要求。他思考了一会儿说："听人说你有个弟弟在省广播电视行政管理部门工作。"

于杭感到蹊跷，心里寻思，他避开我们的事情，谈起与此事无关的话题。现在是求人家的时候，还得顺着人家的话茬说。他微笑着说："你怎么连这点儿小事都知道。"

我这个人喜欢和别人交往。大家在一起活动得多了，知道的也就多。你为你们单位的司机办事，我也有一件事情想让你帮忙。他说到这里看一眼于杭，然后笑了笑。

于杭感到心情沉重起来，显然这位经理要让遥辰给他办事。

遥辰虽然在行政管理部门工作，但是职务低微。人微言轻，他能办成什么事呢。如果不答应他的要求，宴寅丰索赔的事情就有变数。

他说："我弟弟在单位上只是个科员，没有什么职权。"

"你很聪敏，只问了一句，就猜出了我的心思。其实也不是多么难办的事情。我一个侄子是学新闻专业的，很快就毕业了，让你弟弟找单位有关人员问一下，如果需要这个专业的大学生，给我打声招呼。"

于杭心中一块石头落下来。他知道广播电台和电视台都需要新闻专业的人才。他心里琢磨，不能把这件事答应得太痛快，要看他对宴寅丰事情的态度见机行事。他说："你说的这个事儿，我一定会找人问清楚。我们那个司机的那件事，还请经理多多关照。"

"你怎么把别人的事情当作自己的那么认真呢？说句心里话，像你这样为下面的人说话办事的领导我真的佩服。"

"我们单位那个司机的事情就拜托你了。"于杭带着兴奋的语气说。

"好吧！你把这份材料，送到201房间那个体型微胖的工作人员手中，就说经理让你再仔细看一看，而后你让那个司机等待通知。"

当于杭把材料送到那个胖胖的中年人手中时，他泛泛地看了一会儿，抬头瞟了一眼于杭。于杭立即说："你们经理让你仔细看一看。"

这句话还真的起作用，他脸上有了笑容，口气温和地说："就放到这里吧，有了结果我通知你们。"

于杭从保险公司出来后，并没有给遥辰打电话。他拨通海姗办公室电话。

海姗笑语盈盈地说，别担心，这件事情我一定会给你办好的。有时间来看看你弟弟，他在这里进步很快。

于杭放下话筒，对海姗的崇敬之情油然而生。他对她的敬佩不仅仅与她的学识水平有关，还与她的人格魅力有关。

海姗在机关工作这么多年，工作一丝不苟，把自己的专业看得十分重要。她不趋附权贵，不逢迎上司。她对那些投机钻营、趋炎附势、玩弄权术的人嗤之以鼻。她讨厌任何虚伪做作和把自己不当人的人。

过去，她是有背景的人，可她从来没有利用过父亲的资源。她看重的是本身实力。

人到中年的她，依然是一位不起眼的主任科员。她淡泊名利，并不在乎什么。

她曾经给于杭说过一段含义深刻的话。她说："有的人把权力看得比他的人格或者尊严都重要。为了取得一官半职，不择手段，失去尊严，削尖脑袋向上爬。这些人即使达到了目的，又有多大的人生意义呢？领导者是社会的需要，从事某项具体工作的人，也是社会的需要。我尊重一个人，只会和对方的品质有关。"

几个小时以后，海姗给于杭来电话说："那个经理侄子的事情没有用吹灰之力就办妥了，因为用人单位需要新闻专业的大学生。"

几天以后，宴寅丰接到保险公司书面通知。当他看到里面至关重要的词句时烦心顿解，万虑齐除。

宴寅丰为了感谢于杭对他的帮忙和关照，悄然溜进他寝室。

当宴寅丰把那瓶包装精致的名酒放到木桌上时，于杭竟然气得脸都发白了，愤然吼道："你这是干什么？你把它立即拿出去！"宴寅丰看他气得这样，快速地伸出手提起那个盒子匆忙地走出去。

宴寅丰车祸的事情持续了那么久的时间，于杭为了这件事情劳心费神。事情总算有了一个他们想要的结果，他心情格外愉快。

几个月后，他接到上级人事部门通知，调他到另外一个单位任职。

当同事知道他将要离开时，一个个走进他办公室和卧室。

来的第一位是谭珂。谭珂已经被上级任命为云峰转播台副台长。他的话语中饱含着师徒之情，同事之谊。谭珂说到后来眼角流下惜别的泪花。

从于杭的个人情感上，他不愿意离开这个他度过青春年华的高山台。

在这里他学到和掌握了无线电专业知识；在这里他与他的同事有了珍贵的情谊；在这里他曾经做出许多付出，这些付出使他感到欣慰，感到自豪，因为他有能力和机会为广电事业做出贡献。

莫使春光别去，他准备好了，在那个有中波发射天线的地方，迎接新的工作。

时光荏苒休辜负，在那个岗位上他要为人生画出一个闪亮的句号。

要离开了，离情别绪陡然而生。他要再一次看看这里的房屋、机器，还有那座传输信号的自立式铁塔。

天空一朵彩云飘逸。他伫立巍然耸立的电视调频发射塔下面极目远眺，眼前仿佛浮现出一幅年代久远的画卷。

连绵起伏的深山，一位19岁的丈夫一脸茫然地盯着17岁的妻子说："没有想到我们结婚才几个月，家里就揭不开锅了，一家子人没有吃的就过不到一起了。一个大家分成几个小家，我不打算再住在这个破窑洞里面。"

妻子流露出忧虑的神情，说："不在这里，去哪里？"

丈夫亲切地望了一妻子说："我想去一个有水、有平原的地方。那个地方有水就会有吃的，不像这里，种的庄稼靠天，人用的水也靠天。天不下雨地上就长不出粮食，水窖里就储存不上水。"

"我们家的东西怎么办呢？"妻子扫视了屋子里破破烂烂的陈设说。

"除了分家时分给我们的风箱和炕桌，还有什么值钱的？"

稚气未脱的妻子用柔媚的目光瞥了一眼丈夫说："我嫁给了你，就是你的人了。我听你的。"

新婚的他们，怀着一种渺茫的心情离开家乡。

深山峻岭的一条小路上一个身材颀长，面容清瘦的男青年挑着担子。扁担的一头是桐木制作的风箱，另一头是带有抽屉的梨木炕桌。他擦了一把脸上的汗水，回首望了一眼跟在身后的妻子说："你走累了就坐下来休息一会儿吧。"

手里提着一个花布包的少妇说："我提的东西轻，不感到累，你都出汗了。"她说着话伸出柔嫩的小手擦去丈夫额头上的汗珠。

青年男子放下扁担轻声说："我们歇一会儿。"

山野悄寂。小两口休息片刻，沿着崎岖小径继续向前行走。

他俩汗流浃背，爬到山顶举目细瞧，一条小路在山的脊梁上逶迤而去。路边是山谷，深不见底。他们行走了大半天，前方无穷无尽的山峦连绵不绝，路依然高低不平，宽窄不一，弯弯曲曲。太阳快要落下山了，丈夫俯视半山腰，仍然看不见人家，听不到鸡鸣犬吠。

妻子忧心忡忡，说："天黑走不到有人家的地方咋办呢？这荒山秃岭里遇到了野兽如何是好？"

丈夫回过头看着妻子，从容镇定地说："这个地方连一只鸟儿都没有，那里会有野兽。遇不到人家，我们找个避风的地方安歇。"

天色渐渐昏暗，丈夫指着一处平坦的山坳说："晚上我们就在这里住吧。"

"我们结婚才3个月，你就领着我睡在这个山窝窝里。"

"走出大山我们的日子会好的。"丈夫一边说一边放下担子，而后从妻子手中接过那个花布包放在炕桌上面。

四野阒然，他们疲惫到了极点。丈夫脱下衣衫，盖在妻子身上。

在荒寂的山野，他们思睡无衾枕，偎依在一起，进入深沉的梦乡。

天色破晓，一阵清风带着寒意吹醒他们。

丈夫轻轻推了推妻子说，该起来了，我们还要继续往前走。

夫妻两个晓行夜住，渴饮饥餐，在连峰叠嶂的大山中行走了十几天，一道平野田畴豁然在目。他们心情转忧为喜。丈夫注视着前方说："我们终于看到了平川。"妻子也显得异常激动地说："平原上一定会有水的。"

两人走下山坡，沿着一条山谷小径行走了半天时间，看到一股清水徐徐流淌。妻子小跑步到河边，用手捧着清冽的水喝了几口，然后双手掬水洗脸。丈夫就没有妻子那样斯文，双膝跪在地上，低头大口大口地把水吸进肚子里。

小憩片刻，他俩沿着河道行走，要在河岸边寻找一处栖身的地方。

阳光柔柔的暖暖的。小鸟儿飞来飞去，叽叽喳喳。妻子指着前面一座院落说："听听，那里面有孩子的声音。"丈夫说："我们去瞧瞧。"

他们走到这座院落不远处，里面传出清脆稚嫩的读书声，声声入耳。走在前面的丈夫止步说："这是一座学校，孩子们在读书识字。"妻子说："字是什么样子我没有见过。"

"我不认识字，但我见过它，是一个个黑色的方块，笔画有长有短，还有弯的，撇的和带钩的。"

"这么复杂啊。"

"不复杂还要老师做什么。那些有钱有地位的人家都让孩子念书。"丈夫说到这里瞅着妻子若有所思，然后笑了笑说："将来我们有了孩子，也让他们去学堂念书。"

妻子瞥了一眼丈夫，清秀的脸上露出赧颜，随即掩面低头，微微一笑，心中升起甜蜜的感觉。

他们继续向前行走了十几里路程，看到一处曾经向往的地方。

这里地势平缓，月牙形的小河岸边居住着几户人家。

他们凝目细瞧，柔软的柳枝迎风飘曳，炊烟袅袅，数栋低矮的茅屋出现在眼前。

他俩向一户人家走去。当他们快要走到这户人家时，一个身体瘦弱的小男孩从大门跑出来。

丈夫立即给这个小孩打招呼。小男孩只是看了他们一眼，反身跑进去。

不一会儿工夫，一位中年男人走出来，口气冷漠地问道："你们来这里找谁？"

一句普通的问话，让年轻的夫妇无回复之词。

他们止住脚步，忧伤凄楚的情怀立刻填满了心间。

他们流落到这里，离家乡很遥远了。他们在这里举目无亲，无所依靠，该如何生存呢？

过了一会儿丈夫苦笑了一下说："我们从很远的地方来到这里。这个地方没有我们认识的人。我们想在这里落脚。"

中年男子瞥了一眼褴褛衣衫露两肩的男青年，然后仔细瞧了瞧他俩，看到他们倦怠无力，语气中明显多了一些同情，说："进屋里喝口水吧。"

这是一户贫寒善良的人家。当他们知道这对年轻夫妇的想法后说："村子东边有一处废弃多年的院落，你们可以凑合着住。小河对边有一户富裕人家，现在正值农忙季节，他们有可能需要干农活的人。"

年轻夫妻洗了把脸，吃了人家的饭，就有了一些迫不及待，催这家主人快点儿领着他们去看那座院子。

主人有事，让儿子去。

他们跟在那个枯瘦如柴的小男孩身后，来到一座残垣断壁、一片凄凉的院落。

经过他俩的收拾，寥落的院落有了生机。好心的村民给他们送来锅碗瓢勺。

使他们欣喜不胜的是，离这个村庄不远的黄土坡上喷出的一泓清水，在大门不远处汩汩流淌。

在这个生疏的地方，有一道清澈流水，给他们带来美好的憧憬。

年轻的夫妻把院落里的野草刈除净尽，栽上果树，种上蔬菜。

在这个地方，他们相濡以沫伴终生。

在那个民不聊生的时代，大多数人是无法按照自己意愿去生存。他俩虽然"带月荷锄归"，但依然过着贫寒艰难的日子。

斗转星移，他们的子女一个又一个来到人间，之后一个又一个到了上学读书的年龄。

在那些困苦的日子里，他们无法实现这个夙愿。他们心怀幽怨，到了年老而终时，把让孩子去学堂念书这句话嘱托给子女。

20世纪40年代末，东方一位伟人指挥他缔造的人民军队，推翻旧政权，成立了新中国。

那两个跋山涉水，远离家乡来到清水河畔居住的夫妻的后代，从此生活优裕，衣食无忧。

有一天，其中的一个儿子来到他们坟墓前，告慰父母亲在天之灵："我的儿子背着书包上学了。"

让孩子去学堂念书这个美好的愿望在于杭他们这一辈实现了。

于杭读完高中课程，学来了文化，取得了知识，成为一名无线电工程师。他手捧中级专业技术职务资格证书，有诸多感慨。

他牢记没有共产党就没有新中国这句话。

在共产党执政的社会主义国家，他有了平等的地位，有了取得成功的机遇。

他要在有限的职业生涯中，把拥有的知识毫无保留地奉献给社会，为祖国建设事业竭尽全力，做出新贡献。

十七

　　宽敞明亮的餐厅飘逸着饭菜的香味。遥辰端着碗在打饭窗口排队。

　　中午在这里吃饭的人多，3个窗口全部打开了。海姗排在紧挨遥辰的那个窗口。她看到遥辰，冲他笑了一下。遥辰微微点头做了回应。

　　她俩同时打好饭菜。海姗用目光示意遥辰与她在一个饭桌吃饭。

　　海姗性格开朗，也善于言谈。她一边吃饭一边与遥辰闲聊。她说到于杭一些有趣的事情。

　　她说，有一次她到云峰转播台调试机器。有一天夜里睡到半夜胃突然痛起来了。怎么办？她硬撑了一会儿，实在坚持不下去，就敲响于杭寝室的门。于杭看到她疼痛得额头上滚汗珠，急巴巴地到处找止痛药。

　　于杭几乎敲响每个值班员卧室的门。让他非常失望，一粒治疗胃病的药也没有找到。没有药物，于杭就想起一个土办法。他犹豫了一下说，你趴在床上，我在你后背上用手压一压或许能起到止痛作用。

　　她用眼睛狠狠地瞪了他一眼。

于杭感到自己说错了话，立即说："你一个女孩子，怎么能让我一个男的把手放在你身上动来动去的。"

她听到这句话禁不住笑起来。

于杭接着说，"你的这一笑真的起作用，我身上的冷汗不流了。"

她问道："不用这个办法还有其他的法子没有？"他说："也许这种效果更好。"他说着跑了出去。

她感到纳闷，他出去干什么？

过了一会儿，于杭手里提着一只热水袋匆匆忙忙走进来说，你把它放在胃部，说后反身走出门。

这个办法真的不错，她用热水带敷了十几分钟，疼痛有了缓解。

……

就餐后，他俩将碗筷放到餐厅的橱柜里面，海姗说："今天中午活动一下，去打乒乓吧。"

遥辰在公路施工单位喜欢打乒乓球，来到这里以后，他只看人家打，不好意思上去和人家比试，因为他看到来这里打乒乓球的人的球技都很特别，那些上旋球下旋球弧线球等等的，他是招架不住的。

遥辰和海姗来到打乒乓球的房间，这里已经有了许多人。他们有的是打球的，有的中午用膳后来看热闹。

海姗瞧了一会儿别人的球技，就上去与一个短头发的中年男子打球。

别看海姗是个身体柔弱的女子，打起乒乓球很凶猛，几个回合就把对方的气势压下去。

对方转换了战术，采取拉弧线球。

一个扣得猛，一个接得轻柔。

他俩相持了一会儿，海姗把球轻轻推过纱网，使对方措手不及。

那个中年男子下去后，海姗喊遥辰的名字。

遥辰有点儿难为情地说："我的那个打法和你们比起来差得太远。"

"来这里是活动身体，要那么高的技巧干什么。"海姗说着话把一只红双喜球拍递到遥辰手中。遥辰扭扭捏捏地走到乒乓球台跟前。

海姗有意给遥辰发能扣的球。遥辰试着扣了几个球，胆子就大起来。他的猛扣猛打的动作，让海姗招架不住。海姗让遥辰疯狂了一阵儿，而后在推球时把拍子用劲转动了一下，那只旋转着的球碰到遥辰的球拍上就飞到侧面。海姗微笑着说："以后要学会接旋转球。"

遥辰离开打乒乓球的地方准备回办公室，在楼道遇见耿处长。他微笑着说："到我办公室给你说一件事情。"

耿处长把一件重要的临时性的工作交给遥辰。

从耿处长办公室走出来，遥辰心里有一些欣喜，也有一些茫然，还有一些忐忑不安。

第二天，从全国各地广电系统来参加会议的代表纷纷来报到。

遥辰知道来参加会议的人都是各省、区广电部门的领导，还有广电部一位副部长。

昨天耿处长叮咛，会务组是一个窗口，代表我们这个单位的形象，一定不能给人家留下不好的印象。

遥辰在会务组的具体工作是，负责报到，安排食宿。这方面的事情不但量大而且比较复杂，还容易发生差错。

遥辰第一次参与这样的工作，因此格外谨慎，每来一位报到者，都要认真登记本人的有关情况（如性别、民族、工作单位等等的），收缴会务费，安排房间。因为报道人数多，加之遥辰缺少经验，下面的事情就发生了。

夜色已浓，忙碌了一天的遥辰感到头昏脑涨。

他收拾好桌面上的杂物准备喝水。这一天连喝水的时间都没有。

他刚端起水杯有人走进来，抬头瞧了一眼，一个时髦漂亮的女孩。

她纤柔的长发黑黝黝的，圆圆的大眼睛闪动着亮光。遥辰把报到册推到她面前说道："请你自己填写一下里面的内容"，然后给她安排寝室。这个女孩办完报到手续，袅袅婷婷地走出去。遥辰数了一下报到人数，这个女孩应该是最后一位来参加会议的。他顿时轻松了许多，喝足了水，洗过澡，打开电视，选好自己喜欢看的节目。

正当他陶然自得，欣赏电视剧时，一位中年妇女推门而入。遥辰心里说，这个女人怎么这样的不懂规矩，进来时也不敲一下门。

他把目光移过去，这个女人面有愠色。他顿时意识到，可能有了什么情况。他微笑说："有什么事请坐下来说。"

"我不坐，我想睡。"她用责备的目光盯着遥辰说。

遥辰暗叹，你想睡，不到你的寝室，来报到处干什么。

女人发现遥辰毫无感觉就直接说："我的卧室怎么有了一个男的？"

遥辰为之一怔。他迅速拿起报到册仔仔细细看了一遍，连续说了几声对不起。

女人看到遥辰神色慌张，问："这到底是怎么一回事情？你要讲清楚。"

遥辰说："那个人报到时，我明明看到他是一个女孩，怎么就变成了男的？"

你怎么就不看看登记册性别那一栏。现在有的男孩喜欢留长发，甚至把自己打扮成女孩子的模样。

接着这个女人讲述了刚才的那一幕。

她在另外一个房间和人闲聊到 11 点多回到寝室。她轻轻推开门，听到床上发出酣睡的声音。为了不打搅她的美梦，她不忍心打开照明灯。她蹑手蹑脚来到自己床边，脱去衣裤钻进被窝。

刚才她与人聊天的那种兴奋心情犹在，难以入眠。过了几十分钟，她对面床上的那位突然掀开被子下床。

一种好奇心陡然在她心中升腾，应该看看与自己同室的这位女性。

透过窗帘的光线虽然暗淡，但是站起来的这个人的性别特征依然非常明显。他赤身只穿一条裤头毫无顾忌地走进卫生间。就在这一瞬间，她抱起衣裤迅速冲出房门，站在楼道穿好衣服。幸亏这里没有人经过。

遥辰忧心如焚，假若这件事情传出去，怎么办呢？

这个女人看到遥辰沉思不语，心中的火气更大了。她提高语音说："你怎么能做出这种让人不可思议的差错呢？幸亏我没有睡着，发现了他的真面目。假若与一个异性同室睡到天明，让我怎么面对众人呢？"

遥辰脊梁上流出冷汗。当时他肯定可怜巴巴的。可能是那个女人看到遥辰的这副样子有了怜悯心，口气变得缓和了一些，说："你是不是初次做这项工作？"

遥辰从她的话中听出善意，立即说："过去我在基层工作，调到机关做会务方面的事没有经验，因此就发生了不该发生的情况，让别人知道后，该怎么解释呢？我的心怦怦直跳，心率加快是咎由自取，对你带来的不安我感到歉疚。"他还想说下去，女人脸上有了暖色，她打断他的话微笑着说："看起来你很有修养，待人和蔼可亲，谈吐得宜。这点儿事情，"她说到这里似乎有意想和遥辰兜圈子似的，不往下说，注视着遥辰。

遥辰反应机敏，随即说道："这位大姐心肠真好，受了委屈还为别人着想。有时间我一定陪你浏览这座城市的景致古迹，购买土特产。"

这个女人被遥辰逗得乐起来，哈哈哈地笑着说："你的这些话，使我刚才的那股怨气顿时消失了。夜深了，你快点儿给我另外安排一个房间，一会儿你就安然地去睡觉吧，明天别人不会知道今晚发生的这件事情。"她说到这里友好地瞅了一眼遥辰接着说："以后可不能再出现这种阴错阳差的事情。"

遥辰心里渐渐宁静下来。他说："我一定会记住这句话。"随即领着她向另外一个房间走去。

会议最后一天是安排会议代表游览沙漠风情和漂渡黄河。遥辰在会务组和其他人相比较年轻一些，因此领导让他跟随那位年龄大的副部长。

要跟在这位高级别领导的前前后后，遥辰心中难免有一些局促不安。遥辰知道自己为他们付出多少都是应该的，假若有了什么差错，尽管是很小的一点事，都会惹来很大麻烦，甚至影响到切身利益。他不是一个不尽职尽责的人。严谨谨慎是他一贯的作风。他懂得，有些事情的发生是很难预料到的。目前他必须格外认真仔细地把领导交代的这件事情做好，不出任何差错。

茫茫沙海，沙丘起伏连绵。漫步在软绵绵的细沙中，有一种空旷清寂的心境。能看出来这位副部长心情不错，脸上始终带着笑容。

从沙漠出来，大家虽然意犹未尽，但是都有了疲惫的感觉。遥辰给会务组负责人建议，让大家在黄河岸边的绿树林中歇息一会儿。这位领导欣然同意。

大家走出枝叶飘摇的树林后，下面将要进行的是一项惊险而十分有情趣的活动。

副部长看到滔滔黄河水中飘荡的羊皮筏子就来了劲儿。此时遥辰心里有一些担忧。他紧紧跟随在副部长身后，提醒他乘坐羊皮筏子时注意的事项。

走上羊皮筏子，遥辰紧挨着副部长坐下。

羊皮筏子在黄河中荡漾、颠簸。

突然一道亮光闪烁，一件物品瞬间坠入水中。

副部长带着惊诧的口气说："我的眼镜怎么就突然掉了下去呢？"

遥辰的心立即悬起来。他吩咐划羊皮筏子的师傅，不要再划动，立即停下来。

这位师傅很机灵，即刻跳到水中，挡住前行的鼓鼓囊囊的羊皮筏子，然后用脚轻轻在水下寻找。

过了一会儿，这位师傅兴奋地说："找到了"，然后潜入水中，抓起眼镜，升出水面，双手递给副部长。

这个小插曲没有影响情绪，大家乘坐原始的水上交通工具兴趣盎然，在汹涌澎湃的黄河中飘荡。

夕阳西坠，新奇别致的游览结束了。从那位副部长喜悦的神情中，遥辰知道他和他的两位同事，完成了这项忙碌而有趣的任务。

遥辰在这一天最大的收获是，对这位级别高的领导有了认识。

在与他的近距离接触中遥辰感到，这位副部长并没有让他产生畏惧心理。他与平常人一样，有爱好，有情趣。他并不像有些当了官的人那样（即使他职务不高），流露出一种不平等的目光。在他的下属面前，总要摆出一副居高临下、盛气凌人、不可一世的样子。他待人随和、热情。他的言谈举止让人有一种亲近感。

遥辰的上司对他在会务组的工作，有一个很不错的评价，说他工作认真负责，待人热情，应变能力强，还有一定的组织才能。但他们不知道那天晚上，那个女人和那个长发男人同室在一起的事情。如果他们知道了，遥辰将会是另外的一种处境。

在这件事情上遥辰懂得这样一个道理：人与人之间发生了不愉快的事情，一定要以诚相待，进行沟通，化解冲突，取得对方谅解。

一天上午，遥辰把一份刚书写完的报告送给耿处长。耿处长并没有像过去那样翻看起来，把遥辰送来的草稿放到写字台上面，示意遥辰坐到对面椅子上。

耿处长一脸的严肃，给遥辰说了一件事情。耿处长说："你要有一个心理准备，可能有一个更加重要的工作需要你承担。"

遥辰回到办公室，心里揣摩耿处长刚才说的话，这是一件什么重要的工作？是提拔？他不能想，因为他对面办公桌坐着一位比他资历老的秦婀娜，她的工龄和调入这个厅的时间都比他长。那耿处长的意图是什么呢？遥辰想来想去的也没有想出来。

耿处长说了承担重要工作的那句话不几天，遥辰感觉出他们办公室的气氛有了变化，很沉闷。平时爱说话的秦婀娜默然不语，有时用怪异的目光瞟一眼遥辰。

遥辰对人一贯真心实意，待人热忱，见了面都会主动打声招呼。

他来机关也有几年了，但是他从不去和别人争什么。秦婀娜最近情绪的变化，是为了什么事情呢？

在遥辰眼里，秦婀娜的业务能力很一般。有一次，处长让她书写一份会议通知。

机关上对工作人员最基本的要求是，能书写出文通字顺的公文。

会议通知的格式非常简单，只要把会议内容，对与会人员职务上的要求，开会地址和时间写清楚就可以了。

让遥辰搞不明白的是，一挥而就的几百字的文稿，秦婀娜写了一个上午还没有写好。她写了撕碎扔到纸篓，然后再写，写好后又撕掉。快到下班时，她手捧一页稿纸来到遥辰办公桌前，显得有一些难为情，语气中有恳求的意味，听人说你的文字不错。我写的这个请你看一看，把不妥处改过来。

遥辰感到很惊讶，在厅级单位工作的她，文字功底竟然如此的差。寥寥数行的文章，文不通字不顺，就连标点符号有几处也用错了。他看了第一遍不相信这篇草稿出自在机关工作多年的秦婀娜之手。他又看了一遍，不得不确定，它就是站在眼前的这个人写出来的。他拿起笔来，画了几个圈，添了几个字，改了几个点，用了几分钟时间，就把秦婀娜的那篇草稿修改完毕。秦婀娜仔细看了一遍，微微地笑着说："改得不错。"

这件事情过后，遥辰揣测，文化基础这么差的人怎么就调入省级行政管理部门。后来有人告诉他，秦婀娜是一个有背景的人。

秦婀娜对遥辰的态度还在变着。她沉默了几天，话就多了起来。只要有人来到办公室她就要说上几句。这些话无不带有含沙射影的意味。什么阿谀逢迎，趋迎上意，性气高傲，自作聪明，争强斗智，任人作践等词儿一串一串的。这让遥辰纳闷。

有一种人就是这样，他们的嘴是没有什么避讳，心顺了说得比什么都好，心不顺就贬得连牲畜都不如。

起初遥辰并未意识到她的这些妙语连珠的词句是说给他听的。后来遥辰注意到了，秦婀娜给别人吐出这些词儿的时候，来的人偶然偷偷地觑视他。秦婀娜的那些话别人并不喜欢听，找个借口离开这个有了是非的办公室。

下面发的事情让遥辰十分生气。一天他到收发室询问订阅的刊物来了没有。

遥辰来到收发室，那个披着长发的女孩从书橱里翻找了一会儿，没有找到遥辰订的，却拿出一本秦婀娜订的杂志。她不管遥辰同意不同意，就把那本杂志递到遥辰手中说，把它带给秦婀娜。

这段时间虽然秦婀娜对遥辰有不友好的表现，但是遥辰对她依然以礼相待，客客气气的。他把这本杂志放到她面前说，收发室小林让我给你带来。

让遥辰意想不到的事情发生了，秦婀娜把那本杂志翻看了几页，怏然不悦，猛然把它甩到地上，然后用脚狠狠地踩了几下，随后捡起来走出办公室。

遥辰被这种举动弄得不知所措。他真的不敢相信，一个30多岁的政府工作人员，竟然会如此的粗野。

后来收发室小林告诉遥辰，那一天遥辰带给秦婀娜的那本杂志上有一点儿污迹，秦婀娜误认为是遥辰做的手脚。当她把真实情况告诉秦婀娜时，她说，既然你们不小心弄脏了，你们就应该送来，怎么让他带来呢？

让遥辰想不明白的是，他与秦婀娜在一个房间办公这么久时间，自己从未说过她什么不好听的话，也从没有对她有丝毫的不尊重。秦婀娜为什么如此地对待自己呢？难道就是为了那个职位吗？

升职的事情他想都没有想过，更没有要和她去竞争。假如真的领导要选拔谁来当科长，那是上司和组织部门的事情，与遥辰有何关联。

遥辰郁闷不乐，受不了这个冤枉气。他想找领导说一说。还没有等遥辰说，发生了这样一件事情，让遥辰打消了去找处长的想法。

那是个下午上班不久的时间，遥辰从开水房打了一壶水回到办公室刚坐下一会儿，耿处长的助手，副处长气度幽娴地走进来。

过去，每当有人走进门，遥辰都会热情地表示一下。自从秦婀娜指桑骂槐以后，那位领导来了，遥辰就有顾忌，不表示一下感到对人家不礼貌，主动说上两句，会惹来秦婀娜的非议。他正在左右为难。

副处长进门后冲遥辰微笑了一下，之后说，听说你写的一篇文章在报纸上发表了。年轻人嘛就应该有上进心。副处长还继续往下说，秦婀娜脸色发生了变化。

她目光含嗔，直呼副处长的姓，老汤你过来。副处长一脸惶然地走到她办公桌前。

突然啪的一声，震得屋顶上的灰尘纷纷飘落。遥辰被这一幕惊得目瞪口呆。

紧接着秦婀娜发出一串串的质问声和斥责声。

遥辰看到副处长骇然失色，突然想到，得快一点儿找人来，把这件事情化干戈为玉帛。

等遥辰领着人匆忙走进屋子时，秦婀娜打了个趔趄倒在地上，撒泼放刁。

对秦婀娜这种恣意撒野，在场的人相顾无言。秦婀娜注意到大家用怪异的目光瞧她，过了一会儿爬起来愤然而去。

秦婀娜的这么一闹腾，她想要得到的化为泡影，遥辰的事儿也就搁置起来。

遥辰失去一次机会，并没有丝毫的情绪，因为他有一颗平静的心。

过了一段时间，这个办公室依然如故。科长正襟危坐，一脸的严肃，办公桌上放着纸和笔，有时拨几下电话说几句话。遥辰俯首信笔而写，或翻阅资料。秦婀娜有时与人聊上几句，或端杯品茶，或找点事儿活动一下身体。

一天，秦婀娜从楼上绕了一圈回来后冲遥辰说："下星期要开卷考试了，我们也要准备一下，考的成绩不能太差。你年轻记忆力强，应该多翻看一些资料，到时候我坐在你身旁。"

上次秦婀娜撒泼放刁的那一幕，定格在遥辰脑海里难以消失。他提醒自己，人应该要有一定的容忍，那件事情已经过去了，何必把它留在记忆中，况且同在一个办公室，面子上的事儿还得应付。他微微地笑着说："应该向你们老同志学习临场经验。"

那可不是高考的那种紧张气氛，大家坐在一起只要不出声，由你翻书本，有的时候还可以交换一下。秦婀娜说到这里冲遥辰笑了笑，然后说："到了那一天你的就让我看看。"遥辰懂得他的意思，心里说："那就看我愿意不愿意了。"

大家都要去考试，就连那些50多岁的人毫无例外。秦婀娜说得对，考场的气氛让人感到轻松，有欢声笑语，看不到一副紧绷绷的面孔。

遥辰进入考场时已经有了那么多的人了。本来他想躲开秦婀娜，可是她明亮的目光盯在他身上。她优雅地挥了挥右手，发现遥辰毫无反应，而后就张开她的那个大嗓门。

听到秦婀娜的喊叫声，遥辰鬼使神差地向她的那个方向移动脚步。

遥辰坐在秦婀娜为他预留的那个凳子上，虽然心中不悦，但是违心地说了声谢谢。

"不用谢，一会儿我还要谢你呢。"秦婀娜一边说一边从包里掏出参考资料和笔。

离考试时间还有 5 分钟，考官走进考场。他们打开试卷，扼要地讲了几点考场纪律就把卷子送到每个人面前。

刚才的喧哗声很快变得静悄悄的。不一会儿就有了沙沙的翻动书页的声音。

遥辰翻开卷面浏览了一下，有判断、填空、简述题。占总分比重大的是一篇作文题。

遥辰完成了那些在书本上能找到的答题。剩下的那篇作文题，他稍微思考了一会儿展开卷面，用笔如飞。

答完试卷，遥辰想把卷子交上去，一走了之。就在此时秦婀娜附耳低语："你文章写得好，我参考一下。"还没有等到遥辰做出回答，秦婀娜那只软绵绵的手迅速将落满字迹的几页纸拿过去。

从秦婀娜那双滴溜溜的眼球中看出，她担心遥辰顺手会把它拿回去，因此毫不犹豫地把它压在胳膊肘下面。遥辰很无奈，只能等待着她抄写完。

秦婀娜自从那次闹腾以后，就有了一种心思，这种心思促使她，只要有闲暇时间就去人事处转悠，或者到其他办公室聊上几句。

看起来这个女人把那个职务锁定在自己身上。

遥辰也有一种心思，不过他的这种与秦婀娜的截然不同。

那是一个星期日早晨，天空蓝莹莹，阳光红艳艳，风儿轻悠悠。遥辰去一个地方。他要在那个地方约会一个人，准确地说是赴约。

予婷选定这个地方是思考了一番的。这里景致优美，环境幽静。

她有意提前几分钟来到这里，坐在一张长条椅子上等待遥辰。

遥辰看到衣着整洁朴素的予婷紧走几步，脸上洋溢着喜悦，用亲切柔和的口吻说："好久不见了，有了什么变化？"

"你们男人怎么就喜欢观察女人的变化。好吧，你再仔细瞧瞧，都变化在了哪些地方。"本来予婷就口齿伶俐，听到遥辰的话说。

遥辰微笑着说："体态婀娜，丰韵犹存。"

"我可不喜欢听一位老同学这样说我。你还是学乖一点儿吧，坐在我身旁，先说些离别情景及家务私情，然后再谈我们要做的事情。"予婷笑着说。

这里真美，你看，小径两边花动叶摇，眼前树枝临池，湖光潋滟，别有一番景色。"你怎么知道我也喜欢这个地方？""也许是心有灵犀一点通。"遥辰说。

"别要贫嘴了，我们好久没有在一起聊天，还是珍惜有限的时间吧。"

遥辰喜欢予婷的这种开朗性格，笑着说："还是先听听你的那件事情吧。"

"我的工作和生活平淡得像眼前静谧的湖水一样。"她说到这里瞄了一眼遥辰接着说，"不过有时也会泛起波澜。"

"说说你的一些有趣的事儿吧。"

"那我就信口胡诌吧。"予婷说后瞥了一眼遥辰，而后兴致勃勃地讲述了一件有趣的事情。

她丈夫把她从那个小县城调到省城。她也进入行政机关，在这个单位有了一份体面的工作。

走进机关不久她意识到，要出色地完成本职工作，过去肚子里的那点儿墨水显然不够用。

屋漏偏逢连夜雨，她的一位上司有个特点，喜欢给下属安排一些他不愿做或做得不怎么好的工作。

予婷调进来不久，她的这位上司很快发现她写的文章不怎么样。这个上司接二连三地给她安排一些写作任务。

起初，予婷认为这位上司给她加压是为了让她快点儿提高书写能力。

一个浓云密布，细雨霏霏的日子，她双手捧着刚撂下笔的一篇汇报材料，惴惴不安地走进上司办公室。

刚开始，他和每次她走到他写字台跟前并无两样，抬起头来看看，然后让她坐在他对面的椅子上，拿起笔在她写的草稿上写写画画的。可是这一次和原先的做法不一样。

过去他改完稿件和颜悦色地指出草稿的不足处，说上几句鼓励的话。此时他的神情凝重，似乎有什么话儿要说，但没有说出来，只是伸出手来，慢腾腾地从烟盒中抽出一支过滤嘴香烟，悠然地吸了一口，把目光投到予婷身上，唉声叹气。

予婷沉不住气了，说："这篇稿子是不是要重新写？"

上司接着她话茬说："不只是这一篇，你过去的那些本来是拿不出手的，是我费那么大的劲儿修改出来的。给你改一篇比我写一篇还费力。现在的这一篇更让我修改不下去。"他把那几页纸推到予婷面前说："你看看，内容杂乱，结构不合理，就连格式都不对，里面的错字、别字，不少，有些标点符号的使用欠妥。"

予婷脸上火辣辣的。她低下头。

上司还要说下去，口气变得凌厉了，说："在厅机关工作的不应该有这种情况。作为政府部门的一位公务人员，能胜任本职工作，这是最基本的要求。起草文稿在机关工作中占的比重很大，如果难以完成这样的任务，就意味着什么呢？"说到这里，他停下来似乎把答案留给予婷。

予婷的心咚咚地跳了几下，琢磨，他今天怎么啦。不可否认，她的文字虽然有欠缺，但是和刚进入机关时相比有很大的改进。

记得上司第一次给她安排起草公文时的情景。

当时她惴惴不安不知从何下手。

过去她从未接触过文件，因此不懂它的格式。她的脑子转动了一会儿就有了想法，到同事那里找一份文件看看，不就知道该怎么写了嘛。

公文的格式她记下来了，标题、单位名称、正文、落款、日期，可拿起笔来心里就感到特别的沉重。她每写一行字额头上都要滴下几粒汗珠。

她把自己费了九牛二虎之力写的草稿递到上司手里，而后战战兢兢地侍立一旁。

上司挥笔一块一块地圈，一字一字地改。她写的那些几乎被上司圈完了。

上司把他修改后的稿子递到她手中，苦涩地笑了笑，然后轻声说道："去抄写一下吧。"当时，她无地自容，接过来后，是低着头走进自己办公室的。

通过这件事情，她深刻意识到，机关的工作并不是那么轻松，是要具备一定的书写能力。后来她买来一本应用文写作的书，阅读了许多遍。她一有时间就做文章。在她不断的勤学苦练下，写作能力有了一些提高。

刚才的那篇她经过认真构思，用心书写出来的，难道真的拿不出手吗？

她灵机一动有了想法，问题难道不在文章本身。她应该找人看看这篇稿子。

晚餐后，她和丈夫去了一个人的家。这个人是她丈夫单位的秘书。他把圈的那些仔细认真地看了两遍以后说："内容和语法都没有大的错处。"予婷又让他把人家填写在上面的那些词句瞧瞧。他只是看了一遍笑着说："是不是你得罪了你的上司，人家有意让你多费一些精力？"

第二天上午，当她把抄写的那份稿子交给上司时，他好像忘记了昨天改草稿的事情，拿起笔来在审核栏内写上自己的名字，注视予婷，脸上绽出动人的笑意。

予婷心里说，这个人与过去相比判若两人。她又瞧了一眼他，他的确在微笑着。

领导有了热情，她就少了一些拘谨，坐下后说："我的工作经验不足，请领导给予谅解。今后我一定不断地提高办事能力。"

"人是需要理解的。只要有一种契机，相互间的沟通就容易多了。"

予婷从他的话中有了一种感觉。她不喜欢让这样的话题继续下去，但又不好意思打断他的话。人家毕竟是自己的领导。她耐着性子听了一会儿，找机会插话说："刚才办公室催我，让快点儿把这份草稿送到他们那里。"

这位上司看她有了要离开的意思，仍然口气温和地说："过两天我要下去一趟，也让你熟悉一下基层情况。"

第三天，她与上司驰车抵达一个县城。县文化局的领导殷勤周到地接待他们。

晚餐后，文化局给他们安排了晚上的活动。这位上司以有点累为由，予以谢绝。

夜色越来越沉，予婷在寝室感到孤单冷清。她临窗仰望，天空疏星淡月，断云微度。她的思绪很快飘逸到那个温馨的家，此时丈夫和女儿做什么呢？

讨厌的电话铃声打断她的遐想。她懒洋洋地拿起话筒，上司的声音传过来："来我房间坐坐。"

人的生活中难免有这种情况，你不想要的，它如影随形地跟着你，你企盼得到的，它却与你无缘。刚才她有一些担忧。现在他果然来电话。不去那是不行的，是说不过去的事情。去吧，她十分不乐意。

他就在隔壁。当她推门而入时，心里有了几分轻松，县文化局局长和办公室主任与上司说得正开心。茶几上摆满新鲜水果。

县局的两位看见她走进来，立即让座递水果。予婷说了声"谢谢"，就坐在沙发上。

3个男人欢声笑语了一会儿，局长突然说："你们途中辛苦了几个小时，不能打扰你们。"他说后款步而去。

他们两人走了，这个空间和时间就是他俩的。

上司气度悠闲，伸手拿起一串葡萄递过来。

本来予婷不喜欢别人过度的亲热。这个时候她不能扫上司的面子。她说了声"谢谢"，接过来。

上司口气中有几分轻松，说："出来了就有一个新环境，在这里应该放松一下。"

予婷心中怦怦跳了几下，揣测："他想做什么？"

上司拿出他心爱的精致皮包，在里面翻出一个金属盒说："这是进口的速溶咖啡，味道很不错。"说着倒入水杯。

予婷冲好咖啡，准备打开电视机。

"别打开了，平时我们没有机会，现在说说话多好啊。"上司用和蔼的口吻说。

予婷打算并不和他说什么，端起玻璃杯，微启双唇，品尝咖啡的味道。

一杯咖啡喝下去后，上司的神情变化缓慢而流畅，目光格外柔和，口吻有了暖融融的意味。他变换着话题，讲了一会儿时政，谈到了经济，又说起日常生活琐事。他侃侃而谈，还不时地瞥上一眼予婷。他发现予婷总是一副矜持的样子。他开始谈论文学作品。从他言谈中予婷知道上司读过许多文学名著。他记忆力非常好，能把一些故事情节完整地描述出来。

予婷平时很少喝咖啡。这一杯咖啡有很大的催化作用，使她心情变得不宁静了。她告诫自己，要抑制住升起的兴奋，找一句恰如其分的词句作为切入点，打断他的那些情浓浓、意绵绵的词句。

上司津津乐道地说了一会儿左拉作品中的娜娜，又兴致勃勃地谈论托尔斯泰名著中的安娜·卡列尼娜。他的话滔滔不绝，让予婷难以有说话的机会。忽然她看到果盘中的苹果，为之眼睛一亮，暗自说："有了，用它堵住他的嘴。"

她给他削好一个大苹果，双手捧到面前说了声："尝尝这个苹果的味道吧。"

　　这个苹果还真的起到堵嘴的作用。上司吞进去一口果肉，想要说话却发不出音来。

　　予婷不失时机，一句连一句地说下去。不过她的话题没有那么丰富，谈论的是丈夫和女儿。她把丈夫身上的优点描述得淋漓尽致，说完丈夫谈起了女儿。她口若悬河，滔滔不绝，让上司有话插不进去。她说了一会儿惊诧道："我怎么没完没了地唠叨个不停，夜这么深了，该让领导休息才对。"还没有等上司表示什么，她说道，"祝您晚安！"随后飘然而去。

　　遥辰听完予婷和他上司的这个故事，笑着说："你的这位上司没有料到，你会给他来这么一招。"

　　"对那些心术不正的顶头上司，就得要学聪明一些。"予婷笑着说。

　　"再不聊官场上的事情了。我们这代人的追求与社会发展的需要紧密地联系在一起。现在我们谈谈参加英语学习班的事儿。"予婷切入主题。

　　遥辰和予婷在一次电话中说到学习英语的事。当时他们只是随便聊了几句，放下电话后遥辰就认真起来。

　　过去的几十年里，遥辰对 26 个英文字母也从未发出过标准的音。要真的去学习它，这么大的岁数了，能学会吗？他有了顾虑，但又不甘心放弃这种想法。他决定参加英语学习班。他知道，像他这样的对英语一点儿基础没有的人，靠老师课堂上的授课是很难学来的。他需要找几个有一定英语基础的好友一起学习。他们可以帮助他。

　　他首先想到予婷，约她来商量一下，采用什么方法效果比较好。实际上遥辰对这件事情有了一些打算。

　　遥辰对有的事情总喜听别人的见解。他听了别人的说法，与他或她取得一致的观点，然后去做。刚才予婷说出学英语的事，他接着话茬说："我这个外语盲斗胆地把你约到这里，想让你指点一下，如何学好英语。"

　　"你别在我跟前鼓唇摇舌的，学习是我们共同的事情，哪一种方法好就按照哪一种去做。"

　　"你没有说出来，我怎么会知道呢？"

　　"你为什么不说说你的想法呢？""我今天就是不说，就是让你先说。"予婷执着地说。

"你耍起了林妹妹的小性子，我只能抛砖引玉。"遥辰看了一眼予婷接着说，"我们再找几位要好的人一块儿去听课。听完了老师讲的，我们几个人利用工作之余聚在一起，取长补短，互补有无。你没有记下的我说给你，我没有听懂的你讲给我。几个人在一起，能产生浓厚的学习兴趣。"

"你想的和我要说的一致。不过我还要多说一句，最好把老师讲的一些难点录下来，这些录音对我们学习会有用处的。"予婷说。

遥辰带着坚毅的微笑说："你考虑得真周到。录音的事儿由我做。你说说几个人比较合适？"

予婷看看遥辰，微笑着说："你把你的那个小学同学，也是电大的同学找来，我再找一位。4个人不多不少，互相探讨，相互提高。"

予婷提起林妤，一缕翩然而至的对她的思念涌上心头。毕竟他与她度过了珍贵的少年时光。韶华之年又与她同窗共读三载。他们之间心诚意洁。在电大校园时，她给他许许多多学习上的帮助。与她许久没有见面了，有时只是在电话中互相说上几句。再一次与她共同在一起学习，该是一件多么有意义的事情啊！

"说到了你的那位面容鲜美生动的老乡和同学，你的眼睛里射出了丰富的光束。"予婷笑吟吟地说。

"你啊，就喜欢说一些新鲜词儿。一个人谁没有挚友。你和我也是朋友嘛。"遥辰笑着说。

"说句心里话，我也喜欢和林妤在一起。她这个人不但模样儿俊美，善于言谈，心眼儿很不错。那次我们在一起吃饭时，我随便说了一句想阅读巴尔扎克的作品的话。过了两天她打来电话让我去拿。你有这样一位好友，我也感到欣慰。"予婷真诚地说。

"伸出友谊手，大家是朋友。我相信在未来的英语学习中，我们将会度过更加美好的时光。"遥辰亲切地说。

遥辰回到单位打电话告诉林妤学英语的事情。林妤的反应是，十分兴奋，欣然同意。

第二天，林妤让遥辰到她家里。过去的那么多年，林妤从未说过这么一句话，陡然间她有了这个意思，让遥辰感到非常高兴。

遥辰按照林妤说的地址，找到那栋六层高的居民住宅楼。当遥辰走进门的刹那，欣喜异常，几乎扑到她身上。

"到了理智之年，还这么容易激动。"林妤怡然一笑说。

遥辰的兴奋有了节制，用责怪的口吻说："你怎么不提前说一声，也让我早一点儿高兴哇。"

"我要的就是这个效果，让你一瞬间看到一位容貌俏丽的女生，站在你跟前时的那种惊喜的表情。"林妤说。

遥辰注视着许婕说："我真的没有想到会有这么让人高兴的事情出现在眼前。"

"你怎么变成了一个大姑娘似的，见了儿童时的同学，一副怯生生的样子。"林妤用手推了一下许婕说。

"这么多年没有见面了，猛然间相遇，就激动得说不出话来。"许婕说。

许婕吐露出她生活的变化。

她在那个落后偏僻的山村小学，和相爱的人度过了似水的年华。

那些珍贵的时光留在记忆中。

3年前她的丈夫领着女儿离开那个学校和她们的家。

丈夫临走时安慰她说，我和女儿先回杭州等有了住房，再想办法把你调到身边。

一年又过了一年，丈夫和她有了一个协议。这个协议使她们的婚姻解体。事后不久，他成了别人的丈夫。

许婕在凄凄恻恻中煎熬了数月。一个偶然的机会，她在县城与中学的一位男同学不期而遇。

这位男同学诉说了他生活中的不幸，妻子一年前溘然长逝。

当她的这位同学在闲聊中知道许婕独守空床时，有了柔婉的语调。

他们离开酒店时，许婕这位同学把古人的一句词留给她。他低吟："从别后，忆相逢，几回魂梦与君同。"她俩的浪漫就这样开始了。

现在的丈夫给她带来了变化。她进入县政府的一个行政管理部门，住上宽敞的房屋。昨天她来省城办完事找到林妤。

他们回忆着几十年前的事情，叙说别后经历的那些点点滴滴的过程。

当许婕听到遥辰和林妤将要捧书夜读，聆听老师的授课时，无不羡慕地说："你们又一次在一起读书学习了，又一次要度过一段美好的时光。"

遥辰说："励志读书要花费心血，哪有那么多的美好。我们这一代人失去的很多，假若不去弥补，不去充实，我们永远落在别人后面。要与时代同步前进，就要继续汲取知识。你虽然在县城工作和生活，但是你也有条件参加各种培训班。人的一生不要给自己留下太多的遗憾。当你真的到了退休的那一天，如果你有这样的感慨，我奋斗过，努力过，为人类社会做出过一点儿贡献，你会怀着一种坦然的心情，步入新的生活轨迹。"

林好冲遥辰粲然一笑说："退休离我们十分遥远。时间不早了，现在我们每人用简洁明快的语言说上几句好不好。"

"这个提议很好。"遥辰说。

"男性优先，还是你先说说。"许婕微笑着说。

"我只能说说对人生的感悟。"遥辰说到这里稍停片刻接着说，"人在旅途中难免遇到坎坷不平的路。在纷杂的社会生活中，会出现诸多的不确定因素。生活中不管发生什么事情，要从容不迫，坦然面对现实。"

"曾经的那些时光里，我们把握青春年华。未来的岁月中，我们要以积极的姿态面对人生。"

林好瞥了一眼遥辰，说："我对人生的见解没有那么深刻。我从另外一个角度说一说。

"人有悲欢离合，月有阴晴圆缺。当处在生活低谷时，不应该有太多的无益之悲。处在人生的辉煌时，切不可忘记困境时的情景。

"人世间华丽深邃。在多样性丰富性的生活面前，始终应该有清醒的理智的选择。"

"我们这位眉目清秀、姿态优雅的同学的这些哲理语言多好哇。"遥辰带着赞赏的语气说。

许婕用微笑做了表示，而后说："此时我们在一起，让我有了数十年前同窗共读的那种感觉。那时我们对未来有美好的追求和期盼。这次见到你们对我最大的触动是，你俩身上依然充满着我们儿童时的那种天天向上的精神。

"我自恨才疏学浅，说不出你们那些深刻的见解。我衷心希望你们要关注自己的身体。要让身体健康，一是注意平衡饮食，合理搭配营养，不食用或少用一些不利于健康的食品。二是注意心理状态，及时排遣压抑的心情。要修身养性，有自己的爱好。三是常锻炼，多运动，参加各种社会活动。"许婕说到这里，抿嘴笑了笑说，"言尽于此，不妥处，敬请雅正。"

"你说出了人们忽略的一个问题，年轻力壮时只知道奋斗打拼，往往不关注自己的身体状况。到了中年才觉得过去很少关心自己，这个年龄段业已形成的疾病想要把它撵走，那就不是一件容易的事情了。"遥辰说。

　　"在离别时我们牵起手来，说出此刻自己想要说的话。"许婕提议。

　　遥辰和林好表示赞成。

　　始料未及，三人同时说出同一句话："再过若干年，我们来相会，把心中的话儿告诉你。"